W0267411

KNAUR

Von Pia Casell ist bereits folgender Titel erschienen:
Oliven zum Frühstück

Über die Autorin:
Pia Casell ist Teilzeit-Weltenbummlerin, hat lange im Tourismus gearbeitet und liebt das mediterrane Flair über alles. Besonders angetan haben es ihr die noch ursprünglichen Orte, abseits der ausgetrampelten Touristenpfade, wo Traditionen und Bräuche noch immer lebendig sind. Wann immer möglich, reist sie mit ihrer Familie durch die griechische Inselwelt oder nach Süditalien und sammelt unterwegs leidenschaftlich gerne Kochrezepte, lokale Keramik und besonders blumige Dialektausdrücke.

PIA CASELL

Ein Sommer voller Salbeiduft

ROMAN

KNAUR

Besuchen Sie uns im Internet:
www.knaur.de

Aus Verantwortung für die Umwelt hat sich die Verlagsgruppe Droemer Knaur zu einer nachhaltigen Buchproduktion verpflichtet. Der bewusste Umgang mit unseren Ressourcen, der Schutz unseres Klimas und der Natur gehören zu unseren obersten Unternehmenszielen. Gemeinsam mit unseren Partnern und Lieferanten setzen wir uns für eine klimaneutrale Buchproduktion ein, die den Erwerb von Klimazertifikaten zur Kompensation des CO_2-Ausstoßes einschließt. Weitere Informationen finden Sie unter: www.klimaneutralerverlag.de

MIX
Papier aus verantwortungsvollen Quellen
FSC® C083411
www.fsc.org

Originalausgabe Mai 2021
Knaur Taschenbuch

Ein Imprint der Verlagsgruppe
Droemer Knaur GmbH & Co. KG, München

Redaktion: Birgit Förster
Covergestaltung: ZERO Werbeagentur, München
Coverabbildung: Collage unter Verwendung von Motiven von shutterstock.com
Illustration im Innenteil: aniok / Shutterstock.com
Satz: Daniela Schulz
Druck und Bindung: CPI books GmbH, Leck
ISBN 978-3-426-52636-1

2 4 5 3

Für meinen Lieblingsbruder …
Weil es keinen besseren als dich gibt.

KAPITEL 1

Von platten Reifen, neunmalklugen Schafen und dem allerheiligsten kretischen Ehrenkodex

Irgendwo im Osten von Kreta, Anfang Juni

Zufrieden sog Sören Johannsen die Luft ein, die durch das offene Fenster des Leihwagens drang, während die Hügellandschaft Ostkretas an ihm vorbeizog.

Die Mittagssonne brannte auf den Asphalt und die umliegenden Kalkfelsen, Sträucher und zögerlich grünen Grasbüschel nieder. Doch Sören genoss es, den Fahrtwind im Gesicht zu spüren. Er war heute Morgen bei knapp zehn Grad und Regen von Hamburg abgeflogen. Jetzt, nur ein paar Stunden später, schien es, als wäre er in einer völlig anderen Welt gelandet. Wo der Himmel strahlend blau und wolkenlos war und sogar der Wind nach Sommer roch.

Es störte ihn ausnahmsweise auch kein bisschen, dass die Klimaanlage nicht funktionierte und er gar keine andere Wahl hatte, als mit offenem Fenster zu fahren, wollte er bei diesen Temperaturen nicht geröstet werden. Der rote Toyota Aygo war der einzige kurzfristig verfügbare Mietwagen am Flughafen von Heraklion gewesen, der mehr Platz als eine Sardinenbüchse bot. Das sei nun mal so während der Touristensaison im Sommer, und wer nicht im Voraus reserviere, müsse sich halt mit den übrig gebliebenen Fahrzeugen begnügen, hatte der Angestellte des Autovermieters mit vorwurfsvollem Kinnrecken gesagt. Normalerweise hätte Sören die Klapperkiste nie im Leben akzeptiert: Die Kupplung im zweiten Gang klemmte, der Sitz ließ sich gerade mal so weit zurückschieben, dass seine Knie ihm beim Lenken nicht ständig in die Quere kamen, und das Navigationsgerät funktionierte nur nach dem Zufallsprinzip. Oder wenn der Wind gerade günstig wehte.

Egal. Diesmal nahm Sören das alles gelassen hin, das hatte er sich fest vorgenommen. Der Grund für seine Reise nach Kreta war zwar eine rein formelle Angelegenheit, es sprach jedoch nichts dagegen, dass er die Pflicht mit dem Angenehmen verband und sich wenigstens eine winzige Auszeit gönnte.

Ein harziger Geruch nach Piniennadeln und trockener Erde wehte ihm in die Nase, als er um die nächste Kurve lenkte. Rundum stiegen kantige Hügel empor. Die Tupfen der Bäume und Sträucher hoben sich deutlich vom Ocker der Erde ab. Rechter Hand konnte Sören das Meer sehen. Ein Streifen aus sattem Türkis, der sich im etwas helleren Blau des Himmels zu verlieren schien. Zu Hause in Hamburg gab es solche Farben nicht. Nicht einmal bei bombastischem Wetter. Allein dafür hatte sich der Kurztrip gelohnt.

Nach einer weiteren Kurve erkannte er ein Dorf. Ein Häufchen kleiner, weißer Häuser mit ockerfarbenen Ziegeldächern. Lastros. So stand es auf dem Ortsschild.

»Bleiben Sie auf der rechten Seite«, säuselte die monotone, fast schon gelangweilt klingende Frauenstimme des Navigationsgeräts, während Sören das Dörfchen passierte. »Folgen Sie der E75. Signalverlust. Die Route wird neu berechnet.«

Er sah auf die rotierende Anzeige auf dem Display des Navigationsgeräts und runzelte die Stirn. Schon wieder? Zum

Glück hatte er während des Fluges auf einer rudimentären Touristenstraßenkarte wenigstens die ungefähre Richtung recherchiert. Die Straße führte nach Sitia, der größten Stadt im Umkreis. Von dort sollte es laut der Karte nur noch ein Katzensprung bis zu seinem Ziel am äußersten nordöstlichen Zipfel der Insel sein. Einem Dorf, von dem er bis vorgestern noch nie etwas gehört hatte. Genauer gesagt, bis ihn der Rechtsanwalt angerufen hatte, um ihm die völlig unerwartete Nachricht über das Ableben von Großtante Mette zu überbringen.

In Gedanken sah Sören den mageren Mann mit Halbglatze wieder vor sich, den er tags darauf in dessen Büro getroffen hatte, um die Testamentskopie in Empfang zu nehmen. Die Verstorbene, Mette Pappien, hatte ihn, Sören Johannsen, als alleinigen Erben bestimmt, stand dort, und er war somit der stolze neue Besitzer eines Hauses samt Grundstück in Palekastro. Auf Kreta. Wie es schien, mitten im Nirgendwo.

Aber im Grunde war das typisch für Mette. Großtantchen war immer die Exotin der Familie gewesen und hatte sich ihr Lebtag nie um irgendwelche Konventionen geschert. Im Gegenteil, Sören kannte niemanden sonst, der seine Meinung so direkt und ungefiltert aussprach. Der Umgang mit den meisten Leuten war für Mette genau deswegen vor allem lästig gewesen. Kein Wunder, dass sie sich ein Haus in einer beinahe menschenleeren Gegend gekauft hatte.

Bei der Erinnerung verzogen sich seine Lippen zu einem Grinsen. Gerade weil sie so anders gewesen war als der Rest der Verwandtschaft, hatte er Mette während seiner Flegel-Zeit zu seiner geheimen Superheldin erkoren. Sie war die Einzige gewesen, die ihn in seiner Begeisterung für einen Beruf förderte, der völlig entgegen dem Willen der Eltern und der Familientradition stand.

Das war jedoch lange her. Inzwischen war er Mitte dreißig und hatte seine Flausen endgültig abgelegt. Nach mehreren Semestern in Toronto und Peking hatte er einen Master in Economics gemacht, sprach fließend sowohl Englisch als auch Mandarin und führte zusammen mit seinem Bruder Gerit die Johannsen Tee GmbH, eine der traditionsreichsten und namhaftesten Teehandelsfirmen Hamburgs. Vom aufmüpfigen, gegen alles und jeden rebellierenden Teenager, der Actionfilme sammelte und Konservator und Restaurator in Fachrichtung Stein werden wollte, zum erfolgreichen Geschäftsmann, dem in Hamburgs High Society alle Türen offenstanden. Manchmal kam alles anders, als man es erwartete.

Es folgten noch weitere Dörfchen mit so seltsamen Namen wie Skafa oder Tourloti. Wie weiße Flecken schmiegten sie sich an die Hügelhänge und bildeten damit einen durchaus malerischen Kontrast zur Landschaft.

Sören staunte, als sich das Gelände kurz vor der Ortschaft Myrsini öffnete und linker Hand auf einmal wieder den Blick aufs Meer freigab. Die Sonnenstrahlen glitzerten auf den sanften Wellen. Oleanderbüsche blühten beidseits entlang der Straße in all ihrer Pracht, von Weiß über zartes Hellrosa bis hin zu dunklem Pink. Obwohl es sein Zeitplan eigentlich gar nicht erlaubte, brachte Sören den Wagen auf einem mit Kalkkieseln bedeckten Wendeplatz zum Stehen und stieg aus.

Sofort spürte er den warmen Wind im Gesicht, trat bis ganz an die Leitplanke heran, nahm die Sonnenbrille ab und atmete zum ersten Mal seit seiner Ankunft tief ein. Die Luft roch nach Meer und wilden Kräutern, rundum das Zirpen der Grillen, und – wow, was für ein Panorama! Wenn sich die

Gegend um Palekastro nur halb so idyllisch zeigte, war es kein Wunder, dass es Mette auf diese Insel verschlagen hatte. Eigentlich schade, dass er nicht länger Zeit hatte.

Doch zu Hause in Deutschland standen wichtige Geschäftstermine an: eine Videokonferenz mit einem potenziellen neuen Geschäftspartner aus Übersee zum Beispiel. Die sich hoffentlich daraus ergebenden Vertragsverhandlungen stellten für die Firma einen Meilenstein dar. Gerit konnte die Termine zwar übernehmen, doch Sören wusste haargenau, dass sein Bruder ihm das bis zum Tag des Jüngsten Gerichts unter die Nase reiben würde. Darauf deuteten allein schon die zwölf Sprachnachrichten hin, die dieser ihm seit heute Morgen auf dem Handy hinterlassen hatte.

So kurzfristig nach Kreta zu fliegen, war allerdings keine spontane Idee gewesen, sondern eine juristische Notwendigkeit, die Sören so schnell wie möglich über die Bühne bringen wollte. Morgen um elf Uhr hatte er bereits einen Termin mit einem Anwalt aus Palekastro vereinbart. Denn um den Verkauf der Erbschaft in die Wege leiten zu können, verlangten die griechischen Behörden eine Unterschriftsbeglaubigung mit persönlicher Anwesenheit. Außerdem wollte er das Haus wenigstens einmal sehen, so viel war er Mette schuldig. Morgen Abend würde er wieder zurück nach Hamburg fliegen. Alles in allem eine kurze Angelegenheit. Schmerzlos und effizient – perfekt.

»Folgen Sie der E75 bis zur nächsten Abzweigung. Weiter in Richtung Sitia«, riet die Navi-Stimme.

»Wo soll denn hier eine Abzweigung sein?« Sören schüttelte den Kopf. Rundum gab es nichts außer den paar wenigen Autos, die ihn mit halsbrecherischem Tempo überholten, während sein Toyota den Hügel hochschnaufte.

Nach einer weiteren halben Stunde erreichte er die Stadt Sitia. Endlich. Halleluja! Gemäß Navi waren es von hier aus nur noch rund dreißig Minuten bis nach Palekastro. Sehr gut. Er hatte schließlich keine Zeit, um hier noch länger durch die kretische Pampa zu trödeln.

Die Straße führte nun die Küste entlang in Richtung Osten, vorbei an vereinzelten kleinen Hotels und Villen, während sich rechter Hand ein sanfter Hügelzug erhob.

Je weiter sich Sören von Sitia entfernte, umso spärlicher wurde der Verkehr. Auch die Landschaft hatte sich verändert, war karger, felsiger geworden, und die Oleandersträucher waren vereinzelten windzerzausten Mastixsträuchern gewichen. Die Straße schlängelte sich zunächst den Hügel empor, führte dann jedoch landeinwärts. Auf einmal waren links und rechts nur noch Olivenbäume zu sehen, dazwischen vereinzelte ockerbraune Felder, und abgesehen von den zotteligen Schafen, die dort weideten, kein Lebewesen weit und breit.

»Signalverlust. Die Route wird neu berechnet.«

»Na wunderbar. Was für ein super Timing«, schnaubte Sören. Langsam, aber sicher wurde sein Geduldsfaden immer dünner, womit auch seine guten Vorsätze einer nach dem anderen verblassten. Trotzdem drosselte er das Tempo, als er sich einem Straßenschild näherte. Kein Zweifel, er befand sich im absoluten Niemandsland. Sogar die Ortsnamen waren hier nur noch in griechischen Buchstaben.

Auf dem Schild waren drei Richtungen angegeben. Mit viel Fantasie ließen sich die ungewohnten Schriftzeichen des obersten Ortsnamens als »Palekastro« deuten. Sören hoffte es zumindest, denn die Richtung stimmte. Auch die Distanz von sechs Kilometern kam seiner Schätzung nach in etwa hin.

Der Motor röchelte, als er den Schaltknüppel mit aller Kraft vom vierten in den dritten Gang drückte. Die Straße stieg erneut an. Weiter vorn schien sie scheinbar über der nächsten Hügelkuppe zu verschwinden.

Die Sonne brannte immer heißer vom wolkenlosen Himmel. Durchs offene Fenster spürte Sören die Hitze, die vom Asphalt aufstieg. Die Luft war so heiß, als würde sie direkt aus einem Haartrockner strömen.

Oben auf dem Grat mündete die Straße in eine Linkskurve entlang einer Kalkfelswand. Er pfiff anerkennend durch die Zähne, als sich zu seiner Rechten nun eine weite, im Süden von einer weiteren Hügelkette begrenzte Ebene auftat. Der Boden war hier etwas dunkler, fast rostbraun, und übersät von dunkelgrünen Sträuchern. Dazwischen, als kleine weiße Tupfen zu erkennen …

Sören sah die Schafe auf der Fahrbahn gerade noch rechtzeitig, um das Steuer herumzureißen. Zugleich trat er auf die Bremse. Umklammerte das Lenkrad mit aller Kraft. Die Reifen quietschten. Es klang wie ein blechernes Trommelfeuer, als der Wagen über ein Kiesbett schlitterte und endlich bei einer kleinen Geröllaufschüttung etwa drei Meter vom Straßenrand entfernt zum Stehen kam.

Langsam, ganz langsam atmete er aus, schloss kurz die Augen, versuchte, seinen Herzschlag wieder zu beruhigen. Verdammt, das war knapp gewesen.

Als er wieder aufsah und den Kopf wandte, begegnete sein Blick dem eines Schafes, das unweit des Autos neben einem Strauch stand und ihn bedächtig kauend musterte. Als wäre nichts weiter geschehen und er, Sören, nur ein vage interessanter Zweibeiner, der für etwas Abwechslung im drögen Schafsalltag sorgte.

Er stieg aus und lehnte sich gegen die Flanke des Wagens. Seine Beine fühlten sich an wie Wackelpudding. Es roch nach verbranntem Gummi, Staub kratzte ihm in den Augen. Der Motor klickte. Doch da war auch dieses leise, unüberhörbare Zischen.

Sören sah nach unten und seufzte resigniert, als er den platten Vorderreifen entdeckte. Mist, auch das noch.

Ein beinahe keckerndes Blöken ließ ihn wieder aufschauen. Inzwischen hatte sich eine ansehnliche Zahl von Schafen versammelt. Sehnige Viecher mit langen, schwarz-weiß gescheckten Gesichtern und langfaserigen Fellzotteln. Sie glotzten ihn an und wackelten dabei mit den Ohren. Ein paar von ihnen trugen blechern bimmelnde Glocken um den Hals. Die Tiere schienen so weit alle fidel und munter. Immerhin Glück im Unglück. Trotzdem wurde er das Gefühl nicht los, dass sie sich gerade mächtig auf seine Kosten amüsierten.

»Das findet ihr wohl sehr witzig, was?«, brummte er den Schafen zu, während er, die Hemdsärmel hochkrempelnd, um den Wagen herum zum Kofferraum ging. Dort fand er zwar den Wagenheber, doch aus der Mulde, in der eigentlich das Ersatzrad liegen sollte, gähnte ihm Leere entgegen.

»Das darf doch nicht wahr sein!« Mit der flachen Hand schlug er auf den Wagenrahmen und erntete dafür prompt ein weiteres Blöken seitens der Schafsrunde. Dieses Mal klang es fast schon vorwurfsvoll. War das zu fassen?

»Von euch will ich keinen weiteren Kommentar hören, verstanden?«, wandte er sich an die Tiere und hob warnend den Zeigefinger. Er senkte jedoch die Hand sofort wieder, als ihm bewusst wurde, dass er sich mit Schafen stritt und dabei eindeutig den Kürzeren zog. Stattdessen griff er nach seinem Mobiltelefon.

Kein Empfang. Nicht einmal ein lausiger Strich. Nichts. Hier stand er also. Mitten in der kretischen Einöde. Mit einem platten Reifen, ohne Reserverad, umgeben von einer Herde neunmalkluger Schafe und mit der wachsenden Erkenntnis, dass er seinen portablen WLAN-Hotspot doch hätte mitnehmen sollen.

Ein Blick auf die Uhr. Schon fast drei. Er hatte wirklich nicht die geringste Zeit für solchen Schiet.

Mit Mühe mahnte er sich zur Ruhe und legte den Kopf in den Nacken. »Konzentrier dich, Mann, konzentrier dich.«

Das letzte Straßenschild hatte er vor rund zwei Kilometern gesehen, also sollte dieses Palekastro noch knapp vier Kilometer weit entfernt liegen. Zur Not konnte er die auch zu Fuß gehen, er hatte schließlich nicht viel Gepäck dabei. Mit etwas Glück gab es in dem Dorf auch einen Automechaniker, der ihm den Reifen flicken konnte.

Na schön. Ein letztes Mal sah Sören zu den Schafen hinüber. Die schienen ihn inzwischen jedoch nicht mehr zu beachten und widmeten sich lieber den jungen Zweigen eines in der Nähe stehenden Busches. Umso besser.

Rasch sammelte er seine Sachen im Wagen zusammen, tauschte das Hemd gegen ein bequemeres T-Shirt und stopfte die Jacke von heute Morgen in die Reisetasche. Die Wasserflasche nicht vergessen. Die hatte er, einer Eingebung folgend, noch am Flughafen gekauft. Dann schloss er den Wagen ab, machte mit dem Handy ein Foto des Autos mitsamt Nummernschild – man konnte schließlich nie wissen –, warf sich die Tasche über die Schulter und marschierte los.

Schon nach wenigen Schritten spürte er das Brennen der Sonne auf der Haut. Zwar trieb er gern Sport und verbrachte so viel Zeit wie möglich im Freien, doch seine Haut war hell, und er riskierte sogar an einem mäßig sonnigen Frühlingstag in Hamburg einen Sonnenbrand. Das norddeutsche Klima war jedoch kein Vergleich zu dem hiesigen Glutofen. An Sonnenschutzmittel hatte er natürlich nicht gedacht.

Sören war so sehr damit beschäftigt, sich in Gedanken einen Trottel zu schimpfen, dass er zusammenzuckte, als es hinter ihm hupte und ein Auto vorbeibrauste. Ein alter Peugeot 205. In einem so grellen Quietschenten-Gelb, dass es einen in den Augen schmerzte. Nur ein paar Meter weiter hielt der Wagen am gegenüberliegenden Straßenrand an.

Wenn es sich Sören im Nachhinein überlegte, hätte seine Reaktion bestimmt weltmännischer sein können. Andererseits und zu seiner Verteidigung … Wer hätte in dieser Situation und nach den vergangenen Stunden nicht auch wie ein glotzender Idiot dagestanden, wenn plötzlich ein Mensch aus Fleisch und Blut vor einem aus dem Auto stieg? Eine Frau, um ganz genau zu sein.

Sie nahm die Sonnenbrille ab, kam ein paar Schritte näher und warf dabei das lange, dunkle Haar über die Schulter zurück. Sie war noch jung, um die dreißig vielleicht. Der Wind verfing sich in den Falten ihres knöchellangen Sommerkleids. Dessen knalliges Muster aus Feuerblumen auf anthrazitfarbenem Grund fiel einem sofort ins Auge. Genauso wie der Ohrschmuck aus geschliffenen Holzringen, die breiten Holzarmreife und die Halskette mit dem eingefassten roten Schmuckstein.

Ein ziemlich ungewöhnlicher Stil – eigenwillig, aber kreativ, obwohl das durchaus zu ihr passte, fand Sören.

»Chriázeste voíthia?«, rief sie ihm zu.

Zwar hörte er ihre Stimme ganz deutlich, aber er war zu sehr mit seinen Gedanken beschäftigt, um zu antworten. Ihr

Gesicht. Es schien wie aus hellem Ton modelliert, und irgendwoher kam sie ihm bekannt vor. Wenn er nur wüsste, woher.

»Iste kalá?«, fragte sie erneut.

Richtig, jetzt fiel es Sören wieder ein: die berühmte Büste der ägyptischen Königin Nofretete. Die sah im Profil fast genauso aus. Doch erst jetzt wurde ihm bewusst, dass er die Frau noch immer anstarrte, und er räusperte sich, ehe er auf Englisch erklärte: »Es tut mir leid, ich spreche kein Griechisch.«

»Oh.« Sie legte einen Moment lang den Kopf schief. Dabei klickerten die Holzringe ihres Ohrschmucks. Ihre Stimme klang eine winzige Spur tiefer, und der Akzent war deutlich zu hören, als sie noch zwei Schritte näher trat und nun ebenfalls auf Englisch fragte: »Brauchen Sie Hilfe?«

»Ich war auf dem Weg nach Palekastro. Aber mein Wagen hat einen platten Reifen.« Mit dem Daumen zeigte er über die Schulter zurück. »Wenn Sie mich bis zur nächsten Werkstatt mitnehmen könnten?« Er vermied es tunlichst, die Episode mit den Schafen zu erwähnen.

»Palekastro liegt nicht weit von hier. Dort gibt es zwar eine Autowerkstatt, aber die öffnet erst später wieder. Jetzt ist Mittagsruhe«, sagte sie mit lockerer Selbstverständlichkeit.

Mittagsruhe? Um halb vier Uhr nachmittags?

Gerade noch rechtzeitig verbiss sich Sören einen Kommentar. In Gedanken sah er kurz seinen Bruder Gerit vor sich, wie er abschätzig die Oberlippe hochzog. Dessen übliche Reaktion gegenüber den meisten nicht deutschen Gepflogenheiten.

Nichtsdestotrotz brachte die Verzögerung seinen Zeitplan einmal mehr durcheinander. Er hatte noch gar keine Unterkunft für die kommende Nacht. Ganz abgesehen davon, dass sein morgiges Tagesprogramm noch knapper ausfallen würde, sollte er es nicht mehr schaffen, Mettes Haus heute zu besichtigen. Er musste morgen spätestens um fünf Uhr nachmittags wieder am Flughafen von Heraklion sein. Der Rückflug ging um halb sieben.

»Wenn Sie wollen, kann ich Sie zum Gutshof meiner Verwandten mitnehmen. Dort können Sie warten, bis die Werkstatt öffnet«, fuhr die Kreterin fort.

Entschieden schüttelte er den Kopf. »Ich will keine Umstände machen. Es reicht völlig, wenn Sie mich vor der Werkstatt absetzen. Wirklich.« Er stellte sich vor, wie seine eigene Verwandtschaft reagieren würde, wenn plötzlich ein Wildfremder unangemeldet in ihrem Haus auftauchte. Das wäre Grund genug für völliges Unverständnis und mühsam zurückgehaltene Empörung. Ein absolut undenkbares Szenario.

Doch die Kreterin schnalzte nur mit der Zunge. »Das kommt gar nicht infrage.« Mit einer wegwerfenden Geste wischte sie den Einwand beiseite, bevor sie sich die Hand auf die Brust legte und mit dramatisch klingendem Unterton in der Stimme erklärte: »Für uns Kreter ist Gastfreundschaft eine Ehrensache, und Sie kennen meine Familie nicht. Wollen Sie etwa, dass man mich auf Lebzeiten verstößt, weil ich diesen heiligen, ungeschriebenen Ehrenkodex missachtet habe?« Dabei zwinkerte sie ihm schelmisch zu.

Fassungslos starrte er sie an. Wie bitte?

Dann setzte sie die Brille wieder auf und winkte ihn heran. »Steigen Sie ein. Sie sollten ohnehin nicht länger in der prallen Sonne stehen. Ihr Gesicht ist schon so rot wie ein gekochter Hummer.«

So kam es, dass Sören einen Augenblick später neben der Kreterin im Auto saß. Seine Vorbehalte waren allerdings noch nicht verschwunden. Zudem war der Peugeot noch kleiner als der Toyota, und er musste sich regelrecht auf dem Beifahrersitz zusammenfalten.

Ein von der Sonne ausgebleichter Plüschfrosch lag vor ihm auf dem Handschuhfach und schaute ihn breit grinsend an. Vom Rückspiegel baumelte eine kleine blaue, von Perlen eingefasste Glasscheibe, in deren Mitte, ähnlich einem Auge, ein weißer Fleck mit einem schwarzen Punkt prangte. Die um den Schaltknüppel gewundene hawaiianische Blumengirlande bot einen zusätzlichen Farbtupfer. Zusammen mit dem Quietschgelb der Außenlackierung und dem Kleidungsstil ein durchaus passendes Gesamtbild. Diese Frau liebte Farben, das ließ sich nicht leugnen.

»Das ist wirklich sehr freundlich von Ihnen«, sagte Sören.

»Keine Ursache.« Sie lächelte ihm zu, bevor sie den Zündschlüssel umdrehte. Sofort dröhnte laute Musik aus den Lautsprechern. Die Kupplung knirschte, als sie den ersten Gang einlegte. Vor dem Losfahren sagte sie noch: »Mein Name ist übrigens Alíki.«

»Sören. Freut mich.«

Sofort drehte sie sich erneut zu ihm um und hob die Sonnenbrille hoch. Erst jetzt aus der Nähe erkannte er die markante olivgrüne Farbe ihrer Augen. Und sie erstaunte ihn einmal mehr, als sie in einwandfreiem Deutsch mit leicht singender Betonung rief: »Kommst du etwa aus Jermanía – aus Deutschland? Oder doch aus Skandinavien?«

Er sah sie perplex an. »Aus Hamburg.«

Sogleich machte sich ein Strahlen auf ihrem Gesicht breit, und sie klatschte fröhlich in die Hände. »Oh, meine Verwandten werden begeistert sein.« Der Motor heulte auf, als sie losfuhr.

»In allerhöchstens einer Viertelstunde sind wir in Palekastro«, erklärte Alíki. Sie redete ganz offensichtlich für ihr Leben gerne. Denn es schien, als wollte sie die Dauer der Fahrt bis auf die letzte Sekunde ausnutzen, um Sören mit einem wahren Wasserfall von Informationen und Erklärungen zu überschütten: Ihre Verwandten hätten bis vor nicht allzu langer Zeit in Kassel gelebt, seien aber dann zurück nach Kreta gekommen, weil ihr Cousin vierten Grades den Gutshof sowie den dazugehörigen Olivenhain übernehmen musste.

Irgendwann zwischen »die Verlobte meines Cousins kommt ebenfalls aus Deutschland«, »gut laufender Agrotourismusbetrieb«, »eine riesengroße Familie« und »Vorbereitungen für die Hochzeit« verlor Sören jedoch den Faden. Alíkis Deutsch war zwar gut, aber nicht ganz so fließend wie ihr Englisch. Und sie vermischte hier und da ein paar Wörter, was es bei der Redeflut nicht einfach machte, ihr zu folgen. Stattdessen ertappte er sich mehr als einmal dabei, wie er sie von der Seite beobachtete. Ihre Gesten, ihre Mimik waren faszinierend. Es war, als unterstrich sie jedes einzelne Wort damit.

»Eine kretische Hochzeit ist etwas Spezielles, musst du wissen. Bei uns heiratet man nämlich nicht nur den Partner oder die Partnerin, sondern die gesamte Familie. In diesem Fall sogar das gaaaanze Dorf.« Dazu weitete sie die Augen und machte mit der rechten Hand einen großen Bogen in der Luft, während sie mit der anderen das Lenkrad festhielt. Sören konnte nicht anders, als zu schmunzeln. Es war ein Spektakel, ihr beim Reden zuzusehen.

Es dauerte tatsächlich nicht lange, bis sie Palekastro erreichten. Ein Dorf mit engen Straßen, gesäumt von weißen, mit Bougainvillea-Sträuchern verzierten Häusern, ein paar Restaurants, Bars und einem weiten Platz direkt vor der Kirche.

Der Ort schien wie verlassen. Nur in dem kleinen Café am Kirchplatz saßen zwei alte Männer im Schatten einer Platane.

Aber hier gab es Funknetz. Augenblicklich begann Sörens Handy, im Stakkato zu vibrieren. Vier neue Sprachnachrichten von Gerit und fünf verpasste Anrufe von Julia, seiner Verlobten. Rasch tippte er eine SMS an beide, dass er sich später melden würde, und schob das Gerät wieder zurück in die Hosentasche. Das musste vorerst reichen. Er hatte ihnen früh am Morgen vom Flughafen aus noch eine Nachricht geschickt und sie über seine kurzfristige Abreise informiert. Außerdem brauchte er zuerst jemanden, der den Reifen seines Wagens reparierte. Dann stand, wenn irgend möglich, die Besichtigung von Mettes Haus auf dem Programm und schließlich die Suche nach einer Unterkunft.

Ein Blick auf die Uhr: kurz nach vier.

Sie hatten fast schon das Dorfende erreicht, als sie in ein Seitensträßchen einbogen. Ein kunstvoll geschnitztes Schild mit der Aufschrift »Villa Esperides« stand dort. Der Weg führte durch einen großen, mit violetten und rosaroten Bougainvilleen überwachsenen Mauerbogen hindurch in einen Innenhof.

»Da sind wir«, verkündete Aliki gut gelaunt und platzierte den Peugeot neben drei anderen Autos im Schatten eines alten, knorrigen Olivenbaums.

Sören hörte das laute Zirpen der Zikaden, sobald er aus dem Wagen stieg. Der Wind raschelte in den Blättern des Olivenbaums und trug den Duft verschiedenster Kräuter und Pflanzen herbei. Er erkannte Rosmarin, Geranien und eine weitere feine, herb-süßliche Note. Der Duft kam von den Büscheln mit den zartvioletten Blüten, die in den rund um den Platz verteilten Terrakotta-Krügen wuchsen. Neugierig trat er an die am nächsten stehende Pflanze heran, brach eines der kleinen, mit silbernem Flaum bedeckten Blättchen ab und roch mit geschlossenen Augen daran. Ah, er liebte den Geruch von Salbei.

»Das hier war ursprünglich das Lager für Geräte und Vorräte. Jetzt machen wir hier Seifen aus Olivenöl.« Mit ausgestrecktem Arm zeigte Alíki auf einen an der rechten Seite des Innenhofs stehenden Steinbau mit mehreren Rundtoren. Dann drehte sie sich weiter und wies auf ein Nebengebäude am Ostende des Hofs, das aus mehreren Wohnblöcken mit flachen Dächern bestand. Deren Fassaden waren teils mit Gips verputzt, teils mit Natursteinplatten verkleidet. »Dieses Gebäude hat mein Cousin erst kürzlich errichten lassen. Das sind die fünf Gästezimmer. Hübsch und mit allem Komfort ausgestattet. Und das ist das Haupthaus. Dort wohnt die Familie.« Dabei zeigte sie auf das große Gebäude, das, wie der Neubau mit den Gästezimmern, aus mehreren quadratischen Teilen zusammengewachsen schien. Wie Sören sogleich bemerkte, herrschte auch hier Naturstein als Baumaterial vor. Dessen Ockerfarbe verlieh dem Gebäude einen warmen, erdigen Ton und bildete einen herrlichen Kontrast zum satten Grün des Efeus und der Weinranken, die sich entlang der Tür- und Fensterrahmen schlängelten. Eine Außentreppe führte hoch zur Terrasse. Von dort waren die Stimmen und das Gelächter von Frauen zu hören.

»Bist du wirklich sicher, dass deine Verwandten nichts dagegen haben, wenn ich plötzlich hier auftauche?«, fragte Sören noch einmal.

Alíki lachte, während sie mehrere längliche Schachteln vom Rücksitz ihres Autos holte und drei davon kurzerhand auf Sörens Arme stapelte. »Ganz sicher«, sagte sie nur und ging, selbst zwei Schachteln auf den Armen balancierend, auf die Treppe zu.

Die Terrasse war größer, als es von unten her den Anschein gehabt hatte. Die eine Hälfte war von einer Pergola vor der Sonne geschützt, die andere wurde von zwei trapezförmigen Sonnensegeln beschattet. Ein angenehmer Luftzug sorgte für Kühlung. Unter einem Vordach in Richtung Haus befand sich eine große, offene Küche. Davor standen mehrere Holztische mit Stühlen und Bänken, die zusammen genug Platz für mindestens dreißig Personen boten.

Dort, in einem im Windschatten platzierten und von Weinranken vor der Sonne geschützten Liegestuhl, döste ein alter Mann vor sich hin. Ungefähr zehn Frauen saßen an einem der Tische über Näharbeiten gebeugt und scherzten. Die meisten von ihnen waren schon etwas älter, andere ungefähr in Alíkis Alter. Doch Sören entdeckte auch drei jüngere Mädchen in der Gruppe. Vor ihnen auf den Tischen lagen Berge von beigem Leinenstoff, Schachteln voll mit farbigem Nähgarn und feinsten, geklöppelten Spitzenbändern.

»Yaaaa saaaas«, rief Alíki freudig und eilte den Frauen entgegen.

Sören hingegen blieb beim Treppenaufgang stehen, spannte instinktiv die Schultern an und fühlte auf einmal ein unangenehmes Prickeln auf der Haut, als die Frauen die Blicke hoben, die sich erst auf Alíki und dann mit unverhohlener Neugier auf ihn richteten.

Eine der älteren Frauen sowie ein junges Mädchen standen auf, begrüßten Alíki mit Umarmungen und Küssen, während diese ihren Verwandten ihrerseits in einem rasend schnellen Wortschwall erklärte, wer er war. Zumindest meinte Sören, seinen Namen und das Wort »Jermanía« herauszuhören.

Letzteres, so hatte er inzwischen gelernt, war das griechische Wort für »Deutschland«.

Sogleich begann das Gesicht des Mädchens zu strahlen, und sie kam mit fliegendem Haar auf ihn zu. »Du kommst aus Deutschland?«, rief sie in fast akzentfreiem Deutsch. »Wie toll ist das denn! Hi, ich bin Kalli. Meinem Bruder, Charis, gehört der Hof hier.« Ohne zu zögern, streckte sie ihm die Hand entgegen. »Warte nur, bis Lisa davon erfährt. Sie ist Charis' Verlobte und eine Landsfrau von dir.«

»Äh ...« Mehr brachte Sören nicht heraus.

»Nun lass den Ärmsten doch erst einmal zu Atem kommen.« Die ältere Frau erschien an Kallis Seite, eine kleine Gestalt mit kurzen, dunkelgrauen Locken und einem vor Freundlichkeit leuchtenden Gesicht. »Mein Name ist Sofia Zoidaki. Kalós irthate – willkommen in der Villa Esperides.« Ihr Händedruck war erstaunlich kräftig.

Endlich fand auch Sören wieder Worte. »Danke, es freut mich, Sie kennenzulernen. Mein Name ist Sören. Sören Johannsen.«

Sofia lächelte. »Soren? Was für ein origineller Name.«

»Sören. Mit ö«, verbesserte er. »Das ist die nordische Form des lateinischen Namens Severin.« Idiot, wen interessierte das schon?

Die ältere Kreterin tätschelte ihm den Arm. Dann drehte sie sich zu den anderen Frauen um und rief in ihrem akzentschweren Deutsch: »Das ist Soren Johannsen.«

Die Frauen winkten ihm lachend zu. Und niemand schien auch nur im Mindesten überrascht oder überrumpelt von seinem Erscheinen. Ganz im Gegenteil, sie bemühten sich sogar, Deutsch zu sprechen, als eine der Frauen sagte: »Du solltest dich besser in den Schatten setzen, junger Mann.«

»Ja, das sollte er wirklich. Er ist schon ganz rot im Gesicht«, pflichtete eine andere bei.

Eine dritte Frau nickte wissend. »Die Leute aus dem Norden sind unsere Sonne nun mal nicht gewohnt.«

Als wäre das ihr Stichwort gewesen, fielen nun auch die restlichen Kreterinnen in die Diskussion mit ein. »Mit so einem Sonnenbrand ist nicht zu spaßen.« – »Joghurt mit einem Tropfen Olivenöl. Das ist das beste Mittel dagegen.« – »Oder ein Umschlag aus gepressten Gurken.« – »Oder Aloe vera.« – »Und du musst trinken. Viel, viel trinken.«

»Aber nun setz dich erst einmal hin, und iss etwas«, sagte Sofia und drückte Sören auf die Sitzbank im Schatten, direkt neben dem Tisch der Frauen.

»Machen Sie sich bitte keine Umstände.« Verstohlen schielte er auf seine Uhr. Viertel vor fünf. Das Telefon in seiner Hosentasche vibrierte schon wieder. »Ich habe eigentlich gar keine Zeit. Wirklich. Ich suche bloß jemanden, der meinen Autoreifen repariert, und muss dann gleich weiter«, versuchte er zu erklären.

Doch niemand hörte Sören zu, während sich der Tisch vor ihm wie durch Zauberhand mit unzähligen Tellern und Tellerchen voll mit allerlei Köstlichkeiten zu füllen begann.

KAPITEL 2

Goldgelber Darjeeling

Am Hauptsitz der Johannsen Tee GmbH
in Hamburg, am Tag zuvor

Es war einer dieser Tage, an denen sich die Welt irgendwie verkehrt herum drehte und auf einmal nichts mehr in den gewohnten Bahnen verlief.

Mit bemühter Geduld stand Sören im Aufzug und sah auf die leuchtenden Nummern der Stockwerkanzeige. Als könnte er den altersschwachen Lift allein durch seine Willenskraft dazu bringen, schneller zu werden.

Der Hauptsitz der Johannsen Tee GmbH lag in einem der wuchtigen Klinkerbauten entlang des Zollkanals, direkt neben dem Kibbelsteg, mitten in der Hamburger Altstadt. Das Gebäude war ebenso alt und traditionsreich wie die Firma selbst. Der Name »Johannsen Tee GmbH« bürgte schließlich schon seit über hundert Jahren weltweit für auserlesene Teekreationen und einen entsprechend hohen Standard der Rohstoffe sowie der Fertigprodukte.

»In den Adern der Johannsens fließt kein Blut, sondern feinster, goldgelber Darjeeling, und das schon seit sechs Generationen«, hatte Vater immer voller Stolz gesagt. In Carl Johannsens Weltbild hatte Tee auf immer und ewig zu den Johannsens gehört und die Johannsens zum Tee – Ende, aus, Punkt. Die Familientradition war so heilig wie das Wasser der Elbe.

Mit einem heiseren Pling kam der Lift im vierten Stock zum Stehen, und die Schiebetür öffnete sich. Geschäftiges Telefonklingeln, Stimmen und Tastaturtippen empfingen Sören, während er mit weit ausholenden Schritten durch den Gang eilte, der das Großraumbüro in zwei Hälften trennte.

Sein Bruder Gerit und er hatten die beiden wichtigsten Hauptgebiete des Betriebs unter sich aufgeteilt: Gerit leitete den Verkauf sowie den gesamten Vertrieb und das Marketing. Ihm unterstand somit die gesamte linke Hälfte des Büros. Er hingegen leitete das Importwesen mit Fracht und Produktion. Diese Abteilungen lagen allesamt auf der rechten Seite.

»Moin, Herr Johannsen«, grüßte ihn Peter, der junge Praktikant, mit einem breiten Grinsen.

Sören nickte ihm zu. »Moin.« Normalerweise pflegte er ein kollegiales, aber dennoch striktes Verhältnis zu seinen Mitarbeitern und nahm sich sogar Zeit für ein, zwei Worte mit ihnen. Heute hatte er es jedoch eilig. Seine Gedanken wanderten ständig zu dem mehrseitigen Dokument in dem braunen Umschlag in seiner Aktentasche. Ein Auszug aus Großtante Mettes Testament. Deren Anwalt hatte es ihm heute Morgen persönlich übergeben, und Sören wusste noch immer nicht, was ihn mehr aus der Bahn geworfen hatte: dass Großtantchen gestorben war oder dass sie ihn als Einzigen der Familie mit einer Erbschaft bedachte. Und das, obwohl der Kontakt zu ihr vor mehr als fünfzehn Jahren abgebrochen war.

»Ah, da sind Sie ja«, rief ihm seine Sekretärin zu, als Sören wenig später sein Büro erreichte. »Ihre Verlobte hat angerufen, und Ihr Bruder ist schon drauf und dran, Ihnen einen Suchtrupp auf die Fersen zu hetzen.«

Ihr Name war Matilde Uffhausen – kurz Tilly genannt. Sie gehörte schon zur Johannsen Tee GmbH, solange Sören denken konnte. Ein wahres Urgestein. Sie war tüchtig, loyal, zuverlässig, verschwiegen, und er schätzte ihre unverblümte Ehrlichkeit. Vor allem aber liebte er ihre typische »Tilly-Miene«. Jenen ungerührten Blick und das fast schon vorwurfsvolle Hochziehen des rechten Mundwinkels, das einem – wie genau in diesem Moment – deutlich zu verstehen gab, dass der Mensch, der Matilde Uffhausen je beeindrucken sollte, erst noch geboren werden musste.

Mit spitzen Fingern rückte sie die Brille auf ihrer Nase zurecht. Die Brille selbst fiel dem Betrachter vor allem wegen des enzianblauen Gestells ins Auge. Das wiederum passte perfekt zum Perlensilber ihrer modisch frisierten Haare. Dann sagte Tilly mit ihrem typisch norddeutschen Akzent: »Ihre Verlobte lässt ausrichten, dass Sie sie dringend zurückrufen sollen.«

Sören zog sein Handy aus der Tasche. Während seines Besuchs beim Anwalt hatte er es auf lautlos gestellt und dann völlig vergessen. Sieben Anrufe von Julia. Heute Abend würde er sie in eines ihrer Lieblingslokale ausführen.

Das Brazzo's war eine der bekanntesten Adressen für gehobene mediterrane Küche in Hamburg und ein Muss für alle Feinschmecker, Prominente oder solche, die sich im Glanz der High Society sonnen wollten. Die Tische waren meistens auf Monate hinaus ausgebucht. Dieses ganze Schickimicki-Getue war Sören zwar schon immer zuwider gewesen – ganz im Gegensatz zu Gerit. Einer der bekanntesten Familien der Stadt anzugehören brachte ohnehin schon genug solcher Öffentlichkeitsverpflichtungen mit sich. Doch er hatte es Jule versprochen. Außerdem gehörte das Lokal einem von Sörens besten Freunden.

»Und Ihr Bruder …« Tilly holte tief Atem. »Ganze acht Mal hat er schon angerufen.«

Er seufzte in Gedanken. Ausgerechnet. Gerit hatte ihm jetzt gerade noch gefehlt. »Danke, Tilly. Ich kümmere mich so schnell wie möglich darum.« Damit ging er an ihrem Tisch vorbei und stieß die Glastür zu seinem Büro auf. Er musste unbedingt noch einmal in Ruhe diesen Testamentsauszug lesen, verstehen, das Ganze dann sacken lassen und entscheiden, was als Nächstes zu tun war. Dabei konnte er Gerit nicht gebrauchen.

Doch wie immer ließ sich Tilly nicht so leicht abwimmeln und folgte ihm mit entschiedener Miene. »Sie wissen, dass ich vieles für Sie tu, aber in den ewigen Knatsch zwischen Ihnen und dem Herrn Gerit, da steck ich mich nicht zwischen.«

Er hob fragend den Blick und sah, wie sie die Lippen spitzte. Das tat sie normalerweise nur, wenn etwas ihr Missfallen erregte.

»Die Videokonferenz mit Wellington Hotels«, sagte sie endlich.

Sören runzelte die Stirn. »Die ist für heute Nachmittag um drei angesetzt.«

Doch Tilly schüttelte den Kopf. »Ihr Bruder hat den Termin vorgezogen. Sie läuft bereits seit einer Viertelstunde. Die gesamte Marketingleitung ist zugeschaltet.«

Ohne ein weiteres Wort warf Sören die Tasche auf den Sessel vor seinem Tisch und trat an seinen Arbeitsplatz.

»Ich habe Ihnen schon alles bereitgelegt, Sie müssen sich nur noch über den Zoomlink anmelden«, erklärte die Sekretärin und stellte eine dampfende Tasse Kaffee neben die Computertastatur auf den Tisch.

»Danke, Tilly.« Sören setzte sich vor den Bildschirm.

Verdammt, was dachte sich Gerit überhaupt dabei? Er konnte doch eine so wichtige Sitzung nicht einfach vorziehen, ohne ihn darüber zu informieren. Die Wellington Hotels waren ein potenzieller neuer Großkunde. Vom Erfolg dieser Verhandlung hing ein Exklusivvertrag mit einer der wichtigsten Hotelketten der USA ab. Darauf arbeiteten sie nun schon seit zwei Jahren hin.

Er legte die Hand auf die Computermaus. Doch ehe er den Link anklickte, hielt Sören noch einmal inne, schloss die Augen, um sich zu sammeln. Er langte in seine linke Hosentasche und schloss die Hand um den kleinen, runden Kieselstein. Ein Stück grüner Granit. Den hatte er vor Jahren bei einem Spaziergang am Elbufer gefunden. Dessen fast moosgrüne Farbe und die markante Maserung waren ihm sofort aufgefallen. Seither trug er ihn immer mit sich. Der Stein passte genau in seine Handfläche. Die glatte, warme Oberfläche zu spüren, wirkte auf eine seltsame Art besänftigend.

Jetzt nur die Ruhe bewahren. Gerit lag ebenso viel an dem Deal wie ihm selbst, und er würde niemals riskieren, ihn platzen zu lassen. Allerdings neigte sein Bruder auch zu eher risikofreudigen Verhandlungstaktiken.

Mit dem Zeigefinger klickte er auf den Link und auf die Bestätigung. Sogleich erschienen die Gesichter aller Besprechungsteilnehmer in kleinen Quadraten auf dem Bildschirm. Tilly hatte recht gehabt, die gesamte Leitung von Marketing und Verkauf war dabei. Ebenso die drei Männer und eine Frau, die, allesamt in maßgeschneiderten Anzügen, braun gebrannt und mit jener für Amerikaner so typischen, selbstsicheren Attitüde, zusammen auf einem Bild an einem Tisch saßen. Die Führung des Purchasing Departments der Wellington Hotels.

»Ah, da ist er endlich«, rief Gerit auf Englisch und hob zur Begrüßung den Daumen. »Sie haben meinen Bruder ja bereits bei den vorherigen Telekonferenzen kennengelernt.«

Nach den üblichen Begrüßungsfloskeln lehnte sich Sören in seinem Stuhl zurück, während Gerit mit der Rede fortfuhr. Dabei stellte er den Amerikanern gezielte Fragen über ihre Firmenphilosophie, den großen Stellenwert, den sie der Auswahl ihrer Cateringprodukte beimaßen und damit einen möglichst hohen Qualitätsstandard anstrebten.

»Genau das ist auch der Wertemaßstab der Johannsen Tee GmbH«, sagte Gerit offen lächelnd und schuf damit einen gekonnten Übergang zur vorbereiteten Produktpräsentation, die sogleich allen Teilnehmenden auf dem Bildschirm erschien.

Dem potenziellen Geschäftspartner die eigenen Maßstäbe vor Augen halten, um zu verdeutlichen, dass man auf dieselben Werte baute. Eine geschickte Überzeugungstaktik. Gerit war schon immer der geborene Redner und Performer gewesen, das musste Sören ihm neidlos zugestehen. Er wusste genau, wie er eine Vertrauensbasis mit dem Gesprächspartner herstellen und Stück für Stück aufbauen musste. Dabei setzte er gezielt und ganz situativ entweder Charme oder Diplomatie ein, um zu erreichen, was er wollte. Hartnäckig, fokussiert, zielstrebig – und ja, manchmal, wenn es die Situation erforderte, auch skrupellos.

Sören hörte schweigend zu, als Gerit eine PowerPoint-Präsentation der Firmenwertschöpfungskette erklärte. Die Zusammenfassung davon würden sie den Amerikanern elektronisch übermitteln. Dazu ließ er eine Bemerkung über die hervorragende Qualität der Wellington Hotels und deren Speiseangebot fallen. Ganz beiläufig wirkend, doch mit einer effektiven Raffinesse.

Oh ja, er war gut – verdammt gut sogar. Doch Sören kannte die Maschen seines Bruders bereits sein Leben lang. Schon früher hatte der die Lehrer, Klassenkameraden, Verwandten – und ja, sogar die Eltern – mit Charme, Redegewandtheit und schlagfertigen Argumenten um den Finger gewickelt. Mit den Jahren hatte Gerit diese Fähigkeit sogar noch perfektioniert. Er wollte der Beste sein, in allem, was er tat. Vor allem aber besser als sein großer Bruder. Mutter nannte das »typische Junghengstkämpfe«.

Zugegeben, auch Sören selbst war vor allem in seiner Jugend kein Engel gewesen. Allerdings war es ihm auch damals nie um einen Konkurrenzkampf mit Gerit gegangen, sondern einzig ums Prinzip. Rückblickend war wahrscheinlich auch eine große Portion an jugendlichem Rebellionswillen dabei gewesen. Hauptsache, anders als der Rest der Johannsens sein. Keine einfache Sache in einer Familie, die so weitverzweigt war wie eine Ameisenkolonie und in der jeder irgendwie mit dem Teehandel zu tun hatte. Sei es im Firmensitz in Hamburg, in einer der Tochterfirmen in Bremen und London oder in einem der von Mutters Schwager gegründeten Tea-Brokingunternehmen in Kenia und Sri Lanka.

Es folgte eine kurze Vorstellung der wichtigsten Lieferanten von Sören sowie ein Video mit einem virtuellen Rundgang durch den Produktionsbereich. Nach einer kurzen Frage- und Small-Talk-Runde verabschiedeten sich die Amerikaner mit dem Versprechen, sich noch im Laufe derselben Woche für die finalen Verhandlungen zu melden. Ihr Bildquadrat verschwand.

Sören wartete gerade so lange, bis sich Gerits Mitarbeiter ebenfalls ausloggten, bevor er zu seinem Bruder sagte: »In fünf Minuten in meinem Büro.« Ohne ein weiteres Wort klickte er die Zoomverbindung weg.

Kurz darauf war Gerit schon von Weitem durch die offene Tür zu hören. »Moin, Tilly. Na? Was will er denn wohl von mir, mein großer Bruder?«

Ohne auf eine Aufforderung zu warten, trat der Jüngere ein und ließ sich mit breitem Grinsen auf den Sessel vor Sörens Schreibtisch fallen. »Zum Rapport, wie befohlen.«

»Lass die Witze.« Sören legte den Kugelschreiber nieder und lehnte sich zurück. »Was, zum Teufel, sollte das eben sein? Die Videokonferenz war erst für heute Nachmittag vorgesehen.« Er legte absichtlich einen tiefen Unterton in die Stimme, während er seinen Bruder mit stechendem Blick musterte.

Es hieß immer, sie beide würden sich trotz ihres Altersunterschieds von zwei Jahren wie ein Ei dem anderen gleichen. Die Leute mussten jedoch blind sein. Zugegeben, ihr Haar hatte dieselbe aschblonde Farbe. Im Gegensatz zu Gerits waren Sörens Augen jedoch eisengrau, dafür hatte er Vaters markante Wangenknochen und die schmalen Lippen geerbt.

Seelenruhig schlug Gerit die Beine übereinander. »Nun reg dich nicht auf. Ist doch alles bestens gelaufen.« Er hob die Hände. »Es war übrigens nicht meine Schuld, ich schwör's. Die Amerikaner haben mich auch erst heute Morgen angerufen und um eine Vorverschiebung des Treffens gebeten. Sie waren unerwarteterweise bereits in ihrer Zweigstelle in London und mussten dringend weiterreisen. Hätte ich das Ganze etwa abblasen sollen?«

»Natürlich nicht«, gab Sören zurück.

Gerits Augen funkelten in tiefstem Eiswasserblau, während sein rechter Mundwinkel spöttisch zuckte. »Eben. Außerdem habe ich mehrmals versucht, dich zu erreichen, aber du wolltest heute Morgen ja anscheinend lieber ausschlafen.«

So ein himmelschreiender Blödsinn. »Ich hatte einen Termin.«

»Den du natürlich nicht verschieben konntest.«

»Der Termin ist ebenso unerwartet gekommen wie der Anruf der Amerikaner.« Sörens Stimme war lauter geworden, und er biss sich sogleich auf die Zunge. Er hatte schlecht geschlafen und die Ereignisse des Morgens noch immer nicht verdaut. Das machte ihn reizbar. Und unprofessionell. Diese momentane Schwäche brauchte er Gerit nicht auch noch unter die Nase zu reiben.

Mit einem tiefen Atemzug bemühte er sich erneut um Ruhe und die Vernunft, die er als Älterer von ihnen beiden eigentlich demonstrieren sollte. »Nun gut. Wir haben schon eine Unmenge an Aufwand und Energie in diesen Deal mit Wellington Hotels investiert. Sehen wir also zu, dass wir ihn erfolgreich über die Bühne bringen, okay? Außerdem ... Falls es dich interessiert: Großtante Mette ist gestorben.«

Gerit hielt mitten in der Bewegung inne und runzelte die Stirn. »Großtante Mette? Die Verrückte? Von ihr haben wir seit Jahren kein Wort mehr gehört. Woher ...?«

»Ihr Anwalt hat mich gestern angerufen. Ich war heute Morgen bei ihm.« Sören griff nach dem Umschlag in seiner Tasche, zog die Testamentskopie heraus und reichte sie seinem Bruder.

Stumm überflog der die Seiten, sah Sören dann über den Seitenrand hinweg an. »Sie hat dir ein Haus in Griechenland vermacht?« Dabei lehnte er sich vor, legte den Ellenbogen auf der Glasplatte ab und schob damit den dort stehenden, handgroßen Mauerstein gefährlich nah an den Tischrand.

Sogleich griff Sören danach.

Gerit rollte nur kurz die Augen. »Du und dein Geröll.« Dann tippte er mit dem Zeigefinger auf das Papier in seiner Hand. »Und was hast du damit nun vor?«

»Ich weiß es noch nicht«, gab Sören zurück und stellte den Stein in sicherer Entfernung auf die gegenüberliegende Tischseite. Was Gerit da profan als »Geröll« abtat, war die minimierte, aber detailgetreue Gipsreplik des Falken im Sockel der Johannes-Statue beim St.-Nikolai-Mahnmal. Man konnte sogar den gebogenen Schnabel erkennen und die Federn auf der Brust. Doch Sören verzichtete auf einen weiteren Kommentar dazu. Er hatte keine Lust auf Streit. Schon gar nicht, wenn es dabei um etwas ging, das inzwischen nur noch sein ganz privates Hobby darstellte.

»Am besten, du verkaufst die Immobilie so schnell wie möglich. Bei der aktuellen Marktlage kannst du mit etwas Glück vielleicht sogar noch Gewinn machen«, meinte Gerit mit seinem typisch pragmatischen Tonfall, stand auf und reichte ihm die Papiere zurück.

»Wie gesagt, ich habe mich noch nicht entschieden«, antwortete Sören nachdenklich. Immerhin ging es hier um Mettes Letzten Willen, und er war nicht nur gerührt, sondern auch neugierig. Wie, um alles in der Welt, kam sie dazu, ausgerechnet ihm etwas zu vermachen? Und noch dazu ein Haus auf Kreta?

Sein Blick fiel auf das Dokument in seiner Hand. Darauf stand der Kontakt des kretischen Anwalts, den Mette als lokalen Nachlasspfleger eingesetzt hatte. Ein gewisser Konstantinos Konstantakis. Er sollte ihn anrufen. Er brauchte mehr Informationen über die Liegenschaft, bevor er sich für einen weiteren Schritt entschied, in welche Richtung auch immer dieser gehen würde.

Sören sah auf, als er die Hand auf seiner Schulter spürte. Gerit war schweigend neben ihn getreten. Er staunte über das Mitgefühl in dessen Blick.

»Ich weiß, du und Mette, ihr habt euch damals nahegestanden. Es tut mir ehrlich leid, dass sie gestorben ist«, sagte der Jüngere leise. »Doch du musst jetzt fokussiert bleiben. Die nächsten Tage sind wichtig für uns. Für die Arbeit der letzten zwei Jahre. Für die Firma. Ich brauche dich.« Mit ernster Miene drückte er Sörens Schulter und verschwand dann ohne ein weiteres Wort nach draußen.

Sören schaute seinem Bruder nach und schüttelte dann den Kopf. Gerit schaffte es tatsächlich immer wieder, ihn zu erstaunen. So viel Mitgefühl hätte er ihm gar nicht zugetraut. Normalerweise interessierte sich Gerit auch kaum für etwas, das ihn nicht direkt selbst betraf. Nicht aus Böswilligkeit, sondern weil in seinem pragmatischen Weltbild schlicht kein Platz dafür war. Genau das machte die Zusammenarbeit mit ihm manchmal zu einer echten Herausforderung und zum Hauptgrund, weshalb er, Sören, seinen Firmenanteil nach Vaters Tod eigentlich gar nicht hatte übernehmen wollen.

Es war schon fast sieben Uhr abends, als Sören das Firmengebäude wieder verließ und nach Hause hetzte. Mist, er war viel zu spät dran. Er hatte Julia versprochen, dass er sie um halb acht abholte. Der Tisch war für acht Uhr reserviert.

In seiner Wohnung angekommen, warf er Jacke und Aktentasche aufs Sofa, streifte sich die Schuhe von den Füßen und knöpfte sich das Hemd auf. Im selben Moment klingelte sein Telefon. Julia. Nanu?

Während er die Treppe hocheilte, drückte er auf den Lautsprechermodus seines Handys. »Hey, Schatz. Ich bin etwas später dran als gedacht. Aber gib mir nur ein paar Minuten für eine Dusche. Um halb acht bin ich bei dir.«

»Hey«, ertönte Julias Stimme. Sie räusperte sich. »Hör zu, genau deshalb rufe ich an. Es gibt eine kleine Planänderung.«

Sofort blieb Sören stehen. »So?«

»Ja. Du kennst doch meine Freundin Brigitte, die nach Japan gezogen ist?«

Nein, der Name sagte Sören nichts. Es war jedoch ohnehin unmöglich, den Überblick über die Schar von Julias Freundinnen zu behalten.

»Sie ist ganz unerwartet für ein paar Tage wieder zurück in Deutschland, und ich habe sie seit mehr als einem halben Jahr nicht gesehen. Darum hatten die anderen und ich die Idee, heute etwas mit ihr zu unternehmen. Es geht leider nicht anders, sie fliegt morgen schon wieder ab.«

In Gedanken sah Sören, wie Julia die Unterlippe vorschob. Das tat sie immer, wenn sie etwas durchsetzen wollte.

Er lehnte sich gegen das Treppengeländer. Breit grinsend. Erst heute Nachmittag hatte er sich noch vorgestellt, wie viel lieber er den Abend in Ruhe zu Hause verbringen würde. Ein dreifaches Hoch auf den Zufall. Und auf Brigitte. »Dann müsst ihr den Abend natürlich mit eurer Freundin verbringen, ist doch klar«, antwortete er und war insgeheim stolz auf seinen verständnisvollen Tonfall.

»Du hast auch wirklich nichts dagegen?«

»Aber nein. Warum geht ihr nicht ins Brazzo's? Zwei Plätze sind schon reserviert. Für die anderen rufe ich Gianni an. Der kriegt das bestimmt hin.«

»Oh, das ist eine wunderbare Idee. Die anderen werden begeistert sein!«

Das glaubte Sören ihr sofort. Julia war die Tochter eines vermögenden Reedereiinhabers aus Bremerhaven. Damit gab sie in den Augen von Sörens Familie nicht nur die ideale Schwiegertochter ab, sondern sie war auch einen entsprechenden Status gewohnt. Wenn es etwas gab, das sie und ihre Freundinnen über alles liebten, dann war es, im Zentrum der Aufmerksamkeit zu stehen. Ob bei den mondänen Benefiz- und Kulturveranstaltungen, die Julia zusammen mit ihrer Mutter organisierte, oder im zurzeit angesagtesten Restaurant der Stadt.

»Willst du nicht doch auch mitkommen?«, fragte sie.

Sich die Chance eines ruhigen Abends entgehen lassen? Der Himmel bewahre. Das war einer der größten Gegensätze zwischen ihm und Julia. »Keine Sorge, ich werde mich heute Abend stattdessen einem Wappenstein widmen, den ich gestern zufälligerweise in einem Schuttcontainer gefunden habe.«

»Einem was?«

Er schmunzelte. »Nicht wichtig. Mach dir einen schönen Abend. Wir gehen dafür ein andermal zusammen hin, nur du und ich, okay?«

»Macht es dir etwas aus, wenn ich heute Nacht nicht zu dir komme? Wir gehen nach dem Essen noch in einen Klub. Ich will dich nicht aufwecken, sollte es etwas später werden.«

»Kein Problem«, antwortete er. Es machte ihm wirklich nichts aus. Julia wollte Freiheit, er hingegen seine Ruhe. Genau dieser Kontrast hatte ihn schon damals bei ihrem Kennenlernen fasziniert. Sie kompensierte all das, was Sören ein Graus war, und ergänzte ihn dadurch zugleich vortrefflich in den Augen der Öffentlichkeit. So war es in den Jahren ihrer Beziehung zur Gewohnheit geworden, und irgendwie waren sie beide damit zufrieden. Wahrscheinlich war das auch der

Grund, weshalb das Thema »Heirat« mit der Zeit, trotz der Verlobung, an Wichtigkeit verloren hatte. Warum ändern, was ihnen beiden gut ins Leben passte?

»Dann sehen wir uns also morgen? Und im Brazzo's einen Tisch für acht Personen, ja? Lieb dich, Schatz.«

Er hörte, wie sie ihm durchs Telefon einen Kuss zuschickte, und rief: »Viel Spaß!« Doch sie hatte bereits aufgelegt.

Rasch rief Sören seinen Freund Gianni vom Brazzo's an und organisierte den Tisch für Jule und deren Freundinnen. Dann stellte er das Gerät auf lautlos und steckte es sich in die Hosentasche.

Einen Moment lang blieb er einfach so stehen, die Ruhe genießend, ging die Treppe hinunter und trat an eines der großen Bogenfenster. Er liebte den Blick auf den Hamburger Hafen. Linker Hand waren die St. Pauli Landungsbrücken mit dem markanten Pegelturm zu sehen. Direkt daneben lag der Kuppelbau des Alten Elbtunnels. Wandte er sich nach rechts, sah er die unzähligen Hälse der Kräne auf den Containerbrücken am gegenüberliegenden Elbufer.

Allein schon deswegen hatte es sich gelohnt, diesen Teil der alten Schiffswerft zu kaufen. Nach rund einem halben Jahr der Restauration und Instandsetzung war daraus ein zweistöckiges Loft mit modern-urbanem Touch entstanden. Sörens ganzer Stolz, denn bis auf die elektrischen und sanitären Installationen hatte er den Großteil der Restaurationsarbeiten eigenhändig durchgeführt.

Mit über hundertfünfzig Quadratmetern war die Wohnung zwar eigentlich viel zu groß für ihn allein, aber er schätzte die Weite des Raums. Hier konnte er atmen. Hier fühlte er sich wohl. Auch wenn Julia den Loft samt Einrichtung als – wie sagte sie immer? – zu männermäßig und unelegant abtat und nichts davon wissen wollte, bei ihm einzuziehen. Zugegeben, die Einrichtung entsprach vielleicht nicht den Feng-Shui-Regeln, trotzdem hatte Sören einen anspruchsvollen Geschmack. Die Kosten waren ihm bei der Einrichtung nicht wichtig gewesen, solange die Qualität stimmte. Das gehörte zu den Vorteilen, ein Mitglied der Johannsen-Familie zu sein: Geld spielte meist keine große Rolle.

Die Abendsonne flutete den Raum und ließ das Rot der Backsteinwände aufleuchten. Der großzügige Wohnbereich mit dem alten Ledersofa, dem Kamin und den Bücherregalen bildete das Kernstück der Wohnung. Absolute Blickfänger waren jedoch die drei großen, von Lampen ins rechte Licht gerückten Originalposter von Sörens Allzeit-Filmfavoriten: *Ben Hur*, *Star Wars – die Rückkehr der Jedi-Ritter* sowie ein Kombiposter der *Herr der Ringe*-Trilogie. Als bewusster Stilbruch dazu standen überall im Raum Steinskulpturen. Die hatte Sören eigenhändig behauen. Repliken von Büsten oder Säulenkapiteln, aber auch eigene Kreationen. Ihm gefiel dieser Kontrast, er spiegelte ein Stück weit seinen eigenen Charakter.

Ein langer Holztisch trennte den Wohnraum optisch von der riesigen, offenen Küche ab. Eine Eisentreppe führte rechter Hand hinauf auf die Galerie, wo Sören sich das Schlafzimmer, das Büro sowie ein kleines Werkstattatelier eingerichtet hatte. Sein Refugium. Der einzige Ort, wo er ungestört seinem Hobby nachgehen konnte.

Mit den Testamentsunterlagen unter dem Arm nahm er sich ein Bier aus dem Kühlschrank, stieg die Treppe hoch und tauschte Hemd und Stoffhose gegen ein bequemes T-Shirt und Jeans. Barfuß ging er dann die Galerie entlang zum Atelier. Diese Ecke hatte er absichtlich gewählt, denn durch die schräg einfallenden Dachfenster war das Licht ideal. Zudem befand sich hier der direkte Zugang zu einer windgeschützten Terrasse, falls einmal besonders staubträchtige Arbeiten anstanden, die besser im Freien erledigt wurden.

Bereits beim Eintreten drang Sören der vertraute Geruch in die Nase. Seine Finger glitten über die dort auf der Staffelei bereitliegende Sandsteinplatte. Nichts fühlte sich so gut unter den Händen an wie Stein. Egal, welcher Art. Ob rauer Granit oder mehliger Kalkstein oder kühler Marmor – jedes Material hatte seine eigene Oberflächenstruktur, sein ganz eigenes Wesen. Besonders wenn es sich um ein so altes Objekt handelte wie dieser Wappenstein. Irgendwann wohl als Zierrat an einer Hausfassade oder einem Torbogen angebracht, jetzt jedoch fast bis zur Unkenntlichkeit verwittert und von Grünbelag und Schimmel überwuchert.

Ein absoluter Glücksfund, denn solche Objekte bekam Sören sonst nur selten in die Hände. Meistens musste er mit irgendwelchen kaputten Grabplatten oder minderwertigen Statuen vorliebnehmen, die sonst ohnehin entsorgt würden und die ihm ein Bekannter vom Denkmalschutzamt überließ. Denn ihm fehlten Berufsabschluss, Studiengang und Qualifikation, und niemand ließ einen Hobbyrestaurator etwas wirklich Wertvolles anfassen. Dabei war genau das der Beruf, den er eigentlich hatte ergreifen wollen, seit er zwölf Jahre alt gewesen war und zum ersten Mal einen Hammer und ein Spitzeisen in der Hand gehalten hatte: Konservator und Restaurator in Fachrichtung Stein. Ein ehrlicher, solider Beruf, der jedoch mit Teehandel ebenso viel zu tun hatte wie Aalsuppe mit Pistazieneis. Somit war allein schon der Gedanke daran in Vaters Augen unannehmbar für ein Mitglied der Familie Johannsen gewesen und absolut inakzeptabel für den eigenen Sohn.

Einzig Großtantchen Mette hatte Sören damals unterstützt und die übrigen Familienmitglieder als »einen Haufen tüddeliger Sabbelbüdel« betitelt.

Sören grinste bei der Erinnerung. Man hatte Mette vieles nennen können: egozentrisch und verrückt – ziemlich verrückt sogar –, stur und launisch. Vor allem, wenn es um Familienangelegenheiten ging. Diplomatie hatte jedenfalls nie zu ihren Eigenschaften gehört.

Er schlüpfte in die Holzpantinen, die er immer für die Arbeit im Atelier benutzte. Dann nahm er das Testament aus dem Umschlag und legte es neben den säuberlich aufgereihten Werkzeugen auf den Arbeitstisch. Noch im Büro hatte er Mettes Nachlasspfleger in Kreta angerufen. Ein der Stimme nach netter älterer Herr, der ihm sogar einen vertrauenswürdigen Immobilienmakler empfehlen könnte, sollte er sich dazu entscheiden, das Haus zu verkaufen.

Was das anging, hatte Gerit zweifellos recht. Ein schnellstmöglicher Verkauf war die beste Option, jeder Vermögensberater würde dasselbe sagen. Allerdings, so hatte ihn der kretische Anwalt informiert, wäre in diesem Fall eine Unterschriftsbeglaubigung mit persönlicher Anwesenheit unumgänglich. Was bedeutete, dass Sören das Haus nur verkaufen konnte, wenn er nach Kreta reiste und die Erbschaft und deren Veräußerung eigenhändig und im Beisein des Anwalts quittierte. Ausgerechnet. Es konnte dafür kaum einen ungünstigeren Zeitpunkt als jetzt geben, wo der Vertragsabschluss mit Wellington Hotels anstand.

Gedankenverloren füllte er handwarmes Wasser in eine Schüssel, gab einen halben Löffel Sodapulver dazu und rührte das Gemisch um, bis das Wasser wieder klar war. Vorsichtig stellte er die Schüssel dann auf einen Schemel neben der Staffelei.

Mit dem Zeigefinger fuhr Sören über die eingemeißelte Darstellung auf dem Stein vor ihm. Die Jahreszahl 1568 prangte über dem Wappenschild, auf dem unter der dicken Schicht aus Schmutz und Grünbelag das Abbild eines Lorbeerzweigs als Rangkrone und an der Stelle des Schildhalters die Form eines Tiers zu erkennen waren. Es sah aus wie ein auf den Hinterläufen stehendes Pferd. Oder war es vielleicht doch ein Widder?

Er tunkte eine Zahnbürste ins Sodawasser und zog sie mit leichten, kreisenden Bewegungen über den Stein. In der linken oberen Ecke beginnend, arbeitete er sich Zentimeter um Zentimeter vor. In jede Ritze, über jede noch so kleine Wölbung. Sachte, ganz sachte, um den Stein nicht noch mehr zu beschädigen.

Wie immer, wenn er mit den Händen arbeitete, beruhigten sich seine Gedanken und sogar sein Atem. Es war wie eine Art Meditation, die alles wieder ins rechte Licht rückte. Ein befriedigendes, ehrliches Gefühl, etwas zu erschaffen. Oder, wie in diesem Fall, etwas Altes von den Spuren der Zeit zu befreien und sein wahres Gesicht wieder ans Licht zu bringen. Nur Großtantchen Mette hatte das verstanden und ihm während eines Besuchs in ihrem Landhaus in Büsum das Steinhauen beigebracht. Das war der Anfang gewesen.

Dreck knirschte unter seinen Fingern. Ein schwarzes Rinnsal floss über seinen Handrücken bis zum Handgelenk. Schmutz, Staub und Dreck hatten Sören nie gestört. Gerit hingegen würde dabei bloß angeekelt die Nase rümpfen. Bei der Vorstellung schnaubte er kurz amüsiert auf, konzentrierte sich jedoch sogleich wieder auf seine Arbeit.

Um was für ein Wappen es sich wohl handelte? Eine solche Darstellung hatte er noch nie gesehen.

»Was haben wir denn da?« Er beugte sich vor.

Da. Tatsächlich. Mitten im Schild, in der sogenannten Herzstelle, schimmerte unter der Schmutzschicht etwas Goldfarbenes hervor.

Sören hielt den Atem an, während er die Zahnbürste ganz vorsichtig über die Erhebung gleiten ließ. Ein Lächeln machte sich auf seinen Lippen breit, sobald er die Form erkannte. Eine vergoldete Rosette. Die meisten Blattspitzen waren abgebrochen, aber der Blütenkelch, einmal sauber, war unverkennbar.

Er setzte sich wieder gerade hin, dehnte den verspannten Rücken. Dabei fiel sein Blick erneut auf das Testament dort auf dem Werktisch. Er hatte ganz vergessen, Julia von der Erbschaft zu erzählen. Doch sie hatte Großtante Mette ohnehin nicht gekannt, außerdem war ein Haus auf Kreta kaum nach ihrem Geschmack. Sie waren voriges Jahr auf Mauritius gewesen, das sagte ihr eher zu.

Der Zeitpunkt für einen Kurztrip nach Kreta war, wie gesagt, alles andere als günstig. Aber vielleicht … Wenn er einen Tag für die Hinreise und schon für den darauffolgenden Tag die Rückreise plante?

Einer plötzlichen Eingebung folgend, schaute er auf die Uhr. Schon fast halb neun. Wie spät war es jetzt auf Kreta?

Hastig griff er nach dem Umschlag und eilte in sein Büro, wo er das Notebook hochfuhr. Nach kurzer Suche fand er eine Übersicht der verfügbaren Flüge von Hamburg nach Kreta für die kommenden Tage. Der nächste ging morgen früh um sieben.

Rasch rief Sören die Anrufliste in seinem Handy auf. Konstantinos Konstantakis' Nummer war leicht zu finden, sie war die einzige in der Liste mit der internationalen Ländervorwahl +30.

Das Summen des Ruftons klang dumpf und weit entfernt. Dann ein Klicken in der Leitung und die männliche Stimme, die »Ne, parakalò!« rief.

»Mr Konstantakis? Hier spricht noch einmal Sören Johannsen«, antwortete er auf Englisch. »Sie können die nötigen Unterlagen vorbereiten. Ich komme morgen nach Kreta.«

KAPITEL 3

Der jermanós und das Haus der stríggla

Wieder am folgenden Tag, auf dem Weg nach Palekastro, Kreta

Stumm seufzend blickte Alíki Dermitzakis auf das Display ihres Handys in der Halterung rechts über dem Lenkrad, während Yiayià Sofìas Stimme aus dem Hörer schallte: »Und du hast auch wirklich hingeschaut, als der alte Giorgios den Stoff zugeschnitten hat? Er ist halb blind und verschlagen noch dazu. Es wäre nicht das erste Mal, dass er seine Kundschaft übers Ohr haut. Aber er ist der einzige Stoffhändler in ganz Ostkreta, der Leinen in dieser Qualität anbietet.«

Alíki unterdrückte ein Auflachen. »Ich habe ihn keine Sekunde lang aus den Augen gelassen, ich schwöre beim heiligen Angelis«, antwortete sie und bog in die Überlandstraße in Richtung Palekastro ein. Die letzten Häuser Sitias lagen bereits hinter ihr.

»Mach dir keine Sorgen, Yiayià. Auf dem Rücksitz hinter mir liegen genau zehn Meter sandfarbener Leinenstoff. Dazu fünfzehn Fadenröllchen in Kirschrot. Wie gewünscht.« Mit angehaltenem Atem biss sich Alíki auf die Unterlippe, damit sie sich nicht etwa durch ein Kichern verriet.

»Kirschrot? Um Himmels willen!« Wie erwartet hob sich Sofìas Stimme augenblicklich um zwei Oktaven. »Der Faden muss doch eierschalenfarben sein.«

Alíki lachte schallend auf. »Das war ein Scherz.«

Ein Stoßseufzer ertönte vom anderen Ende der Leitung. »Theé mou! Mach das nicht noch einmal, hörst du? Wir haben keine Zeit für solche Späße.«

Trotzdem konnte Alíki ein kleines Glucksen nicht unterdrücken. Obwohl das, zugegeben, ziemlich fehl am Platz war. Sie wusste genau, wie viel es Sofía bedeutete, die Hochzeit ihres ältesten Enkels auszurichten. Sie hatte Charis und seine beiden Schwestern Philyra und Kalli quasi aufgezogen und führte nun zusammen mit ihm den Gutshof der Familie mit dem dazugehörigen Olivenhain. Charis war inzwischen das Oberhaupt der Familie Zoidakis, und Sofías Hoffnung, ihn endlich unter die Haube zu bringen, war mit der Zeit einer störrischen Resignation gewichen.

Bis vor einem Jahr die deutsche Archäologin Lisa Stadler nach Palekastro gekommen war, um die Ausgrabungen im angrenzenden Roussolakos wieder aufzunehmen. Es hatte allerdings einen Sommer voller Turbulenzen und sogar einen Sitzstreik vor der Polizeikommandantur von Sitia benötigt, bis die beiden endlich zusammenfanden. Seit Charis' unerwartetem Antrag im vergangenen Frühling befand sich die Familie und damit ganz Palekastro im völligen Ausnahmezustand. Eine anständige kretische Hochzeit zu planen und vorzubereiten, dauerte in der Regel über ein Jahr, ihnen waren gerade mal fünf Monate geblieben. Eine wahre Herkulesaufgabe.

»Ich versuche nur, dich aufzuheitern. Wir schaffen das schon. Alles wird gut, ganz bestimmt«, versuchte Alíki, ihre Verwandte zu beruhigen. Wohl wissend, dass es beim Versuch bleiben würde, denn es erwarteten sie noch Berge von Arbeit allein mit dem Nähen von Lisas Aussteuer, der sogenannten proíka.

Diese bestand traditionsgemäß aus einer über Jahre hinweg angehäuften Sammlung von Bettwäsche, Hand- und Geschirrtüchern, außerdem Tischdecken und Servietten. Um die meisten Wäschestücke kümmerten sich Lisas Mutter und ihre Tante in Deutschland. Für Sofia war es jedoch eine Frage der Ehre, dafür zu sorgen, dass die zukünftige Frau ihres Enkels handgenähte Leinentischtücher mit den dazugehörigen Stoffservietten vorzeigen konnte. Deshalb hatte sie einmal mehr die gesamte abkömmliche weibliche Verwandtschaft auf dem Gutshof von Palekastro zusammengerufen.

»Und es ist auch ganz sicher der gleiche Stoff?«, fragte Sofia erneut.

»Du hast mir doch ein Muster mitgegeben.« Alíki schmunzelte.

»Ja, aber die Schattierungen sind nicht leicht zu unterscheiden.«

»Es ist hundertprozentig derselbe Stoff. Hör zu, Yiayià, ich hab gleich keine Netzverbindung mehr. Ich bin aber in etwa einer halben Stunde auf dem Gutshof. Gib meiner Mutter inzwischen einen Kuss von mir, endaxi? Bis gleich.« Rasch drückte sie auf den roten Punkt auf dem Telefondisplay, bevor Sofia womöglich noch mehr sagen konnte, und atmete erleichtert auf. Manchmal konnte die Familie sehr anstrengend sein.

Wenn man es ganz genau nehmen wollte, gehörte Alíki zwar lediglich zur entfernten Verwandtschaft. Sie und Charis waren Cousins vierten Grades und hatten gerade mal denselben Ururgroßvater väterlicherseits. In Ortschaften wie Palekastro kannte jedoch jeder jeden, genauso wie jeder um hundert Ecken mit jedem verwandt war. Alíkis und Charis' Mütter waren zudem seit Kindertagen beste Freundinnen gewesen, weshalb Alíki, schon seit sie denken konnte, auf dem Gutshof ein und aus ging. Selbst ein Einzelkind, waren Charis, Philyra und Kalli für sie zu einer Art Ersatzgeschwister geworden, und sie nannte deren Großmutter ebenfalls Yiayià. Was das betraf, erwies sich das ganze Verwandtschaftsgewirr manchmal auch als sehr simpel und zweckmäßig.

Mit einem Griff nach dem MP3-Player wählte sie ihr Lieblingslied, drehte die Lautstärke hoch und lehnte sich zurück. Der Song war zwar schon ein paar Jahre alt, gehörte jedoch noch immer zu ihren absoluten Sommer-Favoriten. *Ola moiazoun Kalokairi* der Band Melisses. Alíki mochte die locker-verspielte Melodie, die einen beim Zuhören immer augenblicklich ins Träumen versetzte. Als würde man mit einem Boot über die sanften Wellen treiben, den Wind in den Haaren und ganz ohne Sorgen.

Sie bewegte die Schultern im Takt, malte mit der rechten Hand Wellen in die Luft, während sie mit der Linken das Lenkrad hielt und aus Leibeskräften den Refrain mitsang: »Ola moiazoun Kalokairi, sti diki sou agkaliá …« – In deinen Armen ist alles wie Sommer.

Es gab nichts Schöneres, als beim Autofahren zu singen, fand Alíki. Es ließ einen die Sorgen des Alltags einen Moment lang vergessen, zudem ging jede noch so lange Fahrt auf diese Weise viel schneller vorbei. Obwohl man die Hochzeitsvorbereitungen eigentlich kaum als »Sorgen des Alltags« bezeichnen konnte, eher als »Allgemeines Nervenaufreiben«. Am 18. Juli, in knapp anderthalb Monaten, war es so weit. Die Hochzeit, der ganz Palekastro entgegenfieberte.

Inzwischen hatte sie die Abzweigung zum Kloster Moni Toplou passiert. Noch ungefähr zehn Minuten bis zum Gutshof. Ausgezeichnet, sie lag gut in der Zeit. So konnten sie und

Kalli heute noch mit dem Zuschneiden des Stoffs anfangen, während Mutter und Yiayià zusammen mit den restlichen, bereits auf dem Hof versammelten Tanten, Nichten und Cousinen mit dem Besticken der Tischtücher weitermachten.

Wie gewohnt schaltete Alíki einen Gang zurück, bevor sie um die weite Rechtskurve lenkte. Nur ein paar Hundert Meter bis zur nächsten Biegung, dahinter konnte man bereits von Weitem den Kastris sehen – jenen markanten trapezförmigen Berg, dem die Ortschaft Palekastro den Namen verdankte.

Als sie die Schafherde in der Nähe des Straßenrands sah, drosselte sie das Tempo vorsichtshalber noch mehr. Schafe auf der Fahrbahn waren keine Seltenheit. Normalerweise wurden die Tiere zwar innerhalb der umzäunten Weiden gehalten, es kam allerdings immer wieder vor, dass sie ausbüxten und seelenruhig über die Straße trotteten.

»Nanu?« Sie beugte sich vor, um besser sehen zu können. Da. Ein rotes Auto. Nur ein paar Meter neben der Straße. Doch vom Fahrer oder den Insassen nirgends eine Spur. Eigenartig.

Sie war noch keine zweihundert Meter weitergefahren, als sie eine Gestalt auf der anderen Straßenseite sah. Einen Mann mit hellblonden Haaren, die Reisetasche lässig über den Rücken geworfen. Er war jung, das erkannte Alíki an der Haltung und den langen, athletischen Schritten, mit denen er in Richtung Palekastro marschierte.

Sie schüttelte den Kopf. Wer war denn so verrückt und spazierte die Straße entlang? Um diese Tageszeit? Unter der brütenden Sonne? Er trug nicht einmal einen Hut.

Nach einem kurzen Hupstoß überholte sie den Fremden und fuhr rechts ran. »Einfach unglaublich, wie unvernünftig manche Leute sind«, schimpfte sie unterdrückt. Wusste er denn nicht, wie schnell man sich hier draußen einen Sonnenstich oder einen Hitzschlag holen konnte? Dabei war Alíkis Ärger nicht nur auf den fremden Mann gerichtet, sondern vor allem auf sie selbst. Warum um alles in der Welt konnte sie nicht einfach weiterfahren und so tun, als ginge es sie nichts an? Aber nein, stattdessen war da dieses ständige Bedürfnis, anderen zu helfen. Lisa nannte es »liebenswürdige Empathie«. Alíki nannte es ihren persönlichen Fluch. Und der würde ihr heute zudem nichts weiter als einen Rüffel von Mutter und Yiayià einbringen, weil sie Zeit vertrödelt hatte.

Sie stieß resigniert den Atem aus und öffnete die Tür. Sie würde nur kurz fragen, ob alles in Ordnung sei, damit ihr Gewissen beruhigt war und sie weiterfahren konnte. Ganz einfach. Ohne großen Firlefanz.

Doch beim Aussteigen verhakte sich einer ihrer Armreife am Sicherheitsgurt. Noch während Alíki sich zu befreien versuchte, schmierte sie mit der Hand über die Gläser ihrer Sonnenbrille, sodass sie mit dem linken Auge kaum noch etwas erkennen konnte. Entnervt nahm sie die Brille ab und warf sich das Haar über die Schultern zurück, weil dieser lästige Wind ihr ständig Strähnen ins Gesicht wehte. »Brauchen Sie Hilfe?«, rief sie dem Mann über die Straße hinweg zu.

Der war inzwischen stehen geblieben und starrte sie nur reglos an.

Theé mou! Er machte ein so fassungsloses Gesicht, als wäre sie in einer Schwefelschwade vor ihm aus dem Boden emporgestiegen. Stimmte vielleicht etwas mit ihrem Kleid nicht? Oder klebten ihr immer noch Haare im Gesicht?

Endlich fand er seine Sprache wieder und sagte auf Englisch: »Es tut mir leid, ich spreche kein Griechisch.«

»Oh.« Erleichtert trat Alíki näher. Jetzt, wo sie den Mann genauer betrachtete, hätte sie sich das eigentlich denken können, denn so sah kein Kreter aus. Nicht einmal ein Grieche vom nördlichen Festland. Das helle Haar und die Augen, die dieselbe Farbe hatten wie die Meeresgischt im Winter. Ein gepflegter Zehntagebart und buschige, ebenfalls hellblonde Augenbrauen machten sein Gesicht noch markanter und sogar ein bisschen streng. Seine bereits verdächtig sonnengerötete Haut zeichnete ihn entweder als Engländer oder zumindest Nordeuropäer, wenn nicht sogar Skandinavier aus.

Nur zehn Minuten später saß Sören Johannsen, so sein Name, neben ihr im Auto auf dem Weg nach Palekastro, wo er einen Mechaniker für seinen platten Reifen finden konnte. Er kam außerdem aus Hamburg.

Im Gegensatz zu ihren Cousins und Yiayià, die jahrelang in Kassel gelebt hatten und fließend Deutsch sprachen, hatte Alíki längst keinen so tiefen Bezug zu Deutschland und war lediglich einige Male zu Besuch dort gewesen. Doch sie mochte die Sprache, hatte seinerzeit in der Schule sogar Deutsch als Wahlfach belegt. Auch bei ihrer Arbeit im Spa eines Viersternehotels in Sitia hatte sie öfter mit Gästen aus Deutschland zu tun. Die meisten waren, wenngleich manchmal etwas kurz angebunden, doch sehr nett.

Auch Sören war nicht besonders gesprächig während der Fahrt. Na ja, wenn Alíki ehrlich war, gab sie ihm auch kaum Gelegenheit, etwas zu sagen. Das war ihr zweites Problem, denn immer, wenn sie nervös war, sprudelten ihr die Worte wie ein Wasserfall aus dem Mund. Und aus einem unerklärlichen Grund machte dieser Sören sie nervös. Auf eine seltsam angenehme Art.

Spätestens als er zum ersten Mal auf seine Uhr schaute und sein Telefon anfing, dauernd zu brummen, merkte sie jedoch, dass er mit seinen Gedanken woanders war. Außerdem trommelte er die ganze Zeit mit den Fingern auf den Oberschenkel.

Ein seltsamer Mann. Aber gut aussehend. Besonders, wenn er sie anlächelte. Dabei bildeten sich feine Fältchen an seinen Augenwinkeln. Er war außerdem freundlich. Und er hatte zweifellos Stil. Nicht, dass Alíki nur auf Äußerlichkeiten achtete, aber sie liebte nun einmal Mode und hatte ein Auge für schöne Kleidung. Besonders, wenn jemand sie so unaufdringlich und zugleich geschmackvoll zu tragen vermochte wie Sören.

Kurz darauf bog Alíki in die Einfahrt zum Gutshof ein.

»Ich will auf gar keinen Fall irgendwelche Umstände machen«, meinte Sören, als sie unter dem großen Olivenbaum in der Mitte des Vorplatzes parkte, und noch einmal, als sie auf der Treppe zur Terrasse standen. Warum machte er sich darüber Gedanken? Allerdings hatte er zuvor auch noch nie mit der Familie Zoidakis zu tun gehabt. In deren Vokabular existierte das Wort »Umstände« schlicht nicht. Dementsprechend schnörkellos verlief die Begrüßung mit Yiayià, Kalli und den anderen Frauen. Was Sören, seinem Gesicht nach zu urteilen, noch mehr aus der Fassung zu bringen schien.

Alíki sah die Mischung aus Unglauben und stiller Kapitulation in seiner Miene, als er wenig später am Tisch saß und auf die Vielzahl von Tellerchen auf dem Tisch vor ihm blickte. »Du solltest unbedingt von den Dolmades und den frittierten Auberginen kosten«, versuchte sie, ihn zu überzeugen. »Und das hier sind Tiropita, mit Käse gefüllte Blätterteigtaschen.«

»Ich weiß gar nicht, was ich sagen soll. Danke.« Er schüttelte den Kopf. »Aber das kann ich unmöglich alles allein aufessen.« Trotzdem seufzte er schicksalsergeben und nahm sich von allem eine kleine Portion auf seinen Teller. Zuerst kostete er von den Auberginenscheiben, hob die gefüllte Gabel jedoch kurz an die Nase, um daran zu riechen. Dabei schloss er die Augen, schwenkte die Gabel leicht hin und her, wie um den Geruch noch besser erfassen zu können. Erst dann schob er sich den Bissen in den Mund.

»Was macht er denn da?«, hörte sie ihre Mutter am Tisch nebenan auf Griechisch flüstern.

»Er riecht am Essen. Vielleicht macht man das so dort, wo er herkommt«, antwortete Tante Dimitra ebenso leise.

Alíki warf den Frauen einen kurzen, warnenden Blick zu, ehe sie die Aufmerksamkeit wieder auf Sören richtete. Der kaute noch immer langsam und mit geschlossenen Augen. Bis sich die Falten auf seiner Stirn mit einem Mal glätteten. Seine Schultern entspannten sich, er schluckte und öffnete die Augen. Ein breites, jungenhaftes Grinsen erschien auf seinem Gesicht. »Das schmeckt fantastisch.«

»Na also«, rief Yiayià. Die Frauen brachen in ein befreites Lachen aus, und Großonkel Stelios in seinem Liegestuhl schlug blinzelnd die Augen auf.

Auch beim Rest des Essens sparte Sören nicht an Komplimenten. Es schmeckte ihm wirklich, denn er aß restlos alles auf und putzte den letzten Tropfen Olivenöl mit einem Brotstück vom Teller. Ihm entfuhr sogar ein genüssliches Brummen, als er sich zum Abschluss eine Traube in den Mund schob.

Schmunzelnd beobachtete Alíki die Szene von der Küche aus, wo sie das Briki-Kännchen mit Wasser, Zucker und

Kaffeepulver gefüllt auf den Herd stellte. Ihr entging weder Sörens offenes Lächeln, mit dem er sich bei Yiayià bedankte, noch die Reaktion der Frauen, die ihre Näharbeiten offenbar völlig vergessen hatten. Stattdessen hingen sie geradezu an seinen Lippen und unterzogen ihn so ganz nebenbei dem üblichen Kreuzverhör: Woher er denn genau käme. Was er dort mache. Und wie ihm denn Kreta im Vergleich gefalle.

»Koritsi mou«, hörte sie die vertraute, warme Stimme ihrer Mutter neben sich und wandte sofort den Blick.

»Wie geht es dir, Alíkoula? Du siehst müde aus.« Mit besorgtem Blick strich Mutter ihr eine Haarsträhne aus dem Gesicht, umfasste sanft ihr Kinn und küsste sie auf die Wange.

Alíki legte der Älteren den Arm um die Schultern und drückte sie. »Es geht mir gut, Mamá. Die Touristensaison hat angefangen. Wir haben viel zu tun im Spa.«

»Du arbeitest zu viel, das sage ich dir immer und immer wieder, aber du willst ja nicht auf mich hören.« Sie schüttelte den Kopf. Zugleich glitt ihr Blick prüfend über ihre Tochter. »Und du bist mager geworden. Das kommt davon, wenn man mutterseelenallein in einer winzigen Wohnung lebt.«

Sogleich sandte Alíki in Gedanken einen Stoßseufzer gen Himmel. Seit sie vor etwas weniger als zehn Monaten von zu Hause ausgezogen war, spielten sich die Begrüßungen mit ihrer Mutter immer nach dem gleichen Muster ab. Mit kretischen Müttern war das ohnehin so eine Sache: Sie hielten ihre Söhne für Götter, wogegen ihre Töchter Heilige sein mussten. Dass eine junge Frau allein lebte, passte somit ebenso wenig in Mamás Weltbild wie die Tatsache, dass sie, Alíki, noch immer keinen Mann gefunden hatte. Eine alleinstehende Frau brauchte den Schutz ihrer Familie. Punkt. Und ohne Schutz – so die logische Folgerung – kämpfte ihre Tochter demnach entweder täglich ums blanke Überleben oder fristete zumindest ein durch und durch unglückliches Dasein.

»Ich esse drei Mal am Tag. Ausgewogene Mahlzeiten mit viel Gemüse und Früchten. Du brauchst dir also wirklich keine Sorgen um mich zu machen, ich komme prima zurecht.« Sie zog die Arme noch enger um ihre Mutter. »Das hast du mir doch alles beigebracht.« Normalerweise ließ sie sich dadurch besänftigen.

Mamá holte hörbar Atem und seufzte. »Diesen Sturkopf hast du von deinem Vater, anders ist das nicht zu erklären.« Ein sanftes Lächeln erhellte jedoch zugleich ihr Gesicht, und sie strich ihrer Tochter ein letztes Mal übers Haar, ehe sie den Blick zu den anderen wandte.

»Das Essen hat ihm gut geschmeckt, diesem jermanós. Er scheint außerdem ein sehr kultivierter junger Mann zu sein. Ein Jammer nur, dass er rein gar nichts Kretisches an sich hat«, sagte sie nach einer Weile ganz beiläufig.

Doch Alíki kannte ihre Mutter zu gut, und ihr war der leise lauernde Unterton in deren Stimme nicht entgangen. *Jetzt bloß nicht den Fehler machen und darauf eingehen.* Sie wusste genau, worauf das hinauslaufen würde, denn für Mamá stellte jeder Mann im Alter zwischen zwanzig und fünfzig einen potenziellen Heiratskandidaten für ihre Tochter dar.

Ein Glück, dass der Mokka im selben Moment zu köcheln begann. Ein cremiges Schäumchen bildete sich auf seiner Oberfläche. »Der Kaffee ist fertig«, rief Alíki und schüttete ihn vorsichtig in die bereitgestellten kleinen Tassen auf dem Servierbrett. Eilig balancierte sie das Tablett dann zu den Tischen.

Gerade noch rechtzeitig entkommen. Natürlich meinte Mamá es nur gut, das wusste sie. Trotzdem dachte Alíki noch längst nicht ans Heiraten. Das überließ sie lieber Charis und Lisa.

»Ah, da bist du ja.« Strahlend lächelnd wandte sich Yiayià zu ihr um und sagte: »Wir haben inzwischen alles geklärt, Soren und ich.«

»So?« Erstaunt sah Alíki Sören an, während sie die Tasse vor ihm hinstellte.

In einer hilflos amüsierten Geste hob er die Schultern. »Nun ja …«

»Er wird natürlich hier auf dem Gutshof übernachten. Die vorherigen Gäste sind heute Morgen abgereist, und wir haben Zimmer frei«, verkündete Yiayià zufrieden. »Außerdem habe ich schon mit Charis gesprochen. Er kümmert sich um das Auto und den platten Reifen. So hat Soren heute Abend noch genügend Zeit, sich um seine sonstigen Angelegenheiten zu kümmern. Ein guter Plan, nicht wahr?« Wer Yiayià kannte, wusste, dass das keine Frage, sondern eine längst beschlossene Sache war.

Nur gut, dass Sören das Verhängnis offensichtlich durchschaut hatte. »Ein so großzügiges Angebot kann ich natürlich unmöglich ausschlagen.« Er lächelte charmant, bückte sich jedoch dann nach seiner Tasche und holte einen großen Briefumschlag hervor. »Wenn ich Sie vielleicht noch um einen letzten Gefallen bitten darf. Obwohl, es ist eigentlich vielmehr eine Frage.«

Er öffnete den Umschlag und brachte ein zusammengeheftetes Dokument zum Vorschein. »Sie wissen nicht zufällig, wo ich ein bestimmtes Haus hier in Palekastro finde? Es gehörte meiner verstorbenen Großtante. Sie hat es mir in ihrem Nachlass vermacht.« Mit konzentriert zusammengezogenen Augenbrauen ließ er den Blick über das Dokument wandern.

»Hier ist es.« Er legte den Finger auf eine Stelle mitten auf der Seite. »Das Haus heißt Villa Pasiphaë und liegt an der Kouremenos-Plakopoules-Straße«, sagte er und sah Sofia erwartungsvoll an.

Aber stattdessen riss Yiayià entsetzt die Augen auf und schlug sich die Hand aufs Herz. »Doch nicht etwa das Haus der stríggla?«

Und seinem Blick nach zu urteilen, schien Sören die Welt endgültig nicht mehr zu verstehen, als sich die älteren Frauen der Runde allesamt bekreuzigten und anfingen zu spucken.

KAPITEL 4

Das Rätsel des Pythagoras

Im Grunde hätte Sören längst klar sein müssen, dass auf dieser Reise nichts wie geplant lief. Ebenso hätte er inzwischen erkennen sollen, dass jeder Versuch, sich gegen die kretische Gastfreundschaft zu wehren, zwecklos war. Diese galt hier als geheiligtes Maß aller Dinge. Im Gegensatz zum Verhältnis zu Zeitplanung und Pünktlichkeit, das anscheinend einen ganz anderen Stellenwert besaß. Denn natürlich wurde nichts aus seinem Vorhaben, Mettes Haus noch am selben Abend zu besichtigen. Schuld daran waren jedoch nur er selbst, der Rotwein und ein überaus süffiger Schnaps.

Am nächsten Morgen erwachte er, weil es so ungewohnt ruhig war. Keine Schiffshörner, kein Möwengeschrei, aber auch kein Gelächter und kein durcheinandergeredetes Griechisch. Nur liebliches Vogelgezwitscher.

Er schlug die Augen auf, blinzelte. Die Strahlen der Morgensonne malten das Muster der geklöppelten Vorhänge auf die gegenüberliegende Wand. Ein feines Lüftchen wehte durchs Fenster herein. Täuschte er sich, oder roch es tatsächlich nach frisch gebrühtem Kaffee?

Schlaftrunken fuhr er sich mit der Hand übers Gesicht und streckte sich dann genüsslich. Das Kissen duftete nach Lavendel. Er hatte schon lange nicht mehr auf einer so bequemen Matratze gelegen, sie war nicht zu weich und nicht zu hart. Genau richtig.

Mit einem Grunzen drehte er den Kopf, weil das Sonnenlicht ihn blendete. Dabei bohrte sich ein stechender Schmerz in seine Schläfe und brachte im selben Moment die Erinnerungsfetzen an den vorigen Tag zurück: die Schafherde. Der platte Reifen. Die hübsche Kreterin im knallgelben Auto. Die Familie auf dem Gutshof. Er hatte gegessen wie ein König. Und dann war da diese merkwürdige Reaktion der Frauen gewesen.

Sören sah wieder ihre Gesichter vor sich, nachdem er Mettes Haus erwähnt hatte. Dieses Entsetzen auf ihren Mienen, bevor sie zu spucken anfingen. Weil das Haus, das er suchte, verhext war, hatten sie gesagt.

Sofort riss er die Augen auf und stöhnte, als das Licht eine erneute Schmerzwelle durch seinen Kopf jagte. »Scheiße!« Blinzelnd langte er nach dem Handy auf dem Nachttischchen. Es war neun Uhr dreißig.

»Scheiße, Scheiße!« Um elf Uhr war sein Termin mit dem Anwalt, und vorher wollte er endlich dieses verflixte Haus besichtigen. Das Display zeigte außerdem sechs unbeantwortete Telefonanrufe von Julia und vier von Gerit.

Kein Wunder. Eigentlich hatte er beide gestern Abend noch zurückrufen wollen. Aber dann war auf einmal alles völlig anders gekommen. Angefangen mit der denkwürdigen Reaktion der Kreterinnen auf seine Frage wegen Mettes Haus.

Sörens Gedanken bewegten sich mit klebriger Trägheit, während er ins Badezimmer torkelte und dabei Julias Nummer wählte.

Nach nur einem Klingeln ertönte die hektische Stimme am anderen Ende der Leitung: »Hallo? Sören?«

»Hey, Schatz.«

»Hey, Schatz? Ernsthaft?« Augenblicklich rutschte ihre Stimme eine Oktave höher. »Weißt du eigentlich, wie oft ich dich angerufen habe? Ich bin vor Sorge tausend Tode gestorben, und du hast nur ein ›Hey, Schatz‹ für mich übrig?«

»Tut mir leid. Ich weiß, ich hätte dich gleich zurückrufen sollen.« Sie hatte absolut recht, und jede Entschuldigung, die er jetzt vorbrächte, wäre an den Haaren herbeigezogen.

Wenn sich nur wenigstens seine Zunge nicht so schwer anfühlen würde. Er hätte gestern Abend nicht so viel von dem Rotwein trinken sollen und erst recht nicht von dem Schnaps – diesem Tsikoudia. Beim ersten Schluck war ihm schier der Atem im Hals stecken geblieben. Doch diese Kreter waren auf eine fast schon heimtückische Weise großzügig und umgarnten einen wie in einem Fangnetz aus köstlichem Gemüseauflauf und honigtriefenden Teigbällchen.

Er wusste nicht mehr genau, wie es geschehen war, dass er gestern Abend bis spät in die Nacht inmitten von zwanzig fröhlich auf Griechisch plappernden Menschen an dem langen Tisch auf der Terrasse gesessen hatte. Neben ihm der alte Mann – Alíki hatte ihn als Großonkel Stelios vorgestellt –, der ihm voller Pathos die gesamte Odyssee des Odysseus auf Griechisch vorzutragen schien, obwohl Sören kein Wort verstand.

So hatte er schließlich auch Charis, den Besitzer des Gutshofs, sowie dessen deutsche Verlobte Lisa kennengelernt. Charis war es auch gewesen, der Sörens Glas immer großzügig nachfüllte, während sie bis in die frühen Morgenstunden über Deutschland, Kreta und die Welt diskutierten und darüber, was die Heilige Dreifaltigkeit mit dem Spucken zu tun hatte.

»Die Drei ist schon bei den alten Griechen eine wichtige Zahl gewesen«, hatte Charis ihm erklärt. »Damals bezeichnete sie das dreifache Göttergefüge, bestehend aus Zeus, Poseidon und Hades, und damit die Ganzheit der Welt. So wie im christlichen Glauben Vater, Sohn und Heiliger Geist.

Die Triada eben.« Der Kreter lehnte sich räuspernd näher. »Nicht etwa, dass du denkst, ich würde mich mit solchen philosophischen Dingen beschäftigen. Lisa hat es mir so erklärt. Aber es ergibt durchaus Sinn. Darum spuckt man auch immer dreimal, um das Übel abzuwehren.«

Die hiesigen Sitten mochten eigenartig und ein wenig kauzig sein, aber die Logik dahinter leuchtete Sören ein. Obwohl es eigentlich kein echtes Spucken, sondern nur eine angedeutete und rein prophylaktische Geste war. Sicher war sicher. Man konnte schließlich nie wissen, ob nicht vielleicht doch etwas Unheilvolles mit im Spiel war.

Wie in den Geschichten, die sich um das Haus der stríggla rankten. Stríggla bedeutete auf Deutsch so viel wie Hexe. Damit war jedoch nicht etwa Mette gemeint, sondern eine der Vorbesitzerinnen des Hauses. Sie sollte das Gebäude angeblich mit einem Fluch belegt haben, hieß es. Andere Länder, andere Sitten. Nie zuvor war Sören der Spruch so bedeutungsvoll erschienen.

»Wenn du wüsstest, was gestern alles passiert ist.« Mit möglichst plausiblen Worten versuchte er, Julia die gestrigen Vorfälle zu erklären, und schloss mit: »Heute Abend um zehn lande ich wieder in Hamburg. Was hältst du davon, wenn ich morgen freinehme und wir zusammen einen Ausflug machen? Du entscheidest, wohin.«

»Einen Ausflug, nur wir beide? Das haben wir schon seit einer Ewigkeit nicht mehr gemacht.«

»Ebendarum. Es ist höchste Zeit, dass wir das nachholen.« Er schmunzelte.

»Na schön, ich überlege mir etwas. Wir sehen uns heute Abend«, gab sie zurück. Inzwischen klang ihre Stimme wieder versöhnlich.

Neun Uhr fünfundvierzig.

Das anschließende Gespräch mit seinem Bruder verlief hingegen längst nicht so glimpflich. Im Gegenteil.

»Hast du auf einmal völlig den Verstand verloren, einfach mir nichts, dir nichts nach Kreta abzuhauen?«, brüllte Gerit. »Ausgerechnet jetzt, wo der Wellington-Deal ansteht?«

Das Telefon lag im Lautsprechermodus auf dem Schemel neben dem Waschbecken. »Ich habe dir eine Nachricht hinterlassen. Außerdem bin ich heute Abend wieder zurück«, antwortete Sören und roch an dem kleinen Salbentiegel, den Sofia ihm gestern in die Hand gedrückt hatte. Der Duft war unverkennbar – Aloe vera, Minze und Kamille. Vorsichtig tupfte er sich eine Fingerspitze der glitschigen Paste auf die Stirn und sog sogleich die Luft ein. Ein Blick in den Spiegel zeigte ihm, dass die Hautpartie über den Augenbrauen und auf dem Nasenrücken in wütendem Sonnenbrandrot glänzte. Darauf fühlte sich die Salbe wohltuend kühl an – ja, geradezu eisig.

Im selben Moment fiel ihm sein Versprechen gegenüber Julia wieder ein. »Ich werde allerdings erst übermorgen wieder im Büro sein.«

»Verdammt, Sören. Soll ich etwa die ganze Arbeit allein machen, während du auf der faulen Haut liegst?«

»Ich liege nicht auf der faulen Haut, ich habe Julia einen Ausflug versprochen.« Er stieß entnervt den Atem aus. »Nun mach keine Staatsaffäre daraus. Du warst letztens drei Wochen im Urlaub im Oman, während ich die ganzen Termine auf der Internationalen Tee-Messe in Xiamen allein bewältigt habe. Wir sind somit also fast quitt.«

Ein Blick auf die Uhr. Neun Uhr dreiundfünfzig.

»Das war doch gar nicht zu vergleichen«, tönte Gerits Stimme aus dem Telefon. »Ist dir ein Ausflug etwa wichtiger als der größte Deal, den unsere Firma je an Land gezogen hat?«

Sören hielt seine ebenso bissige Antwort im allerletzten Moment zurück. Er hatte keine Zeit, um länger mit seinem Bruder zu streiten. »Hör zu, ich bin spät dran. Ich ruf dich nachher vom Flughafen aus noch einmal an, okay?«, rief er auf das Telefon hinunter und beendete das Gespräch, ohne auf eine Antwort zu warten.

Genau zwölf Minuten später trat er aus der Dusche. Das kalte Wasser hatte seine Lebensgeister erneut geweckt, er konnte wieder einigermaßen klar denken. Eilig verteilte er noch mehr von Sofias Salbe im Gesicht. Ah, was für ein herrlich kühlendes Gefühl.

Um Punkt zehn Uhr achtzehn stand er, die gepackte Reisetasche in der Hand, vor seinem unter dem Olivenbaum geparkten Toyota. Den hatte er mithilfe von Charis und zwei von dessen Verwandten gestern am frühen Abend noch abgeschleppt und zur Werkstatt gebracht.

Mit dem Fuß trat Sören gegen den erneut prall mit Luft aufgepumpten Vorderreifen. Perfekt. Die Reparatur war zudem erstaunlich schnell gegangen und hatte nicht einmal die Hälfte von dem gekostet, was er in Deutschland dafür bezahlt hätte.

Das Summen einer Frau tönte von der Terrasse her, dazu das leise Scheppern von Porzellangeschirr. Und tatsächlich, da war er wieder: der unverwechselbare Geruch von frisch gebrühtem Kaffee. Herrlich.

Rasch verstaute Sören die Reisetasche auf dem Rücksitz des Autos und warf einen Blick auf die Uhr. Ausgezeichnet, er hatte ein wenig Zeit wettgemacht. Mit etwas Glück reichte es gerade noch für ein schnelles Frühstück.

Bevor er jedoch die Außentreppe hochstieg, wanderte sein Blick wie von selbst über den Hof. Nirgendwo ein quietschentengelber Peugeot zu sehen. Schade, er hätte sich gerne noch von Alíki verabschiedet.

Stattdessen fand er Charis und Lisa in der Küche am Tisch sitzend, während Sofia am Herd in einer Pfanne rührte.

»Kalimera« – »Guten Morgen«, riefen ihm alle drei im Chor zu.

In der windstillen Ecke, direkt neben der Küche und überdacht von Weinranken, stand bereits ein gedeckter Tisch für ihn bereit. Die Papierservietten waren kunstvoll zu einer Lilie gefaltet, und ein Büschel roter Geranien zierte die kleine Vase.

»Und? Gut geschlafen? Der Tsikoudia ist süffig, nicht wahr?« Lisa lächelte verschmitzt, als sie eine dampfende Tasse Kaffee vor ihm hinstellte. Dann beugte sie sich vor. »Gegen den Kater hilft Toast mit schwarzem Kaffee und Zitrone«, flüsterte sie und deutete mit einer vielsagenden Kopfbewegung in Charis' Richtung.

Sie hatte gut reden, sie hatte gestern Nacht wohlweislich nur ein Glas mitgetrunken und sich dann verabschiedet. Ohnehin wirkte Lisa im Vergleich zum Rest der Familie wie ein Ruhepol. Zwar sprach sie fließend Griechisch und konnte sich problemlos Gehör verschaffen. Erst gestern hatte Sören mit eigenen Ohren gehört, wie sie Charis die Leviten las. Doch dann wiederum beschränkte sie sich auf ein besonnenes, stilles Lächeln, wenn rundum alle durcheinanderredeten und die Lautstärke zu einem ohrenbetäubenden Crescendo anwuchs. Womöglich hing das mit ihrem Beruf zusammen. Lisa war promovierte Archäologin und arbeitete als Kuratorin im Museum von Sitia.

Was hingegen Charis betraf, so entsprach er durchaus dem Bild einer dieser Darstellungen auf antiken griechischen Vasen, fand Sören. Groß und breitschultrig von Statur und mit der stolzen Haltung eines korinthischen Wettkämpfers. Dazu dieser durchdringende, aber nicht unhöfliche Blick, mit dem er einen abschätzte. Sein Aussehen erinnerte Sören an den Darsteller des Ares im Film *Zorn der Titanen*, jedoch mit kürzerem Haar. Er war zweifellos ein Mann, der genau wusste, wie er sich Respekt verschaffen konnte. Der sich aber nach näherem Kennenlernen als gutmütiger, ja sogar witziger Kerl mit bestechendem Humor offenbarte.

Dabei war Sören nicht entgangen, wie sanft Charis' Züge jedes Mal wurden, sobald er seine Verlobte ansah. Er schien ihre Nähe instinktiv zu spüren. Das zeigten so kleine Gesten wie das kurze Ausstrecken der Hand, um ihren Arm zu berühren, wenn Lisa an ihm vorbeiging. Oder das Lächeln, das über sein Gesicht huschte, sobald er ihre Stimme hörte.

Ganz am Anfang ihrer Beziehung hatte es solche winzigen Berührungen auch zwischen ihm und Julia gegeben, erinnerte Sören sich. Irgendwann waren sie jedoch der Gewohnheit gewichen. Wie war es eigentlich dazu gekommen?

»Danke, aber ein Kaffee reicht«, sagte er und versuchte, dabei nicht ständig auf die Zeitanzeige seines Handys zu schielen. »Ich habe um elf einen Termin beim Anwalt und will mir vorher das Haus meiner Großtante wenigstens kurz ansehen.« Es blieben ihm noch genau fünf großzügig bemessene Minuten, bevor sein Zeitplan wieder durcheinandergeriet.

»Richtig, das Haus«, rief Sofia vom Herd her, legte die Holzkelle quer über die offene Pfanne und trocknete sich die Hände an der Schürze ab, bevor sie näher trat. »Ich habe mir etwas überlegt«, sagte sie mit einem bestimmten Nicken. »Ich weiß jetzt, wie wir das Übel aus dem Haus vertreiben.«

Sogleich hob Charis die Augen zum Himmel und schüttelte den Kopf. »Komm schon, Yiayià, das ist purer Humbug. Wie kannst du nur an solchen Blödsinn glauben. Das Haus ist zwar alt, aber bestimmt nicht verhext.«

»Ochi.« Mit einer resoluten Bewegung hob sie das Kinn und schnalzte mit der Zunge. »Darüber spricht man weder abschätzig noch leichtfertig. Ehre, was du nicht kennst. Das hat schon meine Großmutter immer gesagt, und die wusste es bestimmt besser als du.«

Das Geräusch eines einfahrenden Autos war vom Hof her zu hören. Dann zwei kurze Hupstöße. Doch keiner schien davon Notiz zu nehmen.

Sören sah auf die Uhr. Zehn Uhr fünfundzwanzig.

Charis seufzte ergeben. »Trotzdem hast du dich nicht in Sörens Angelegenheiten zu mischen. Er will das Haus verkaufen. Punkt.«

»Aber es ist das Haus seiner Großtante. Das kann er doch nicht einfach so hergeben.« Sofia runzelte entrüstet die Stirn.

»Er kann, und es geht uns nichts an.«

»Dann müssen wir ihn eben vom Gegenteil überzeugen.«

»Ich habe wirklich keinerlei Verwendung für das Haus«, versuchte Sören klarzustellen. Doch vergeblich. Keiner der beiden beachtete ihn.

Die Verständnislosigkeit musste ihm im Gesicht gestanden haben, denn Lisa legte ihm in einer mitfühlenden Geste die Hand auf die Schulter. »Mach dir nichts draus. Man gewöhnt sich daran, dass sie über einen reden, als würde man nicht direkt danebenstehen.« Ihre Augen funkelten amüsiert.

Doch die Diskussion zwischen Großmutter und Enkel erstarb auf der Stelle, und sie alle fuhren herum, als von der Treppe her ein lautes »Yaaaa sas!« ertönte und Alíki dort auf der obersten Stufe stand.

Völlig außer Atem hielt sie einen Moment lang inne, fächelte sich diskret mit der Hand Luft zu, bis ihr Blick auf Sören fiel. Sogleich richtete sie sich gerade auf, strich sich mit der rechten Hand das Haar hinters Ohr. »Oh, du bist noch da?« Sie begann zu strahlen.

Die beiden Grübchen auf ihren Wangen hatte er zuvor noch gar nicht bemerkt, stellte Sören erstaunt fest. Sie standen ihr gut. Sehr gut sogar.

»Sein Auto steht doch unten im Hof«, gab Charis mit gerunzelter Stirn zurück. »Was ist denn los mit dir? Du bist ja völlig außer Atem. Arbeitest du heute nicht?«

»Doch. Aber erst am Nachmittag«, erwiderte Alíki, küsste Sofia und Lisa auf die Wange und umarmte ihren Cousin. »Darum dachte ich mir, ich komme noch kurz hier vorbei. Es gibt doch noch so viel für die Hochzeit vorzubereiten.« In einer theatralischen Geste legte sie sich die Hand aufs Herz. »Ich nehme meine Aufgaben als Trauzeugin schließlich sehr ernst.« An Sören gewandt, sagte sie dann: »Bei der Gelegenheit ist es natürlich nett, dich vor deiner Abreise noch einmal zu sehen.«

Obwohl Sören sich nach Kräften darum bemühte, den Anschein von Gelassenheit zu wahren, freute es ihn ehrlich, sie zu sehen. Sie sah auch wirklich strahlend aus. Ihre Wangen waren leicht gerötet, und die hellblaue, schulterlose Rüschenbluse verlieh ihrer Haut einen frischen Schimmer.

Aber was hatte sie da gesagt? »Vor meiner Abrei…?« Sören riss den Blick von ihr los, sah aufs Telefon. Zehn Uhr siebenundvierzig. Verdammt.

Sofort schoss er auf die Beine, stürzte den Kaffee in einem Schluck hinunter. »Ich muss gehen. Wie komme ich auf schnellstem Weg zum Büro dieses Anwalts? Zu diesem Konstantinos Konstantakis?«

»Kostas? Keine Sorge, das haben wir gleich.« Sofort angelte Sofia eine Brille sowie ein altes Nokia aus ihrer Schürzentasche hervor.

Das Telefonat dauerte nicht einmal eine Minute und klang wie ein Sprudel aus unverständlichen Lauten und Gelächter, bis die Kreterin das Handy mit zufriedener Miene wieder zurück in die Tasche schob. »Alles geregelt«, erklärte sie dann. »Kostas erwartet dich in einer Stunde in seinem Büro. So bleibt dir genügend Zeit, um dein Haus in Ruhe zu besichtigen.«

Sein Haus?

Auf einmal erhellte sich Sofias Gesicht, als hätte sie das Rätsel des Pythagoras gelöst. »Alíki kann dich doch begleiten! Sie kennt den Weg.«

KAPITEL 5

Königshäuser und nie erbaute Luftschlösser

Selbst wenn Sören etwas dagegen einzuwenden gehabt hätte, wäre es völlig sinnlos gewesen. Die Sache war beschlossen. Ohne Diskussion. So fuhren sie wenig später in Alíkis Auto an unzähligen Reihen von Olivenbäumen vorbei in Richtung des trapezförmigen Hügels am Meer.

»Dieses ganze Land und der Olivenhain hier gehören zum Gutshof«, erklärte Alíki mit unüberhörbarem Stolz in der Stimme. »Direkt angrenzend im Osten liegt die Ausgrabungszone von Roussolakos. Wenn sie nicht im Museum ist, arbeitet Lisa dort an weiteren Ausgrabungen oder macht Führungen. Dort haben sie und Charis sich auch kennengelernt.«

Sie kicherte. »Dabei hat sich Charis zuvor jahrelang stur und mit allen Mitteln gegen sämtliche Kulturbehörden und Ausgrabungsorganisationen gewehrt. Es seien alles nur Halsabschneider, die ihm das Land zu einem Spottpreis abluchsen wollten, weil sie dort weitere archäologische Funde vermuteten. Der Streit ist sogar so weit gegangen, dass Charis eine Mauer zwischen seinem Grundstück und Roussolakos gebaut hat.«

So, wie er den stolzen Kreter einschätzte, konnte Sören sich die Szene geradezu bildlich vorstellen. Charis hatte ihm von dem Olivenhain erzählt, der schon seit Generationen im Besitz der Familie war. Und von der dazugehörenden Ölproduktion, die er nach dem Tod der Eltern weiterführte.

Sören wusste haargenau, wie viel Verantwortung es bedeutete, ein Familienerbe weiterzuführen. Es war eine Frage der Tradition und der Identifikation und gehörte zu einem, ob man wollte oder nicht. Ja, allen Vorbehalten und Streitigkeiten mit Gerit zum Trotz würde auch er die Johannsen Tee GmbH mit Reißzähnen gegen jeden verteidigen, der es mit ihnen aufnehmen wollte.

Alíkis Lachen riss ihn aus den Gedanken. »Doch dann ist Lisa nach Palekastro gekommen. Sie sollte die Ausgrabungen im Auftrag der Archäologischen Fakultät von Trier wieder aufnehmen. Mit ihrer Hartnäckigkeit hat Charis allerdings nicht gerechnet.« Geschickt lenkte sie den Wagen um eine Kurve. »Sie mag auf den ersten Blick ruhig und wortkarg wirken, aber wenn es um ihren Beruf geht, zeigt Lisa völlig andere Seiten. Die Archäologie ist ihre Leidenschaft, bei der sie die Welt um sich herum vergisst. Und sie ist nun einmal eine typische Gelehrte: erfolgsorientiert, überpünktlich und fürchterlich genau in allem, was sie tut. Das pure Gegenteil von Charis. Die beiden sind so verschieden, dass sie geradezu perfekt zusammenpassen.«

Den letzten Satz sagte sie mit einem so warmen Unterton, der keinen Zweifel darüber aufkommen ließ, wie sehr sie die beiden liebte. Ein echtes, ehrlich gemeintes Gefühl der Zuneigung, wie es in dieser Familie offensichtlich gang und gäbe war.

Bei dem Gedanken verspürte Sören einen kurzen, gemeinen Stich in der Brust. Er konnte sich nicht erinnern, dass es in seiner eigenen Familie jemals einen solchen Zusammenhalt gegeben hatte. Nicht einmal zwischen ihren Eltern, und erst recht nicht mit Gerit. Sie hatten es zwar auf Mutters Bestreben hin tatsächlich ein paarmal versucht, sie war immer die Harmoniebedürftigste unter ihnen gewesen.

So hatte sie monatelang im Voraus Wochenenden geplant und organisiert. »Familien-Plausch-Wochenenden« nannte sie diese euphorisch und mietete eigens dafür sogar eine Villa an der Ostsee. Die Tage endeten damit, dass sie – außer übers Geschäft – gar kein Gesprächsthema am Tisch fanden und irgendwann einfach verstummten. Bis Vater sich mit der Entschuldigung, ein wichtiges Telefonat führen zu müssen, stundenlang ins Arbeitszimmer zurückzog, Gerit gelangweilt mit seinem Auto davonbrauste und Mutter allein mit einer Flasche Wein in der Küche stand.

An diesem gegenseitigen Auseinanderleben hatte sich bis heute nichts geändert. Sowohl Gerit als auch Sören lebten ihre eigenen Leben. Und Mutter ... ja, Mutter entdeckte seit Vaters Tod ihre ganz eigene Welt – oder war, wie sie es nannte, auf der Suche nach der inneren Spiritualität. Das vergangene Dreivierteljahr hatte sie abwechselnd in einem Kurhotel auf Sylt, in einem buddhistischen Kloster und auf einer Kreuzfahrt in der Südsee verbracht, und sie belegte, sofern sie in der Gegend war, unzählige Mal-, Ikebana- sowie Tango-Kurse. Nicht, dass Sören ihr das alles nicht gönnte. Er freute sich, Mutter so aktiv und voller Tatendrang zu sehen. Ihr Terminkalender war jedoch ständig so voll, dass er sich zwei Monate im Voraus zum Abendessen anmelden musste.

Am Fuß des Hügels und damit direkt am Meer angelangt, brachte Alíki den Wagen unweit einer kleinen Landzunge zum Stehen.

Sören roch den salzigen Meereswind, als er ausstieg und sich umsah. Zu ihrer Rechten mündete die Ebene in eine malerische, sichelförmige Sandbucht. Weiter im Osten erhob sich eine baumlose Hügelkette entlang der Küste.

»Das ist dein Haus«, sagte Alíki und deutete in Richtung der Landzunge.

Zunächst erkannte Sören bloß einen von Dornengebüsch und wilden Weinreben überwucherten Gesteinshügel. Erst beim genaueren Hinsehen konnte er das zweistöckige Gebäude aus Natursteinmauern mit den Rundbögen über der Tür und den Fensteröffnungen ausmachen.

Ein schmaler, von Büschen überwucherter Zufahrtsweg führte auf die Landzunge. Vorsichtig kletterte Sören über den Rest einer eingestürzten Mauer. Zwischen den Steinblöcken lag ein morsches Holzschild, auf das in schnörkeliger Schrift der Name »Villa Pasiphaë« eingebrannt war. Das verrostete Gebilde daneben war wohl einmal das Gartentor gewesen.

»Soweit ich mich erinnere, steht das Haus erst seit etwa zehn Jahren leer. In der salzigen Meeresluft zerfällt jedoch alles viel schneller«, sagte Alíki mit bemüht zuversichtlichem Tonfall, während Sören das mannshohe Loch in der Seitenmauer betrachtete, aus dem eine Ranke rosaroter Bougainvilleen sprießte.

Zerfallen. Ja, das war das richtige Wort, um die Ruine zu beschreiben.

Er spähte durch das Loch ins Innere, wo wohl ursprünglich eine Küche gewesen war. Die dicken, schwarzen Holzbalken an der Decke schienen zwar noch zu halten, der Putz dazwischen war hingegen längst abgebröckelt und die Decke stellenweise eingebrochen. Der Boden war übersät von Dreck. Ein penetranter Geruch nach Schimmel und Vogelkot drang Sören in die Nase. In der einen Ecke, direkt neben einem Loch zum darüberliegenden Stock, hing eine ganze Reihe von Schwalbennestern. Wenn sich Sören nicht täuschte, war der vorüberflitzende Schatten eben sogar eine Ratte gewesen.

»Da ist eine Außentreppe nach oben.« Alíki zeigte auf die schiefen Steinstufen, die auf der linken Seite des Hauses auf eine Terrasse und in das obere Stockwerk führten.

Schon trat sie auf die Treppe. Doch durch das Gewicht löste sich die locker liegende Schieferplatte der untersten Stufe. Alíki verlor taumelnd das Gleichgewicht. »Ah!«

»Vorsicht!« Geistesgegenwärtig machte Sören einen Schritt vorwärts, streckte zugleich die Arme nach ihr aus. Gerade rechtzeitig, um sie aufzufangen, sobald sie mit der Schulter gegen seine Brust prallte. Im nächsten Moment nahm er den Geruch ihres Haars wahr – Kastanie mit einer blumigen Note –, und ihre Locken kitzelten ihn an der Wange.

Keuchend wandte sie ihm das Gesicht zu, starrte ihn aus großen, olivbraunen Augen an.

Sören bemerkte, dass er sie noch immer festhielt. »Alles heil?«, beeilte er sich sogleich zu sagen und schluckte einen Kloß im Hals hinunter. Trotzdem brachte er es seltsamerweise nicht über sich, sie loszulassen.

Alíki nickte. »Ja, nichts passiert.« Ein sanftes Lächeln umspielte ihre Lippen, als sie sich sanft, aber bestimmt von ihm löste und zurücktrat. »Danke, dass du mich aufgefangen hast.«

»Nicht der Rede wert.«

Sie standen einander gegenüber. Ohne sich zu bewegen. Schweigend. Einen zeitlosen Atemzug lang.

Bis Alíki den Blick zuerst abwandte und mit einer Geste über ihre rechte Schulter deutete. »Wenn du das obere Stockwerk noch sehen willst, sollten wir uns besser beeilen.«

Erst jetzt gelang Sören eine Regung. Er blinzelte und schimpfte sich gleichzeitig in Gedanken einen Idioten, weil er sich auf einmal wie ein unbeholfener Teenager benahm. Es war schließlich nicht das erste Mal, dass er einer hübschen

Frau begegnete. »Natürlich. Du hast recht«, sagte er dann und trat mit resolutem Schritt vor Alíki auf die Treppe. Vorsichtig zwar, denn sie wussten nicht, ob sie überhaupt noch hielt.

Das tat sie, wenngleich die Steine an einigen Stellen bereits wackelten. Zu Sörens Überraschung war das Haus noch größer, als es auf den ersten Blick den Anschein gehabt hatte. Von der Terrasse aus verlief eine zweite Treppe wieder hinunter in einen Innenhof, der hufeisenförmig im Osten von einem weiteren Gebäudetrakt und an der Nordseite von einer von Flechten und Unkraut überwucherten Trockenmauer umgeben war. Ein rostiges Eisentor schloss den Hof gegen Westen hin ab.

»Es war bestimmt einmal sehr hübsch hier«, meinte Alíki. »Bis zum Nachmittag ist es hier angenehm kühl und windgeschützt, und später kann man wunderbar die Abendsonne genießen. Auch der Name hat einen gewissen Charme, finde ich. Pasiphaë war die Tochter des Sonnengottes Helios und Ehefrau des kretischen Königs Minos. Du besitzt also das Haus einer Königin.« Sie grinste.

Ha! Das Haus einer Königin. Der Vergleich hinkte beträchtlich. Einzig, was die Lage der verschiedenen Gebäudeteile des Anwesens betraf, musste Sören ihr recht geben. Doch auch im Innenhof war der allgemeine Zustand nicht besser. Um alles genau zu begutachten, müsste man sich erst mit Machete und Motorsäge durch den Dschungel aus Gestrüpp und Dornenhecken schlagen. Im Moment waren von hier aus lediglich ein paar umgekippte Säulen und zwei zur Hälfte abgebrochene Steinbögen zu sehen, die einmal wohl Teil eines kleinen Arkadengangs gewesen waren. Der Blick durch eines der scheibenlosen Fenster ins Innere des Stockwerks war ebenfalls ernüchternd, denn im Dach klaffte ein riesiges Loch.

Einer der Sparren war in der Mitte eingebrochen und hatte Dachlatten und Ziegel mitgerissen. Ein Wunder, dass die restliche Konstruktion überhaupt noch hielt.

Das erklärte jedoch auch, woher der Schimmel kam. Ein ganzes Jahrzehnt lang hatten Regen und Feuchtigkeit ungehindert durch das Loch ins Hausinnere eindringen und sich im Holzgebälk und den Steinmauern festsetzen können. Und erst dieser Unrat überall – morsche Blätter und Dreck, die der Wind durch die Löcher und Ritzen getragen hatte.

»Kein Wunder, dass die Leute das Haus für verflucht halten. Es ist ein maroder Steinhaufen, nicht mehr«, seufzte Sören. Zugegeben, die Aussicht von der Terrasse aus auf die Bucht mit dem Strand war schlicht atemberaubend. Das allein machte den ganzen Rest aber keinesfalls wett, und eigentlich konnte er sich das Treffen mit dem Anwalt gleich sparen. Denn wer wäre schon so dämlich und würde diese Ruine kaufen wollen?

»Worum geht es denn bei diesem Fluch überhaupt?«, fragte er Alíki auf dem Rückweg. Nicht, weil es ihn wirklich interessierte. Sondern nur, um zu wissen, worauf er sich womöglich beim Gespräch mit dem Anwalt gefasst machen musste. Außerdem suchte er nach einem möglichst unverfänglichen Konversationsthema. So schwirrten seine Gedanken wenigstens nicht ständig zum Duft von Alíkis Haar.

Sie runzelte die Stirn, während sie in einem halsbrecherischen Manöver ein Motorrad überholte. »Das ist eine uralte Geschichte. So alt wie das Haus selbst. Sie stammt noch aus der Zeit der Turkokratie.« Sie wandte den Blick kurz zu ihm. »Du weißt, dass Kreta früher unter osmanischer Herrschaft gestanden hat?«

Sören schüttelte den Kopf. Er hatte zwar von den griechischen Freiheitskämpfen gegen das Osmanische Reich im

19. Jahrhundert gehört. Von der politischen Situation der einzelnen Inseln zu jener Zeit hatte er jedoch keine Ahnung.

»Jedenfalls haben die Muslime seinerzeit rund siebzig Prozent der Inselbevölkerung ausgemacht. Viele Kreter sind sogar zum Islam konvertiert. Nach dem Ersten Balkankrieg und der offiziellen Vereinigung Kretas mit Griechenland ist die muslimische Bevölkerung jedoch zwangsumgesiedelt worden. Darunter auch all jene, die eigentlich gebürtige Kreter waren.«

Alíki holte tief Atem, ehe sie fortfuhr. »Die stríggla soll eine von ihnen gewesen sein – eine Kreterin, die einen Türken geheiratet hat und konvertiert ist. Aus Wut und Verzweiflung, weil sie ihre geliebte Heimat verlassen musste, hat sie ihr Haus verflucht. Damit kein Kreter jemals wieder darin Glück finden soll.« Sie stieß ein glucksendes Kichern aus. »Was das betrifft, wärst du immerhin aus dem Schneider. Du bist schließlich kein Kreter.«

Ein schwacher Trost und kein sehr überzeugendes Argument. In Gedanken seufzte Sören noch tiefer, denn solche Geschichten – selbst, wenn sie purer Humbug waren – machten den Verkauf des Hauses bestimmt noch schwerer. Zum allerersten Mal fragte er sich, ob Großtante Mette ihn mit diesem Vermächtnis nicht vielleicht sogar hatte bestrafen wollen.

Nur wenig später saß Sören in einem tiefen Ledersessel in Konstantinos Konstantakis' Büro im Herzen von Palekastro. Zuvor hatte er auf dem Gutshof seine Rechnung beglichen und sich von allen verabschiedet. Auch von Alíki.

Als der Anwalt ihm die zu unterschreibenden Unterlagen vorlegte, sah er noch immer das Lächeln der Kreterin vor sich. Dieses natürliche, innere Leuchten, das ihr ganzes Gesicht erstrahlen ließ. Er konnte sich nicht erinnern, dass ihn eine Frau jemals auf Anhieb derart fasziniert hatte. Trotz oder vielleicht gerade wegen ihrer manchmal etwas theatralischen Art, die ihn einerseits verwirrte, aber andererseits irgendwie auch amüsierte.

So ein Unsinn. Sogleich schob Sören den Gedanken beiseite und konzentrierte sich stattdessen mit aller Kraft darauf, Konstantinos' Worten zu folgen. In ein paar Stunden ging sein Flug zurück nach Deutschland. Morgen machte er sich einen schönen Tag mit Julia, das Thema Kreta war erledigt und alles verlief wieder in den gewohnten, geordneten Bahnen. Sehr gut.

Das Büro des Anwalts war ein großer, nüchterner Raum, an dessen Wänden mehrere Karteischränke und ein alter Holzsekretär – das einzige dekorative Stück im Zimmer – standen. An der Decke ratterte ein Ventilator aus Altmessing mit Holzflügeln.

»Ihre Großtante war eine beachtliche Frau«, sagte Konstantinos Konstantakis, der an seinem riesigen, mit unzähligen Papierstapeln und Aktenmappen überhäuften Tisch saß. Er war ein sehniger Mann Ende sechzig mit erstaunlich dichtem, leicht ergrautem Haarkranz sowie Bart. Genau so stellte sich Sören in seiner Fantasie Aristoteles vor.

Der Anwalt lächelte gütig. »Als sie damals vor fünfzehn Jahren nach Palekastro gekommen ist, hat sie sich sofort in das Haus verliebt. Ungeachtet der Geschichten, die man sich im Dorf über das Gebäude erzählt. Es gab einen Ausdruck, mit dem sie diese immer betitelt hat. Wie war der noch gleich?« Er schnippte mit den Fingern, während er überlegte. Bis sich sein Gesicht auf einmal aufhellte. »Jetzt fällt es mir wieder ein.« Mit unüberhörbarem Akzent, jedoch eindeutig als Deutsch zu erkennen, rief er dann: »Dumm Tüch!«

Dumm Tüch – dummes Zeug. Oh ja, der Ausdruck war einmal mehr so typisch für Mette. In seiner Vorstellung sah Sören seine Großtante vor sich, wie sie die abergläubischen Geschichten mit einem kurzen, resoluten Händewedeln abtat. Diese Geste war ihr Markenzeichen gewesen. Ja, wenn Mette Pappien eine Überzeugung vertreten hatte, dann hatte sie das stets voller Inbrunst und ohne Rücksicht auf die Konsequenzen getan.

Bis zu dem Tag vor fünfzehn Jahren, als es zwischen ihr und Vater zu dem Streit gekommen war. Grund dafür waren die Schnupper-Praxiswochen gewesen, während deren Sören als Student heimlich – und dank Mettes Zutun – bei Restaurationsarbeiten am Amsinck-Palais, dem bekannten, im 19. Jahrhundert für die Kaufmannsfamilie Jenisch erbauten Wohnhaus, hatte mitarbeiten dürfen. Ein absoluter Tabubruch in Vaters Augen. Seitdem war Mette innerhalb der Familie zur Persona non grata deklariert worden, und Vater hatte jeden weiteren Kontakt zu ihr verboten.

Sören schluckte den bitteren Geschmack herunter, der sich sogleich in seinem Mund ausbreitete. Natürlich hatte er damals allein schon aus offenem Protest auf das Verbot gepfiffen. Doch Mette reagierte weder auf seine unzähligen Nachrichten auf ihrem Anrufbeantworter noch auf seine Briefe. Sie schien wie vom Erdboden verschluckt. Jahrelang hörte niemand mehr ein Wort von ihr, während Sören weiterhin seine Schuldgefühle mit sich herumschleppte.

»Meine Großtante und ich hatten seit rund fünfzehn Jahren keinen Kontakt mehr, müssen Sie wissen. Wie lange hat sie denn in dem Haus gelebt?«, fragte er endlich.

Konstantinos lehnte sich nachsinnend zurück. »Wenn ich mich recht erinnere, müssen das an die fünf Jahre gewesen sein. Bevor sie krank geworden ist.«

Sofort horchte Sören auf. »Sie war krank?«

Ein ernster Schatten legte sich auf die Züge des Anwalts, und er nickte. »In ihrem letzten Jahr hier auf Kreta hat Mette öfter über fehlende Kraft in der rechten Hand und dem Arm geklagt. Das war natürlich ein Problem für sie, denn sie hat die Arbeit in ihrem Garten geliebt und sich gerade erst ein Bildhaueratelier im Haus eingerichtet. Dann sind ihr ständig Gläser aus der Hand geglitten, später konnte sie den Arm kaum noch heben. Bis sie eines Tages plötzlich hingefallen ist.« Er lehnte sich vor, schenkte Sören und sich selbst Wasser aus einer Karaffe ein. »Schließlich ist sie für eine medizinische Untersuchung zurück nach Deutschland geflogen. Dort hat man die Diagnose ALS gestellt.«

Sören holte tief Atem. Amyotrophe Lateralsklerose. Der Name dieser degenerativen Erkrankung des zentralen Nervensystems war vor allem durch den Astrophysiker Stephen Hawking bekannt geworden, der ebenfalls daran gelitten hatte.

»Danach ist Mette zwar noch mehrmals nach Kreta zurückgekehrt. Doch mit dem Fortschreiten der Krankheit war sie auf Betreuung sowie einen Rollstuhl angewiesen. In ihrem Haus hier auf der Insel zu bleiben, war unmöglich geworden. Schweren Herzens ist sie schließlich in Deutschland geblieben. Das Haus hat sie jedoch unter keinen Umständen verkaufen wollen«, schloss der Anwalt seine Erzählung.

Mit einem Mal wurde Sören eine Realität über Mette offenbart, die er, wäre das Zerwürfnis nicht gewesen, längst hätte kennen sollen. Zugleich fühlte er noch immer, wie schwer das Gewicht der Schuld auf ihm lastete. Nur seinetwegen war dieser vermaledeite Streit zwischen Vater und Großtantchen überhaupt erst losgebrochen. Doch mit dem Schuldgefühl kam noch immer dieser trotzige Ärger hoch. Warum hatte sie nie auf seine Nachrichten geantwortet? Wenn Mette ihn wenigstens hätte wissen lassen, wo sie war. Wie es ihr ging.

»Sie haben meine Großtante anscheinend gut gekannt«, sagte er. Dabei kam er beim besten Willen nicht darum herum, eine winzig kleine Spur von Eifersucht zu fühlen.

Ein sanftes Lächeln zuckte an Konstantinos' Lippen. »Meine Frau und ich hatten das Glück, zu Mettes engem Freundeskreis zu zählen. Wie gesagt, Ihre Tante war eine sehr beachtliche Frau. Stur wie ein echter kretischer Esel, manchmal unerbittlich, wenn es um ihre Prinzipien ging, aber mit einem großen Herzen.«

Sören schmunzelte. »Ich hätte Mette selbst nicht besser beschreiben können.« Immerhin. Es war beruhigend zu wissen, dass Großtantchen trotz allem Menschen gehabt hatte, die ihr nahestanden. Und es tat gut, von ihrem Leben hier auf Kreta zu hören. Je länger Konstantinos von seiner Freundschaft mit Mette berichtete, umso näher fühlte sich ihr auch Sören wieder. Als ob die Geschichten seine längst vergessenen Erinnerungen an sie wieder zum Leben erweckten.

Der Kreter war ein guter Erzähler mit einer angenehmen Stimme, und er schien gerade keinen weiteren Termin und somit genug Zeit zu haben. Irgendwann brachte seine Sekretärin sogar frisches, kühles Wasser, zwei Teller mit köstlichen, mit geschmolzenem Käse gefüllte Teigtaschen – wie hatte Alíki diese gleich noch genannt? Ach ja, Tiropita – und danach Kaffee mit süßem Honiggebäck.

Mette hatte erfüllte Jahre hier auf Kreta genossen. Der Kontakt zwischen ihr und Konstantinos war trotz ihrer Krankheit und der Rückkehr nach Deutschland nicht abgebrochen. Eine Zeit lang hatte sie, täglich betreut von einer Pflegekraft, noch allein in einer Erdgeschosswohnung gelebt. Ihre Eigenständigkeit war Mette schon früher immer heilig gewesen und erst recht, als sie diese zu verlieren drohte. Bis der Weg in ein Pflegeheim schließlich unumgänglich wurde.

»Sie hat sich bis zum Schluss mit eisernem Willen ans Leben geklammert und einfach nicht aufgegeben«, schloss Konstantinos mit unüberhörbarem Respekt in der Stimme. »Sie hat außerdem sehr oft von Ihnen gesprochen. Davon, dass sie ihr geliebtes Haus niemand anderem geben würde.«

Aha. Sören hatte doch gewusst, dass da noch etwas kommen musste. Die ganze Erzähltaktik war also nicht völlig ohne Hintergedanken gewesen. Raffiniert.

Lächelnd lehnte er sich im Sessel zurück. »Ich weiß Ihre Bemühungen wirklich zu schätzen, aber ich muss Sie trotzdem enttäuschen.«

Konstantinos nickte. Ein wissender, leicht amüsierter Ausdruck lag auf seinem Gesicht. »Mette hat immer gesagt, dass Sie ein guter Beobachter sind. Und auch, dass Sie nicht dazu neigen, übereilte Entscheidungen zu treffen.«

In einer entschuldigenden Geste legte Sören die Hände mit den Handflächen nach oben auf die Knie. »Ich habe wirklich keinerlei Bedarf an dem Haus. Im Gegenteil.« Er runzelte die Stirn. »Haben Sie das Gebäude kürzlich gesehen? Es ist völlig zerfallen. Die Kosten allein für die Instandsetzung wären beträchtlich. Dazu kommt der ständige Unterhalt. Ich bräuchte jemanden, der sich während meiner Abwesenheit darum kümmert. Und der ganze Aufwand nur für die paar wenigen Wochen im Jahr, die ich herkommen könnte?«

Mit einem tiefen Seufzer griff er nach den Unterlagen des Immobilienmaklers. »Es tut mir leid, aber allen Sentimentalitäten zum Trotz habe ich keine Zeit, um solche Luftschlösser zu bauen. Mein Entschluss steht fest. Ich werde das Haus verkaufen.« Damit stand er auf.

»Die Entscheidung liegt natürlich ganz allein bei Ihnen«, entgegnete Konstantinos und erhob sich ebenfalls. »Es war mir dennoch eine Freude, Mettes Enkel endlich persönlich kennenzulernen.« Sein Bart erzitterte unter einem weiteren Lächeln. »Sehen Sie sich die Unterlagen des Maklers in Ruhe an. Sobald Sie mir den Auftrag erteilen, leite ich alle weiteren Schritte ein.« Dabei fiel sein Blick auf die altertümliche Uhr in der Ecke seines Schreibtischs. »Sagten Sie nicht, dass Sie heute noch nach Deutschland zurückfliegen wollen?«

»Das stimmt«, sagte Sören und zog sein Telefon aus der Tasche. »Mein Flug geht um …« Der Rest des Satzes blieb ihm im Hals stecken, und er stieß zischend den Atem aus, sobald er die Uhrzeit auf dem Telefondisplay sah.

Verdammt. Er hatte die Zeit vergessen. Es war bereits halb fünf. Der Flug ging um halb sieben.

KAPITEL 6

Festgeklebt und festgesessen

Mit angestrengt zerfurchter Stirn versuchte Alíki, sich auf die Ansammlung buntfarbiger Diagramme auf ihrem Tablet zu konzentrieren. Schematische Darstellungen von Einflussfaktoren digitaler Suchmaschinenoptimierung. Eigentlich eines der interessantesten Themen des Online-Kurses über angewandtes Marketing, den sie nun schon seit zwei Monaten besuchte. Zudem stand nächste Woche eine Prüfung an. Nichtsdestotrotz drifteten Alíkis Gedanken ständig mit sturer Vehemenz ganz woandershin.

»Verflixt noch mal, nun reiß dich schon zusammen«, schimpfte sie mit sich selbst, holte tief Atem und schüttelte die Arme aus. Konzentration und Fokus. Richtig. Es ging hier um Marketing. Um Zielgruppen, Kennzahlen und Analysen. Dazwischen hatte Sörens Gesicht mit diesen durchdringend hellen Augen rein gar nichts verloren.

Warum, bei allen zehn heiligen Märtyrern, bekam sie den Mann einfach nicht mehr aus dem Kopf? Als wäre er dort zwischen ihren Gedanken festgeklebt.

Sie hätte schreien mögen. Sie hatte ihn doch erst vor wenigen Stunden kennengelernt und wusste nichts weiter über ihn, als dass seine Familie im Teehandel tätig war. Das hatte sie ihm gestern Abend noch entlocken können, bevor Mamá sie diskret, aber unmissverständlich zum Gehen aufgefordert hatte. Ansonsten konnte er jedoch genauso gut auch ein Serienmörder sein. Ein Betrüger. Oder ein Geldwäscher. Oder doch ganz einfach nur der anziehendste Mann, dem sie jemals begegnet war. Er hatte etwas an sich, das Alíki neugierig machte. Allein schon die Art, wie er aß. Er verschlang das Essen nicht, er genoss es auf eine Weise, als erlebte er jedes einzelne Gericht stets von Neuem. Dabei strahlte er immer eine so simple, überlegene Ruhe aus.

Missmutig steckte sie den grünen Leuchtstift zwischen die Zähne und zog so dessen Deckel ab, bevor sie eine Passage in ihrem Lehrbuch markierte und anschließend mit einem Bleistift noch eine möglichst leserliche Notiz danebenkritzelte. Keine leichte Sache, wenn man sämtliche Unterlagen mitsamt Tablet auf den Knien balancierte, während man, umgeben von Steinsarkophagen und jahrtausendealten Tonvasen, auf einer Kiste saß. Prompt glitt Alíki der Bleistift aus den Fingern und fiel zu Boden. Das hölzerne Klappern hallte durch die Stille.

Es war zehn Uhr abends, und die meisten der um den kleinen Innenhof angelegten Räume des Archäologischen Museums von Sitia lagen bereits im Dunkeln. Einzig der Saal, in dessen hinterem Teil die Administration und Lisas Büro lagen, war noch beleuchtet. Lisa hatte schon immer für ihre Arbeit gelebt, Alíki kannte sie nicht anders. Seit sie jedoch vor etwas weniger als einem Jahr die Leitung des Museums übernommen hatte, schien sie beinahe hier zu wohnen.

Zumindest heute Abend kam Alíki die Arbeitswut ihrer Freundin jedoch zugute. Denn in den angenehm kühlen Sälen des Museums lernte es sich weitaus besser als in ihrer eigenen Wohnung. Die war zwar gut durchlüftet, wies aber im Vergleich hierzu die Innentemperatur eines Glutofens auf.

Bereits auf dem Hinweg am Mittag war Lisa mit ihr im Auto mitgefahren, denn das Hotel, in dem Alíki arbeitete, lag nur einen Katzensprung vom Museum entfernt. Damit sparte Lisa unnötige Benzinkosten, und Alíki bekam im Gegenzug eine Stunde in der Kühle, um zu lernen. Und ohne dass irgendwer aus der Familie etwas davon erfuhr. Das perfekte Arrangement.

Denn die Weiterbildung in Marketing gehörte ebenso zu ihrem kleinen großen Geheimnis wie das Schmuckatelier, das sie in ihrer Wohnung betrieb. Das war überhaupt einer der Gründe, weshalb sie von zu Hause ausgezogen war. Nebst dem Drang, endlich auf eigenen Füßen zu stehen und ihren Traum zu verwirklichen, natürlich. Vor allem aber, damit sich die Familie nicht ständig in ihr Leben einmischte.

Alíki wusste, wovon sie sprach. Es war eine Sache, zu verschweigen, dass sie schon seit Jahren Schmuck entwarf und selbst herstellte. Sich damit jedoch auch noch selbstständig machen zu wollen, würde von ihren Verwandten mit Sicherheit als so unsinnig abgetan werden wie die Mühen des Sisyphos. Die echte Verwirklichung einer Frau lag darin, zu heiraten und eine Familie zu gründen. So der allgemeine Tenor der Verwandtschaft. Alíki hörte dieselben Sprüche schon, solange sie denken konnte. Es war wie eine nie enden wollende Liturgie.

»Wie sieht es bei dir aus? Ich brauche noch etwa zehn Minuten, dann bin ich fertig«, ertönte Lisas Stimme dumpf und wie von weit her.

Sie hob den Blick von ihrem Lehrbuch auf, sah die Freundin dort am Ende des Saals hinter einer Glasvitrine stehen. An der rechten Hand trug sie einen weißen Stoffhandschuh, in der Linken balancierte sie eine Art Holztablett.

»Was machst du denn da?« Alíki legte ihre Unterlagen auf der Kiste ab, stand auf und trat neugierig näher.

»Wir haben neue Exponate«, erklärte Lisa mit jenem Leuchten in den Augen, das sie immer bekam, wenn sie es mit einem besonderen Artefakt zu tun hatte. So wie damals vor einem Jahr, als sie die Schatulle mit den Siegelringen in Roussolakos entdeckt und damit die einstige politische Wichtigkeit der Minoerstadt bewiesen hatte.

»Schau dir diese Schmuckstücke an.« Mit einer ehrfürchtigen Geste deutete sie auf die zwei Paar goldener Ohrringe auf dem mit Samt ausgelegten Holztablett. Die Stücke waren schlicht, bestanden lediglich aus einem Goldreif mit einem tropfenförmigen Fortsatz, bestachen jedoch durch die filigrane Verarbeitung. »Und das hier«, sagte Lisa und berührte vorsichtig eine der bereits in der Vitrine hängenden Goldketten aus mehreren mit Rillen- und Blütenmustern verzierten Hohlzylindern. »Ist es nicht absolut gewaltig, dass hier auf Kreta bereits vor fünftausend Jahren eine solche Kunstfertigkeit entstanden ist? Huch!«

Die Ecke des Holztabletts stieß im selben Augenblick gegen die offene Glastür, neigte sich dabei ein paar Sekunden lang gefährlich schräg. Die herrliche, noch darauf liegende Goldbrosche in der Form zweier Bienen rutschte immer weiter über den Rand.

»Pass auf!« Alíki reagierte instinktiv, sprang vor und streckte die Hand aus. Gerade noch rechtzeitig, um die Brosche aufzufangen.

»Ach du Schreck«, rief Lisa, nahm das Schmuckstück so vorsichtig entgegen, als könnte es in ihrer Hand in tausend Stücke zerschellen, legte es dann sogleich in die Vitrine und atmete erst wieder auf, als sie die Tür dazu abschloss. Mit einer dankbaren Geste zog sie Alíki in die Arme.

Diese hingegen konnte sich ein Grinsen nicht verkneifen. Lisa war zwar einer der liebenswertesten Menschen, die sie kannte, doch was Tollpatschigkeit anging, so hielt sie den ungebrochenen Weltrekord.

Allein schon der Tag, als Charis ihr den Heiratsantrag gemacht hatte, war denkwürdig gewesen. Dafür hatte er mit ihr einen Ausflug in die Chandras-Hochebene unternommen und auf einem Aussichtspunkt endlich die Frage der Fragen gestellt. Vor lauter Aufregung und in typischer Lisa-Manier war ihr der Ring jedoch aus der Hand geglitten und den Felsen hinuntergefallen. Erst nach Stunden des Suchens und nur dank einer Riesenportion Glück sowie der Hilfe eines Ziegenhirten fanden sie den Ring endlich wieder. Inzwischen gehörte die Geschichte schon zu den Lokalanekdoten Palekastros, und mit »Pass auf, oder du plumpst hinunter wie der Ring der jermanida« war daraus sogar eine neue Redewendung entstanden.

In einem hatte Lisa jedoch zweifelsohne recht: Der Schmuck war wirklich atemberaubend.

»Wer weiß, vielleicht findest du hier sogar Inspirationen für eine neue Kreation«, sagte die Deutsche und hakte sich bei Alíki unter, während sie nebeneinanderstanden und die antiken, jetzt sicher in der Glasvitrine untergebrachten Stücke betrachteten.

»Ja, vielleicht«, murmelte Alíki nachdenklich. Obwohl ihr Stil ein ganz anderer war. Schon angefangen bei den Materialien. Sie benutzte Muscheln, Korallensplitter und Natursteine, die sie am Strand fand, oder geschliffenes Olivenholz und veredelte diese dann mit gegossenem Silber, Blattgold oder goss sie in Harz. Die so gänzlich unterschiedlichen Werkstoffe in Kombination mit einem modernen Design bildeten einen spannenden Kontrast. Geradezu ideal, um Ringe, Armreife, Kettenanhänger und Ohrringe anzufertigen. Und glaubte man der kleinen, aber stetig wachsenden Kundschaft ihres Onlineshops, fanden ihre Kreationen auch wirklich Gefallen.

Aber diese jahrtausendealten Schmuckstücke hatten zweifellos etwas Magisches an sich. Diese Formen. Schlicht, aber trotzdem wirkungsvoll. Das war ihr zuvor nie aufgefallen. »Was meinst du, ob ich ein Foto davon machen darf? Nur als mögliche Vorlage für Entwürfe?«, fragte sie und zog ihr Handy aus der Hosentasche.

»Natürlich.« Mit einer einladenden Geste deutete Lisa in Richtung der Vitrine. »Das tun doch die Touristen auch.«

Es war halb elf, als sie endlich in Alíkis Auto auf dem Weg nach Hause waren. Aus dem Radio trällerte Helena Paparizou eine ihrer Herzschmerz-Arien, und durch die offenen Fenster drang die nach trockenem Gras und Meersalz riechende Nachtluft herein.

Obwohl sie heute nur einen halben Tag lang gearbeitet hatte, kam es Alíki vor, als läge eine Sechzehn-Stunden-Schicht hinter ihr. Kein Wunder, sie war erst gegen eins ins Bett gekrochen und heute Morgen dafür umso früher wieder aufgestanden, um ja rechtzeitig zum Gutshof zu gelangen, ehe …

»Wie läuft es eigentlich so mit deiner Schmuckkollektion?«, lenkte Lisas Frage sie zum Glück ab, bevor sie sich noch weiter in den unsinnigen Gedanken verirren konnte. Sören war inzwischen längst wieder in Hamburg.

»Gut.« Alíki reckte den verspannten Rücken und stemmte die Hand auf dem Lenkrad ab. »Vergangenen Monat sind fünfzehn Neukunden dazugekommen. Und erst vorgestern ist ein neuer Auftrag für eine Wunschanfertigung für ein Paar Ohrringe eingegangen.«

»Das ist doch wunderbar! Ich bin so stolz auf dich.« Im Gegensatz zu jeder Kreterin zeigte Lisa ihre Begeisterung, so wusste Alíki inzwischen, nicht mit überschwänglichem Pathos, sondern vielmehr durch kleine, nicht minder herzliche Gesten. Zum Beispiel, indem sie ihr, so wie jetzt, ganz kurz die Hand auf die Schulter legte.

»Ich weiß«, erwiderte sie. »Aber ich könnte noch viel mehr erreichen. Viele Leute klicken meine Webseite nur an, bestellen jedoch nichts. Darum versuche ich es jetzt mit Werbeanzeigen in verschiedenen sozialen Medien und mit Newsletters. Selbstmarketing ist das A und O zum Erfolg.« Ihr entfuhr ein Seufzer. »In diesem Online-Seminar lerne ich so viel, aber mir fehlt die Zeit, um das Gelernte umzusetzen. Um meine Webseite zu modernisieren, zum Beispiel, oder mich generell intensiver um meine Online-Präsenz zu kümmern.«

Lisa warf ihr einen ermutigenden Blick zu. »Wenn es jemand schafft, dann bist du es, kopeliá, da habe ich keine Zweifel. Wie hat außerdem Platon schon gesagt: Kalepà ta kalà – das Schwierige ist schön.«

»Du meine Güte.« Mit gespielter Fassungslosigkeit sah Alíki ihre Freundin an. »Du klingst schon wie Yiayià, weißt du das?«

Sogleich brachen beide in lautes Gelächter aus. Es tat gut, mit jemandem so offen reden zu können. Lisa fällte weder ein Urteil, noch machte sie sich über Alíkis Ambitionen lustig, sondern sprach ihr Mut zu, wenn sie es brauchte. Genau deshalb fiel es so leicht, die zukünftige Frau ihres Cousins ins Herz zu schließen. Lisa war außerdem verschwiegen, sogar gegenüber Charis. Darauf hatte sie Alíki ihr Wort gegeben, und sie wusste, sie konnte sich darauf verlassen. Es gab wahrscheinlich auf ganz Kreta keine verschwiegenere Person als Lisa. Sie hielt sogar Kalli stand, die ihr anbot, zwei Monate lang jede Woche das Auto zu waschen, wenn sie ihr verriet, was Charis ihr zu Weihnachten schenkte.

Kurz darauf lenkte Alíki ihren Peugeot unter dem Mauerbogen hindurch auf den Vorplatz des Gutshofs. Mehrere Autos standen dort unter dem Olivenbaum. Oben auf der Terrasse brannte Licht, laute Stimmen und Gelächter tönten herab. Die Familie, wie sie leibte und lebte.

»Willst du nicht doch noch kurz hochkommen? Bestimmt ist noch etwas vom Abendessen übrig«, fragte Lisa, während sie ausstieg.

Das klang zwar verführerisch, doch heute stand Alíki nicht der Sinn nach Verwandtschaft, und sie schüttelte den Kopf. »Nein, ich bin so müde, dass ich im Stehen einschlafen könnte.«

Dabei blieb ihr Blick jedoch an einem der geparkten Autos hängen. Einem roten Toyota Aygo.

Aber das war doch …

Im selben Moment hörte sie die Stimme von der Terrasse her. Und sie fühlte auf einmal ein warmes, freudiges Flattern im Bauch, als sie die Gestalt erkannte, die dort oben direkt an der Treppenmauer stand und ins Handy brüllte, um das Gelächter im Hintergrund zu übertönen: »Hör zu, ich hab meinen Flug verpasst und sitze hier fest. Aber keine Sorge, ich bin für morgen auf Warteliste gebucht. Für den Wellington-Deal bin ich auf jeden Fall rechtzeitig wieder in Hamburg.«

KAPITEL 7

Der Honigdieb

Wie sagte Yiayià immer? Die Familie ist wie ein Bienenstock. Ehre sie und beschütze sie vor Honigdieben, sinnierte Charis, als er am nächsten Morgen an der Theke des einzigen Kafenions von Palekastro saß und zusah, wie die Luftblasen in seinem Eiskaffee eine nach der anderen platzten.

An der Decke surrte der alte Ventilator. Es war Vormittag, und wie üblich befanden sich um diese Uhrzeit noch kaum Gäste im Lokal. Einzig der junge Wirt Sotíris stand hinter der Theke und trocknete Gläser ab, während er die Nachrichtenübertragung im Fernseher verfolgte. Draußen im kühlen Schatten der Platane saß Sotíris' Großvater Costa dösend an einem Tisch. Neben ihm ließ sein Nachbar, der einäugige Ioánnis, klackernd die Perlen seines Komboloi durch die Finger gleiten.

Mit der Zunge schnalzend schob Charis das Kaffeeglas beiseite. Was war denn nun schlimmer? Den Honigdieb bereits im eigenen Haus zu haben oder die Tatsache, dass eine der Honigwaben offensichtlich gar nicht beschützt werden wollte?

Mit hochgezogenen Augenbrauen drehte sich Sotíris zu ihm um und warf sich schwungvoll das Trockentuch über die Schulter. »Was ist dir denn über die Leber gelaufen? Hast du dich etwa mit Lisa gestritten?«

Zur Antwort gab Charis ihm lediglich einen warnenden Blick. Ihm war der vorwurfsvolle Unterton in der Frage nicht entgangen. Sotíris gehörte zwar zur Familie – sein älterer Bruder hatte Charis' Schwester Philyra geheiratet –, und er war eigentlich sein bester Freund. Nach seinem anfänglichen Hickhack mit Lisa war er jedoch inzwischen zu deren eingefleischtestem Anhänger und Verfechter geworden. Was er natürlich nie im Leben zugeben würde, denn das verbot ihm sein Stolz. Allerdings bestand Sotíris' selbst auferlegte Mission nun anscheinend darin, aus Charis einen annehmbaren Ehemann für Lisa zu machen, indem er ihm unermüdlich ins Gewissen redete. Schlimmer als ein Pope.

»Zwischen Lisa und mir ist alles in Ordnung«, gab Charis zurück und hob ergeben die Hände. Er wusste, Sotíris meinte es im Grunde nur gut, obwohl er sich das selbst immer wieder in Erinnerung rufen musste. Andererseits kannten sie sich schon seit einer Ewigkeit, und die Absicht des jungen Kafenionwirts bewies im Grunde nur, was für ein enger Freund er war.

Genau darum hatte Charis ihn auch als seinen koumbaros, seinen Trauzeugen, bestimmt. Nicht ahnend, dass Sotíris sein Amt so ernst nehmen würde, als handelte es sich um eine hochoffizielle Staatsaffäre. So waren Sotíris, Yiayià, Kalli und Alíki in den vergangenen Wochen zu einem ungleichen, jedoch überambitionierten Hochzeitsplanungs-Team avanciert. Mit dem Ziel, Charis' Nervenkostüm bis aufs Äußerste zu strapazieren.

In Gedanken stöhnte er auf. Theé ke Kírie! In einer Woche reiste auch noch seine Schwester Philyra eigens vom Festland her an, um bei den Vorbereitungen mitzuhelfen. Der endgültige Ruin für seine Nerven. Doch nicht genug damit. Denn ausgerechnet jetzt musste ihm Cousine Alíki noch zusätzliche Sorgen bereiten.

Sotíris' Miene hellte sich auf. Er hängte das Trockentuch an seinen Platz neben dem Spülbecken. »Gut. Denn ich wollte dir ohnehin noch etwas zeigen.« Damit griff er unter die Theke und zog eine dicke Schreibmappe mit Notizblock sowie integrierten Sichtmappen hervor und klappte sie vor Charis auf. »Vorige Nacht hatte ich eine Erleuchtung. Sieh dir das an.« Er blätterte die Sichtmappen um, bis auf einer Seite das Foto eines schnittigen Motorboots erschien.

»Na? Was hältst du davon?« Sotíris strahlte noch immer aus allen Poren.

»Was soll ich davon halten? Es ist ein Boot.«

»Womit du einen gloriosen Auftritt auf dem Weg zur Kirche machen kannst. Daran werden sich die Leute noch jahrelang erinnern.«

Charis starrte seinen Freund an. »Ich soll in einem Boot zur Kirche fahren?« War er noch ganz bei Trost? Lisa und er wollten eine ganz simple Zeremonie. Dazu hatten sie absichtlich nicht die große Hauptkirche von Palekastro ausgesucht, sondern die kleine, malerisch über dem Meer gelegene Kapelle der Agia Iríni etwas außerhalb von Palekastro. Wie ganz normale Menschen würden sie mit dem Auto dorthin fahren. Bestimmt nicht mit einem Motorboot, als wäre er James Bond. »Kommt gar nicht infrage.«

Sichtlich enttäuscht, schnaubte Sotíris auf. »Na schön. Aber du heiratest schließlich in traditioneller Tracht. Dann wenigstens zu Pferd.«

»Was ist los? Wer zieht das Schwert?«, klang die krächzende Stimme des alten Costa von draußen herein.

Mist, der hatte doch bis eben noch geschlafen.

»Kein Schwert, du alter Trottel. Er hat Pferd gesagt«, gab der einäugige Ioánnis zurück und ließ die Schnur seines

Komboloi ruckartig um den Zeigefinger tanzen, ehe er erklärte: »Dein Enkel meint, Charis solle am Hochzeitstag damit zur Kapelle reiten.«

»Ach, heiratet er denn?«

Sotíris verdrehte die Augen. »Das weißt du doch, Pappoús. Er heiratet Lisa. Die jermanida.«

»Können wir das ganze Hochzeitstrara wenigstens heute beiseiteschieben?«, rief Charis ungeduldig dazwischen, bevor das Thema noch mehr ausufern konnte. Seine Kehle war auf einmal völlig ausgetrocknet. Er nahm einen tiefen Schluck von seinem Eiskaffee. Danach fühlte er sich zumindest etwas besser. Er legte den der Situation angemessenen Ernst in die Stimme, als er sagte: »Es gibt da nämlich ein ganz anderes Problem.«

Zugegeben, das mochte vielleicht etwas dick aufgetragen sein, nichtsdestotrotz war Vorbeugen besser als Heilen. Und es ging hier schließlich um Alíki. Um seine kleine Cousine, für die er sich verantwortlich fühlte, als wäre sie seine eigene Schwester.

»Seit gestern haben wir auf dem Gutshof einen neuen Gast«, fing Charis mit fester Stimme an. Ja, es ging um Alíki. Und um diesen Sören Johannsen. Diesen jermanós. Den Honigdieb.

In wenigen Worten schilderte er die bisherigen Vorkommnisse: wie Alíki Sören am Straßenrand aufgesammelt und mit zum Gutshof gebracht hatte. Sörens Erbschaft. Sein Termin mit dem Anwalt. Und wie er am Abend aus heiterem Himmel erneut auf dem Gutshof aufgetaucht war, weil er den Rückflug nach Hamburg verpasst hatte. Er sei gar nicht erst nach Heraklion zum Flughafen gefahren, es wäre ohnehin viel zu spät gewesen, hatte er ihnen gesagt. Ha! Was für eine armselige Ausrede.

Und dann Alíkis ungewöhnliches Verhalten. Sie kam sonst nie vor der Arbeit noch beim Gutshof vorbei und stolperte dabei vor lauter Eile beinahe die Treppe hoch.

»Vielleicht hat Alíki auch einen ganz anderen Grund gehabt«, meinte Sotíris zweifelnd.

Aber Charis verwarf den Einwand mit einer entschiedenen Geste. »Flakia – Quatsch! Wir sprechen hier von Alíki. Du kennst sie doch: Sie liebt Überschwänglichkeit und Drama und flattert ständig wie ein Schmetterling herum, um gute Laune zu verbreiten.« Er bewegte die Hände wie Flügel, um das Bild zu verdeutlichen. »Sobald jedoch dieser jermanós in der Nähe ist, ist sie auf einmal ganz anders. Und sie errötet. Er-rö-tet.«

»Wer ist denn eigentlich diese Alíki?«, rief Costa von draußen her.

Ioánnis schnaufte. »Sie ist Charis' Cousine. Du weißt doch, die Urenkelin vom alten Manolis. Dem mit dem lahmen Bein.«

»Wirklich? Ich dachte, die Kleine wäre erst im Kindergarten«, staunte Costa, schien sich aber doch mit der Erklärung zufriedenzugeben und lehnte sich im Stuhl zurück.

»Der jermanós hingegen«, nahm Charis wieder das Wort auf. »Ich muss zugeben, er ist sehr höflich und korrekt, sonst hätte ich ihn schon längst hinausgeschmissen. Aber du solltest die Blicke sehen, die er ihr zuwirft.« Er machte eine Pause, um seine Worte wirken zu lassen. »Diskret zwar, aber eindeutig. Gestern beim Abendessen, zum Beispiel, war er so sehr damit beschäftigt, Alíki zu beobachten, dass ihm eine Tomatenscheibe von der Gabel gefallen ist.« Er tippte sich an die Nase. »Er will meiner Cousine nachstellen. Glaub mir, dafür habe ich einen Riecher.«

»Wenn man vom Teufel spricht«, rief Ioánnis im selben Moment. »Ist sie das nicht, die kleine Alíki?«

Sofort drehte sich Charis auf dem Stuhl um.

Tatsächlich. Dort auf dem Platz vor der Kirche standen sie – Alíki, die sich anscheinend seit Neustem auch als Touristenführerin hervortat, und Sören, der sich von ihr die Außenfassade der Kirche zeigen ließ. Mit beiden Armen zeichnete sie eine Form in die Luft, machte dazu eine Bemerkung, worauf beide in lautes, vergnügtes Lachen verfielen.

Charis presste die Zähne zusammen. Sein Beschützerinstinkt schlug augenblicklich Alarm. Zwar hielt sich Sören auch jetzt in geziemendem Abstand und berührte Alíki nicht einmal mit dem kleinen Finger. Doch jeder Mann mit Augen im Kopf konnte das typische Balzverhalten erkennen: wie er geradezu an ihren Lippen hing. Oder die Art und Weise, wie er sie anlächelte – völlig unverkrampft und sich seines Gewinnrangs absolut bewusst. Mit seiner Größe und der sportlichen Statur sah er noch dazu ganz passabel aus, das musste ihm Charis allem zum Trotz neidlos zugestehen.

Was hingegen Alíki anging … Der nach deutschem Maßstab urteilende Teil seines Verstands erkannte sie sehr wohl als erwachsene, selbstständige Frau an, der er nichts vorzuschreiben hatte. Für den Griechen in ihm würde sie jedoch immer seine süße, kleine Cousine bleiben, die zu gutgläubig und unerfahren war, um zu wissen, dass Männer Scheusale sein konnten. Vor allem solche mit Sörens Meister-Proper-Lächeln. Bald würde der nämlich wieder zurück nach Hamburg fliegen und ihr damit das Herz brechen. Was dann?

Trotzdem hatte Charis Alíki noch nie zuvor so fröhlich aus vollem Halse lachen hören.

Der alte Costa schüttelte den Kopf und brummte: »Erst die Invasion der Türken und dann das. Diese Jungen von heute. Wo soll das noch hinführen?«

Stumm war Sotíris neben Charis getreten. Mit vor Ernst zerfurchter Stirn meinte er: »Und was wirst du jetzt tun?«

Charis holte tief Atem. Eine verdammt gute Frage, auf die er im Moment noch keine Antwort wusste. Mit etwas Glück bekam Sören noch einen Rückflug für heute Abend und das Problem löste sich somit von allein. Kurz und möglichst schmerzlos. Auch für Alíki. Weiter wollte er noch gar nicht denken. Was für ein Dilemma.

Als er jedoch nach der Arbeit im Olivenhain am späten Nachmittag auf den Vorplatz des Gutshofs einfuhr, sah er den Polizeiwagen.

Sogleich beschleunigte sich sein Puls. Er atmete erst auf, als er Lisa, Kalli und Yiayià unter dem Olivenbaum im Gespräch mit dem Beamten erkannte. Gut. Niemand verletzt. Alles andere ließ sich irgendwie regeln.

Sobald Charis ausstieg, hörte er die inzwischen fast schon vertraute Männerstimme auf Deutsch reden und wandte sich um. Sören stand auf der gegenüberliegenden Seite des Platzes mit ernstem Gesicht und dem Handy am Ohr.

Er presste einen leisen Fluch durch die Zähne. Mist. So viel zur erhofften Lösung seines Problems mit Alíki und dem jermanós.

Stattdessen eilte ihm Lisa, gefolgt von Kalli, entgegen.

»Was ist passiert?«, fragte er.

»Sören hat auch über die Warteliste keinen Flug mehr bekommen«, erklärte Lisa leise. »Wegen der Hochsaison sind alle Maschinen voll. Der frühestmögliche Rückflug nach Deutschland ist erst nächsten Dienstag über Athen nach München. Also in fünf Tagen.«

Das erklärte zwar Sörens Anwesenheit, doch was hatte die Polizei hier zu suchen?

Als hätte sie seine stumme Frage erraten, legte Kalli ihm beruhigend die Hand auf den Arm und sagte: »Es sieht ganz so aus, als wäre Sörens Mietwagen gestohlen worden.«

KAPITEL 8

Wie eine Gurke im Einmachglas

Tut mir leid, aber ich stecke hier fest.« Mit aller Kraft bemühte sich Sören um einen ruhigen Tonfall. Er schloss die Augen und atmete tief ein. Instinktiv steckte er die Hand in die Hosentasche, wo sein kleiner grüner Granitkiesel lag.

Er konnte die Bestürzung in Julias Stimme selbst durch das gelegentliche Rascheln in der Telefonleitung hindurch hören. »Erst verpasst du den Flug, dann wird deine Warteliste gestrichen, und jetzt hat auch noch jemand deinen Mietwagen gestohlen?«

Seine Finger legten sich um den Stein. »So sieht es aus.« Letzteres musste heute Morgen geschehen sein, während er mit Alíki zu Fuß das Dorf erkundet hatte. Ausnahmsweise war niemand sonst auf dem Gutshof gewesen – Charis und Lisa waren bei der Arbeit und Sofia mit Kalli auf dem Markt einkaufen. Bei ihrer Rückkehr gegen Mittag hatte Sören den roten Wagen nicht mehr unter dem Olivenbaum stehen sehen.

Es war zum Haareraufen. Es hatte doch nur ein Kurztrip nach Kreta sein sollen – an einem Tag hin, am nächsten wieder zurück. Stattdessen saß er zwei Tage später noch immer hier. In diesem Kaff im hinterletzten Zipfel der Insel, und was er auch anstellte, er schien einfach nicht mehr fortzukommen. Als genügte nicht bereits der verpasste Flug, war nun auch noch der Leihwagen weg. Verschwunden. Fort. Zusammen mit seinem Notebook, das er immer dabeihatte und auf dem er von unterwegs noch ein paar Geschäftsberichte hatte durchgehen wollen. Konnte diese ganze Situation noch beschissener werden?

»Ich habe jetzt einen fixen Rückflug gebucht«, fügte er rasch hinzu. »Für nächsten Dienstag. Der geht zwar nur nach München, aber von dort aus finde ich problemlos einen Weiterflug nach Hamburg oder nehme die Bahn. Mit dem Direktzug bin ich in fünfeinhalb Stunden zu Hause.«

Er hob den Blick zu den beim Polizeiwagen versammelten Leuten – Sofia und ihre Enkelin sowie Lisa und Charis. Alíki hatte zur Arbeit fahren müssen. Sie diskutierten zwar so laut, dass sie sein Telefongespräch bestimmt nicht hören konnten, trotzdem drehte er ihnen den Rücken zu und sagte dann etwas leiser: »Dann führe ich dich ganz groß aus.«

»Komm erst mal wieder nach Hause, dann sehen wir weiter. Um mich brauchst du dir keine Sorgen zu machen«, antwortete Julia. Sie hielt einen Moment lang inne, ehe sie sagte: »Gerit hat mich für heute Abend zum Essen eingeladen. Du wärst ja ohnehin erst viel später hier gelandet.«

»So?« Er stutzte.

»Ja. Tim Mälzer eröffnet ein neues Restaurant. Gerit hat extra für uns einen Tisch reserviert. Ist das nicht nett von ihm?«

»Wirklich sehr nett«, gab Sören möglichst beiläufig zurück. Zugleich spannte sich seine Faust noch fester um den Kiesel in seiner Hosentasche. Er hatte vor noch nicht einmal einer halben Stunde mit Gerit gesprochen und eine weitere Predigt über sich ergehen lassen müssen. Die Leitung der Wellington Hotels hatte für morgen die Videokonferenz angemeldet. Der mögliche Abschluss des größten Geschäfts seit Gründung der Johannsen Tee GmbH, und er, als Firmenteilhaber, steckte hier in Palekastro fest wie eine Gurke im Einmachglas.

Und um das Fass endgültig zum Überlaufen zu bringen, spielte Gerit den hehren Retter in der Not und lud Julia zu einem Abendessen bei einem der begehrtesten Events der Stadt ein. Um seinem großen Bruder noch zusätzlich eins auszuwischen, indem er Sören die Zwickmühle seiner Lage genüsslich unter die Nase rieb. Anders war diese Aktion aus heiterem Himmel nicht zu erklären. Denn Gerits Verhältnis zu Julia konnte man sonst mit viel Wohlwollen bestenfalls als gegenseitiges Tolerieren bezeichnen. Ihre Wellenlänge war noch nie dieselbe gewesen: Julia liebte Glanz und Gloria, und Gerit … nun, Gerit war eben Gerit.

Doch Sören kam nicht dazu, weiter darüber nachzudenken, als er seinen Namen rufen hörte. Er drehte sich um, sah Charis, der ihn heranwinkte. »Gut, kümmert sich Gerit um dich. Hör zu, ich muss auflegen, wahrscheinlich will mich die Polizei noch einmal befragen«, sagte er eilig. »Ich rufe dich an, sobald sich etwas Neues ergibt, okay? Viel Spaß heute Abend.« Damit beendete er das Telefonat.

Die folgenden, nie enden wollenden Stunden verbrachte er schließlich auf der Polizeistation, wo er den Wagendiebstahl melden sowie seine Aussage zu Protokoll geben musste.

»Eine reine Formalität«, meinte der Beamte, der sich ihm als Kommandant Vangelos Petridis vorgestellt hatte. Er sprach zwar ein ganz passables Englisch, jedoch in äußerst affektierter Manier, die umso deutlicher machte, wie lästig ihm dieser Teil seiner Arbeit war. Erst recht, als er auf seiner griechischen Tastatur minutenlang vergeblich nach dem Ö für Sören suchte.

Danach stellte er immer wieder dieselben Fragen: Wann Sören genau auf Kreta angekommen sei. Was der Grund für seinen Aufenthalt in Palekastro war. Warum er nicht, wie geplant, gestern schon abgereist war. Ob der Wagen irgendwelche eindeutigen Erkennungsmerkmale hatte.

»Wo haben Sie die Autoschlüssel liegen lassen?«

»Auf dem Nachttisch in meinem Zimmer. Da liegen sie übrigens immer noch«, gab Sören gereizt zurück. Das wusste er genau, denn das war sein allererster Gedanke gewesen, und er hatte sofort nachgesehen. Die Schlüssel lagen noch immer neben dem gusseisernen Fuß des Nachttischlämpchens. Dort, wo er sie am Vortag hingelegt hatte.

Der Kommandant hob erstaunt die rechte Augenbraue, bevor er mit den Zeigefingern auf die Tastatur einhackte und laut vorlas: »Keine Fahrlässigkeit seitens des Wageninhabers.« Als hätte er nicht damit gerechnet.

Je länger die Befragung dauerte, umso mehr kämpfte Sören um Beherrschung. Eine solche Ineffizienz hatte er noch nie zuvor erlebt. Statt sich um eine zügige Abwicklung zu kümmern, ließ sich dieser Döskopp Petridis von einem seiner Untergebenen einen Kaffee bringen, den er dann genüsslich schlürfte. Oder führte ein zwanzig Minuten langes Telefongespräch mit weiß der Himmel wem. Das Handy zwischen Kinn und Schulter geklemmt und dazu auf einem Zettel etwas hinkritzelnd, das aussah wie eine Giraffe mit Hirschgeweih. Ausgerechnet diese eingebildete Dosenmakrele sollte seinen Mietwagen wiederfinden?

Am liebsten wäre Sören aufgestanden und einfach gegangen. Einzig der Gedanke an den Papierkram und die endlosen Diskussionen mit der Versicherung, die ihn ohne dieses Protokoll zweifellos erwarteten, hielt ihn davon ab. Immerhin bot der Polizist ihm danach an, den Bericht direkt an den Autovermieter weiterzuleiten.

Es war kurz vor zehn Uhr abends, als er schließlich mit einer unterschriebenen und mit mehreren Stempeln versehenen Kopie des Polizeiberichts in der Hand auf die Straße hinaustrat.

Er holte tief Atem. Nach dem auf Polartemperatur heruntergekühlten Büro von eben fühlte sich die Nachtluft hier draußen geradezu wie in einem Backofen an. So als hätte sich die Hitze des Tages in den Straßen und Gassen Palekastros verfangen. Sogleich fühlte Sören, wie ihm der Schweiß aus den Poren schoss und das T-Shirt am Oberkörper festklebte.

Was für ein Schiet. In Gedanken war er wieder bei dem Wellington-Deal. Wenn er wenigstens sein Notebook hätte, dann könnte er sich von hier aus in die Videokonferenz einklinken. Natürlich würde Gerit die Verhandlung auch ohne Weiteres allein schaffen, das war nicht das Problem. Ihm aber diese Genugtuung geben zu müssen ... Ah, er konnte die süffisanten verbalen Seitenhiebe schon jetzt hören, die sein Bruder ihm künftig bei jeder sich bietenden Gelegenheit verpassen würde. Ausgerechnet.

Ihm entfuhr ein heiseres Knurren, zugleich bemühte er sich um Beherrschung. Klar denken. Ein neuer Plan musste her. Richtig. Er war doch sonst immer der Besonnene von ihnen beiden gewesen. Seine Hand umfasste den Kieselstein in seiner Hosentasche. Aber im Moment wirkte auch das kaum.

Trotz der Hitze tollten Kinder auf der Straße umher, die Erwachsenen saßen indes in Grüppchen vor ihren Häusern und diskutierten wohl über den tagesaktuellen Klatsch und Tratsch.

Himmel, wie hielten die Leute die Wärme bloß aus? Mit dem zusammengefalteten Bericht fächerte Sören sich Luft zu. Gut, dass er heute Morgen in einem kleinen Laden hinter der

Kirche wenigstens noch ein paar neue T-Shirts als Ersatz gekauft hatte.

Irgendwoher ertönte griechische Musik. Ein Windhauch trug den herzhaften Geruch nach gegrilltem Fleisch herbei.

Um ein Haar hätte er das kurze Hupen gar nicht gehört. Erst als jemand seinen Namen rief, hob Sören den Blick und erkannte Charis, der dort lässig gegen seinen Wagen lehnte.

Überrascht trat er näher. Hatte der Kreter etwa auf ihn gewartet?

»Alles in Ordnung?«, fragte Charis.

Sören hob die Kopie des Berichts hoch. »Alles gesagt und getan.«

»Gut.« Der Kreter stieß sich mit einem Ruck vom Wagen ab. Sein Gesicht wurde ernst, sein Blick war direkt und ehrlich. »Ich muss mich noch einmal im Namen der Familie für die ganzen Unannehmlichkeiten entschuldigen. So etwas ist hier in Palekastro noch nie passiert. Natürlich werde ich für den Schaden aufkommen, mach dir deswegen keine Sorgen.«

Einmal mehr war Sören ehrlich erstaunt. Darüber hatte er sich ob der ganzen Hektik noch gar keine Gedanken gemacht. Dass Charis das Thema als Erster ansprach, zeugte jedoch von Professionalität und Charakter. Rare Qualitäten heutzutage.

Zugleich spürte Sören, wie der Ärger in ihm langsam verebbte, und er nickte anerkennend, als er dem Kreter die Hand reichte. »Warten wir erst einmal ab, was die Ermittlungen ergeben.«

Charis erwiderte den Händedruck, runzelte jedoch zweifelnd die Stirn. »Versprich dir bloß nicht zu viel davon. Der Polizeikommandant kommt vom Festland«, sagte er mit völliger

Selbstverständlichkeit. Als läge es auf der Hand, dass die Unfähigkeit des Beamten allein diesem unglücklichen Umstand geschuldet war.

»Das erklärt natürlich alles«, erwiderte Sören. Ohne dass er es wollte, verzogen sich seine Lippen dabei zu einem Grinsen.

Der Kreter hingegen zuckte nur die Achseln. »Nicht alles, aber doch so einiges.«

Vermutlich lag es an der skurrilen Komik der Situation, an der er, so wurde ihm in diesem Moment erst richtig bewusst, nicht das Geringste ändern konnte. Oder vielleicht war auch die plötzlich von ihm abfallende Anspannung und Hektik der vergangenen Tage daran schuld, dass es in Sörens Brust mit einem Mal zu brodeln begann. Zuerst versuchte er, das Lachen zu unterdrücken, seine Lage war schließlich alles andere als witzig. Doch das Brodeln wurde immer stärker. Bis das verräterische Zucken an Charis' Lippen all seine Beherrschung mit einem Schlag überrumpelte und er lauthals auflachte. Sogleich fiel Charis in das Gelächter mit ein.

Sie mussten ein Bild für die Götter abgeben: zwei Männer, die, sich gegenseitig stützend, auf den Stufen der Polizeistation von Palekastro standen und vor lauter Lachen kaum noch Luft bekamen. Sogar die Leute auf der gegenüberliegenden Straßenseite drehten sich neugierig zu ihnen um.

Charis gelang es zuerst, sich zu beruhigen. Keuchend wischte er sich die Tränen von der Wange. Mit einem freundschaftlichen Klaps auf Sörens Schulter sagte er dann: »Auf dem Gutshof geht's heute Abend zu wie im Hühnerstall. Die Frauen haben irgendetwas von Hochzeitsvorbereitungen gesagt, es ist also klüger, außerhalb der Gefahrenzone zu bleiben. Hast du Hunger?«

Erst jetzt merkte Sören, wie sein Magen knurrte. Aber wo gab es hier so spät noch etwas zu essen?

Als hätte Charis die unausgesprochene Frage verstanden, deutete er grinsend mit dem Kinn auf den Wagen hinter ihm. »Na, dann steig ein. Bei Sotíris im Kafenion gibt's heute Abend Gyros.«

KAPITEL 9

Schnürsenkel-Tage

Als Sören wenig später mit Charis durch das Gartentor hinter dem Kafenion trat, wurde ihm klar, woher der Bratenduft kam. Eine Gruppe von etwa fünfzehn Männern saß in geselliger Runde in dem weitläufigen Hinterhof am Tisch oder in den bequemen, rundum verteilten Rattansesseln.

Efeu rankte sich die Hausfassade entlang und über das Dach der kleinen Zierpergola. Der restliche Platz reichte sogar für eine große Palme. Lichterketten waren um ihren Stamm gewickelt und sorgten zusammen mit den rundum aufgehängten Lampions für eine wirkungsvolle Beleuchtung. Entlang der Wände standen dickbauchige Tontöpfe mit Geranien und Jasminbüschen mit zarten, weißen Blüten, deren betörender Duft die Luft erfüllte.

Eine herrlich gemütliche Oase und geradezu ideal für eine Grillparty, dachte Sören. In der äußersten Ecke des Hofs befand sich der Ofen mit dem aufrecht drehenden Fleischspieß, von dem zischendes, köstlich riechendes Fett ins Auffangbecken tropfte. Ah, göttlich. Ihm lief das Wasser im Mund zusammen.

Die Männer begrüßten sie mit freudigen Rufen, schlugen Sören kumpelhaft auf die Schultern und drückten ihm ein Bier in die Hand, als würden sie ihn schon ewig kennen. Die meisten mussten ungefähr in Charis' Alter sein, andere auch etwas jünger, schätzte er. Ein paar von ihnen sprachen sogar ein, zwei Brocken Deutsch oder Englisch. So wie Petros und

Nikos, zwei weitere Cousins ersten Grades – wie viele Verwandte hatte dieser Mann überhaupt, dass man sie dem Grad nach einteilen musste, um die Übersicht nicht zu verlieren? Oder der Wirt des Kafenions, ein junger Kerl mit Kumpelgrinsen, der sich ihm als Sotíris vorstellte und ihm ein mit Fleisch, Tomaten, Joghurtsoße und fingerdicken Zwiebelscheiben gefülltes Fladenbrot reichte. Ein köstlich würziger Geruch, gemischt mit der frischen Knoblauch-Note. So, genau so musste es im Paradies riechen.

Ehe Sören sichs versah, saß er inmitten der Runde, genoss das beste Gyros seines Lebens, lernte, dass »Yia mas« auf Deutsch »Zum Wohl« bedeutete und »bíra« »Bier«.

Irgendwann lachte er sogar mit den Männern mit, obwohl er längst nicht alles von ihrem deutsch-englisch-griechischen Kauderwelsch verstand. Aber sie alle gaben sich Mühe, und das bíra wirkte bei der internationalen Verständigung wahre Wunder.

Als drei der Kreter ihre Instrumente – zwei dickbauchige Gitarren und ein birnenförmiges Saiteninstrument, eine Lyra, wie Charis ihm erklärte – ansetzten und zu spielen anfingen, wippte Sören mit dem Kopf den Takt. Die Musik klang ganz anders als die übliche Bouzouki-Musik, wie man sie aus Radio und Fernsehen kannte. Die Gitarren gaben den Rhythmus vor, die Lyra ergänzte die Melodie dazu. Manchmal in sanften, manchmal in ungewohnt schrillen Klängen mit raschen Tonabfolgen, die den offensichtlich orientalischen Einfluss verdeutlichten.

Charis rief etwas auf Griechisch in die Runde. Sofort standen Petros und Nikos zusammen mit ihm und zwei weiteren Männern auf und stellten sich mit ausgestreckten Armen an den Händen fassend in eine Reihe.

Gebannt beobachtete Sören, wie die fünf Kreter zu tanzen begannen. Zuerst in kleinen, auf der Stelle federnden Schritten, die immer schneller und forscher wurden. Dabei schien der Tänzer ganz rechts außen jeweils die Schrittabfolge vorzugeben, ehe er die Position wechselte, sich mit eleganten Drehungen aus der Reihe löste, um sich dann an deren Ende wieder anzuschließen.

Wow, wirklich beeindruckend. Er selbst war zwar kein allzu schlechter Tänzer, mit den Männern dort hätte er jedoch nicht mithalten können.

Die Musik wurde immer schneller. Schließlich hob einer der Lyraspieler mit dunkler Stimme zu einem Sprechgesang an. Ganz kurz nur, ehe er den Bogen wieder über die Saiten seines Instruments gleiten ließ.

»Sie sind ganz gut, nicht wahr?« Mit einem Augenzwinkern reichte Sotíris Sören ein weiteres Bier und setzte sich neben ihn. »Charis und seine Cousins sind Mitglieder einer Volkstanzgruppe und treten sogar bei Dorffesten und dergleichen auf«, sagte er.

Sören nickte. »Sie sind wirklich gut.« Obwohl er normalerweise nicht viel mit Folklore anfangen konnte, was, wenn er es sich recht überlegte, eigentlich erstaunlich war. Umso mehr, weil sich in der Familie Johannsen doch alles nur um Tradition drehte. Die einzige folkloreähnliche Erfahrung, an die er sich erinnerte, waren Opa Arnes Pollerlieder, die dieser meist an Silvester nach ein paar Gläschen Korn und mit Tränen in den Augen zum Besten gegeben hatte. Wenn ihn nicht alles täuschte, hatte Opa sogar in einem Shanty-Chor mitgesungen. Dabei waren das blaue Hemd und die Mütze, die er bei den Chorauftritten trug, jedoch seine einzige, sehr weit hergeholte Gemeinsamkeit mit einem Seemann gewesen.

Für mehr Folklore hatte es bei den Johannsens nie Platz gegeben. Umso mehr war Sören fasziniert, diese jungen Männer zu sehen, die ihre Traditionen mit solcher Selbstverständlichkeit und Stolz auslebten.

»Und?« Der junge Wirt stieß Sören mit dem Ellenbogen an und lehnte sich näher, um nicht ganz so laut gegen die Musik anbrüllen zu müssen. »Wie gefällt dir Kreta denn so?«

Sören schüttelte den Kopf. »Genau genommen habe ich bisher kaum etwas von der Insel gesehen. Aber ich fliege erst in ein paar Tagen wieder zurück. Vielleicht ergibt sich die Gelegenheit für einen Ausflug.«

»Du warst doch heute mit Charis' Cousine hier im Dorf unterwegs, stimmt's?«

Die Frage hatte eigentlich völlig belanglos geklungen, trotzdem war Sören der forschende Unterton nicht entgangen. »Alíki war so nett und hat mir einen Laden gezeigt, wo ich wenigstens das Nötigste einkaufen kann. Ich hatte bloß für zwei Tage gepackt«, antwortete er wahrheitsgetreu.

»Aha!« Sotíris nickte nachdenklich und wölbte dabei die Lippen vor, so als müsse er in Gedanken erst entscheiden, was er mit der Information anfangen sollte.

Sören stutzte. Was sollte dieses »Aha« denn nun heißen? Doch er wartete vergebens auf eine weitere Konversation. Denn die Musikanten setzten zum Finale an, während Tänzer und Anwesende unter lauten »Oppah«-Rufen applaudierten.

»Du solltest unbedingt ein paar Ausflüge machen«, nahm der Kreter unerwartet den Dialog wieder auf, lehnte sich in seinem Rattansessel zurück und legte entspannt die Knöchel übereinander, bevor er einen weiteren Schluck aus seiner Flasche nahm. »Mit dem Boot die Küste entlang, zum Beispiel. Oder auch ins Hochland.«

»Dort ist es wenigstens nicht ganz so heiß.« Keuchend und sich mit einem Pappteller Luft zufächelnd, ließ sich Petros auf den Stuhl neben Sören fallen.

Hinter ihm trat sein jüngerer Bruder Nikos hinzu. In den Händen hielt er eine Scheibe saftig roter Wassermelone und biss hinein. »Was soll er denn da oben? Da ist doch rein gar nichts los«, schmatzte er mit vollem Mund. Melonensaft klebte an seinen Wangen, und er wischte sich mit dem Handrücken einen Tropfen davon vom Kinn.

Petros verdrehte seufzend die Augen. »Nicht jeder muss, wie du, ständig Rambazamba und Partys haben. Ich verstehe ohnehin nicht, wie du es in diesen Diskotheken überhaupt aushältst.«

Der Jüngere spuckte einen Melonenkern in einen Geranienbusch, bevor ein freches Grinsen sein Gesicht erhellte. »Weil du seit deinem Doktortitel eben ein Spießer geworden bist, Petroulis. Deshalb.« Er beugte sich herunter und stieß seinen Bruder feixend an.

Doch Petros griff blitzschnell nach Nikos' Arm, zog ihn zu sich herunter, bevor der andere überhaupt reagieren konnte, und presste ihm den Rest der angebissenen Melonenscheibe ins Gesicht. »Falsch.« Er lachte triumphierend auf. »Sondern weil ich schneller und schlauer bin als du, ganz einfach.«

Einen Moment lang brachte Nikos außer einem überraschten Grunzen kein Wort heraus. Er stand nur reglos da, starrte seinen Bruder an, während ihm das schmierig glänzende Fruchtfleisch an den Augenbrauen klebte. Doch sein rechter Mundwinkel zuckte auf einmal verräterisch. Nur einen Moment, bevor er sich mit einem Satz auf Petros warf.

Prustend und lachend rangen die beiden in einer brüderlich neckenden Balgerei, angefeuert von den anwesenden

Männern. So lange, bis sie schließlich völlig atemlos, zerzaust, verschwitzt und gleichermaßen mit Melonenmus verschmiert auf eine steinerne Sitzbank an der Mauer sanken. Brüder, die füreinander durch dick und dünn gingen. Das war unübersehbar an der diebischen Freude zu erkennen, mit der sie sich gegenseitig angrinsten.

Hatte zwischen ihm und Gerit eigentlich je ein solches Verhältnis bestanden?, überlegte Sören.

Jedenfalls nicht, soweit es ihm bewusst war. Oh, nicht etwa, dass sein Bruder ihm völlig gleichgültig wäre. Natürlich liebte er Gerit, und Gerit liebte ihn. Irgendwie. Auf jene völlig verkorkste Art und Weise, wie es schon immer zwischen den Johannsen-Brüdern üblich gewesen war. Im Laufe der Jahre hatte der Konkurrenzkampf zwischen ihnen jedoch überhandgenommen, und die Fronten hatten sich verhärtet. Wenn Sören A gesagt hatte, hatte Gerit mit Inbrunst für Z plädiert. War dieser in eine Richtung gegangen, hatte Sören den entgegengesetzten Weg eingeschlagen. Aus Prinzip. Was die Antwort auf seine Frage wiederum einfach machte: Nein, zwischen Gerit und ihm hatte es nie eine solche Vertrautheit gegeben. Zu Sörens Bestürzung konnte er sich nicht einmal vorstellen, wie es anders hätte sein können.

»Hier.« Charis' Stimme riss ihn aus seinen Gedanken. Er sah auf und erkannte die Glasschale voll mit vom Waschen noch nassen Früchten – Feigen, Pfirsichen und Trauben –, die der Kreter ihm hinhielt.

Der Pfirsich, den Sören auswählte, war faustgroß und wirkte auf den ersten Blick viel heller als diejenigen aus der Obstabteilung im Supermarkt. Beinahe noch grün und unreif. Doch sein Geruch … Diese fruchtig herbe Süße.

Er biss hinein, ließ den Saft langsam über sämtliche Geschmacksknospen seiner Zunge rinnen und schloss dazu die Augen.

»Das nenne ich einen echten Genussmenschen«, hörte er Charis' amüsierte Stimme und wandte den Blick. Mit lässig übergeschlagenen Beinen saß der Kreter neben Sotíris. In der Hand hielt er ein langes Messer, mit dem er geschickt ein Stück aus seinem Pfirsich schnitt und es sich in den Mund steckte. Dazu schmunzelte er Sören belustigt an. »Was hat es eigentlich damit auf sich, dass du immer zuerst am Essen riechst, bevor du es isst?«, fragte er kauend und deutete mit der Messerspitze auf Sören. »Ist das vielleicht so eine Art Ritual?« Er stellte die Frage in einem absolut neutralen Tonfall.

Zugleich richteten sich jedoch mit einem Mal die Augen aller Anwesenden auf Sören. Mist. Er rechnete nie damit, dass irgendjemand seine kleine Macke bemerken könnte, ihm selbst fiel sie schon gar nicht mehr auf. Er war schon immer ein Nasenmensch gewesen, als Kind sogar noch mehr als jetzt. Damals hatte er alles und jedes mit einem bestimmten Geruch assoziiert. Als Siebenjähriger hatte er zum Beispiel nur noch essen wollen, was nach »Rot« roch, sodass eine Zeit lang nur noch Teigwaren mit Tomatensoße, Erdbeeren und Frikadellen auf seinem Speiseplan gestanden hatten.

Er räusperte sich und erklärte: »Das liegt wahrscheinlich an meinem Job.« Er zögerte, näher darauf einzugehen. Im Grunde war sein Geruchsfimmel auch das Einzige, was ihn wirklich und ernsthaft mit der Johannsen Tee GmbH verband.

Eine halbe Stunde später erzählte er jedoch immer noch von der Firma sowie seiner Tätigkeit im Teehandel. Und er konnte sich nicht erklären, was ihn überkam, als er sogar anfing, von seiner Familie zu erzählen – von Gerit, Mutter und Vater. Aus heiterem Himmel. Etwas, was er sonst nie tat, über die Familie redete man schließlich nicht, schon gar nicht mit Fremden. Aber die Männer hörten ihm aufmerksam zu, nickten sogar manchmal verständnisvoll.

Sören staunte, wie gut es tat, darüber zu sprechen. Ja, es fühlte sich beinahe befreiend an. Seine eigentliche Leidenschaft für den Beruf des Steinrestaurators behielt er hingegen für sich. Das war zu persönlich. Außerdem konnte bestimmt keiner der Männer verstehen, warum jemand einen lukrativen Job gegen eine mühsame Arbeit inmitten von Staub und Dreck eintauschen wollte.

»Wir sind kurz davor, einen Deal mit einer großen, amerikanischen Hotelkette abzuschließen. Daran arbeiten Gerit und ich schon seit Jahren. Wenn alles klappt, wird das der größte Vertragsabschluss, den wir je an Land ziehen konnten«, beendete Sören seine Erklärung.

»Solltest du dann aber nicht eher in Hamburg sein als hier?«, folgerte Sotíris mit gerunzelter Stirn.

Haarscharf erkannt. »Das ist richtig.« Sören nickte und legte den Pfirsichkern in die siebartige Schüssel, die der junge Wirt ihm reichte. »Trotzdem wird Gerit den Abschluss allein durchziehen müssen. Die Telekonferenz findet morgen Nachmittag statt.«

Sogleich lehnte sich Charis vor. »Eine Telekonferenz?«

»Ja«, antwortete Sören vorsichtig. Worauf wollte der Kreter hinaus?

Mit einem Schlag hellte sich Charis' Miene auf, und er schlug sich mit der flachen Hand auf den Oberschenkel. »Perfekt! Dann ist das ja überhaupt gar kein Problem.«

Sören runzelte verständnislos die Stirn.

»Die Telekonferenz«, rief der Kreter. »Dazu brauchst du doch nur WLAN und einen Computer, oder?«

»Das stimmt, nur liegt mein Notebook dummerweise im Kofferraum des gestohlenen Mietwagens, und eine Videokonferenz aus einem Internetcafé ist nicht wirklich das Gelbe vom Ei«, erwiderte Sören.

»Nicht doch.« Charis winkte ab. »Du kannst meinen Computer daheim auf dem Gutshof benutzen und dich zur Konferenz zuschalten, ohne dass irgendeiner eurer Geschäftspartner merkt, dass du gar nicht in Hamburg bist.«

Sprachlos starrte Sören Charis an. Meinte der Kreter das tatsächlich ernst?

Sogleich begannen seine Gedanken zu rotieren. Das war die Lösung. Die nötigen Unterlagen hatte er zwar nicht dabei, aber die konnte ihm Tilly morgen früh elektronisch übermitteln. Hauptsache, die Johannsen Tee GmbH demonstrierte Seriosität sowie Kompetenz und er musste die Aufgabe nicht allein Gerit überlassen.

Doch dann glitt sein Blick an sich herunter auf das T-Shirt mit dem aufgedruckten hawaiianischen Blumenmotiv am rechten Ärmel – etwas anderes war in dem Laden nicht zu finden gewesen. »Mist, meine Kleidung«, fluchte Sören. »Ich kann mich nicht im T-Shirt auf der Konferenz zeigen. Ein Hemd hab ich dabei, aber keine Krawatte und kein Jackett. Gibt es in der Umgebung einen Anzugladen?«

Sotíris hob die Augenbrauen und schnalzte mit der Zunge. »Der beste Laden, den ich in der Nähe kenne, ist in Sitia. Der ist aber zurzeit geschlossen, keine Ahnung, warum. Der nächste liegt in Agios Nikolaos. Das könnte knapp werden, falls noch irgendwelche Änderungen nötig sind«, erklärte er.

Die rundum sitzenden Männer nickten bestätigend. Doch im nächsten Moment begannen sie, eifrig auf Griechisch zu diskutieren, während sie Sörens Statur immer wieder mit kritischen Blicken begutachteten. Sie hießen ihn sogar, aufzustehen und sich Schulter an Schulter neben Petros zu stellen. Dieser war anscheinend kurzerhand als der modisch Avantgardistischste unter ihnen auserwählt worden.

»Er hat in etwa dieselbe Größe wie du, aber deine Schultern sind breiter«, erklärte Charis schließlich nachdenklich. »Immerhin kann Petros dir eine Krawatte ausleihen. Was das Jackett betrifft, brauchen wir eine andere Lösung.«

»Ich hab's«, rief Nikos dazwischen und wandte sich an seinen Bruder. »Du hast dir doch zu deiner Promotion diesen schicken grauen Anzug gekauft. Der hat eine Weste. Wie wär's denn damit?«

Der Vorschlag löste allgemeine Begeisterung unter den Männern aus. Die Weste wäre perfekt. Damit würde Sören eine dynamisch-sportliche Figur machen, was die Amerikaner bestimmt beeindruckte.

So weit, so gut. Jetzt ging es nur noch um die Details.

Rasch schickte Sören Gerit eine SMS:

Werde mich von hier aus in die Konferenz mit Wellington Hotels zuschalten. Ich brauche nur die genaue Uhrzeit. DIESMAL BITTE OHNE TERMINVERSCHIEBUNG!

Es dauerte keine Minute, bis die Antwort kam:

Hast du zu viel Sonne abgekriegt?
Morgen um 18 Uhr nach deutscher Zeit. Denk dran: Du bist in Griechenland eine Stunde voraus. Nicht, dass du

mir wieder die Schuld gibst. Das Abendessen mit Julia war übrigens sehr interessant. Seit wann fischst du Geröll aus Abfallmulden?

Sören biss knirschend die Zähne zusammen. *Seit wann fischst du Geröll aus Abfallmulden.* Warum, um alles in der Welt, hatte Julia Gerit davon erzählen müssen? Sie wusste doch genau, dass der sich die Gelegenheit zu einem solchen Seitenhieb niemals entgehen lassen würde.

Ignorieren. Nicht darauf eingehen. Darüberstehen. Ja, das war die beste Strategie.

Sörens Antwort war kurz und knapp:

Melde mich morgen um 17.30 Uhr nach deutscher Zeit bei dir.

Dann steckte er das Handy wieder zurück in die Hosentasche. Aus den Augen, aus dem Sinn, so hieß es doch immer. Vielleicht wirkte das auch bei nervtötenden Brüdern.

Mit einem Ruck wandte er sich Charis und den anderen Kretern zu. Die drei Musiker hatten ihre Instrumente wieder aufgenommen. Schon ertönten die ersten Takte.

Sotíris legte ihm kumpelhaft den Arm um die Schulter. »Keine Sorge, das wird schon mit deiner Videokonferenz. Ich weiß, manchmal fühlt sich der Tag an, als wäre man ein Schnürsenkel.«

Was? Verständnislos starrte Sören den jungen Wirt an.

Der neigte den Kopf näher und sprach ganz langsam und mit Nachdruck, als wollte er ihm das archimedische Prinzip erklären: »Schnürsenkel eben. Die lösen sich meistens im ungünstigsten Augenblick, und man stolpert drüber. Lässt man sich aber genügend Zeit, kann man sie meistens ganz leicht wieder zusammenbinden.« Zufrieden mit seiner Ausführung, klopfte ihm der Kreter auf die Brust, nickte noch einmal bekräftigend, bevor er sich umdrehte und seine Aufmerksamkeit auf die Musiker richtete.

Sören hingegen blieb noch einen Moment lang stehen und fragte sich, ob er vielleicht schon zu viel getrunken hatte, weil ihm Sotíris' Erklärung plötzlich völlig einleuchtend erschien.

Seine Zuversicht hielt auch am folgenden Tag an. Schon am Mittag war alles für die Konferenzzuschaltung vorbereitet: Wie versprochen, hatte Petros Krawatte und Weste vorbeigebracht. Zusammen mit seinem eigenen Hemd passte diese Sören tatsächlich wie angegossen.

Damit die Bildqualität möglichst professionell wirkte, hatte Charis ihm sein Büro im oberen Stock des Gutshofs angeboten. »Der Computer ist neu. So kann bestimmt nichts schiefgehen«, sagte der Kreter, während er die an der Wand hängenden Silberikonen mit den Nägeln entfernte. Die passten definitiv nicht in die Kulisse.

Sowohl Zoom als auch Skype funktionierten einwandfrei. Gründlich und zuverlässig, wie Tilly war, lagen sämtliche Unterlagen schon in Sörens Posteingang. Er brauchte sie nur noch zu öffnen. Damit er in Hemd und Weste nicht schwitzte, sorgte der in der Ecke stehende Ventilator für Kühle.

»Am Nachmittag bin ich allerdings nicht da. Ich fahre mit Lisa nach Sitia, und wir kommen wahrscheinlich erst spät wieder zurück«, raunte ihm Charis schließlich seufzend zu. »Ich reiße mich zwar nicht darum, aber es geht um die Hochzeitstorte. Lisa kratzt mir die Augen aus, wenn ich nicht mitfahre.«

Doch Sören machte sich keine Sorgen. Die Technik funktionierte, sie hatten an alles gedacht, es konnte nichts mehr schiefgehen. Ha, von wegen Schnürsenkel-Tag …

Trotzdem nutzte er die Zeit vor der Konferenz, um in Charis' Büro in Ruhe die Unterlagen, vor allem den von Wellington Hotels zugeschickten Vertragsvorschlag, durchzugehen. Ein paar der Punkte müssten während der Konferenz noch genauer definiert und diskutiert werden.

Er hob den Blick vom Bildschirm, als er das Klopfen an der Tür hörte, und sah Alíki im Eingang stehen. Im selben Moment staunte Sören über das freudige Holpern in seiner Brust.

»Hi.« Sie winkte ihm zu und fuhr sich mit der Hand durchs Haar. »Entschuldige, du bist beschäftigt, und ich störe dich bestimmt. Ich wollte auch wirklich nur kurz Hallo sagen. Kalli hat mich heute Morgen angerufen und mir alles erzählt. Das tut mir so leid. Hat die Polizei inzwischen schon eine Spur? Wobei das ein wahres Wunder wäre, der Polizeikommandant kommt vom Festland und taugt nicht viel. Und was ist denn nun mit deinem Rückflug?«, haspelte sie und hielt nur kurz inne, um Atem zu holen. Ihre Mimik hingegen bot wie immer eine fast filmreife Abfolge von Freude und Fassungslosigkeit bis hin zu peinlichem Berührtsein. Einfach faszinierend. Sören hätte ihr stundenlang zusehen können. Aber warum war sie so nervös?

Er hob beschwichtigend die Hand. »Alles halb so schlimm. Wirklich. Die Kosten für das Auto übernimmt die Versicherung. Mein Flug geht nächsten Dienstag. So bleibt sogar noch Zeit, um etwas von der Insel zu sehen. Und du störst ganz und gar nicht. Im Gegenteil«, sagte er und biss sich sofort auf die Zunge. Mist, der letzte Satz war ihm unbedacht herausgerutscht. Auf eine sonderbare Weise schien es ihm jedoch, als wäre der Raum auf einmal heller geworden.

Heute trug sie das Haar zu einem straffen Pferdeschwanz zusammengebunden, wodurch die Form ihrer Wangenknochen noch stärker betont wurde. Dazu ein schlichtes schwarzes Tanktop und bequeme, weit geschnittene Leinenhosen in der gleichen Farbe. Die einzigen, dafür umso akzentuierenderen Farbtupfer waren die Kette aus braunroten Holzperlen mit dem tropfenförmigen Muschelanhänger sowie die ebenfalls braunen Schnür-Espadrilles mit den schwindelerregend hohen Keilabsätzen.

»Oh.« Sie atmete sichtlich erleichtert auf, ein Lächeln erhellte ihr Gesicht. »Dann ist ja gut. Ich hatte mir schon Sorgen gemacht.« Zögernd trat sie näher, legte den Kopf schief, während sie ihn betrachtete. »Kalli hat mir von der Videokonferenz erzählt. Die Weste steht dir wirklich gut.«

»Dank Petros. Ich darf bloß keine falsche Bewegung machen.« Er grinste schelmisch, als er vom Stuhl aufstand und die knallroten Shorts präsentierte, die ihm um die Oberschenkel schlackerten. Die wiederum hatte ihm Charis ausgeliehen.

»Du lieber Himmel.« Mit gespieltem Entsetzen bedeckte Alíki ihre Augen mit der Hand. »Was für ein grässlicher Anblick. Setz dich sofort wieder hin«, rief sie, doch das unterdrückte Auflachen verriet sie.

Dann kam sie noch einmal zwei Schritte näher, bis sie direkt vor dem Schreibtisch stand. »Du bereitest dich auf die Konferenz vor?«

Sören nickte und deutete erst auf den Notizzettel auf dem Tisch, dann auf den Bildschirm, auf dem verschiedene, als Dashboard-Simulation dargestellte Entwicklungsprognosen zu sehen waren. »In einer halben Stunde steht ein Videochat mit meinem Bruder an, damit wir alles Nötige vorbesprechen kö…«

Ihm blieb das Wort im Hals stecken, als der Bildschirm mit einem Schlag schwarz wurde, der Rechner abstarb und der Ventilator zu surren aufhörte.

KAPITEL 10

Herr Oskar oder die Kunst, eine peinliche Situation noch peinlicher zu machen

Was ist passiert?« Alíki sah, wie Sören erst den Atem anhielt und dann mit in Falten gelegter Stirn den Startknopf des Computers drückte. Nichts geschah.

Schon war draußen im Gang das immer lauter werdende Klappern von Kallis Flipflops zu hören. Nur wenige Sekunden später erschien sie im Türrahmen. Völlig außer Atem. »Ein Stromausfall«, keuchte sie. »Die Solaranlage hat den Geist aufgegeben. Yiayià versucht gerade, den Notstromgenerator in Gang zu bringen.«

Leise fluchend schoss Sören auf die Beine. »Der Generator. Wo ist er?«

Er befand sich in einem Metallschrank im hinteren Teil des länglichen, frei stehenden Gebäudes auf der gegenüberliegenden Seite des Hofs. Hier waren ursprünglich das Getreidelager, der Ölkeller sowie der Unterstand für die Geräte zur Bewirtschaftung des Olivenhains gewesen. Seit ein paar Jahren hatten sie hier jedoch ihre Olivenölseifenmanufaktur eingerichtet. Tageslicht fiel durch das geöffnete Tor herein. Dank der dicken Steinmauern war es hier drin auch im heißesten Sommer immer angenehm kühl.

Die Tür des Metallschranks stand offen, dahinter waren Yiayiàs gebeugter Rücken und die Beine zu sehen. »Dieser verflixte Schalter«, hörte man ihre dumpfe Stimme.

»Wo liegt das Problem? Vielleicht kann ich helfen«, rief Sören. Der drängende Unterton seiner Worte war nur zu deutlich.

Laut ächzend zog Yiayià den Kopf hervor. Schweißperlen glänzten auf ihrer Stirn, ihr Haar war völlig zerzaust. »Es ist der Kippschalter.« Mit dem Strahl der Taschenlampe zeigte sie auf die Seite des eckigen, roten Ungetüms, dessen Vorderfront mehrere Reihen von Knöpfen, Zeigern und Hebeln zierten. »Ich habe schon alles versucht, aber er funktioniert nicht mehr. Es muss mit der Dieselleitung zu tun haben.« Mit dem Arm wischte sie sich den Schweiß von der Stirn und schüttelte den Kopf. »Dabei habe ich Charis schon so oft gesagt, dass wir das Ding austauschen müssen.«

»Darf ich?« Mit sanfter Bestimmtheit und ohne auf eine Antwort zu warten, schob Sören Yiayià beiseite und versuchte es selbst. Zweimal. Dreimal. Viermal. Nichts. Der Generator machte keinen Mucks. Als sich Sören erneut aufrichtete, sah Alíki, wie seine Kiefer mahlten. Er kniff die Augen, um Beherrschung ringend, zusammen.

Der arme Kerl. Sie konnte seine Enttäuschung quasi am eigenen Körper fühlen. Das Pech schien ihn geradezu zu verfolgen. Dabei hätte sie ihn so gerne irgendwie unterstützt. Und das nicht nur, weil sie sich dazu verpflichtet fühlte, anderen zu helfen, sondern weil sie es in diesem Fall auch wirklich wollte.

»Und was machen wir jetzt?«, hörte sie Kalli sagen. »Ohne Strom kein Computer und kein Internet und ohne das keine Videokonferenz.«

»Gibt es hier im Ort vielleicht einen anderen Computer mit Kamera, den ich benutzen könnte?«, fragte Sören mit bemüht ruhiger Stimme.

Einen Moment lang herrschte betretenes Schweigen. Doch dann begann Yiayiàs Gesicht auf einmal zu strahlen wie die Sonne am Morgenhimmel, und sie rief: »Alíkoula! Du hast doch einen Computer und auch Internet. Soren kann doch in deiner Wohnung an der Videokonferenz teilnehmen.«

Zwanzig Minuten später saß Sören in elegantem Hemd mit Krawatte, Weste und Charis' tomatenroten Badeshorts an ihrem Schreibtisch in der Ecke des Wohnzimmers und skypte mit seinem Bruder.

Was für eine Hektik. Alíki war gerade noch genug Zeit geblieben, um ihre Schulungsunterlagen auf dem Tisch beiseitezuschieben und die verschrumpelte, längst abgestorbene Yuccapalme in die Küche zu stellen, damit sie nicht ins Bild kam.

Doch immerhin schien sonst so weit nun alles in Ordnung – eftichos, zum Glück!

»Ich würde ja zu gerne wissen, wie du das nun wieder hingekriegt hast«, hörte sie die fremde Männerstimme aus dem Computerlautsprecher sagen. Sie war eine winzige Spur heller als die von Sören, hatte jedoch dasselbe auffällige Timbre bei der Betonung der einzelnen Wörter, das Alíki auch schon bei Sören aufgefallen war. Es musste der norddeutsche Akzent sein.

Doch Sören ging nicht auf die Frage seines Bruders ein. Seine Miene war konzentriert. Er hielt den Blick auf die Tabellen auf dem Bildschirm fokussiert. Ganz der ernste Geschäftsmann, sagte er stattdessen: »Gehen wir noch einmal kurz den Forecast der Halbjahresverkäufe durch. Sind die Zahlen auch wirklich zuverlässig?«

Besser, sie zog sich möglichst unauffällig zurück, um die beiden nicht zu stören, dachte Alíki. Barfuß und mit einem halben Maiskolben in der Hand trat sie durch die schmale Tür von der Küche hinaus auf die Terrasse.

Die Wohnung war nicht sehr groß – wie Mamá fand, sogar zu klein, um darin etwas zu verlegen – und bot nebst Wohnzimmer und Küche nur zwei weitere winzige Räume. Aber sie war Alíkis kleines Reich und ganzer Stolz. Hier konnte sie sie selbst sein, brauchte sich vor niemandem zu verstellen. Vor allem aber gab es hier keine Verwandten, die sich in ihre Angelegenheiten mischten.

Während sie über die Terrakottaplatten ging, spürte sie die Wärme des Bodens unter den Fußsohlen. Göttlich. Zwar liebte sie modische Schuhe, auch High Heels, doch noch viel mehr liebte sie es, barfuß zu gehen. Es war jedes Mal wie eine Art Erden. Wie ein Zurückfinden zu sich selbst.

Die Terrasse war sogar ein paar Quadratmeter größer als die Wohnung selbst und bot Platz für einen kleinen Kräuter- und Tomatengarten in der Nähe der Küche sowie eine lauschige Sitzecke mit Hängematte, von wo aus man die herrlichsten Sonnenuntergänge genießen konnte. Direkt daneben, vor Wind, Wetter, Sonne und hungrigen Katzen geschützt, war jetzt im Sommer der ideale Platz für den etwa anderthalb Meter hohen Vogelkäfig.

Schon von Weitem war ein immer lauter werdendes Pfeifen zu hören. Auf dem kräftigen, quer durch den Käfig verlaufenden Ast wippte ein kleiner Papagei fröhlich auf und ab. Sein Gefieder war grellgrün mit einem dünnen schwarzen Streifen, der vom gekrümmten roten Schnabel aus rund um den Hals verlief.

»Hallo, du Süßer.« Lächelnd trat Alíki an den Käfig.

Der Vogel hüpfte auf eine der Metallstreben und gab zur Begrüßung ein lautes Sirenenheulen, gepaart mit Hupgeräuschen, zum Besten.

Sofort hob sie den Finger an die Lippen. »Scht, nicht so laut, man hört dich sonst in der Wohnung. Wir haben doch Besuch.«

Als hätte er sie verstanden, fing der Vogel stattdessen an, leise zu gurren.

Sie gluckste. »Na, siehst du. Ich weiß doch, dass du dich benehmen kannst.« Vorsichtig öffnete sie die Käfigtür, hängte den Maiskolben mit einer Packschnur am Ast fest und streckte dann Zeige- und Mittelfinger der einen Hand aus. Ohne zu zögern, hüpfte der Vogel auf und ließ sich aus dem Käfig nehmen. Sie brauchte keine Angst zu haben, dass er entwischte, er konnte seinen rechten Flügel nur noch zur Hälfte spreizen, was ihn am Fliegen hinderte.

Alíki hatte ihn vor fast genau drei Monaten auf einem Strauch vor dem Haus sitzend gefunden. Völlig verschreckt und ohne Fußring. Ohne diesen und obwohl sie überall im Ort Flugblätter verteilt hatte, war es unmöglich gewesen, den vorherigen Besitzer ausfindig zu machen. Egal, sie hatte sich ohnehin bereits in den gefiederten Herzensbrecher verliebt.

»Herrrr Oskar«, plapperte der Vogel und schmiegte den Kopf gegen ihre Hand.

Oskar – das war eines der vielen Wörter in seinem beeindruckenden, wenngleich auch manchmal nicht ganz stubenreinen Wortschatz gewesen und schließlich zu seinem Namen geworden. Wobei das deutsche »Herr« von Lisa stammte. Dank ihr lernte Oskar inzwischen sogar neue Wörter auf Deutsch.

Alíki lachte, als der Vogel den Schnabel hob, die Federn aufplusterte und dazu gleichzeitig eine Reihe von Klicklauten ausstieß. Sie wusste, was das bedeutete. »Aha, der Herr möchte duschen? Später. Erst muss ich noch etwas vorbereiten.« Sie setzte sich Oskar auf die Schulter, wo er sogleich begann, sanft an ihrem Ohrläppchen zu knabbern.

Ein paar Meter hinter der Sitzecke befand sich der Teil der Terrasse, der von morgens bis am späten Nachmittag in der prallen Sonne lag. Brütende Hitze stieg von den Terrakottaplatten auf. Rasch schlüpfte Alíki in die eigens dafür bereitgestellten Flipflops, bevor sie sich die Füße verbrannte. Auf einem Gittergestell an der Hauswand lagen mehrere dünne Olivenholzstücke mit der typisch dunklen Maserung neben Korallensplittern und kleineren und größeren Muschelgehäusen zum Trocknen.

»Lisa hat mir kürzlich ein paar alte Schmuckstücke gezeigt, dabei ist mir eine Idee gekommen«, erklärte Alíki dem Vogel, während sie ein Holzstück nach dem anderen aufnahm und prüfend betrachtete. »Siehst du diese Holzmaserung hier? Die Ringe sehen dem Muster auf den minoischen Goldanhängern ganz ähnlich.«

Herr Oskar antwortete mit zwei sanften Pfiffen und einem Laut, der wie ein feuchtes Schmatzen klang.

»Ja, ich finde auch, dass man daraus etwas Hübsches machen könnte.« Schmunzelnd strich sie dem Vogel mit dem Zeigefinger über die Brust und wählte eines der Holzstücke sowie zwei besonders schön gebogene Korallensplitter aus.

Alíki konnte es kaum erwarten, sich heute Abend in aller Ruhe hinzusetzen und die Stücke zu Schmuck zu verarbeiten. Zu einem Anhänger vielleicht oder einem Paar Ohrringe. Sie war sich noch nicht ganz sicher. Meistens war das Kreieren ein wachsender Prozess, bei dem das endgültige Resultat erst nach und nach Gestalt annahm. Dazu brauchte sie jedoch die

Ruhe ihres Arbeitszimmers. Vor allem aber musste sie allein sein. Sie hatte ihre guten Gründe, weshalb sie den Raum immer verschlossen hielt.

Theé mou, Alíki wollte sich die Reaktionen ihrer Verwandten gar nicht vorstellen, wenn diese von ihrem Nebenverdienst wüssten. Im besten Fall würden sie versuchen, sie zurück auf den »rechten Weg« zu bringen. Zu einer Arbeit, die ein sicheres Einkommen und eine Zukunft bot. Im wahrscheinlichsten Fall jedoch würden sie sich über sie lustig machen. Typisch Alíki, würden sie sagen. Sie war schließlich schon immer etwas eigen gewesen. Ein Einzelkind eben, das sich mit exzentrischen Allüren Aufmerksamkeit verschaffen wollte. Was sollte man von ihr schon anderes erwarten?

Wenn sie wüssten, dass sie die ganze Fassade hauptsächlich aufrechterhielt, damit man sie in Ruhe ließ.

»Ya sou-ya sou-ya sou-yaaaaa souuuu«, trällerte Herr Oskar fröhlich vor sich hin und wippte mit dem Kopf auf und ab, als Alíki mit ihm zurück zum Käfig ging, die Holz- und Korallenstücke auf den Tisch legte und stattdessen nach der auf dem Mauersims stehenden Sprühflasche griff.

»Zeit für die Dusche.«

Flatternd hopste der Vogel auf das Käfigdach und schaute sie erwartungsvoll an, die Flügel sowie die Schwanzfedern gespreizt.

»Bereit?«, rief Alíki. »Los geht's.«

Voller Verzückung trippelte Herr Oskar unter dem Sprühnebel hin und her, plusterte das Gefieder auf, schüttelte die langen Schwanzfedern und reckte den Kopf. So als vollführte er seinen eigenen Halsbandsittich-Tanz.

Lachend sprühte Alíki weiter, tänzelte dazu, den Vogel imitierend, vor dem Käfig hin und her. Ja, sie liebte Herrn Oskar abgöttisch. Er leistete ihr Gesellschaft und heiterte sie mit seiner Unbeschwertheit auf, wenn sie einen schlechten Tag hatte. Vor allem aber hörte er ihr klaglos zu, ohne zu werten.

Sie beide passten hervorragend zusammen, fand sie. Genau wie sie selbst, war Herr Oskar nicht nur ein Dickschädel, sondern hatte auch ordentlich Flausen im Kopf. Inzwischen kannte sie ihn schon so gut, dass sie seine Stimmungen meist anhand seiner Triller und Pfiffe erraten konnte.

Doch auf einmal begann er, mit dem Oberkörper zu wackeln, und rief laut: »Haalloo!«

»Hast du genug?« Alíki stellte die Flasche weg.

»Haalloo!«

»Scht. Sei leise.«

»Haalloo-haalloo!«

»Hör auf damit, Herr Oskar, oder du kriegst heute Abend keine Beeren«, sagte sie mit erhobenem Zeigefinger auf Deutsch, wie sie es oft tat. Es lag wahrscheinlich an den etwas harscher klingenden Worten, dass der Vogel manchmal eher auf diese Sprache reagierte.

Doch ausgerechnet jetzt ließ er sich davon anscheinend nicht beeindrucken und krähte stattdessen laut und deutlich: »Haalloo, du Süßer!«

»Willst du wohl damit aufhören.«

»So charmant bin ich schon ewig nicht mehr begrüßt worden«, ertönte auf einmal die amüsierte Männerstimme hinter ihr.

Sofort fuhr Alíki herum. Und sie wäre am liebsten auf der Stelle im Boden versunken, als sie Sören sah, der lässig, mit verschränkten Armen an der Tür lehnte und sie angrinste.

KAPITEL 11

Kretische Geheimnisse

Sie fühlte augenblicklich, wie ihr die Röte in die Wangen schoss. Wie peinlich. »Wir haben dich gestört«, rief sie und wischte sich hektisch ein paar Wassersprenkel von den Wangen. »Ich habe versucht, Herrn Oskar möglichst abzulenken, damit er nicht zu laut wird. Normalerweise ist er auch ganz folgsam, was das angeht. Ich weiß nicht, was ausgerechnet heute in ihn gefahren ist.«

»Herrrr Oskar«, rief der Vogel und unterstrich die Aussage mit einem heiteren Trillern.

Alíki kniff angestrengt die Augen zusammen. Bestimmt hielt Sören sie für genauso verrückt, wie es ihre Familie tat, und sie konnte es ihm nicht einmal verübeln. »Tut mir leid.« Sie ließ die Arme hängen.

»Nein, nicht doch«, winkte Sören eilig ab und trat auf sie zu. »Es ist alles in Ordnung. Die Videokonferenz ist vorbei.« Sein Grinsen wurde noch breiter. »Wir haben den Deal.«

»Wirklich? Das ist ja wunderbar! Herzlichen Glückwunsch«, rief sie und umarmte ihn. Völlig spontan und ohne darüber nachzudenken, denn sie freute sich für ihn. Bis sie den frischen, erdigen Geruch nach Bergamotte und Sandelholz seines Aftershaves roch und ihr mit einem Mal bewusst wurde, was sie da eigentlich tat.

Sofort ließ Alíki ihn los, trat zurück und wandte sich ab, damit Sören um Himmels willen nicht sah, wie ihr Gesicht glühte. Was war denn nur auf einmal in sie gefahren? Ihn einfach so zu umarmen. Wenn ihre Mutter das gesehen hätte. Sie hätte entweder der Schlag getroffen, oder sie wäre gleich zum Popen gerannt, um die Kirche für die Hochzeit zu bestellen. »Ich muss nur noch kurz den Käfig sauber machen, dann bringe ich dich wieder zurück zum Gutshof«, beeilte sie sich zu sagen. Dabei hatte sie Oskars Käfig heute Morgen erst geputzt.

»Keine Sorge, ich hab Zeit«, erwiderte Sören.

Überrascht hob Alíki erneut den Blick zu ihm. Erst jetzt fiel ihr auf, dass er Krawatte und Weste abgelegt hatte.

Er zuckte die Schultern. »Wenn ich es mir recht überlege, bin ich jetzt nämlich im Urlaub.«

»Den hast du dir nach all dem Stress der letzten Tage auch verdient.« Wie beiläufig ging sie um den Tisch herum statt an Sören vorbei zum Vogelkäfig. Distanz. Sie brauchte Distanz zu dem Mann, in dessen Nähe sie offenbar nur noch zusammenhangloses Gebrabbel über die Lippen brachte.

»Falls du Durst hast. Im Kühlschrank steht eine Karaffe mit Limonenwasser. Heute Morgen frisch angesetzt«, rief sie Sören über die Schulter hinweg zu. »Ich kümmere mich derweil kurz um Herrn Oskar. Es wird nicht lange dauern.«

»Herr Oskar? Heißt er so?« Und da war wieder dieses schiefe Grinsen, während er näher trat.

Sogleich fühlte sie ein Kribbeln auf der Haut. Heilige Aikaterini, was hatte der Mann nur an sich, dass er eine solche Reaktion in ihr auslöste?

»Herrrr Oskar. Ya sou-yaaa sou«, krächzte der Vogel zur Bestätigung, plusterte die Brustfedern, wackelte mit dem Kopf und gurrte. Eigenartig. Das tat er bei Fremden sonst nie.

Sören streckte langsam die Hand aus. »Moin, du Racker. Du bist ja vielleicht ein hübsches Kerlchen.«

»Ein Halsbandsittich«, erklärte Alíki, machte einen kleinen Schritt zur Seite und schluckte, als Sören ihr erneut gefährlich nahe kam. So nah, dass sie sogar die winzigen grünen Sprenkel in seinen Augen erkennen konnte. »Ich habe ihn vor ein paar Monaten erst gefunden. Er kann nicht mehr fliegen. Sein Flügel war wohl gebrochen und ist schlecht verheilt. Darum ist er Fremden gegenüber manchmal etwas ruppig.« Schon plapperte sie wieder lauter unwichtiges Zeug daher. Sofort biss sich Alíki auf die Zunge.

Doch sie traute ihren Augen kaum, als Oskar, ohne zu zögern, auf Sörens Hand und über seinen Arm bis hinauf zu seiner Schulter hüpfte.

Lachend wandte Sören dem Vogel das Gesicht zu. »Allens kloor, Butjer?«

»Butjer«, gab Oskar zurück und verfiel dann in ein fröhliches Zwitschern. Ihm schien das neue Wort zu gefallen. Er ließ sich sogar von Sören die Brust streicheln, reckte dabei den Schnabel in die Höhe und schloss genüsslich die Augen. Dieser Verräter.

»Von wegen ruppig. Unter Männern versteht man sich halt, nicht wahr?« Mit dem Finger stupste er sanft den Schnabel des Vogels an. Was dieser mit einem freundlichen Gurren quittierte. War das zu fassen?

»Na schön. Warum geht ihr zwei Kumpels nicht schon hinein? In der Küche steht eine Schale Blaubeeren für Oskar bereit. Ich räume hier nur noch kurz auf«, sagte Alíki und atmete auf, als sie Sören mit dem im Schritttakt wippenden Vogel auf der Schulter durch die Tür nach drinnen verschwinden sah. Mit der Hand stützte sie sich an der Mauer ab, schloss die Augen und versuchte, das heftige Trommeln in ihrer Brust zu beruhigen.

Tief durchatmen und langsam bis zwanzig zählen. Nein, besser bis vierzig. Als ob es nicht schon ärgerlich genug wäre, dass Sörens Gesicht sich in ihren Gedanken eingenistet hatte wie ein Einsiedlerkrebs im Haus einer Meeresschnecke. Dabei konnte Alíki eine solche Ablenkung ausgerechnet jetzt nicht gebrauchen. Sie hatte genug mit ihrem eigenen Leben zu tun: mit ihrer Weiterbildung, dem Ausbau ihres Online-Schmuckshops und nicht zuletzt mit Lisas und Charis' Hochzeit. Sie konnte sich keine Zerstreuung leisten.

Aber Sören war so anders als die kretischen Männer, die sie bisher kennengelernt hatte. Er war viel zurückhaltender. Bedachter. Vor allem völlig frei von jeden Macho-Allüren.

Als sie wenig später zurück in die Wohnung ging, entdeckte sie zuerst das leer gefressene Schälchen auf dem Küchentisch. Dann sah sie Sören, der dort vor Oskars Innenkäfig in der Ecke hinter dem Sofa stand und langsam und mit konzentrierter Miene sagte: »Dösbaddel. Versuch's noch einmal: D-ö-s-b-a-d-d-e-l.«

Der Vogel schaukelte ungerührt auf seiner Seilwippe im Käfig. »Herrrr Oskar.«

Sörens Lachen klang auf einmal anders. Heller. Unbeschwerter.

Wenn er bloß nicht so unverschämt gut aussehend wäre oder wenigstens einen miserablen Charakter hätte, dachte Alíki. Aber nein, nicht einmal das war ihr vergönnt, um es ihr leichter zu machen. Er verstand sich sogar mit ihrem Vogel.

»Oh, hey«, rief Sören, sobald er sie bemerkte. »Wir haben uns gut unterhalten, Herr Oskar und ich.«

Sie kam um ein Schmunzeln nicht herum, sein Gesicht strahlte. »Das sehe ich.«

»Deine Wohnung ist übrigens toll.« Er wandte sich vom Käfig ab, ließ den Blick durch den Raum schweifen.

»Danke.« Das Kompliment verursachte erneut ein kleines, freudiges Brodeln in Alíkis Brust. Wie gesagt, war die Wohnung nicht groß, doch sie hatte viel Zeit in die Dekoration und Einrichtung investiert. In jedes noch so winzige Detail. Wie in die geklöppelten Vorhänge am Küchenfenster zum Beispiel, die sie mit farbigen Glasperlen an den Spitzen verziert hatte. Diese passten farblich perfekt zur Zierbordüre der Vertäfelung über dem Spülbecken und dem Kochherd. Den Beistelltisch aus Holz neben dem Sofa hatte sie auf einem Trödelmarkt entdeckt, ebenso wie die Kommode an der Wand. Es war eine Heidenarbeit gewesen, die dunkle Beize abzuschleifen und anschließend den beiden Möbelstücken mit einem neuen Anstrich jene mediterrane Shabby-Chic-Optik zu verleihen. Aber es hatte sich gelohnt.

Auch die Wände hatte sie eigenhändig gestrichen. Die Seitenwände waren in einem sandfarbenen Ekrü-Ton gehalten, der den Natursteinwänden der alten, traditionellen Häuser am nächsten kam. Die frontale Hauptwand hingegen zog in ihrem kräftigen Blutorangenrot die Blicke auf sich. Ein alter Fensterrahmen mit kunstvoll geschnitzten Holzläden, wie sie während der türkischen Besatzungszeit üblich gewesen waren, diente zudem als Hingucker. Darum herum verteilt hingen, wie eine Wolke aus Farbklecksen, mehrere, verschieden große Keramikteller. Für die hatte Alíki seinerzeit in dem Laden in Heraklion ein halbes Vermögen ausgegeben. Der übliche Touristenramsch war für sie jedoch nicht infrage gekommen. Lieber investierte sie in echte Handarbeit. Die Muster auf den Tellern waren durch traditionell gehäkelte Deckchen entstanden, die in den noch feuchten Ton gepresst wurden und so einen Abdruck hinterließen. Das Resultat verlieh dem Gesamtbild einen weiteren urigen Touch, jedoch ohne zu wuchtig oder zu schwer zu wirken. Sie liebte diese Mischung aus Alt und Neu, aus Tradition und Moderne.

»Wow, dieser Lampenschirm. Wo hast du den denn her?« Mit einem anerkennenden Nicken deutete Sören auf die Stehlampe mit dem Fuß aus verschnörkelten Gusseisenstreben.

Der Lampenschirm war einmal ein alter, löcheriger Weidenkorb gewesen. Sie hatte den Boden entfernt, das Geflecht, wo nötig, ersetzt und mit transparentem Silikon grüne, rote und blaue Glasscherben zwischen den größten Ritzen befestigt. Das Resultat konnte sich sehen lassen. Bei eingeschaltetem Licht warf der Schirm hübsche Schatten und farbige Punkte an die Wände.

Doch Alíki zögerte. Bis auf Lisa hatte sich zuvor noch keiner ihrer wenigen Besucher für eines der Einrichtungsstücke interessiert. Geschweige denn, dass irgendjemand wusste, dass sie viele davon sogar eigenhändig gefertigt oder verschönert hatte.

Wie von selbst fuhr ihr Blick zu der verschlossenen Tür dort im Gang. Dahinter lag ihr Atelier mit dem klobigen Arbeitstisch, den Zangen, Tiegeln, Schneiden, Pinzetten, Fräsen, Lötkolben und Brenner. Alles, was in der antiquierten Weltanschauung der meisten Verwandten nicht zum Bild einer anständigen jungen Frau passte. Alles, was ihre Eltern mit Unverständnis abtun würden, wenn sie davon wüssten.

Andererseits ... Was konnte schon Schlimmes passieren, wenn sie Sören die Wahrheit sagte? In ein paar Tagen war er ohnehin nicht mehr da. Außerdem wollte und konnte sie nicht lügen. Schon als Kind hatte man ihr jede noch so kleine

Flunkerei schon von Weitem angesehen, weil sie immer ganz rot im Gesicht wurde.

»Ich hab ihn selbst gemacht«, antwortete sie, ehe sie es sich womöglich doch noch anders überlegen konnte.

»Was?« Sogleich hielt Sören inne, runzelte die Stirn.

»Den Lampenschirm, meine ich. Ich hab ihn selbst gemacht.«

»Ernsthaft?« Seine Augen weiteten sich, als er näher an die Lampe herantrat und sie genauer betrachtete. »Das ist …« Er schüttelte ungläubig den Kopf.

Alíki schmunzelte. Auch Lisa hatte ähnlich reagiert. »Warum so erstaunt?« Sie reckte herausfordernd das Kinn und verschränkte die Arme vor der Brust. »Meinst du, nur weil ich meinen Lebensunterhalt in einem Spa verdiene, habe ich keine Ahnung von handwerklichen Arbeiten?«

»Moment, so habe ich das nicht gemeint«, wehrte Sören ab. »Im Gegenteil.« Er sah sie unverwandt an. »Ich finde es toll.«

Mit dieser Reaktion hatte Alíki nicht gerechnet. »Meinst du das ernst?«

»Warum denn nicht? Woran hast du denn sonst noch gearbeitet?«

Sie zögerte noch immer. Es war ungewohnt, mit jemand anderem außer Lisa darüber zu sprechen.

»Willst du das wirklich wissen?«, fragte sie skeptisch.

»Natürlich«, antwortete er und schien dabei ehrlich interessiert.

»Dann komm mit.« Sie ging an ihm vorbei zur Tür zu ihrem Atelier. Der Schlüssel lag oben auf dem Rahmen.

Der Riegel klickte leise im Schloss, sobald sie ihn umdrehte. Mit der Hand auf dem Türgriff wandte sich Alíki noch einmal zu Sören um. »Nur Lisa weiß hiervon. Versprich mir, dass du weder Charis, Yiayià noch irgendwem sonst davon erzählst. Schon gar nicht den anderen Verwandten.«

Einen Moment lang gruben sich zwei tiefe, fragende Furchen zwischen Sörens Augenbrauen, doch er sagte nichts und nickte nur.

Alíki stieß die Tür auf. Sogleich empfing sie der übliche metallene Geruch. Der Raum war etwas kleiner als das Wohnzimmer, dafür mit einer auf den Millimeter genau quadratischen Grundfläche. Trotz der Dachschräge wirkte das Zimmer mit dem dreiteiligen Kippfenster hell und viel größer, als es eigentlich war. Zudem strahlte der Backsteinboden eine heimelige Wärme aus, fand sie.

Um das natürliche Licht aufzufangen, hatte Alíki die Wände absichtlich weiß belassen. Der große, hufeisenförmige Arbeitstisch stand direkt unter dem Fenster, die nötigen Gerätschaften lagen griffbereit in den dahinter platzierten, schulterhohen Rollregalen. In den Gestellen entlang der Wände war mit der Zeit ihr kleines Lager entstanden. Nebst Ersatzteilen, Schmelzsilberplättchen, Schmelztiegel und mehreren Rollen aus dünnem Kupfer- und Silberdraht standen dort auch die Kessel mit dem Ölsand sowie die eckigen Formkästen, die sie für das Silbergießen benutzte. Daneben die Schleifwerkzeuge, Bohrer und die Sauerstoff- und Gasflaschen für die Brenner.

In der Ecke, in mehreren großen Einmachgläsern, steckten ihre neusten Errungenschaften: einige bleistiftdicke Stäbe aus farbigem Glas und lange Dornen aus Edelstahl, die sie zum Fertigen von Glasperlen benutzte. Schon seit Langem hatte sie nach einem neuen Material gesucht, das sich mit Holz kombinieren ließ, ohne den künstlichen Gießharz benutzen zu müssen.

»Das ist mein Atelier«, erklärte Alíki und drehte sich zu Sören um. Ohne ein Wort ließ dieser den Blick durch den Raum wandern, ging die Regale entlang, blieb hier und da stehen, um die Werkzeuge und Utensilien genauer zu betrachten.

Sie schluckte, ihr Mund war ganz trocken geworden. Was er wohl dachte? Warum sagte er nichts? Sie konnte seine Miene nicht deuten.

Vor dem Arbeitstisch blieb er erneut stehen und beugte sich über den Versuch eines silbernen Anhängers, an dem sie zuletzt gearbeitet hatte. Mit gerunzelter Stirn begutachtete er das ungefähr fingerkuppengroße Ding mit der abstrakten Form. Das Resultat von flüssigem Silber, das sie direkt in kaltes Wasser gegossen hatte. Dabei war eine Art winzige Schale mit gewölbten und zerfurchten Rändern entstanden, die perfekt in die Hälfte einer Herzmuschel passte.

»Der Anhänger ist noch nicht ganz fertig«, beeilte Alíki sich zu erklären, trat neben Sören an den Arbeitstisch und nahm das Silberding in die Hand. »Ich möchte die Muschelränder ebenfalls noch versilbern. Und hier in die Schale setze ich mit einem Verbindungsring noch einen Korallensplitter ein. Ungefähr so. Siehst du?« Mit einer Pinzette nahm sie einen kleinen Silberring aus einer Schachtel und legte ihn neben dem Anhänger auf ihre Handfläche.

»Und das machst du alles neben deiner Arbeit im Spa?«, hörte sie Sören neben sich sagen und fühlte augenblicklich ein warmes Prickeln im Nacken. Er stand so nahe, dass sie seinen Atem an ihrer Wange spürte. Zu nah. Viel zu nah. Die Falten seines Hemds kitzelten sie bereits am Arm.

Sie schluckte nickend und bemühte sich zugleich um einen ungezwungenen Tonfall. »Vor allem in den Wintermonaten, wenn im Spa nicht viel los ist. Ich habe vor vier Jahren damit angefangen. Zuerst natürlich ganz im Kleinen, eher als Hobby. Der Mann einer ehemaligen Arbeitskollegin aus dem Spa ist Goldschmied und hat mich stundenweise in seinem Atelier arbeiten lassen.« Mit einem rettenden Schritt zur Seite legte Alíki den Anhänger zurück auf den Tisch. »Zwar gegen Bezahlung fürs Material, aber ich durfte seine Geräte benutzen. Außerdem habe ich dabei enorm viel gelernt. Inzwischen arbeite ich an meiner neuen Schmuckkollektion. Die Stücke verkaufe ich online. Komm, ich zeig's dir.« Heimlich aufatmend ging sie in Richtung Tür und hieß Sören mit einem Wink, ihr zu folgen.

Sie bemerkte sein Zögern, als sie ihn kurz darauf auf den Arbeitsstuhl drückte und den Computer erneut startete. Sobald jedoch der kleine, aber feine Onlineshop vor ihm auf dem Bildschirm erschien, fuhren seine Augenbrauen in die Höhe, und er begann, durch die Fotos von Ohrringen, Armreifen, Ringen und Anhängern mit oder ohne Ketten zu scrollen. »Das ist deine Kollektion? Das hast du dir alles selbst beigebracht?« Seine Stimme klang interessiert, aber noch immer nüchtern und völlig wertfrei.

»Das meiste, ja«, antwortete Alíki nicht ohne Stolz. »Ich liebe es, so lange zu tüfteln, bis mir etwas gelingt, und Stavros, der Mann meiner Kollegin, hat immer eine Engelsgeduld, wenn ich ihn mit Fragen löchere.« Mit der Hand deutete sie auf den Computerbildschirm. »Was den Rest betrifft ... Ich mache zurzeit eine Online-Weiterbildung für angewandtes Marketing. Nächsten Winter will ich mich aber für einen Kurs an der Uni anmelden. Dafür werde ich zwar zweimal die Woche nach Agios Nikolaos fahren müssen, aber das ist es mir wert.«

Sie holte tief Luft und presste die Handflächen fest zusammen. Wie in einem inbrünstigen Gebet. »Ich will meinen

Traum verwirklichen. Ich will mich selbstständig machen, und das tun, worin mein Herzblut liegt. Ist das wirklich so verkehrt?«

Noch immer blickte Sören konzentriert auf den Bildschirm, während er prüfend durch den gesamten Shop klickte. Dann lehnte er sich langsam zurück, wölbte die Lippen und nickte, den Blick noch immer auf den Computer gerichtet. »Ich verstehe zwar nicht viel von Schmuck, aber doch einiges davon, wie man Produkte an Kunden bringt. Und was du hier aufbaust, ist gut.«

Er wandte sich zu ihr um. Himmel, sie hatte wirklich nur selten zuvor so helle Augen gesehen. »Das ist richtig gut sogar. Aber wenn du das Geschäft weiter ausbauen willst, brauchst du einen Businessplan«, hörte Alíki ihn sagen.

»Oh, den habe ich schon.« Mit einem Ruck drehte sie sich zu der kleinen Kommode seitlich des Tischs um. Dort, in der obersten Schublade, lag der USB-Stick in einer kleinen Perlmuttschatulle. Darauf hatte sie sämtliche Dokumentationen zu ihrer Geschäftsidee gespeichert. Natürlich auch den Businessplan.

Gerade als sie den Stick aus der Schublade ziehen wollte, stieß sie mit der Handkante gegen die Tischplatte. Der Stick fiel mit einem metallenen Scheppern auf den Fliesenboden. Sofort kniete sie sich zu Boden, wollte nach dem verflixten Ding greifen. Doch im selben Moment tat Sören das Gleiche.

»Huch.« Alíki wich zurück, als ihre Hände gleichzeitig nach dem USB-Stick am Boden griffen und ihre Finger sich berührten, und hob den Kopf. Sörens Blick traf sie. Sein Gesicht war direkt vor ihr. So nah, dass sie die vereinzelten, dunklen Härchen in seinem Stoppelbart erkennen konnte und die feinen Lachfältchen an seinen Augenwinkeln. Da war auch wieder der Duft seines Aftershaves.

Sie sollte aufstehen. Ja, nur wie, wenn sich ihre Beine auf einmal so schlaff anfühlten wie zu lange an der Sonne gelegene Gummibärchen?

Auch Sören rührte sich nicht. Starrte sie nur an. Einzig seine Nasenflügel zuckten.

Wie lange knieten sie eigentlich schon hier am Boden? Sie hatte keine Ahnung, und im Grunde war es ihr auch absolut egal. Erst als ein lautes »Ya sou-yaaa sou!« von Oskars Käfig her ertönte, gelang ihr endlich eine Regung.

Sören räusperte sich, kam auf die Beine und half ihr mit der Hand am Ellenbogen hoch, ließ sie jedoch sofort los, sobald sie stand.

»Hier«, sagte Alíki atemlos und legte den USB-Stick auf den Tisch. »Der Businessplan ist hier drauf. Ich gehe etwas zu trinken holen.« Ohne auf seine Antwort zu warten, floh sie in die Küche.

Dort lehnte sie sich mit dem Rücken gegen den Kühlschrank, bis sich ihr Puls wenigstens wieder einigermaßen beruhigt hatte. Was, um alles in der Welt, war das eben gewesen? Sie hätte ihm nie so nahe kommen sollen, das hatte sie nun davon.

Als sie kurz darauf mit dem Zitronenwasser und dem Essen auf einem Tablett zurück ins Wohnzimmer kam, stand Sören an Herrn Oskars Käfig, drehte sich jedoch sogleich zu ihr um, sobald er sie kommen hörte.

»Versuchst du noch immer, ihm Schimpfwörter beizubringen?«, fragte Alíki. Hoffentlich merkte er nicht, wie nervös sie war.

Seine Lippen verzogen sich zu einem schelmischen Grinsen. »Dösbaddel ist doch kein Schimpfwort, sondern gehört zum norddeutschen Kulturgut.« Mit dem Daumen deutete er über die Schulter in Richtung Bürotisch. »Ich habe übrigens deine Unterlagen überflogen und dir auf dem Zettel dort ein paar Details notiert, die du noch anpassen könntest.«

Sie lächelte zurück. »Danke, ich seh's mir später an.« Mit dem Tablett in den Händen ging sie zur Terrassentür. »Setzen wir uns draußen hin. Der Abend ist herrlich, und ich habe eine Kleinigkeit zu essen gemacht.«

»Eine Kleinigkeit?« Sören runzelte zweifelnd die Stirn. »Ich habe inzwischen gelernt, dass der Begriff hier eine ganz andere Dimension hat.«

»Keine Angst.« Alíki konnte sich ein Glucksen nicht verkneifen. »Ganz einfache Dakos mit Tomaten, Zwiebeln und Fetakäse. Ich bin leider keine so gute Köchin wie Yiayià.« Was für eine Erleichterung, dass auch er die seltsame Situation von vorhin offenbar übergehen wollte.

Wenig später saßen sie auf den gemütlichen Sesseln draußen auf der Terrasse, redeten über lauter Belanglosigkeiten und über Gott und die Welt. Zwischen ihnen die Sicherheit einer Tischbreite.

Es war schon fast neun Uhr abends. Die Hitze des Tages hing noch an den Mauern, doch inzwischen hatte ein angenehmes, laues Lüftchen vom Meer herkommend eingesetzt. Der Himmel im Westen glühte im prächtigsten Abendrot.

Kerzen flackerten in den Windlichtern auf dem Tisch und auf dem Mauervorsprung hinter der Sitzecke. Mit einem genüsslichen Seufzer streckte Sören die Beine aus und wischte sich mit der Serviette Mund und Hände sauber, ehe er sich im Sessel zurücklehnte.

Auch Alíki liebte diese Atmosphäre kurz vor der Dämmerung. Wenn alles rundum einen Moment lang innehielt und ruhig wurde, ehe die Nacht anbrach.

»Warum soll deine Familie eigentlich nichts von deinen Plänen wissen?«, fragte Sören auf einmal. Seine Stimme klang ruhig und vorsichtig.

Trotzdem war der idyllische Moment für Alíki mit einem Schlag dahin. Sie presste kurz die Lippen zusammen. Wie sollte sie ihm ihre Gründe plausibel erklären? Könnte er sie überhaupt verstehen? Er war schließlich ein Mann, und für Männer schien alles irgendwie einfacher, denn für sie galten andere Regeln – ob in Deutschland oder in Griechenland.

»Entschuldige. Ich wollte nicht indiskret sein. Natürlich geht mich das alles gar nichts an«, wandte er eilig ein, als er ihr Zögern bemerkte.

»Nein, schon gut.« Sie griff nach ihrem Glas, nahm einen Schluck, schenkte nach und lehnte sich dann mit dem Glas in der Hand wieder zurück. »Versteh mich bitte nicht falsch«, fing sie dann an. »Ich liebe meine Familie und würde alles für sie tun. Aber manchmal sind sie … nun ja … etwas anstrengend.«

Er lachte auf, griff seinerseits nach dem Glas und prostete ihr zu. »Ja, das kommt mir bekannt vor.«

»Ich bin ein Einzelkind, weißt du. Das allein gibt einem hier schon von Beginn an einen Sonderstatus. Erst recht, wenn deine eigenen Zukunftspläne nicht mit denen deiner Eltern übereinstimmen.«

»Nicht einmal deine Eltern wissen etwas davon?« Er schüttelte ungläubig den Kopf.

Alíki riss vor gespieltem Entsetzen die Augen auf. »Der Himmel bewahre, nein.« Sie nahm einen weiteren Schluck. »Dabei geht es ihnen gar nicht um die Arbeit an sich, sondern darum, dass ich als Frau in ihren Augen andere Ziele haben sollte.« Sie lehnte sich vor. »Nicht, dass du falsche Vorstellungen bekommst: Wir sind keine Hinterwäldler hier auf Kreta. In den vergangenen Jahrzehnten hat sich in ganz Griechenland viel verbessert, was die Selbstbestimmung der Frauen angeht. Aber in so kleinen Ortschaften wie Palekastro gilt oft noch immer das alte ungeschriebene Gesetz der Rollenverteilung. Dieses zu durchbrechen, ist alles andere als leicht.«

In Gedanken sah sie wieder ihren Vater vor sich, der ihr mit erhobenem Zeigefinger seine Grundgesetze des Lebens erklärte, als sie vor fünf Jahren ihre Arbeit im Spa angefangen hatte. »Genügsamkeit, eine zufriedene Ehe und eine Familie. Das ist alles, was eine junge Frau im Leben braucht.« Das waren seine Worte gewesen. Alíki wusste, Vater – und natürlich auch Mamá – liebten sie abgöttisch und würden alles tun, nur um ihr einziges Kind glücklich zu sehen. Doch ihre Eltern gehörten nun mal noch jener Generation an, die sich mit Veränderungen besonders schwertat. Nicht etwa, weil sie grundsätzlich dagegen waren, sondern aus Unsicherheit und Sorge.

»Für meine Eltern muss ein Job vor allem Sicherheit und Stabilität bieten. Ob die Arbeit überhaupt gefällt oder einen erfüllt, ist nebensächlich.« Sie schmunzelte bei der Erinnerung. »Wenn du wüsstest, wie oft ich schon die Sprüche ›Du kannst nicht …‹ oder ›Das geht doch nicht …‹ und ›Was werden denn die Leute sagen …‹ gehört habe.«

Sören nickte ihr anerkennend zu. »Und trotzdem hast du dir deinen Traum verwirklicht.«

Doch sie winkte ab. »Ich bin noch längst nicht dort, wo ich hinwill. Dazu braucht es noch viele kleine Siege.« Sie verzog die Lippen zu einem verwegenen Grinsen. »Aber ich gebe nicht auf.«

»Du hast Talent und die nötige Hartnäckigkeit, um zu erreichen, was du willst. Darauf kann deine Familie stolz sein«, entgegnete Sören sachte. Dabei sah er sie unverwandt an. In seinem Gesicht spiegelte sich offene Ehrlichkeit. Er hatte das nicht bloß als Floskel dahingesagt, erkannte Alíki. Lächelnd senkte sie den Blick auf das Glas in ihrer Hand. Zum Glück war es inzwischen dunkel geworden, und er konnte nicht erkennen, wie sich ihre Wangen vor Freude röteten.

Theé mou, was war aus ihrem unerschütterlichen Selbstbewusstsein geworden, dass dieser Mann sie mit simplen Worten ständig zum Erröten brachte, als wäre sie ein kleines Mädchen? Schlimmer noch: Sie fand genau diese Fähigkeit sogar noch anziehender an ihm.

»Irgendwann werde ich ihnen die ganze Wahrheit sagen«, versprach sie dann, hob den Kopf und reckte herausfordernd das Kinn. »Aber erst, sobald ich erreicht habe, was ich will. Bis dahin hüte und beschütze ich mein Geheimnis, wenn nötig, mit Zähnen und Krallen.«

Der Anflug eines Grinsens zuckte an Sörens Mundwinkel. »Ist das etwa der Moment, in dem du mich umbringen musst, weil ich die Wahrheit kenne? Wenn ja, sollte ich vielleicht erwähnen, dass ich hier am Hals furchtbar kitzlig bin. Nur, falls du an Erwürgen denkst.« Mit dem Zeigefinger berührte er die Stelle unter seinem rechten Ohr.

Aha, Humor hatte er also auch.

»Nicht doch.« Alíki schnalzte mit der Zunge. »Erwürgen ist viel zu aufwendig. Ich lasse dich lieber noch etwas zappeln.«

Sein Grinsen wurde breiter, er lehnte sich wieder zurück. »Was für eine Erleichterung.«

»Freu dich nicht zu früh.«

»Muss ich mir etwa doch Sorgen machen?« Seine Stirn legte sich in Falten.

»Das kommt darauf an …« Mit dem Finger fuhr Alíki den Rand ihres Trinkglases entlang. »Du kennst jetzt mein Geheimnis, aber ich weiß eigentlich gar nichts über dich, außer dass du in Hamburg lebst und zusammen mit deinem Bruder die Familienfirma führst.«

»Viel mehr gibt es zu mir auch gar nicht zu erzählen. Wenn ich es mir recht überlege, bin ich wahrscheinlich der langweiligste Mensch in ganz Hamburg«, antwortete Sören und stellte sein Glas zurück auf den Tisch. Mehr schien er dazu nicht sagen zu wollen, während er das Gespräch mit lockerem Konversationston zurück zum Gutshof und der Ausgrabung von Roussolakos lenkte.

Doch Alíki hatte das Ausweichmanöver sehr wohl bemerkt. Augenblicklich war ihre Neugier erneut geweckt. Was war es, womit er nicht herausrücken und worüber er nicht reden wollte?

Aber sie kam gar nicht dazu, weiter darüber nachzudenken, weil ihr Handy plötzlich surrte. Nanu? Ein Anruf von Kalli?

»Das Auto«, ertönte deren aufgeregte Stimme aus dem Hörer. »Sörens Auto ist wieder da.«

KAPITEL 12

Erkenntnisse eines Olivenölseifen-Superstars

Tatsächlich. Der rote Toyota stand dort unter dem Olivenbaum, als wäre er nie woanders gewesen. Sören traute seinen Augen kaum.

»Ich bin mit meiner Vespa durch den Torbogen auf den Vorhof gefahren, und da stand er. Einfach so. Wie aus dem Boden gewachsen«, erklärte Kalli ratlos den Kopf schüttelnd.

Und sowohl am als auch im Auto war noch alles genau so, wie Sören es hinterlassen hatte. Es hatte nicht einmal einen Kratzer abbekommen. Sogar das Notebook war noch immer im Kofferraum, und im Ablagefach unter dem Radio lag noch die zerknüllte Kassenquittung für die Wasserflasche.

»Niemand von Ihnen will also gestern Abend etwas gesehen oder gehört haben?«, fragte der Polizeikommandant Petridis am nächsten Morgen mit vor Zweifel zu dünnen Schlitzen zusammengekniffenen Augen und einem Notizblock in der Hand.

Sören nickte. »Das ist richtig.«

»Wie ich Ihnen schon gesagt habe: Meine Verlobte und ich waren zu besagtem Zeitpunkt noch in Sitia beim Essen.« Charis' Stimme hatte einen beinahe schon herausfordernden Unterton, während er den Polizisten mit einem undeutbaren Blick bedachte.

Sören sah, wie Lisa ihm sachte die Hand auf den Arm legte und sich dann freundlich lächelnd an den Polizisten wandte.

»Wenn nötig, geben wir Ihnen selbstverständlich Namen und Adresse des Restaurants. Dort wird man unsere gestrige Anwesenheit bezeugen können.«

Kalli war bei einer Freundin gewesen. Als einzige Anwesende galt somit Sofia. Diese hatte sich jedoch, wie sie dem Polizisten erklärte, gegen zehn Uhr in ihr Zimmer zurückgezogen, um sich die Wiederholung von *Brousko* anzusehen – eine griechische Telenovela, wie Sören vermutete.

»Ich muss dabei eingeschlafen sein«, ergänzte die Kreterin. »Jedenfalls habe ich weder etwas gesehen noch gehört. Das Ganze ist ein Mysterium.«

Resigniert aufschnaubend klappte Petridis seinen Notizblock wieder zu und steckte ihn in die Brusttasche seines Hemds. »Ich werde Ihnen meinen Abschlussbericht zukommen lassen«, sagte er an Sören gewandt.

Damit hielt er die Ermittlungen zu diesem Fall offensichtlich für abgeschlossen. Ohne viele weitere Worte stieg der Beamte in seinen Wagen und fuhr davon.

»Was für ein unhöflicher Mensch«, sagte Sofia und verzog empört den Mund. Dann drehte sie sich zu Sören um und erklärte mit entschuldigendem Tonfall: »Er kommt nun mal vom Festland, daran lässt sich nichts ändern.« Doch im nächsten Moment erhellte sich ihr Gesicht unter einem Lächeln. »Aber Hauptsache, dein Auto ist wieder da, nicht wahr?«

Noch immer fassungslos, wandte Sören den Blick zu dem Toyota. »Ich weiß wirklich nicht, was ich davon halten soll.« Es war ein Mysterium, wahrhaftig.

Charis trat neben ihn. »Das kannst du laut sagen. Wenigstens bleibt dir so der ganze Versicherungskram erspart.«

»Außerdem kannst du jetzt bis Dienstag noch ein paar Ausflüge machen«, rief Kalli.

Stimmt. Daran hatte Sören nach all dem Trubel noch gar nicht gedacht.

»Aber zuerst gibt es Frühstück. Ein hungriger Bär tanzt schließlich nicht gern.« Mit erstaunlich kräftigem Griff fasste Sofia ihn am Arm und zog ihn mit sich die Außentreppe hinauf zur Terrasse. »Und dann überlegen wir in Ruhe, was du in den nächsten Tagen unbedingt unternehmen solltest.«

Sörens Urlaub fing mit einer privaten Führung durch die Ruinen der alten Minoerstadt von Roussolakos an.

Staunend folgte er Lisa entlang der von Mauerresten gesäumten Pfade. Es war zwar noch nicht einmal Mittag, trotzdem brannte die Sonne schon erbarmungslos auf die Ruinen herunter. Immerhin machte der frische Wind vom Meer her die Hitze leichter erträglich. Wohlweislich hatte sich Sören dieses Mal vom Scheitel bis zur Sohle mit Sonnenschutzmittel eingeschmiert. Zudem trug er einen modischen Panamahut aus Bast, den er zuvor auf dem Markt gekauft hatte und mit dem er sich beinahe fühlte wie Ernest Hemingway.

Obwohl bereits geöffnet, waren weit und breit keine anderen Besucher in Roussolakos zu sehen. Die Luft schwirrte unter dem lauten Gezirpe der Grillen und roch nach Staub, Salz und den trockenen Büscheln von wildem Bohnenkraut, die hier überall aus den Ritzen sprießten.

»Bis jetzt wurden insgesamt etwa zehntausend Quadratmeter von Roussolakos ausgegraben. Wir schätzen aber, dass die ursprüngliche Stadt etwa doppelt so groß war«, erklärte Lisa und deutete mit dem Arm in Richtung Meer. »Sie lag eigentlich direkt am Meer. Im Laufe der Jahrtausende haben angeschwemmte Ablagerungen das Ufer jedoch um ein paar

Hundert Meter verbreitert. Ein großer Teil des Schwemmmaterials besteht allerdings nicht aus Gezeitenablagerungen, sondern stammt von diesem Hügel da.« Sie schwenkte den Arm zu der im Süden liegenden Erhebung, an deren Flanke sich, als helle Streifen mit bloßem Auge zu erkennen, die Erosionsrillen in Richtung Ebene schlängelten.

»Das ist der Petsophas«, führte Lisa weiter aus. »Für die hier lebenden Minoer war er allerdings viel mehr als bloß ein Hügel. Er war ein Gipfelheiligtum.«

»Ein Gipfelheiligtum?« Sören schüttelte verständnislos den Kopf.

Ein Leuchten ging von ihrem Gesicht aus, als sie sagte: »Diese waren bezeichnend für die Minoer bis ungefähr 2100 vor Christus. Man findet sie an mehreren Orten auf der Insel. Es handelt sich dabei um auf einer Anhöhe liegende, schlichte Kultstätten, zu denen jeder Zugang hatte. Also keine Tempel im üblichen Sinn.«

Mit beiden Händen formte sie einen rundlich zulaufenden Berg. »Ein paar Meter unterhalb des nördlichen Hügelkamms des Petsophas befindet sich eine kleine, künstlich angelegte Stufenterrasse. Dort sind neben den Spuren von rituellen Feuerstellen auch einige Votivgaben gefunden worden – menschenähnliche Statuetten aus Terrakotta, zum Beispiel, oder Darstellungen von einzelnen Körperteilen, was auf einen Heilkult schließen lässt. Zudem gab es auch Nachbildungen von Tieren wie Kühen, Schafen und Vögeln. Daneben Bronzemesser und Keramikgefäße.«

Sie holte tief Atem. »Der spannendste Fund aber sind die Hörner aus Kalkmörtel.« Ein fast schon ehrfurchtsvolles Vibrieren schwang auf einmal in der Stimme der Archäologin mit, und ihre Augen begannen zu funkeln.

Das musste es sein, was Alíki ihm über Lisas Hingabe zu ihrem Beruf erzählt hatte. Die Begeisterung war tatsächlich ansteckend. Obwohl sich Sören beim allerbesten Willen nicht vorstellen konnte, was an diesen Kalkmörtel-Hörnern so besonders sein sollte.

Als hätte sie seine ungestellte Frage gehört, ging sie in die Hocke und skizzierte mit einem Stein ein wie eine Krone mit vier Spitzen anmutendes Gebilde auf den Erdboden. »So ungefähr sehen sie aus. Was genau ihre Bedeutung sein soll, wissen wir nicht. Es gibt jedoch zwei Theorien.« Sie stand erneut auf. »Die Minoer waren ein sehr naturbezogenes Volk, musst du wissen. Vor allem der Stierkult war auf Kreta, wie auch in anderen europäischen Kulturkreisen, weitverbreitet. Der Stier ist das Symbol der ewigen Bewegung von Sonne und Mond und somit der Gezeiten, der Jahreszeit und nicht zuletzt auch der Fruchtbarkeit.«

Fasziniert sah Sören ihr zu, wie sie auf ein etwa kniehohes Mäuerchen kletterte. Unglaublich. Wo war denn auf einmal die ruhige, zurückhaltende Frau geblieben, die er vor ein paar Tagen auf dem Gutshof kennengelernt hatte? An deren Stelle war eine mit Feuereifer und ausladenden Gesten erklärende Gelehrte getreten.

Mit gehaltvoller Stimme erläuterte sie: »Nehmen wir an, es handelt sich hier um die stilisierte Darstellung von Stierhörnern, also dem Symbol für immerwährende Wiederkehr und Fruchtbarkeit. Ein solches Symbol wird nicht grundlos auf dem Altar eines heiligen Bergs abgelegt. Es sei denn …« Sie machte eine bedeutungsvolle Pause, drehte sich in Richtung des Hügels und hob die Arme. »Für die Minoer bildeten die winterlichen Schlammschwemmen, die sich jedes Jahr, verursacht von den Regenfällen, vom Petsophas – also von ihrem

Gipfelheiligtum – über die ganze Ebene verteilten, eine Art Fruchtbarkeitsritus.« In einer allumfassenden Geste schwang Lisa die Arme nun vom Hügel in Richtung Meer. »Oder aber, und das ist eine zurzeit noch eher umstrittene Theorie: Die Hörner stellen eine Art Kalender dar, der die Position der Sonne während Winter- und Sommersonnenwende aufzeigt. Die Kollegen der Fakultät in Uppsala haben dazu erst kürzlich sehr interessante Forschungsansätze vorgelegt. Diese beweisen, dass die Minoer vor über viertausend Jahren bereits ein sehr ausgeprägtes astronomisches Verständnis hatten.«

Mit einem Hopser landete sie wieder vor Sören auf dem Pfad. »Wie dem auch sei … Es gibt noch viel über die Minoer zu entdecken. Was du hier siehst, ist in Wahrheit nur die Spitze des Eisbergs.« Lisas Wangen waren gerötet – entweder wegen der Sonne oder vor lauter Begeisterung –, und auf ihrem Gesicht lag noch immer jenes wissende Lächeln, von dem Alíki gesprochen hatte.

»Wow.« Sören war ehrlich beeindruckt. Nicht nur von Lisas Ausführungen, die waren zweifellos spannend. Was ihn jedoch noch viel mehr fesselte, war die Atmosphäre dieses Ortes. Die Ruhe und Erhabenheit der Ruinen, der Relikte von Menschen, die vor Jahrtausenden hier gelebt hatten.

Immer wieder fuhr er mit der Hand über die Mauerreste, fühlte die Wärme der Steine und den Staub, der zwischen den Fingern kleben blieb. Es war nicht in erster Linie der archäologische Aspekt, der ihn faszinierte, sondern vielmehr die Bausubstanz. Ob von heutigen, modernen Bauwerken nach vier Jahrtausenden überhaupt noch ein nennenswerter Rest übrig bleiben würde?

Am Nachmittag hatte Sören eigentlich einen kleinen Ausflug an den Strand geplant. Allein und in Ruhe. Auf einer

Urlaubsinsel wie Kreta zu sein, ohne wenigstens den großen Zeh ins Meerwasser zu strecken, wäre ein Frevel. Außerdem sehnte er sich geradezu danach, wenigstens ein, zwei Stunden lang allein zu sein. Um all die Eindrücke der vergangenen Tage sortieren und seinen Gedanken nachhängen zu können, ohne dass irgendeine auf Griechisch, Englisch oder Deutsch plappernde Stimme in seinem Kopf ein Echo hinterließ.

Dann würde er es vielleicht auch endlich schaffen, dass seine Gedanken nicht ständig um Alíki kreisten. Dass alles in diesem Haus, in dieser Familie, in diesem Ort mit ihr zu tun hatte, machte es ihm nicht einfacher. Erst recht seit dem gestrigen Abend.

Sören konnte es noch immer kaum glauben. Was er gestern über sie erfahren hatte, war so völlig unerwartet gewesen und stellte die Kreterin auf einmal in einem ganz anderen Licht dar. Zwar hatte er nie nur ihre hübsche Fassade gesehen, wenigstens das konnte er guten Gewissens von sich behaupten. Was für ein großes Herz Alíki hatte, ihr Humor und ihre Natürlichkeit waren ihm schon bei ihrer ersten Begegnung aufgefallen.

Gestern hatte er jedoch ihre wahre Vielschichtigkeit entdeckt. Und es traf ihn noch immer, dass er sich zuerst tatsächlich mit ebenjener oberflächlichen Perspektive zufriedengegeben hatte, die er Gerit immer vorwarf. Denn in Wahrheit verbarg sich hinter Alíkis gewollt exzentrischem Auftreten eine ganz andere Person. Eine Frau, die die High Heels abstreifte, sobald sie die Tür ihrer Wohnung hinter sich schloss, und mit den Füßen fest auf dem Boden stand. Die genau wusste, was sie erreichen wollte, und ihre Träume mit einer bewundernswerten Energie, Zielstrebigkeit und Mut verfolgte, auch wenn sie sich damit gegen die Familie stellte.

Auch diesen letzteren Aspekt hatte Sören bisher nie infrage gestellt und sich nie damit beschäftigt, welche Bedingungen außerhalb seines altbekannten, deutschen Kulturkreises herrschten. Unglaublich, welchen Hochseilakt junge Frauen wie Alíki bewältigen mussten, um sowohl ihren Traditionen als auch ihrem Wunsch nach Selbstbestimmung gerecht zu werden.

Ungeachtet dessen stellte sie ihre eigene Schmuckkollektion her, baute sich einen Onlineshop auf, büffelte Marketing und wollte sich selbstständig machen. Ganz allein und auf eigene Faust. Und sie war noch dazu verdammt gut in dem, was sie tat: Die Schmuckstücke, die Sören in ihrem Shop gesehen hatte, konnten es mit so einigen teuren Markenproduktionen aufnehmen. Sie war innovativ, vermischte in ihren Kreationen Ursprüngliches mit Modernem und hatte daraus ihren ganz eigenen Stil entwickelt. Bis auf ein paar Kleinigkeiten war auch ihr Businessplan punktgenau durchdacht und gut ausgearbeitet.

Ja, diese Frau war bewundernswert. Manchmal etwas extravagant zwar, aber dennoch beeindruckend. Und um ein Haar hätte er sich gestern in ihrer Wohnung vergessen und hätte sie geküsst.

Er wusste noch immer nicht genau, was in dem Moment über ihn gekommen war. Eine Art Aktion auf die Reaktion. Nur den Bruchteil einer Sekunde lang, ehe er sich gerade noch rechtzeitig wieder gefangen hatte. Verflucht, was war bloß los mit ihm? Dem Himmel sei Dank, ging sein Flug zurück nach Deutschland bereits am Dienstag.

Sobald Sören mit Badetuch und den eigens für den Strand gekauften Flipflops vor die Tür seines Zimmers trat, rann ihm der Schweiß in Strömen über den Rücken. Was für eine Hitze.

Zum Glück wehte unter dem großen Olivenbaum wenigstens ein kleiner Luftzug. Mit genüsslich geschlossenen Augen blieb er einen Moment lang neben seinem Toyota stehen. Vielleicht sollte er den Ausflug doch besser verschieben. Hier war es viel angenehmer, als an einem sonnenversengten Strand zu liegen.

»Hallo, Sören. Alles in Ordnung?«, hörte er auf einmal Kallis fröhliche Stimme hinter sich und fuhr mit einem Ruck herum. Nur um sich dem versammelten innersten Zirkel der weiblichen Mitglieder der Familie Zoidakis gegenüberzusehen. Sofia, Kalli, Dimitra und Nefeli – sie alle standen dort in dem Nebengebäude mit dem Torbogen bei der Arbeit und winkten ihm zu.

Er winkte zurück, haargenau wissend, dass er sich besser aus dem Staub machen sollte. Es wäre schließlich nicht schwer, irgendeine Entschuldigung vorzubringen. Doch da war dieser Duft, der aus dem Arbeitsraum bis zu ihm drang – nach getrocknetem Lavendel, Rosenblättern und Rosmarin. Einfach unwiderstehlich.

Und ehe Sören es sich anders überlegen konnte, stand er im Kreis der Kreterinnen und ließ sich von ihnen in die Geheimnisse der Olivenölseifen-Herstellung einweisen.

»Du hast dich heute von den Frauen umgarnen lassen, habe ich gehört«, sagte Charis später am Tisch beim Abendessen und spießte einen Würfel Feta-Käse mit der Gabel auf. Obwohl Sören ein zahlender Gast war, saß er am Tisch der Familie. Das hatte sich irgendwann im Laufe der vergangenen Tage so eingebürgert, und niemand schien sich daran zu stören.

Die Augen des Kreters funkelten amüsiert.

Sofort lehnte sich Cousin Nikos vor. »Wirklich? Womit haben sie ihn denn herumgekriegt?«

Sören räusperte sich. »Na ja, also eigentlich …«

»Mit der Seifenherstellung«, antwortete Charis seinem Verwandten mit bedeutungsschwangerem Tonfall.

»Das war wirklich interessant«, warf Sören ein und lehnte sich zur Seite, als Dimitra die Schüssel mit dem Tintenfischsalat auf den Tisch stellte. »Ah, was für ein herrlicher Duft. Ist das frische Petersilie?«

Die Kreterin tätschelte ihm mütterlich lächelnd die Schulter. »Und etwas Stangensellerie.« Dann warf sie Nikos einen vorwurfsvollen Blick zu. »Da. Wenigstens jemand, der gute Küche zu schätzen weiß. Soren hat einen ausgezeichneten Geruchssinn. Dank ihm haben wir heute Nachmittag eine neue Seifenrezeptur gefunden. Er versteht viel von Düften und Geschmack. Kein Wunder, er ist schließlich Tee-Händler. Ein richtiger Experte eben. Nimm dir gefälligst ein Beispiel daran.«

Nun, eigentlich hatte Sören nichts weiter gemacht, als den Frauen bei der Arbeit über die Schulter zu schauen und anzumerken, dass die Kombination aus Zitronen, Melisse, Lavendel und Rosmarin eine erfrischende Note ergab. Es war faszinierend gewesen, dabei zuzusehen, wie die Kreterinnen die Zutaten anschließend zu einem Sud aufkochten und nach dem Abkühlen mit dem erwärmten Olivenöl und der Lauge vermischten. Bisher hatte er Seife nur im Supermarkt gekauft und sich weder über die Herstellung noch über die natürlichen Alternativen dazu den Kopf zerbrochen.

Nikos schaufelte sich indes ungerührt drei Löffel von dem Salat auf seinen Teller. »Ich weiß deine Küche genauso zu schätzen. Aber ich bin dein Sohn. Warum sollte ich dir also immer und immer wieder die gleichen Komplimente machen?« Damit schob er sich eine Gabel voll Tintenfisch in den Mund und kaute genüsslich.

Bis seine Mutter ihm den Teller kurzerhand vor der Nase wegzog.

»Moment!«, protestierte er mit vollem Mund. »Ich bin noch gar nicht fertig.«

Unerbittlich hob Dimitra den Teller endgültig aus seiner Reichweite. »Doch, das bist du. Mehr hast du nicht verdient.«

»Aber Mamá ...!« Nikos mochte um die zwanzig Jahre alt sein, trotzdem glich sein Blick in diesem Moment dem eines Welpen. Eines hoffnungslos verzweifelten Welpen.

Und es war das allererste Mal, dass Sören in das allgemeine Gelächter am Tisch mit einfiel. Dabei staunte er über sich selbst. Kaum zu glauben, wie befreiend sich diese Ungezwungenheit anfühlte.

Als er am nächsten Abend wieder auf seinem Zimmer war, wählte er Julias Nummer. Es war erst kurz vor sieben. Um diese Zeit war sie für gewöhnlich an einem Sonntag immer zu Hause.

»Hallo.«

»Hey, Schatz.«

»Hey. Na? Wie geht es dir denn so auf Kos?«

»Ich bin auf Kreta, nicht auf Kos.«

»Das liegt doch beides in Griechenland. So groß wird der Unterschied nicht sein.« Sie kicherte ungehalten.

Sörens Augenbrauen fuhren in die Höhe. »Was ist denn los bei dir? Das klingt, als würde im Hintergrund eine Party stattfinden.« Er hörte Stimmen, Gelächter, Musik und das Klirren von Gläsern. An einem Sonntagabend?

»Ach, das.« Wieder ein Kichern. »Ich hab ein paar Freunde zu einem Musical-Abend eingeladen. Ganz spontan.«

»Aha?«

»Wir sehen uns gerade *Hair* an. Dazu gibt's Pizza und Prosecco. Gerit ist auch hier.«

Mit gerunzelter Stirn setzte sich Sören auf sein Bett. An dem Dialog gab es mehrere Punkte, die ihn aus der Fassung brachten: Erstens hasste Julia es normalerweise, mehr als zwei Leute – sie selbst mit eingerechnet – in ihrer Wohnung zu haben, weil es zu viel Unordnung machte. Zweitens rührte sie wegen ihrer Glutenunverträglichkeit schon seit Jahren keine Pizza mehr an. Und drittens: Was, um alles in der Welt, hatte Gerit neuerdings mit Musicals am Hut?

»Warte, ich geh rasch ins Schlafzimmer, wo es nicht so laut ist«, rief Julia ins Telefon.

Das eilige Klappern von Absätzen auf Bodenplatten war zu hören, dann das Knarzen einer Türangel. Augenblicklich verstummte der Lärm im Hintergrund. »So. Jetzt verstehe ich dich besser.« Abrupt wechselte sie in einen lockeren Konversationston. »Nun erzähl. Wie ist es denn so, dort in Griechenland?«

Einen kurzen Moment lang lag es Sören auf der Zunge, sie nach einer Erklärung für ihren plötzlichen Sinneswandel sowie dem neuen, unerwarteten Einvernehmen mit Gerit zu fragen. Aber vielleicht interpretierte er auch mehr in die Situation hinein als nötig. »Was ich bis jetzt gesehen habe, ist sehr schön. Auch wenn es hier in Palekastro ziemlich gemächlich zugeht. Die Gegend hat aber zweifellos ihren Reiz«, sagte er darum lediglich. »Gestern habe ich eine minoische Ruinenstadt besucht, und heute hat mir der Besitzer des Gutshofs, auf dem ich wohne, seinen Olivenhain und den dazugehörigen Betriebshof gezeigt. Unglaublich. Olivenbäume, wohin man nur sieht. Und die Bewirtschaftung stemmt die Familie ganz allein. Dazu betreiben sie noch ein B&B hier auf der

Villa Esperides – so heißt der Gutshof. Stell dir nur die Arbeit vor.« Sören war noch immer tief beeindruckt. Er hatte Charis fast den ganzen Tag lang begleitet und, falls nötig, mit Hand angelegt. Die Instandhaltung des Olivenhains war zwar harte Arbeit, und sein Rücken schmerzte noch immer höllisch, doch er hatte sich nur selten zuvor nach einem Arbeitstag so zufrieden und ausgefüllt gefühlt.

»Sie haben bestimmt noch nie woanders gelebt als in ihrem Dorf und kennen deshalb auch kaum etwas anderes«, meinte Julia leichthin.

Sören schnalzte mit der Zunge. »Da irrst du dich aber gewaltig. Charis und seine beiden Schwestern sind in Kassel aufgewachsen. Und er hat den Bachelor in Agrarwissenschaften.«

Er hörte Julia am anderen Ende der Leitung mit jemandem flüstern. »Hallo? Bist du noch dran?«

»Ja, natürlich bin ich noch dran«, antwortete sie. Der leicht gehetzte Unterton in ihrer Stimme war jedoch nicht zu überhören. »Das eben war nur Gerit, der wissen wollte, ob alles in Ordnung ist.«

Schon wieder Gerit. Und seit wann interessierte es den, was Sören mit Jule am Telefon beredete? »Du verstehst dich seit Neustem ziemlich gut mit ihm, wie es scheint«, sagte er und schaffte es zu seinem Ärger nicht ganz, einen neutralen Tonfall zu treffen. Er hasste es, eifersüchtig zu klingen.

»Er sorgt sich nun mal um mich. Außerdem verstehen Gerit und ich uns schon seit Jahren gut.«

»Das ist mir neu.«

Am anderen Ende der Leitung holte Julia zischend Atem. »Vielleicht, weil es dich nicht mehr interessiert, was ich tue? So, wie du dich ohnehin kaum noch um etwas bemühst, was unsere Beziehung angeht.«

Im ersten Moment nahm Sören ihre Worte gar nicht richtig wahr. »Was hast du da eben gesagt?« Er hatte sich bestimmt verhört.

»So ist es doch. Mit Gerit kann ich wenigstens über Dinge reden, die mir wichtig sind. Nicht bloß über Teehandel und irgendwelches Steinzeug.«

»Ich bemühe mich nicht um unsere Beziehung? Ich gebe dir doch alle Freiheit, die du willst«, gab er zurück und machte sich nicht einmal mehr die Umstände, seine Stimme zu mäßigen.

»Du verwechselst Freiheit geben mit Gleichgültigkeit, Sören. Das ist ein himmelweiter Unterschied. Außerdem ... Wie kommst du überhaupt dazu, in einem solchen Tonfall mit mir zu sprechen?«

Mühsam beherrscht stieß er den Atem aus. »Vielleicht hätte ich das schon viel eher tun sollen.«

»Was willst du mir damit denn, bitte schön, sagen?«, fragte Julia mit vor Verärgerung zitternder Stimme.

Ja, was genau wollte er damit in Wahrheit eigentlich sagen? Warum hatte er sie angerufen? Weil sie ihm wirklich fehlte oder aus reinem Pflichtbewusstsein? Zugleich schockierte es Sören, dass sich ihm diese Frage überhaupt stellte.

»Nach all den Jahren habe ich es nicht verdient, dass du so mit mir redest«, schluchzte sie nun haltlos.

»Darum geht es hier doch gar nicht, Jule.«

»Worum dann? Ist dir eigentlich bewusst, wie verletzend du bist?«

Sören kniff angestrengt die Augen zusammen. Er hasste es, wenn sie weinte. Nicht nur, weil er sich dann jedes Mal wie das elendste Scheusal fühlte, sondern weil sie damit eine sachliche Diskussion unmöglich machte. Verdammt noch mal. Es hatte doch nur ein simples Telefongespräch sein sollen.

»Hör zu. Es ist besser, wir reden ein andermal weiter«, sagte er so beherrscht wie möglich.

»Sofern ich dann überhaupt noch Lust habe, mit dir zu reden.« Damit hängte sie auf.

Mit einem wütenden Aufschnauben schmiss Sören das Handy neben sich aufs Bett. Genau so lief es immer ab, wenn sie Streit hatten. Sie weinte, er signalisierte den Waffenstillstand, woraufhin sie in theatralischer Manier dichtmachte. Dann, nach ein paar Tagen der Funkstille, war wieder alles so, als wäre nichts geschehen. Konfrontationsvermeidung um jeden Preis. Das machte die Beziehung bequemer.

Wenn Sören jedoch ehrlich mit sich selbst sein wollte, trug er daran ebenso Schuld wie Julia. Im Grunde waren all ihre stillschweigenden Vereinbarungen nichts anderes als ein Vorwand, um sich gegenseitig aus dem Weg zu gehen, und weder er noch sie hatten jemals daran gedacht, das zu ändern. Hatte Julia womöglich sogar recht und er ließ ihr die Freiheit nur, weil es ihm gleichgültig war, was sie tat? Und Gerit?

Erneut griff Sören nach dem Handy und tippte eine Nachricht an seinen Bruder ein:

Wir müssen reden. Jetzt.

Er wartete fast eine Stunde, ehe er Gerits Nummer wählte. Insgesamt drei Mal. Vergebens, er nahm den Anruf nicht an. Doch genau dieses Schweigen war für Sören Antwort genug. Gerit und Julia. Langsam, ganz langsam begann eine Ahnung in ihm hochzukriechen.

Die Wut in seinem Bauch war noch immer nicht ganz verraucht, als er wenig später die Treppe zur Terrasse hochstieg und sogleich abrupt innehielt. Was, zum Kuckuck, war denn hier los? Wo kamen all die Leute auf einmal her?

Auf den ersten Blick geschätzt, hatte sich heute Abend ungefähr die dreifache Anzahl der üblichen Verwandten hier versammelt. Linker Hand standen oder saßen die Männer mit Charis und dessen Cousins Nikos und Petros um den angeheizten Holzofengrill herum. Eine dünne Rauchfahne stieg aus dem Kamin hoch. Im Ofen selbst züngelten Flämmchen aus der roten Glut.

Vier kleine Jungs im Alter von etwa drei bis sechs Jahren drängten sich in einer Ecke um einen Gameboy zusammen. Auf der gegenüberliegenden Seite bei der Küche schnatterte die Frauenschar, begleitet von energischen Gesten, im Crescendo um die Wette. Im Niemandsland, zwischen den Fronten, saß – unerschütterlich wie eine echte kretische Steineiche – Großonkel Stelios in seinem Sessel und schnarchte.

»Soren! Da bist du ja«, rief Sofia und winkte ihn auf den Zehen balancierend herbei. »Gut, dass du kommst.«

Sogleich drehten sich sämtliche Köpfe nach ihm um: Lisa, Kalli, Dimitra, Nefeli sowie weitere zwei Cousinen, an deren Namen er sich beim besten Willen nicht mehr erinnern konnte. Zusammen mit ungefähr zwölf weiteren Frauen, die er noch nie zuvor gesehen hatte, die ihn jedoch mit neugierigen Blicken betrachteten. Gehörten sie etwa alle zur Familie?

Mit den Ellenbogen drängte sich Sofia vor, fasste nach seinem Arm und rief den anderen Frauen in einem Wortschwall auf Griechisch etwas zu. Sören meinte sogar, seinen Namen herauszuhören. Er lächelte den Frauen zu, auch wenn er sich dabei vorkam wie eine Ameise unter dem Mikroskop.

»Wir haben so viel von dir erzählt, von deiner guten Nase und davon, wie du in der Seifenproduktion mitgearbeitet hast, dass alle Verwandten dich kennenlernen wollten«, erklärte Kalli voller Enthusiasmus.

Dimitra nickte eifrig. »Sie konnten es kaum erwarten.«

»Es ist auch für mich ein sehr spannender Einblick gewesen«, antwortete er und setzte seine charmanteste Miene auf, obwohl Gerit das viel besser konnte. Gleichzeitig wandte er den Blick von den Frauen auf die andere Seite der Terrasse, wo die Männer mit Bierflaschen in den Händen standen und sich gegenseitig zuprosteten. Von ihnen war keine Hilfe zu erwarten. Mist! Wie war er bloß in diese Bredouille geraten?

Eine Bewegung aus den Augenwinkeln brachte seine Aufmerksamkeit wieder zurück zu der Runde der Kreterinnen, und er sah, wie Sofia ihn anstrahlte. »Denk daran: Falls deine Teegeschäfte irgendwann einmal nicht mehr laufen sollten, haben wir in unserer Seifenproduktion jederzeit ein Plätzchen für dich frei«, sagte sie und tätschelte ihm mütterlich die Wange.

»Das ist …«, Sören räusperte sich, »… wirklich sehr großzügig.«

»Tja, ich fürchte jedoch, Sörens Firma ist auch weiterhin so erfolgreich, dass wir wohl oder übel auf ihn verzichten müssen«, rief Lisa, trat neben ihn und wandte den Blick wie zufällig in Richtung Holzofengrill. »Oh, ich glaube, die Glut ist bereit. Hilfst du mir bitte mit dem Fleisch?« Damit zog sie ihn aus dem Kreis der Frauen heraus zum Küchentresen, wo bereits mehrere Platten mit gewaschenen und halbierten Paprika und mariniertem Fleisch bereitstanden.

Sören atmete hörbar auf. Das war Rettung in letzter Minute gewesen. »Danke«, flüsterte er.

»Keine Ursache.« Lisa kicherte leise, während sie ihm eine Fleischplatte in die Hände drückte. »Sie können manchmal sehr vereinnahmend sein, aber sieh es als Kompliment an. Vor allem Sofia und Kalli haben dich zu ihrem persönlichen Superstar erkoren. Damit stehst du in der Rangliste nun direkt hinter dem heiligen Athanasios und den zehn heiligen Märtyrern.«

»Aber ich …« Verwirrt schüttelte er den Kopf. Er hatte doch gar nichts Besonderes getan.

»Du hast dich für ihre Arbeit in der Seifenproduktion interessiert. Normalerweise ist das eine typische Frauenarbeit und kümmert die wenigsten Männer«, erklärte Lisa und nahm ihrerseits eine Platte auf. »Das hat mit der traditionellen Rollenverteilung zu tun. Ein ziemlich hartnäckiges Überbleibsel aus archaischen Zeiten.« Sie beugte sich näher zu ihm und flüsterte: »Nach außen hin zumindest. In Wahrheit haben die Frauen in ihren eigenen vier Wänden das Sagen. Aber das gibt ein echter stolzer Grieche natürlich niemals zu, und erst recht kein Kreter.«

Schon wieder diese Sache mit der Rollenverteilung. Auch Alíki hatte davon gesprochen, erinnerte Sören sich. »Ich hätte nicht gedacht, dass das wirklich so ein großes Thema ist«, gab er zu. Wenn er ehrlich war, hatte er Alíkis Ausführungen für etwas übertrieben gehalten. Wie es eben auch sonst manchmal ihre Art war.

»Na ja …« Die Archäologin verzog das Gesicht zu einer nachdenklichen Miene. »Ich presse ungern eine ganze Bevölkerung in die üblichen Stereotypenformen, denn natürlich gibt es inzwischen unterschiedliche und sogar sehr moderne Denkansätze dazu. Die Grenzen zwischen längst überholten Gepflogenheiten und Traditionsbewusstsein sind fließender geworden, für uns Mitteleuropäer jedoch immer noch nicht einfach nachzuvollziehen. Wahrscheinlich könnte man stundenlang über Geschlechtergleichheit und Diskriminierung diskutieren und käme trotzdem zu keinem Resultat. Wichtig ist aber in jedem Fall der gegenseitige Respekt.«

Sie zwinkerte ihm zu, und an ihren Lippen hing ein süffisantes Lächeln, als sie mit dem Kinn in Richtung der Männer deutete und vorausging. »Aber nun komm schon. Ich bringe dich zu deinen Artgenossen in Sicherheit.«

Zu seinen Artgenossen. Sören konnte sich ein Auflachen nicht verkneifen, während er ihr folgte. Und auf einmal stellte er erstaunt fest, dass er seinen Ärger über Julia und Gerit fast vergessen hatte. Im Gegenteil. Er fühlte beinahe so etwas wie Erleichterung.

KAPITEL 13

Das Gefühl von Meer auf der Haut

Am folgenden Montag

Alíki liebte das Meer am frühen Morgen. Wenn die immer stärker werdenden Sonnenstrahlen das letzte Rosa des Morgenrots vom Himmel vertrieben und die Luft noch leicht dunstig und erfrischend war. Es war die Tageszeit, in der auch das Meer scheinbar erst erwachen musste und die Wellen noch sanft über die Steine und Kiesel am Strand plätscherten.

Sie atmete tief ein, schloss die Augen und spürte das Kräuseln eines Windhauchs auf dem Gesicht. Der Sand unter ihren Füßen war noch immer kühl von der Nacht, und wenn sie die Zehen nur ein wenig tiefer grub, konnte sie die Feuchte unter der Oberfläche fühlen.

Um diese Zeit war der Strand von Palekastro menschenleer. Obwohl hier auch im Hochsommer nie so ein Getümmel herrschte wie an den Küstenorten weiter westlich bei Sitia, Agios Nikolaos oder sogar Malia oder Chersonissos.

Lächelnd öffnete sie die Augen, als sie den heiseren Schrei einer Seeschwalbe hörte. Ja, es hatte auch seine Vorteile, wenn man in einer bisher vom Massentourismus verschonten Gegend lebte. Zum Beispiel hatte man frühmorgens noch den gesamten Strand für sich allein.

Genau genommen besaß Palekastro sogar zwei Strände: Nördlich des Kastris lag der Strand von Kouremenos, der wegen der dort herrschenden Windverhältnisse vor allem bei

Surfern beliebt war. Hier, südlich davon, befand sich die zwar etwas kleinere, aber dafür idyllischere Strandbucht von Chiona. Unweit dahinter, durch eine Reihe windzerzauster Tamarisken von der Uferzone abgetrennt, lag das Ausgrabungsfeld von Roussolakos.

Alíki ließ den Riemen der Korbtasche von der Schulter gleiten, breitete das Badetuch aus und schlüpfte aus Schlabberhosen und Top. Dann trat sie über den Sandabschnitt in Richtung Ufer. Dort, unmittelbar bei der Wasserlinie, ging der Sand in groben Kiesel oder stellenweise sogar Steine über. Doch das machte ihr nichts aus. Im Gegenteil, sie liebte das Kribbeln der Kieselsteinchen unter den Fußsohlen.

Sie sog zischend die Luft ein, sobald das Meerwasser über ihre Zehen schwappte. Jetzt, am frühen Morgen, war es noch kühl, aber zugleich herrlich erfrischend. Tapfer biss sie die Zähne zusammen und watete noch weiter hinein. Bis die sanften Wellen ihre Taille umspülten. Dann holte sie ein letztes Mal tief Luft und hechtete kopfüber ins Wasser.

Im ersten Moment presste ihr die Kälte des Wassers fast den Sauerstoff aus den Lungen, ihre Haut prickelte. Doch schon nach den ersten kräftigen Schwimmzügen hatte sich ihr Körper an das neue Element gewöhnt, und das Gefühl von Schwerelosigkeit setzte ein. Ihre Bewegungen fanden den Rhythmus. Sie tauchte nur kurz auf, um Atem zu schöpfen, schwamm weiter und nutzte dabei den Auftrieb der Strömung. Ihre Muskeln wurden immer wärmer und geschmeidiger. Sie war schon als Kind eine gute Schwimmerin gewesen.

Schließlich tauchte sie auf, drehte sich auf den Rücken, streckte die Arme aus und ließ sich treiben. Die Strahlen der Morgensonne waren schon kräftig, wärmten ihr Gesicht. Alíki seufzte genüsslich. Was für ein herrliches Gefühl. Am liebsten hätte sie sich stundenlang so tragen lassen. So völlig frei und sorgenlos.

Träge bewegte sie die Arme und blinzelte, als die Landzunge am nördlichen Ende der Bucht in ihr Blickfeld kam. Dort, vor lauter wucherndem Gestrüpp kaum zu erkennen, lag Sörens Haus.

Augenblicklich war das friedliche Gefühl von eben wie fortgespült. Mit einem Ruck richtete sie sich im Wasser auf, drehte dem Haus den Rücken zu und schwamm mit langen Zügen dem Ufer entgegen.

»Du dumme Kuh«, schimpfte sie mit sich selbst und spuckte einen Schwall Wasser aus. Der Morgen hatte doch so schön angefangen. Warum hatte sie ausgerechnet hierher kommen müssen? Als ob es keine anderen verlassenen Strände gäbe. Genau deshalb hatte sie doch bereitwillig eine Zusatzschicht im Spa angenommen und das ganze Wochenende lang gearbeitet, nur um dem Gutshof fernbleiben zu können. Um allein zu sein und ihre Gedanken zu ordnen.

Vor allem, um ihm nicht begegnen zu müssen. Ihm. Sören.

Mit resoluten Schritten stampfte Alíki aus dem Wasser zurück zu ihrem Platz, wrang die Haare aus und wickelte sich dann zum Abtrocknen in ein zweites Tuch. Aus den Augenwinkeln sah sie dabei noch immer die Umrisse des Gestrüpps auf der Landzunge sowie den hohen, steinernen Kamin, der über die Büsche ragte. Als ob das alte Gebäude sie einfach nicht mehr losließe und ihren Blick anzog wie ein Magnet.

Ob an den alten Geschichten über die stríggla womöglich doch etwas Wahres dran war?, überlegte Alíki einen winzigen Moment lang.

Unsinn. Demonstrativ schüttelte sie den Kopf und wandte sich ab. Was wollte sie sich eigentlich vormachen? Denn ihr

Dilemma hatte rein gar nichts mit dem Haus zu tun, sondern einzig mit dem Mann, der es geerbt hatte.

Jawohl. Da war es. Endlich offen auf den Tisch gebracht. Ihr Problem war Sören.

Prompt schoben sich erneut die Szenen vom Abend vor zwei Tagen in ihre Erinnerung. Das Prickeln, das Sörens Nähe in ihr ausgelöst hatte. Der Moment, als sie beide gleichzeitig nach dem USB-Stick hatten greifen wollen. Sofort ging ihr Puls wieder schneller.

»Du dumme, dumme, dumme Kuh«, rief sie laut auf Deutsch und begann energisch, sich so lange mit dem Tuch trocken zu rubbeln, bis ihre Haut brannte. Reichte es denn noch nicht, dass sie ihm – einem nahezu Fremden – praktisch ihr Innerstes offenbart und sich damit wahrscheinlich völlig zum Deppen gemacht hatte?

Sören hatte ihr zwar Komplimente gemacht und schien sogar ein Stück weit beeindruckt. Die Anmerkungen, die er ihr zum Businessplan hinterlassen hatte, waren zudem sehr hilfreich gewesen. Aber er war ein erfolgreicher Geschäftsmann, hatte einen Studienabschluss. Alíki machte sich nichts vor. Was sollte ein Mann von seinem Kaliber schon von ihren lächerlichen Ambitionen und ihrem Onlineshop halten? Dabei spielte es nicht die geringste Rolle, dass noch nie zuvor ein Mann sie derart fasziniert hatte wie er.

Er sah nicht nur gut aus, auch wenn er ab und zu vielleicht etwas streng wirkte. Er hatte Humor und zweifellos eine nicht unbedeutende Portion nordischen Charme, den er auch gezielt einzusetzen wusste. Kalli hatte ihr eine Textnachricht geschrieben und davon berichtet, wie begeistert auch Yiayià und die restlichen Frauen der Familie von Sören waren.

Nichtsdestotrotz war da zugleich etwas Rätselhaftes an ihm. Etwas, das er lieber verborgen hielt. Vielleicht war das aber auch einfach nur die typisch norddeutsche Reserviertheit, von der sie gehört hatte.

Alíki presste die Lippen zusammen, während sie das Haar zu einem Knoten hochsteckte und in die dünne Tunika schlüpfte, die sie immer am Strand über dem Bikini trug.

Was auch immer es war, was er nicht preisgeben wollte, es ging sie nichts an. Schluss. Aus. Genug über diesen Sören Johannsen nachgedacht. Morgen flog er zurück nach Deutschland und verschwand damit endgültig aus ihrem Leben. Es war besser so für sie. Irgendwann würde sie vielleicht auch nicht mehr an ihn denken.

Aus ihrer Tasche holte sie ein etwa tellerrundes Sieb mit Holzrahmen hervor. Höchste Zeit, dass sie sich um das kümmerte, wozu sie eigentlich an den Chiona-Strand gekommen war. Denn hier ließen sich immer die schönsten Muscheln, Korallenstücke und Steine finden.

Mit dem Sieb bewaffnet, machte sich Alíki auf den Weg. Sie hatte ihren bewährten Ablauf, fing immer am Südende der Bucht an und arbeitete sich langsam bis zur Landzunge vor. Dabei hielt sie sich zwar hauptsächlich an der Wasserlinie auf, watete jedoch manchmal auch knietief bis ins Meer hinein.

Schon nach kurzer Zeit fand sie die erste Schale einer Venusmuschel und wenig später bei einem felsigeren Abschnitt zwei spindelförmige, wunderschön rot getupfte Schneckenhäuser.

Wie immer wirkte das Sammeln beruhigend. Das stete Rauschen der Wellen. Das Glitzern der Sonnenstrahlen in der Gischt. Das Wasser, das ihre Schenkel umspülte. Der Geruch nach Meer – nach Heimat.

Schon bald hatte Alíki die trüben Gedanken verbannt und richtete die Aufmerksamkeit einzig auf die kleinen Schätze, die sich in Steinritzen, zwischen den Kieseln oder unter dem Sand versteckten.

Sie war so sehr in ihr Tun versunken, dass sie die Gestalt neben ihr erst bemerkte, als sie die dunkle Männerstimme hörte.

»Kalispera.«

»Ah!« Alíki fuhr erschrocken auf. Um ein Haar verlor sie dabei das Gleichgewicht und taumelte.

»Vorsicht!« Sofort fasste er nach ihrem Arm, hielt sie fest. »Entschuldige, ich wollte dich nicht erschrecken. Ich hab dich schon von dahinten gerufen. Hast du mich nicht gehört?«

Mit einem Ruck wand sie den Arm aus seinem Griff, strich sich eine Haarsträhne aus der Stirn und bemühte sich um Ruhe. Der Frieden war von kurzer Dauer gewesen. Denn hier stand er auf einmal vor ihr – Sören Johannsen –, und seine Augen strahlten mit der einfallenden Sonne um die Wette.

»Nein, ich habe dich nicht gehört«, entfuhr es ihr schnippischer als beabsichtigt. »Und um diese Tageszeit sagt man kalimera, nicht kalispera.«

KAPITEL 14

Butter bei die Fische

Alíki sah, wie Sörens Augenbrauen in die Höhe fuhren. »Ist etwas?«, fragte er.

Sie stieß den Atem aus, griff in einer fahrigen Geste an den Haarknoten und kam sich auf einmal schrecklich biestig vor. Es war schließlich nicht seine Schuld, dass sie in seiner Anwesenheit kaum noch einen klaren Gedanken fassen konnte, weil er sie so durcheinanderbrachte, wie es kein anderer Mann je geschafft hatte. »Nein, nichts«, gab sie leichthin zurück und presste sogleich die Lippen zusammen. Damit sie bitte, bitte nicht wieder anfing, lauter Schwachsinn zu brabbeln, wie es in seiner Gegenwart sonst immer passierte.

Und im selben Atemzug wurde ihr die Absurdität der Situation bewusst. Hier stand sie nun also. Bis zur Wade im Wasser, mit einem Sieb voller Muscheln und Schneckenhäuser in den Händen und mit nicht mehr als einer hauchdünnen Tunika über dem Bikini am Leib, während ein blendend aussehender Nordländer sie anstarrte, als hätte sie den Verstand verloren. Kein Grund, sich auch nur im Mindesten unwohl zu fühlen. Sie schluckte. »Was machst du überhaupt hier?«

»Ich wollte einen letzten Blick auf das Haus werfen und schwimmen gehen.« Wie um seine Worte zu verdeutlichen, hob er den Zipfel des Badetuchs, das über seiner Schulter hing.

»Schwimmen gehen?« Warum klang ihre Stimme auf einmal wie ein Krächzen?

Ein amüsierter Zug spielte um seinen Mund. »Soweit ich weiß, macht man das öfter so am Meer.«

Er trug ein Paar neue, modische Badeshorts. Dazu ein sportlich geschnittenes T-Shirt mit V-Ausschnitt, in dem seine Sonnenbrille hing. Alíki hatte nie zuvor bemerkt, wie durchtrainiert Sören war. Nicht so stämmig wie Charis, doch der tiefe Ausschnitt zeigte die ausgeprägte Linie des Schlüsselbeins, und auch die sehnigen Muskelstränge an seinen Schultern traten deutlich hervor, als er die Arme vor der Brust verschränkte. »Und du? Sammelst du neues Material für deinen Schmuck?«, fragte er stattdessen und deutete mit dem Kinn auf das Sieb in ihrer Hand.

»Was? … Oh …« Rasch lehnte Alíki das Sieb an ihre Hüfte und damit hoffentlich aus seinem Blickfeld. »Ja, hier finden sich manchmal ganz hübsche Sachen.« Gleichzeitig reckte sie die Schultern. Es mochte vielleicht in seinen Augen bloß unnützes Zeug sein, aber sie war stolz auf ihren Schmuck.

Er legte den Kopf schief und sah sie an. Mit einem Mal wurden seine Züge weicher. »Du bist die vergangenen Tage nicht zum Gutshof gekommen.«

»Ich musste ein paar Zusatzschichten machen. Eine Arbeitskollegin ist krank geworden«, erklärte sie wahrheitsgemäß und schluckte. Er brauchte nicht zu wissen, dass sie sich freiwillig gemeldet hatte. Wenn er doch nur aufhören könnte, sie so anzusehen.

Das Lächeln ließ seine Augen noch heller strahlen. »Gut. Ich hatte nämlich schon befürchtet, du wolltest mir aus dem Weg gehen.«

Treffer. »Warum sollte ich?« Hoffentlich hatte ihre Stimme sie nicht verraten, weil sie zu hektisch klang.

»Nur so ein Gedanke«, sagte er.

Und da war er wieder. Dieser Blick.

Um ein Haar zuckte sie zusammen, als sich Sören mit einer schwungvollen Geste das Badetuch von der Schulter zog. »Hättest du etwas dagegen, wenn ich dir beim Sammeln helfen würde?«

Wie bitte? Er wollte ihr helfen? Schon holte Alíki Atem, um zu erwidern, dass das wirklich nicht nötig war und sie das sehr gut allein schaffte. Ganz im Gegenteil, ohne ihn ging es sogar viel leichter.

Doch er hatte sich bereits umgedreht, legte das Badetuch neben ihres, setzte sich einen Basthut auf und trat mit erwartungsvoller Miene vor sie hin. »Melde mich sonnengeschützt und eingecremt zum Sammeldienst. Was genau suchen wir?«

Alíki seufzte ergeben auf. Na schön. Wenn er denn unbedingt helfen wollte …

Sie teilten sich den Strandabschnitt auf: Alíki machte auf ihrer Seite weiter, während Sören die Stelle mit den größeren Steinen, ein paar Meter entfernt, absuchen sollte. Eine Weile arbeiteten sie wortlos weiter. Ab und zu wagte Alíki jedoch einen kurzen Blick zu ihm herüber. Er schien völlig in sein Tun vertieft. Bis zu den Knien im Wasser stehend, den Rücken tief gebeugt, unterzog er jeden einzelnen Stein einer genauen Prüfung. Er hob ihn auf und drehte ihn sogar um, um zu sehen, ob nicht doch vielleicht eine Muschel oder das verlassene Haus einer Meeresschnecke an der Unterseite klebte. In der Hand hielt er das zweite, etwas kleinere Sieb, das Alíki immer als Reserve auf ihre Sammeltouren mitnahm.

Demonstrativ wandte sie ihm den Rücken zu. Hatte sie denn eigentlich den letzten Funken Verstand verloren? Es fehlte nur noch, dass er bemerkte, wie sie ihn heimlich anstarrte. Dann hätte er wenigstens allen Grund, sich über sie lustig zu machen, schimpfte sie im Stillen mit sich selbst.

Sie war so sehr in die eigenen Gedanken versunken, dass sie keuchend nach Luft schnappte, als der Wasserschwall sie traf.

Sofort fuhr sie herum. »He, was soll das?« Die Tunika klebte ihr am Körper. Was bildete sich dieser unverschämte Kerl überhaupt ein?

Doch dann sah sie Sörens freches Bengelgrinsen, das so rein gar nicht zu dem ernsten, wortkargen Geschäftsmann aus Hamburg passte, den sie erst vor ein paar Tagen am Straßenrand aufgesammelt hatte.

»Ups«, sagte er nur und schlug sich in einer gespielt schockierten Geste die Hand vor den Mund. War das zu fassen?

»Ups? Ernsthaft?« Sie richtete sich zu ihrer vollen Größe auf, stemmte die freie Hand in die Hüfte. Er forderte sie heraus? Sie, Alíki Dermitzakis, die ungekrönte Königin aller Wasserschlachten. Ha! Gut, das konnte er haben.

In aller Seelenruhe watete sie einen Schritt weit aus dem Wasser, legte das Sammelsieb am Ufer ab und begann, in ihrem Kopf zu zählen. Eins. Ah, Sören hatte ja keine Ahnung, worauf er sich da eingelassen hatte.

Ganz ruhig drehte sie sich dann wieder zu ihm um. Zwei.

Mit der Hand wischte sie eine Haarsträhne zurück, die ihr an der Wange klebte, reckte die Schultern. Sören stand noch immer neben einer Ansammlung etwas größerer Steine. Das Sieb hatte er wohlweislich inzwischen dort, vor den Wellen geschützt, abgelegt. »Hier wirst du nicht trocken rauskommen, das weißt du hoffentlich«, sagte sie.

Doch ehe er eine Antwort geben konnte, sprang sie mit zwei großen Schritten ins Wasser, spritzte dabei mit dem Fuß einen Riesenschwall in Sörens Richtung. Drei.

»Ah!« Im letzten Moment wandte er sich ab und versuchte, auszuweichen. Doch vergebens.

Mit gekonnten, jahrelang bis zur Perfektion geübten, schrägen Handkantenschlägen auf die Wasseroberfläche, oder beide Händen als Schaufel benutzend, bombardierte Alíki ihn mit so viel Wasser, dass er kaum zum Atemholen kam und zu seinem Schutz nur blind die Arme ausstrecken konnte. Bis sie ihm endlich keuchend und zufrieden lächelnd eine Pause gönnte. »Und? Hast du schon genug?«

Sören blinzelte, blies sich einen Wassertropfen von der Nase und fuhr sich mit dem Arm übers Gesicht. Sein T-Shirt klebte ihm triefend nass am Oberkörper. Erstaunlicherweise war sein Hut nicht heruntergefallen und saß immer noch zwar schräg, aber beharrlich auf seinem Kopf.

Jetzt nahm er ihn jedoch ab, warf ihn wie ein Frisbee in Richtung Strand, wo er kurz über den Sand rollte, ehe er liegen blieb. »Zu Hause in Hamburg haben wir eine Redewendung«, erklärte Sören dann und wrang seelenruhig den Saum seines T-Shirts aus. »Wir sagen: Jetzt gib mal Butter bei die Fische.«

Alíki schüttelte verständnislos den Kopf. Der Satz ergab überhaupt keinen Sinn.

»Das bedeutet so viel wie ›zum Punkt kommen‹ oder ›keine halben Sachen machen‹.« Seine Stimme klang ganz ruhig.

Sie sah, wie er ganz beiläufig näher trat, die Augen direkt auf sie gerichtet. Instinktiv machte sie ein paar Schritte zurück, weiter vom Strand entfernt. Das Wasser reichte ihr hier schon bis zu den Oberschenkeln.

Seine Mundwinkel zuckten, sie hatte es ganz genau gesehen. Doch im selben Atemzug wurde Alíki seine Absicht bewusst. Er hatte sie geschickt und mühelos genau dorthin gedrängt, wo er sie haben wollte, und zwischen dem rettenden Strand und ihr stand er.

Sörens Grinsen wurde breiter.

»Das wagst du nicht«, rief sie und streckte warnend den Zeigefinger der einen Hand aus, während sie den anderen Arm zum Schlag auf die Wasseroberfläche anhob.

»O doch.« Seine Augen funkelten vor diebischer Freude, als er in einer einzigen schwungvollen Bewegung mit dem Arm ausholte. »Denn ich mache keine halben Sachen.«

Der Wasserschwall traf Alíki mitten ins Gesicht. Prustend, kreischend und lachend erwiderte sie die Attacke, landete ihrerseits einige perfide Treffer. Für einen Nordländer hatte Sören wirklich eine gute Taktik. Er machte gekonnte Finten und Angriffe. Das Ziel einer jeden Wasserschlacht war klar: in den Aktionsradius des Gegners eindringen oder zumindest die eigene Verteidigungslinie um jeden Preis halten.

Die Ärmel der Tunika klebten ihr inzwischen schwer von den Armen, ihr Haar hatte sich gelöst und hing ihr in triefenden Strähnen ins Gesicht, doch das war völlig egal. Sie war seit einer Ewigkeit nicht mehr so ausgelassen gewesen. Vor lauter Lachen hatte sie sogar schon Seitenstechen.

Aus den Augenwinkeln sah Alíki, wie Sören mit einer raschen Drehung des Oberkörpers einem weiteren Schwall auswich und dann mit ausgestreckten Armen untertauchte. »He! Das ist gegen die Regeln«, rief sie atemlos, kniff die Augen gegen die blendende Sonne zu Schlitzen zusammen, suchte die Wasserfläche rundum nach Luftblasen oder einem Schatten ab und fand nichts. Wo war er?

»Sören?« Sie drehte sich einmal um die eigene Achse. Und sie kreischte auf, als sie plötzlich den kräftigen Händegriff an ihren Fußknöcheln spürte, der sie mit einem Ruck nach hinten zog.

Mit den Armen rudernd, verlor Aliki das Gleichgewicht und fiel. Sie spürte die Luftblasen auf dem Gesicht, sobald das Wasser über ihr zusammenbrach. Prustend und strampelnd kam sie wieder an die Oberfläche, wischte sich das wirre Haar aus dem Gesicht und fuhr herum. Nur, um sich Sörens strahlendem Gesicht gegenüberzusehen.

»Gewonnen«, sagte er nur und machte nicht einmal einen Hehl daraus, wie sehr er den Triumph genoss.

»Du hast geschummelt«, gab sie trotzig zurück. Doch im nächsten Moment wurde sie sich seiner Nähe bewusst. Sein Gesicht. Feine Sandkörner hatten sich in seinen Bartstoppeln verfangen. Seine Gesichtshaut war nicht mehr sonnenverbrannt, sondern hatte während der vergangenen Tage einen gesunden, zart ockerbraunen Ton angenommen, der ihm ein verwegenes Aussehen verlieh. Wie beneidenswert lang seine Wimpern waren, hatte sie nie zuvor bemerkt.

Das und sein Geruch nach Salz und Meer waren das Letzte, woran sie sich erinnerte, bevor Sören sich mit einer simplen Bewegung vorbeugte und sie küsste.

KAPITEL 15

Ganz ohne Schnörkel

Er hätte es niemals tun sollen, Sören wusste es. Genauso wie er wusste, dass er im Begriff war, mehrere gefährliche Gewissensschranken zu überschreiten.

Ganz entgegen seinem eigentlich besonnenen Charakter war er seinem Instinkt gefolgt. Einer spontanen Eingebung. Einem Gefühl, das ihn aus heiterem Himmel überkommen hatte. Ohne über die Konsequenzen nachzudenken. Dieser Umstand allein überraschte ihn selbst mehr als alles andere.

Doch Alíki … Sie schmeckte nach Sonnenwärme und einem Hauch von Pfefferminze. Nach Lebensfreude und Herzlichkeit. Als ob sich eine Tür zu einer völlig neuen Welt auftäte. Einer Welt, in die er nicht gehörte. Der Gedanke brachte ihn augenblicklich wieder in die Realität zurück.

Trotzdem kostete es Sören einige Überwindung, sich von ihr zu lösen. Und er konnte sich ein zufriedenes Lächeln nicht verkneifen, als Alíkis Augenlider flatterten und sie kurz atemlos nach Luft schnappte, ehe sie die Augen aufschlug.

Ihre Augen waren groß vor Verwunderung. Das Licht der Sonne malte faszinierend helle Sprenkel in ihre Iriden. Winzige Salzkristalle hingen an der Haut auf ihrem Nasenrücken. Direkt über der kleinen Einbuchtung in der Nasenspitze. Er hätte ewig hier stehen bleiben und die unzähligen kleinen Details ihres Gesichts beobachten können.

Doch das durfte er nicht. Die einen Moment lang verdrängte Tatsache schoss erneut mit voller Wucht in Sörens Bewusstsein zurück. Er räusperte sich. »Entschuldige. Ich wollte dich nicht überrumpeln.«

Alíki schüttelte den Kopf, öffnete den Mund, um etwas zu erwidern. Aber er kam ihr zuvor und deutete mit dem Kinn auf einen Punkt hinter ihr. »Wir sollten besser nach den Sammelsieben sehen.«

Sie blinzelte. So als hätte man sie ganz plötzlich aus einem tiefen Schlaf gerissen. Mit einer fahrigen Geste strich sie sich das Haar hinters Ohr. »Ja. Ja, du hast recht.«

Schweigend sammelten sie die beiden Siebe sowie Sörens Hut auf. In geziemtem Abstand saßen sie kurz darauf auf ihren Badetüchern im Schatten einer Tamariske und inspizierten ihre Beute. T-Shirt und Tunika hingen zum Trocknen auf den Ästen.

»Da sind ein paar wirklich hübsche Stücke dabei«, sagte Alíki, während sie mit konzentrierter Miene die Muscheln und Schneckenhäuser auf dem Badetuch vor ihr begutachtete.

Ihre Stimme klang zwar ganz unverfänglich, doch Sören bemerkte ihre verkrampfte Haltung. Sie hatte sich das zweite Tuch über dem Bikini so eng um den Oberkörper geschlungen, dass sich rote Striemen an den Druckstellen bildeten. Zudem hob sie nicht einmal mehr den Kopf, um ihn anzusehen.

Er hätte sich ohrfeigen können. Was, zum Teufel, war da vorhin nur in ihn gefahren? Mit einem Schlag fielen ihm Lisas Worte über die hiesigen Traditionen und Wertvorstellungen wieder ein: »Wichtig ist in jedem Fall der gegenseitige Respekt.« Himmel, dachte sie womöglich, er würde sie nicht respektieren, nur, weil er sie geküsst hatte?

Vorsichtig berührte er ihren Arm. »Alíki, das vorhin … Es tut mir leid. Ich will nicht, dass du denkst …« Falscher

Anfang. Noch mal von vorn. »Was ich sagen will, ist …« Er stockte, als sie den Blick hob und ihn ansah.

Ja, was genau wollte er ihr eigentlich sagen? Dass die vergangene Woche hier auf Kreta ihn mit einem Mal an einem Großteil der Entscheidungen seines Lebens zweifeln ließ? Dass er sich im Moment vorkam, als tapste er auf Zehenspitzen durch ein Minenfeld? Dass er morgen zurück nach Hamburg flog, wo es für ihn noch einiges zu klären gab? Mit Gerit und vor allem mit Julia. Seit ihrem Streit hatte er weder mit ihr noch mit seinem Bruder gesprochen. Er hatte Zeit gebraucht, um nachzudenken. Um mit sich selbst ins Reine zu kommen. Das änderte jedoch nichts an der Tatsache, dass er offiziell noch immer mit Julia verlobt war.

Er holte tief Atem. »Du bist eine fantastische Frau, und was ich getan habe, war nicht richtig. Es kommt nicht wieder vor, hoch und heiliges Ehrenwort.« Um die Worte zu unterstreichen, hob er die rechte Hand wie zum Schwur.

Ein leises Glucksen entfuhr Aliki, sie legte den Kopf schief und sah ihn nun wieder unverwandt an. Ein sanftes Lächeln zupfte dabei an ihren Lippen. »Seid ihr deutschen Männer alle so? So direkt und schnörkellos, meine ich?«

Autsch, das hatte gesessen. Er fasste sich an den Nacken. Als schnörkellos hatte ihn tatsächlich noch keine Frau betitelt, aber wahrscheinlich hatte er es in diesem Fall nicht anders verdient. »Es kann vorkommen, dass wir manchmal die guten Manieren vergessen, das stimmt.«

Ihre Augen funkelten belustigt. »Was das betrifft, könnt ihr so manchem Griechen das Wasser reichen. Nur entschuldigen die sich in der Regel nicht.« Sie hielt ihm die Hand hin. »Freunde?«

»Freunde.« Er erwiderte ihr Versöhnungsangebot vollen

Ernstes und gleichermaßen erleichtert. Er wäre ungern morgen abgereist, ohne sich vorher mit ihr auszusöhnen.

»Gut.« Ihre rechte Augenbraue hob sich auf neckische Weise. »Dann verrätst du mir jetzt bestimmt auch, weshalb du das Haus nun doch noch einmal sehen willst.«

»Was?« Woher wusste sie davon?

»Das Haus. Du hast vorhin gesagt, dass du hergekommen bist, um noch einmal einen Blick darauf zu werfen«, erklärte sie.

Mist. Hatte er das tatsächlich gesagt? Es musste ihm ganz unbewusst herausgerutscht sein. Sören hatte wirklich, allem zum Trotz, vor seiner Abreise noch einmal zur Ruine gehen wollen. Als eine Art Abschied, in einem gewissen Sinn auch von Mette. Einmal mehr fühlte er sich dazu verpflichtet. Vielleicht wurde er auf diese Weise wenigstens einen Teil seiner ewigen Schuldgefühle los.

Außer dem Anwalt wusste aber niemand mehr über seine Großtante – und damit indirekt auch über seine eigene Vergangenheit – als unbedingt nötig. So hätte es eigentlich bleiben sollen. Doch nun saß Alíki direkt vor ihm und sah ihn mit erwartungsvollem Blick an. Sören kannte ihre Hartnäckigkeit inzwischen gut genug, um zu wissen, dass sie sich jetzt nicht mehr mit irgendwelchen Ausflüchten zufriedengeben würde. Mist, Mist, Mist.

»Na schön«, seufzte er schließlich ergeben. »Ja, ich will das Haus noch einmal sehen, bevor ich morgen abreise. Das bin ich meiner Großtante schuldig. Ich verdanke ihr viel, weißt du.« Und er begann zu erzählen. Von der Zeit seiner Flegeljahre. Von seiner Rebellion gegen Vater und die Familientradition. Von Mette, die er über alles geliebt hatte, weil niemand sonst es wagte, in Begleitung von drei ausgewachsenen

Dänischen Doggen auf Mutters Barbecue-Party zu erscheinen. Vor allem jedoch erzählte er von seiner Leidenschaft, die er eigentlich zum Beruf hatte machen wollen, wäre da nicht die Familienfirma gewesen. Sören staunte, wie gut es tat, darüber zu reden. Er zeigte ihr sogar den kleinen grünen Granitkiesel, den er immer bei sich trug. Obwohl es nicht einfach war, ihr zu erklären, welche Bedeutung der Stein für ihn hatte. Manchmal war Sören sich dessen selbst nur beiläufig bewusst.

»Ich erinnere mich noch daran, als ich das erste Mal ein Prelleisen in der Hand gehalten habe, um damit einen Sandsteinblock zu bearbeiten. Dieses Gefühl, dem Stein eine Form zu geben, etwas daraus erschaffen zu können.« Er hielt die Hand mit der Handfläche nach oben und fuhr langsam mit den Fingern der anderen Hand darüber. »Dabei kommt es ganz auf das Material an. Nicht jeder Stein lässt die gleiche Bearbeitung zu. Im Grunde ist er es – der Marmor, Sandstein oder Granit –, der bestimmt, was aus ihm werden soll. Derjenige, der ihn bearbeitet, muss genau das spüren und erkennen können. Das alles hat Mette mir beigebracht.«

Er schmunzelte bei der Erinnerung. In Gedanken sah er sich wieder unter dem überdachten Anbau von Mettes Landhaus in Büsum stehen. Die Lederschürze war schwer, viel zu groß und reichte ihm bis zu den Zehen. Die Schutzbrille, die aussah wie eine Taucherbrille ohne Schnorchel, rutschte ihm ständig über die Nase. Der Stein vor ihm auf dem Holzblock wirkte riesig. Und er spürte noch immer, wie der erste Hammerschlag auf das Prelleisen in seinem Arm nachvibrierte.

Alíki hörte schweigend zu. Sie unterbrach ihn nur einmal kurz, um ein Tuch als Sonnenschutz zwischen zwei Ästen aufzuspannen, weil es unterdessen schon fast Mittag war und die Bäume kaum noch Schatten boten. Während er weitererzählte, holte sie eine Thermoskanne mit herrlich kühlem Limettenwasser aus ihrer Tasche. Dazu ein Plastikbecken mit in Würfel geschnittener Wassermelone.

»Ich habe Vater noch nie so wütend erlebt wie an jenem Tag, als er Mette zur Rede gestellt hat. Das war vielleicht ein Streit. Man hat die beiden sogar durch die geschlossene Tür von Vaters Studio brüllen hören.« Sören schüttelte den Kopf. »Sie hätte sich nicht in die berufliche Erziehung seines Sohnes einzumischen. Schon gar nicht hinter seinem Rücken, hat Vater gepoltert. Und das nur, weil sie es mir dank ihren Beziehungen ermöglicht hat, zwei Wochen lang bei Restaurationsarbeiten am Amsinck-Palais mitzuhelfen.«

Er senkte den Blick auf die Sandkörnchen auf seinem Badetuch. »Das hat sie nur mir zuliebe getan, nachdem ich ihr damit wochenlang in den Ohren gelegen habe. Dass Vater ihr den Umgang mit mir und dem Rest der Familie verboten hat, war allein meine Schuld. Weil ich unbedingt anders sein wollte als die Verwandten und ich damals aus Protest gegen alles war, was mit dem Teehandel zu tun hatte.«

Ein freudloses Lachen drang ihm von den Lippen, als er wieder aufsah. »Danach habe ich nie mehr etwas von Mette gehört. Es war, als hätte sie sich einfach in Luft aufgelöst. Fünfzehn Jahre lang. Und dann vermacht sie mir eines Tages ein Haus hier auf Kreta.«

Wie von selbst wanderte Sörens Blick zu der Landzunge mit den Wällen aus Gestrüpp, hinter denen die Ruine lag. »Von ihrem Anwalt habe ich erfahren, dass sie krank gewesen ist. Insgesamt hat sie nur wenige Jahre hier gelebt, bevor sie wegen ihrer Krankheit nach Deutschland zurückkehren musste. Trotzdem hat sie das Haus nie verkauft.«

Sanft legte Alíki die Hand auf seine. »Es tut mir wirklich leid, wegen Mette und dem Streit mit deinem Vater.«

Er winkte ab. »Schon gut. Es ist lange her.«

»Und trotzdem beschäftigt es dich anscheinend immer noch«, sagte sie mit einem wissenden Nicken, schlang die Arme um die Beine und wippte sachte vor und zurück. »Wenn ich es mir recht überlege, haben du und ich so einiges gemeinsam. Wir haben beide einen Traum, der nicht den Vorstellungen unserer Familien entspricht.« Sie schmunzelte verschmitzt. »Wer hätte das gedacht.«

»Na ja, Steinrestaurator zu werden, war mal mein Traum. Heute ist es lediglich ein Hobby«, tat Sören die Aussage ab. Allein schon, was das anbelangte, waren ihre Voraussetzungen nicht dieselben. Alíki hatte zudem viel mehr Ehrgeiz, Mut und Willen, als er es jemals gehabt hatte. Es nagte zwar am Ego, aber um das Eingeständnis kam er nicht herum. »Umso weniger verstehe ich, warum Mette ausgerechnet mir ihr Haus vermacht hat.«

»Erkennst du denn wirklich nicht, warum sie das getan hat?«, rief Alíki erstaunt.

Er starrte sie entgeistert an. Was meinte sie denn damit?

»Komm mit.« Ohne auf seine Antwort zu warten, sprang sie auf die Beine, schlüpfte in ihre Tunika, warf Sören sein T-Shirt zu und setzte ihm den Basthut auf den Kopf. In Windeseile packte sie alles zusammen und zog ihn einfach mit sich.

»Wo willst du denn hin?«, fragte er, während er neben ihr über den Sandstrand stampfte.

»Zu deinem Haus natürlich.« Sie sagte das, als wäre es das offensichtliche Resultat eines euklidischen Algorithmus.

»Aber … Das kann ich auch in Ruhe später noch tun«,

versuchte Sören einzuwenden. Auf einmal ging ihm das alles viel zu schnell.

Doch er hätte wissen sollen, dass die Kreterin kein Pardon kannte. So standen sie nur wenig später wieder vor der Villa Pasiphaë.

»So. Und nun erklär mir ganz genau, was du hier siehst«, sagt Alíki und breitete in einer allumfassenden Geste die Arme aus.

Was sollte er schon sehen? Es war noch immer dieselbe zweistöckige Ruine mit den Rundbögen über Tür und Fenstern. Sören hob ratlos die Achseln. »Ein heruntergekommenes Gebäude mit einem Loch im Dach?«

Aufseufzend verdrehte sie die Augen. »Heilige Iríni, er will es einfach nicht begreifen.« Kurzerhand fasste sie nach seiner Schulter und zog ihn, ungeachtet der Dornenhecke, direkt vor die Hausmauer. Zwei Eidechsen flüchteten schleunigst in eine Ritze. Dann nahm sie seine Hand und drückte sie gegen den Naturstein. »Sieh genauer hin. Es ist das Haus deiner Tante, und sie hat es dir aus einem ganz bestimmten Grund hinterlassen. Vielleicht, weil sie dich besser gekannt hat, als du dich selbst kennen willst?«

Sören spürte den sonnengewärmten Stein unter seiner Handfläche, ertastete den grob gehauenen Kalkstein mit dem typischen, mehligen Staubfilm. Kunstvoll aufeinandergeschichtete Brocken unterschiedlicher Größe und entweder in hellem Beige oder mit fast ockerfarbenen und gräulichen Pigmenten durchzogen. Flechten bedeckten einen Großteil der Mauer, und stellenweise löste sich der Mörtel. Doch der Stein war gutes, solides Material, das erkannte er sofort. Kein Wunder. Wenn es stimmte, was man über das Haus sagte, war es über zweihundert Jahre alt. Nur eine gute Bausubstanz überdauerte eine so lange Zeit.

Er hob den Blick prüfend die Hausmauer entlang nach oben. Wenn man das Alter mit einrechnete, war der Zustand des Gebäudes eigentlich mehr als passabel. Daran hatte er bisher gar nicht gedacht.

Ein angenehmer Lufthauch wehte vom Meer her und ließ das hohe Gras und die Büsche rundum wie Wellen wiegen. Ganze Chöre von Zikaden hatten sich hier versammelt, gaben ihr Zirpen zum Besten. Irgendwo im Gestrüpp musste wilder Fenchel wachsen. Und Thymian. Der herbe Geruch war unverkennbar.

Völlig in Gedanken versunken, zuckte Sören beinahe zusammen, als Alíki neben ihm flüsterte: »Ich muss gehen. Charis' Schwester Philyra kommt heute vom Festland, und Yiayià hat wieder einmal alle für die Hochzeitsvorbereitungen auf dem Gutshof zusammengetrommelt. Sehen wir uns später dort?«

»Ja.« Er schluckte. »Ja, natürlich.«

Ehe sie sich zum Gehen wandte, legte sie noch einmal sachte die Hand auf seine Schulter. »Ich habe deine Großtante zwar nicht gekannt, aber ich glaube, sie war eine ganz besondere Frau. Sie wäre bestimmt sehr stolz auf dich.« Einen kurzen Moment lang zögerte sie, biss sich auf die Unterlippe. Doch dann beugte sie sich vor und küsste Sören auf die Wange. Es war kaum mehr als eine flüchtige, atemlose Berührung ihrer Lippen, ehe sie sich umdrehte und davoneilte.

Überrascht sah Sören ihr nach, als sie hinter dem Bougainvillea-Busch verschwand. Dann wandte er den Blick erneut zurück zur Hausmauer, wo seine Hand noch immer lag. Vorsichtig – ganz vorsichtig, wie um zu verhindern, dass sie unter seiner Berührung zerbröckelten, ließ er die Finger die Steinkanten entlangwandern, betrachtete bewundernd die vereinzelt dunklen Maserungen.

Entlang der ganzen Frontmauer lag nur je ein kleines Fenster links und rechts neben der Tür. Wahrscheinlich, damit im Sommer die Hitze nicht hinein- und im Winter die Wärme nicht hinausgelangte.

Die Küche war noch immer so verwahrlost, wie Sören es in Erinnerung hatte. Ebenso das obere Stockwerk. Soweit er erkennen konnte, fehlte es im ganzen Haus an Elektroinstallationen. Der Herd in der Küche war mit Gas betrieben. Der gesamte Boden musste erneuert und die Innenwände mussten rundum vom Schimmel befreit, wahrscheinlich neu isoliert und verputzt werden. Immerhin schienen die massiven Deckenbalken der Zeit getrotzt zu haben. Zusammen mit den Natursteinmauern verliehen sie den Räumen jenen ursprünglichen Charme. Sehr gut. Darauf konnte man aufbauen.

Im gleichen Atemzug blieb er stehen. Vor ihm lag die Treppe, die zum Innenhof hinunterführte. »Was zum Teufel soll das, Mann?«, sagte er laut zu sich selbst. Ja, was machte er eigentlich hier?

Alíkis Worte kamen ihm wieder in den Sinn: *Es ist das Haus deiner Tante, und sie hat es dir aus einem ganz bestimmten Grund hinterlassen.*

Was, wenn Mette ihn und seine Leidenschaft tatsächlich viel besser gekannt hatte als er selbst?

Was für ein Unsinn. Er war zu lange an der Sonne – nein, zu lange hier auf dieser Insel, in diesem Kaff und inmitten dieser Familie gewesen. Jawohl. Das war die einzige Erklärung, weshalb diese wahnwitzige Idee auf einmal in seinen Gedanken herumspukte.

Kopfschüttelnd stieg er die Treppe zum Innenhof hinunter. So weit hatte er sich beim letzten Mal gar nicht erst vorgewagt. Nachdem er sich vorsichtig an den umgestürzten

Säulen, eingestürzten Arkaden und wuchernden Wildrosenbüschen vorbeigekämpft hatte, gelangte er zu einem überdachten, windgeschützten und durch eine etwa brusthohe Mauer abgetrennten Teil am Ende des Arkadengangs.

An der gegenüberliegenden Seite stand ein langer, massiver Holztisch, darüber an der Wand lagen, säuberlich in Regalen untergebracht, mehrere schmale Holzkisten. In der Ecke erkannte Sören eine stabile Staffelei, daneben einen Holzhocker. Und mitten im Raum thronte eine wuchtige Werkbank, die mühelos einen Steinquader tragen konnte.

Sören wusste genau, wo er sich befand. Das hier war Mettes Atelier, von dem der Anwalt gesprochen hatte.

Beinahe ehrfürchtig durchquerte er den Raum, wischte mit der Hand Staub, Dreck und trockene Blätter von der Tischplatte. Darunter lag die von Rillen und Kratzern vernarbte Holzoberfläche. Hier hatte Mette zuletzt gearbeitet. Hier hatte sie gelebt, gelacht und bestimmt in ihrer üblichen Manier geflucht wie ein alter Seebär. Der Gedanke ließ Sören wehmütig schmunzeln.

Was wohl in all den Holzkisten war?

Er traute seinen Augen kaum, als er die erste der Kisten öffnete und darin Mettes säuberlich geordnete Werkzeuge fand. Unglaublich. Da lagen die unterschiedlichsten Meißel für die Bearbeitung von Stein: Spitzeisen, Zahneisen, Scharriereisen. Zwar verstaubt und zum Teil mit einem Ansatz von Rost. Der ließ sich jedoch mit einem Bad in einer Essig-Salz-Lösung problemlos entfernen.

Da war sogar ein Krönel, den man nicht wie die anderen Werkzeuge zusammen mit einem Hammer oder Fäustel benutzte, sondern der beidhändig, ähnlich einem Beil, zur Einebnung von Oberflächen wie Sandstein verwendet wurde.

In einer anderen Kiste fand Sören Knüpfel verschiedener Größe – jene hammerähnlichen Schlaggeräte mit einem Rundkopf aus Holz, Metall oder Kunststoff. Vorsichtig nahm er einen davon auf. Einen mittelgroßen Vollholz-Knüpfel. Der Griff war vom vielen Gebrauch schon abgewetzt. Trotzdem lag das Werkzeug perfekt in der Hand. Es war robust, ausbalanciert und beständig. So beständig wie die Grundmauern dieses Hauses.

»Dein Haus«, hatte Alíki gesagt.

Wieder sah er ihre olivfarbenen Augen vor sich. Natürlich würde sie nie erfahren, wie viel es ihn kostete, sie kein zweites Mal zu küssen. Sie war strahlend wie die Sonne, stolz und stur und so erfrischend verrückt, und er vermisste sie, wenn sie nicht da war. Ja, das wurde ihm zu seiner Verwunderung genau in diesem Moment bewusst.

Sörens Blick wanderte über den überwucherten Innenhof. Weiter zum Rundbogen der Tür, die einen Hintereingang zum Erdgeschoss darstellte. Die Lasur der Holzläden war von Sonne, Wind und Wetter verblichen und hatte dringend eine Auffrischung nötig. Genauso wie der Rest der Fassade. Das Hausinnere hingegen brauchte eine Totalrestaurierung. Ein neues Leben.

Sie hat es dir aus einem ganz bestimmten Grund hinterlassen.

Sorgfältig legte Sören die Werkzeugkisten wieder an ihren Platz. Ohne einen Blick zurück ging er dann über den Strand zu seinem Auto, das er ein Stück weiter landeinwärts stehen gelassen hatte.

Auf der Fahrt zum Gutshof überlegte er, wen er als Erstes anrufen sollte. Schlussendlich setzte er die Prioritäten ganz pragmatisch: zuerst Gerit, dann Konstantinos Konstantakis und die Fluggesellschaft. Als Nächstes musste er mit Charis und Sofia sprechen. An allererster Stelle stand jedoch der wichtigste Anruf von allen.

Sobald Sören die Tür zu seinem Zimmer hinter sich geschlossen hatte, setzte er sich aufs Bett und wählte den Kontakt auf Skype mit Videofunktion. Für das, was er sagen wollte, reichte ein gewöhnlicher Telefonanruf nicht aus. Er hatte sich zwar nicht einmal den Ansatz eines Plans zurechtgelegt. Doch egal, Offenheit und Ehrlichkeit war der beste Weg. Ganz ohne Schnörkel eben.

Er presste die Zähne zusammen, als das vertraute Gesicht der Frau auf dem Handydisplay erschien.

»Sören?« Sie schien überrascht, aber perfekt zurechtgemacht wie immer.

Er holte tief Atem und sagte: »Julia, hey. Hör zu, wir müssen reden …«

KAPITEL 16

Von Downton Abbey nach Palekastro

Am Donnerstag danach

Es gab Tage, an denen Charis sich wünschte, er wäre ein Einsiedlerkrebs.

Was könnte es Schöneres geben, als in einem kleinen, hübschen, geklauten Schneckenhaus zu leben? In völliger Ruhe und in Frieden. Irgendwo auf dem Meeresgrund. Wo einem keine verrückt gewordenen Verwandten oder Bekannten und vor allem keine superintelligente jüngere Schwester das Leben schwer machten.

Mit einem stummen Aufseufzen lehnte er sich im Stuhl zurück und blickte über den weiten Platz vor der Kirche. Jetzt, an einem gewöhnlichen Donnerstagmorgen, herrschte hier in Palekastro das übliche geschäftige Treiben: Eine Gruppe holländischer Touristen wanderte von einem Souvenirladen zum nächsten. Auf der gegenüberliegenden Seite des Platzes stritt sich Jannis, der Metzger, lauthals mit einer Kundin über den Preis einer Schafshaxe. Hausfrauen trugen ihre vollgepackten Einkaufstaschen nach Hause. Vor Manolis' Zeitungs- und Fotoladen standen mehrere Leute Schlange, um die neuste Ausgabe der Sportzeitung zu kaufen oder einen Lottoschein auszufüllen – der derzeitige Jackpot belief sich auf die höchste Summe seit zehn Jahren.

Eigentlich ein friedvolles, idyllisches Bild, doch der Schein trog, Charis wusste es besser.

»Ich habe noch einmal alles rückbestätigen lassen. Um die Tische und Stühle brauchen wir uns also nicht mehr zu kümmern. Bleibt noch die Frage wegen des Podestes für die Musiker«, erklärte Sotíris und kontrollierte mit vor Konzentration gerunzelter Stirn die Liste im Klemmordner vor ihm. »Persönlich bin ich ja eher dafür. Die Akustik ist bedeutend besser.«

»Das stimmt«, pflichtete Cousin Petros bei. »Bei unseren Tanzaufführungen ist es genauso. Ohne Podest hört man die Musiker nur halb so gut.«

Cousin Nikos nickte.

»Dann eben mit Podest.« Charis griff nach seinem Wasserglas und trank aus vollen Zügen, damit hoffentlich niemand seine gequälte Grimasse sah. Kretische Hochzeiten waren nie eine Privatangelegenheit, das lag im Sinne der Sache. Den gesamten Platz vor der Kirche als Festlokalität zu nutzen, fand er trotzdem übertrieben. Allerdings waren die Hochzeitsplaner – aka Yiayià, Philyra, Kalli, Alíki und Sotíris – diesbezüglich anderer Meinung.

»Ausgezeichnet.« Mit zufriedener Miene schlug Sotíris das Blatt im Klemmordner um. »Kommen wir also zum nächsten Punkt: Die Tracht für Bräutigam und Begleitzug …«

Bei allen korinthischen Heiligen, Sotíris' Liste hörte ja gar nicht mehr auf. Mit aller Kraft bemühte sich Charis um Geduld und Ruhe.

Als ob das ganze Theater rund um die Hochzeit nicht schon seit Monaten ständig an Drama zunähme, war es spätestens seit Philyras Ankunft vor vier Tagen nicht mehr zu überbieten. Sie war die Ältere von Charis' beiden Schwestern, mit einem überdurchschnittlich hohen IQ von 145 gesegnet, Dozentin für Mathematik und Physik an der Staatlichen Universität für Wissenschaften in Lamia und seit Neuestem selbst ernannte Oberbefehlshaberin des Hochzeits-Vorbereitungskomitees. Sie war zudem Sotíris' Schwägerin. Kein Wunder, hatte der sie in seiner Rolle als pflichtbewusster Trauzeuge sogleich zu seiner Mentorin auserkoren. Während also Philyra den Gutshof nach und nach in eine Kommandozentrale umfunktionierte, fand man auch in Sotíris' Kafenion keine Ruhe mehr. Unfassbar.

»Ich habe mich übrigens mit Philyra kurzgeschlossen. Sie meint, dass deine Tracht optisch perfekt zu Lisas Kleid passt.« Der junge Kafenionwirt strahlte.

Charis zwang sich zu einem Lächeln und hoffte inständig, dass es echt wirkte. »Wunderbar.« Ruhe und Geduld. Ruhe und Geduld. Ruhe und Geduld. Es fiel ihm bloß immer schwerer, sich das ständig in Erinnerung zu rufen, bis der Spuk in knapp vier Wochen endlich vorbei sein würde. Er sehnte den Tag geradezu herbei. Hätte er geahnt, was für eine Aufregung so eine Hochzeit mit sich brachte, wäre er eher mit Lisa zusammen irgendwohin ausgewandert. Ja, er hätte auch sein Schneckenhaus mit ihr geteilt.

Die krächzende Stimme des alten Costa vom Nebentisch riss ihn abrupt aus seinen Gedanken. »Die kleine Philyra ist wirklich nett. Und so gebildet.« Er lehnte sich näher zum einäugigen Ioánnis hinüber, als wollte er ihm etwas Vertrauliches erzählen, redete jedoch in gleicher Lautstärke weiter. »Ganz im Gegensatz zu meinem Enkel, der war nie besonders helle. Ich habe mich immer gefragt, was sie an ihm findet.«

»Tja, wo die Liebe eben hinfällt. Manchmal anscheinend nicht sehr weit«, gab Ioánnis zurück und verfiel in ein wieherndes Lachen.

»Pappoús!« Mit strenger Miene drehte sich Sotíris zu seinem Großvater um. »Wir sind hier bei einer sehr wichtigen

Besprechung, wenn's recht ist. Es geht um die Vorbereitungen für die Hochzeit.«

Doch Costa schnalzte nur mit der Zunge. »Ich kann mich noch gut erinnern, wie es früher war. Da haben wir kein solches Aufsehen um eine Hochzeit gemacht. Da standen meistens nur die Braut und der Bräutigam vor dem Popen.«

Ioánnis nickte versonnen. »Wenn's hochkam, waren auch noch die Eltern von beiden dabei. Die Väter oft mit geladenen Schrotflinten, wenn eine der beiden Parteien nicht mit der Heirat einverstanden war. Ach, was wissen die schon, die jungen Leute von heute.«

»Nichts wissen sie. Rein gar nichts«, pflichtete Costa mit einem wehmütigen Seufzer bei.

»Umso besser, dass die alten Zeiten vorbei sind.« Mit einem Ruck drehte sich Sotíris wieder um. Das Thema war für ihn somit erledigt. »Gut. Wo sind wir stehen geblieben?«

»Bei Charis' Tracht, die perfekt zu Lisas Kleid passt«, sagte Nikos und gähnte. »Kann ich noch einen Mokka haben?«

»Später. Wir haben zu tun. Uns läuft die Zeit davon«, antwortete der junge Kafenionwirt, sich wieder konzentriert über seine Listen beugend.

Wäre die Situation nicht so ermüdend gewesen, hätte Charis am liebsten laut aufgelacht. So musste sich der Anfang von schleichender Hysterie anfühlen. Nur noch knapp vier Wochen. Dreiundzwanzig Tage. Das musste doch trotz allem zu überleben sein?

»Ist das dort nicht dieser jermanós? Ich dachte, der wäre längst wieder abgereist«, rief der einäugige Ioánnis auf einmal und ließ alle am Tisch die Köpfe wenden.

Sogleich biss Charis die Zähne so fest zusammen, dass seine Kiefer schmerzten. Der blonde Deutsche, der dort am

Eingang zum Mini-Markt stand, war sein zweites Problem. Eines, das er von Anfang an unterschätzt hatte.

»Sören hat sich dazu entschlossen, in Palekastro zu bleiben und das geerbte Haus zu restaurieren«, sagte er und stürzte das restliche Wasser aus seinem Glas in einem Schluck herunter.

»Er will eine Maus halbieren?«, krähte Costa von seinem Tisch her.

Ioánnis schnaubte ungeduldig auf. »Ein Haus, du tauber Schwachkopf. Er will ein Haus restaurieren.«

»Ach?« Costa stutzte. »Was für ein Haus denn?«

»Seine Großtante hat es ihm vererbt. Die Ruine auf der Landzunge, unten am Chiona-Strand«, erklärte Charis.

Seelenruhig griff er nach dem Wasserkrug und füllte sein Glas wieder randvoll, denn er hatte die Reaktion vorhergesehen, während die beiden Alten dreimal zu Boden spuckten und die Männer am Tisch im Chor riefen: »Etwa das Haus der stríggla?«

»Was will er denn mit der alten Hütte?«, fragte Sotíris, der durch die Neuigkeit anscheinend sogar seine Hochzeitsmanie vergessen hatte.

Charis stützte sich mit dem linken Ellenbogen auf dem Tisch ab, während er die rechte Hand auf seinem Oberschenkel ablegte. »Restaurieren, um dort zu wohnen, nehme ich an.«

Doch natürlich brauchte er dabei Unterstützung, und davon nicht zu knapp. Man musste nicht viel von Hausbau verstehen, um zu erkennen, dass es sich hier um ein ziemlich aufwendiges Projekt handelte. Zum Glück gehörte Tante Nefelis Schwager Panagiotis das einzige Bauunternehmen im Ort, und dessen Cousin zweiten Grades war passenderweise Dachdecker.

Yiayià hingegen war geradezu verzückt vor Freude gewesen, als Sören ihnen seinen Entschluss noch am Abend vor seiner geplanten Abreise mitgeteilt hatte. Selbstverständlich könne er so lange in dem Gutshaus wohnen bleiben, wie der Hausumbau es verlangte, ohne Wenn und Aber.

Derselbe Begeisterungssturm folgte auch von der restlichen weiblichen Verwandtschaft – außer von Philyra, die kannte Sören schließlich noch nicht gut genug. Alle anderen Frauen applaudierten, küssten ihn auf die Wange und gaben ihm sogar eine größere Portion Moussaka auf den Teller.

Und Alíki …

Sie hielt sich zwar abseits und beteiligte sich nicht an der allgemeinen Euphorie, doch ihr Gesicht strahlte vor Freude. Charis hatte es ganz genau gesehen, und es war dieser präzise Umstand, der das eigentliche Problem darstellte.

Er hatte sich inzwischen sogar zähneknirschend mit der Vorstellung abgefunden, dass sich zwischen Alíki und Sören womöglich etwas anbahnen könnte. Es erstaunte ihn selbst am meisten, doch er mochte Sören – ja, wirklich. Er schien sympathisch, aufrichtig, scheute sich nicht zuzupacken, und glaubte man dem weiblichen Teil der Verwandtschaft, waren seine Manieren so tadellos – wie hatte Kalli gestern noch mit einem schwärmerischen Seufzer gesagt? – wie die von Tom Branson im Film *Downton Abbey*. Was auch immer das heißen mochte.

Doch für seine Cousine Alíki war Charis der allerbeste Mann auf Erden gerade gut genug. Wer gab ihm denn die Garantie, dass der jermanós es auch wirklich ernst mit ihr meinte? Einem so gut aussehenden Kerl liefen die Frauen bestimmt in Scharen nach, auch wenn Sören keine offensichtlichen Casanova-Anstalten machte. Gerade die stillsten Wasser waren jedoch oft die tiefsten.

Wie gerufen, trat der Besagte genau in diesem Moment aus dem Laden.

»Sören! Komm her, setz dich zu uns«, rief Petros und winkte ihm zu.

Der jermanós wandte erst nur den Kopf. Seine Miene hellte sich jedoch auf, sobald er erkannte, wer ihn gerufen hatte, und er trat näher. »Hallo«, sagte er lächelnd. »Ich will aber nicht stören.«

»Ach was, du störst nicht. Komm, setz dich.« Sotíris rückte bereitwillig beiseite und zog einen zusätzlichen Stuhl vom Nachbartisch herbei.

»Charis hat uns eben von deinem Haus erzählt. Gratuliere. Da hast du dir aber ordentlich etwas vorgenommen«, sagte Nikos grinsend.

Petros klopfte ihm auf die Schulter. »Dann heißt das also, du bleibst länger hier?«

»Ich werde womöglich zwischendurch für die eine oder andere Abklärung nach Deutschland fliegen, und natürlich muss ich meine Sachen von dort holen. Aber ja, ich habe mir eine Auszeit genommen. Und was das Haus betrifft ...« Sören holte tief Atem und lehnte sich in seinem Stuhl zurück. »Ich komme gerade vom Anwalt. Es fehlt zwar noch der Katastereintrag, aber Konstantinos Konstantakis meint, das sei nur noch eine Formsache.« Sein Gesicht begann zu leuchten. »Sieht so aus, als wäre ich also tatsächlich der neue Besitzer der Villa Pasiphaë.«

»Oppah!« – »Na also!« – »Gut so!«

Charis sah zu, wie die anderen Sören euphorisch beglückwünschten. Immerhin lenkte sie die Neuigkeit einen Moment lang von dem Hochzeits-Tamtam ab. Ausgezeichnet.

Er selbst hatte ihm schon gestern Abend gratuliert, nachdem sie gemeinsam all die, zum Teil auf Griechisch verfassten,

Dokumente durchgegangen waren, die Sören unterschreiben sollte. Die griechische Bürokratie war noch schlimmer als die in Deutschland, außerdem war es für Charis eine Frage der Ehre, dass er seine Hilfe anbot. Allen übrigen Bedenken zum Trotz.

Wenn er Sören nun jedoch betrachtete, war etwas an ihm anders als noch vor ein paar Tagen. Charis konnte nicht mit Bestimmtheit sagen, was es war. Vielleicht die Haltung, die irgendwie gelassener wirkte. Oder die Tatsache, dass er nicht mehr wie vorher ständig auf seine Uhr schaute.

»Eigentlich sieht er ja ganz gewöhnlich aus, dieser jermanós«, meinte der alte Costa, während er Sören unverwandt vom Nebentisch aus betrachtete und dabei die Perlen seines Komboloi durch die Finger gleiten ließ. »Nicht wie jemand, der im Haus einer stríggla leben wollte.«

Der einäugige Ioánnis zuckte die Schultern. »Er hat das Haus ja auch bloß geerbt. Das macht vielleicht den Unterschied aus.«

»Möglich. Ich werde der kleinen Philyra jedoch sagen, dass sie ihm bei Gelegenheit etwas Salz über die Schulter werfen soll. Sicher ist sicher.«

»Schaden kann's nicht.« Ioánnis nickte. »Ich frage mich allerdings, ob er immer noch der kleinen Alíki nachstellt?«

Charis sog scharf den Atem ein. Das Gespräch der beiden war genau an jenem Punkt angelangt, der ihm ebenfalls keine Ruhe ließ. Seine Cousine und Sören. Sein persönliches Dilemma, und dagegen nützte auch kein Salz.

Costa nickte. »Richtig, die kleine Alíki. Die hatte ich ganz vergessen.«

Einen Moment lang verfielen die beiden Alten in nachdenkliches Schweigen. Bis Ioánnis auf einmal ganz beiläufig sagte:

»Früher war das einfacher. Um sicherzugehen, dass es einem Jungen wirklich ernst mit einem Mädel war, hat man ihn ganz einfach auf die Probe gestellt. Heutzutage machen es sich die Leute zu schwer.«

»Viel zu schwer, jaja.«

»Hm.«

»Ts.«

»Du hast recht. Der jermanós sieht wirklich ganz gewöhnlich aus«, sagte Ioánnis und schnäuzte sich geräuschvoll die Nase.

»Ich sag's ja, viel zu gewöhnlich.«

»Dieser alte Baustil ist doch längst aus der Mode gekommen«, meinte Nikos derweil und verwarf die Vorstellung mit einer abschätzigen Miene. »Du solltest das Haus modernisieren. Mit Solarstromversorgung und einem Jacuzzi.«

»Wozu braucht er einen Jacuzzi, wenn er das Meer gleich vor der Tür hat, du Idiot?«, warf sein Bruder Petros ein und verabreichte ihm einen Klaps in den Nacken.

Die Diskussion ging weiter, doch Charis hörte nur noch mit einem halben Ohr zu. Die zwei Alten hatten ihn auf eine Idee gebracht. Auf eine geradezu brillante Idee sogar.

Derselbe Geistesblitz ließ ihn den ganzen restlichen Tag lang nicht mehr los. War das am Ende sogar die Lösung, nach der er gesucht hatte?

Ha, von wegen Downton Abbey. Das hier war Palekastro.

KAPITEL 17

Die Geschichte von Göttern, Helden und Wassermelonen

Es war schon fast dunkel, als Charis nach der Arbeit im Olivenhain wieder zum Gutshof zurückkehrte. Von der Terrasse war wie immer ein Durcheinander von Stimmen und Gelächter zu hören.

Er schmunzelte. Die Verwandten. Sie mochten anstrengend sein, manchmal sogar nervig, aber sie waren ikoyénia – Familie. Und Familie war – wie hieß es gleich noch mal so treffend? – der Natur Meisterwerk. So war es schon immer gewesen, und daran gab es nichts zu rütteln.

Neben der Reihe der üblichen Autos fiel Charis' Blick sogleich auf den unverkennbaren kanariengelben Peugeot. Dann auf den roten Toyota Aygo, der unweit daneben bei der Mauer stand. Alíki und Sören waren also beide da.

Er benutzte den Haupteingang im Erdgeschoss. Dort, hinter dem großen Wohnzimmer, hatte er für sich und Lisa drei Zimmer zu einer kleinen Wohneinheit mit eigenem Bad umgebaut. Ein bisschen Privatsphäre musste schließlich trotz aller Familienliebe sein. Nach der Hochzeit würde Yiayià nach unten ziehen, während Lisa und er dann die oberen Räume bewohnten.

Kallis Zimmer hingegen lag im Moment ebenfalls noch im oberen Stock. Für den kommenden Winter plante Charis jedoch einen zusätzlichen Anbau an der Ostseite des Hauses. Dort könnte sie sich ein eigenes kleines Studio einrichten. Mit ihren neunzehn Jahren kam die Kleine allmählich in ein Alter, in dem auch sie einen Rückzugsraum brauchte. Zumindest so viel, wie es sich für eine anständige junge Frau schickte.

Frisch geduscht und umgezogen betrat Charis schließlich die Terrasse und wurde von lautstarken Begrüßungen empfangen. Onkel Aléxios und Tante Magda waren aus Agios Nikólaos zu Besuch gekommen und küssten ihn wie immer in herzhafter Manier, wobei sich Tante Magda – ebenfalls wie immer – eine Träne von den Augen tupfte und »Es ist so schön, dich zu sehen. Du wirst von Jahr zu Jahr größer!« rief.

Und dann war da natürlich Philyra. Sie begann zu strahlen, sobald sie ihn sah, und schüttelte ihre vom Salatwaschen nassen Hände trocken. »Da ist er ja, mein Lieblingsbruder.« Sie musste sich auf die Zehenspitzen stellen, um ihn mit aller Kraft an sich zu drücken. Dann fragte sie in ihrem typischen Lehrerinnenton: »Und? Was hast du denn heute wieder für einen Unfug angestellt?«

Charis erwiderte die Umarmung, ehe er seiner Schwester mit einem frechen Augenzwinkern die Wange küsste. »Wenn du wüsstest.« So begrüßten sie sich immer, selbst wenn sie sich gerade erst am Morgen gesehen hatten.

Philyra, Kalli und er hatten einander schon von Kind auf sehr nahegestanden. Erst recht seit dem tragischen Tod ihrer Eltern bei dem Autounfall vor neun Jahren. Das Nesthäkchen Kalli war damals noch zu jung und zu verwirrt gewesen, um die gesamte Tragweite des Geschehens überhaupt zu begreifen: die Rückkehr nach Kreta und der Neuanfang in einer Heimat, die sich noch gar nicht wie ein richtiges Zuhause anfühlte.

Philyra hingegen war nur zwei Jahre jünger als er und hatte schon damals einen untrüglichen Sinn für Pragmatismus gehabt. Ihre Ehrlichkeit war gnadenlos direkt, und mit keinem anderen Menschen hatte sich Charis im Leben so oft und gern gestritten wie mit ihr. Allein dank ihrer Hilfe und Unterstützung hatte er die Familie damals zusammenhalten und über die Runden bringen können. Ja, zusammen konnten es die Zoidaki-Geschwister mit der gesamten Welt aufnehmen. Das war ein weiterer Grund, weshalb er ihr und Kalli auch den ganzen unsäglichen Hochzeits-Hype verzieh.

»Wo sind denn deine beiden Sprösslinge? Zünden sie womöglich gerade das Haus an oder planen einen Guerilla-Angriff irgendwo?«, neckte er seine Schwester und sah sich um.

Gerade noch rechtzeitig, um sich gegen die beiden dreijährigen, mit ohrenbetäubendem Gebrüll herbeirennenden Jungen zu wappnen.

»Onkel Charis! Onkel Charis!«

»Da seid ihr ja, ihr Racker.« Die Zwillinge Arés und Achiléas. Die zwei abgebrühtesten Schlingel, die Kreta je gesehen hatte und die ihren Namen wahrlich alle Ehre machten.

Er ging in die Knie, fing die Wildfänge lachend auf. Arés war eine Viertelstunde älter und trug deshalb den Namen seines Großvaters väterlicherseits, der somit ein Namensvetter des antiken olympischen Kriegsgottes war. Der Name Achiléas hingegen war Philyras Wunsch gewesen. Wie könnte es auch anders sein. Außer ihr, und vielleicht Lisa, käme keine moderne Mutter auf die Idee, ihren Sohn nach dem berühmt-berüchtigten Helden aus dem Trojanischen Krieg zu benennen.

»Wart ihr heute auch artig, oder musste Yiayià etwa wieder mit euch schimpfen?«, fragte Charis mit möglichst strenger Stimme und blickte von einem dunklen Lockenkopf zum anderen. Dabei fiel es ihm schwer, eine ernste Miene zu wahren.

Er liebte seine beiden Neffen und war insgeheim sogar stolz auf deren Eskapaden.

Erst gestern hatte Arés versucht, über die Rosenhecke in Yiayiàs Garten zu klettern. Dabei hatte er den Halt verloren und war prompt auf seinen darunter stehenden Bruder gepurzelt, sodass nun beide stolz ihre Schrammen präsentieren konnten: Arés einen Schnitt am Knie und Achilléas eine blaurote Beule an der Stirn. Wie es sich für Götter und furchtlose Krieger gehörte.

»Wir waren ganz brav heute. Ehrlich«, beteuerte Achilléas ernst und schob die Unterlippe vor.

Sein Bruder nickte bekräftigend und wisperte: »Aber jemand hat Großonkel Stelios einen Käfer auf die Stirn gelegt, während er geschlafen hat.«

»Einen richtig fetten Käfer.« Mit seinen Fingerchen formte Achilléas einen Kreis.

»Ja, aber wir haben keine Ahnung, wer das war.« Beide schüttelten vehement die Köpfe.

»Soso.« Charis biss sich auf die Zunge, um nicht laut aufzulachen.

»Jetzt lasst euren Onkel in Ruhe, Kinder. Er ist müde von der Arbeit«, sagte Philyra und nahm die beiden Jungen bei der Hand, ehe sie sich wieder mit vor gespielter Strenge zusammengezogenen Augenbrauen an Charis wandte. »Und du gehst jetzt und begrüßt gefälligst deine zukünftige Frau. Es ist nicht zu glauben, du vernachlässigst sie schon jetzt.« Sie stieß empört den Atem aus. »Es ist ohnehin ein Wunder, dass ein Klotz wie du eine Frau wie Lisa herumgekriegt hat.«

»Ich hatte schon immer den Verdacht, dass dein Mann ein Heiliger sein muss, weil er dich seit Jahren erträgt. Ich an seiner Stelle hätte mich längst freiwillig zur Fremdenlegion gemeldet«, gab Charis zurück.

Ohne mit der Wimper zu zucken, antwortete Philyra: »Costa hat eben mehr Mumm als du.« Bevor sie sich mit ihren Söhnen zum Gehen wandte, streckte sie ihm die Zunge heraus. Ganz kurz nur, damit die Kinder es nicht sahen. Dann zwinkerte sie Charis breit grinsend zu und ging.

Auch das gehörte zu der Beziehung zwischen seiner Schwester und ihm. Doch er nahm ihr den kleinen Seitenhieb nicht übel. Er wusste, Philyra liebte Lisa fast so sehr wie er selbst. Nicht umsonst nannte sie ihre künftige Schwägerin die Retterin des zoidakischen Intelligenzquotienten. Aus Philyras Mund war das ein echtes Kompliment.

Er fand Lisa, während sie die Pappteller auf dem Tisch verteilte.

»Tí kánis, kardiá mou?« – Wie geht es dir, mein Herz?, fragte er leise, legte ihr von hinten die Arme um die Taille, küsste ihre Schläfe und atmete tief ein. Augenblicklich fühlte er sich besser. Manchmal staunte er, wie es möglich war, dass allein Lisas Anwesenheit genügte, um sogar die nervenaufreibendsten Tage mit einem Mal erträglicher zu machen.

Sogleich schmiegte sie sich mit dem Rücken gegen seine Brust. »Da bist du ja.« Sie umfing seine Hände mit den ihren. »Wie war dein Tag?«

»Hochzeits-Update-Meeting mit Sotíris heute Morgen«, gab Charis zurück. »Die anschließende Arbeit im Olivenhain war die reinste Erholung dagegen. Und bei dir?«

Lisa stieß ein leises Lachen aus. »Planungssitzung mit der Chefin – deiner Schwester. Ich hoffe nur, Philyra versetzt ihre Studenten nicht dermaßen in Angst und Schrecken, wie sie es hier mit uns tut.«

Er grinste. »So schlimm?«

»Sie ist gnadenlos.« Mit in gespielter Dramatik geweiteten Augen schüttelte sie den Kopf, zugleich zuckte ein Schmunzeln an ihren Mundwinkeln. Im nächsten Moment wurde Lisa jedoch wieder ernst, und sie drehte sich zu ihm um. »Kalli hat mir verraten, dass die proíka schon bald fertig ist. Ich zerbreche mir schon seit Wochen den Kopf darüber, wie ich Sofía und all den anderen Frauen dafür danken soll. Sie haben sich so viel Mühe und Arbeit gemacht, und mir ist der ganze Aufwand nicht recht.«

»Du machst dir viel zu viele Gedanken darüber«, sagte Charis und wischte ihr lächelnd eine Haarsträhne hinters Ohr. Er wusste genau, wie sehr Lisa es hasste, im Mittelpunkt zu stehen. Die hiesigen Hochzeitsbräuche waren schon für ihn, der mit der Tradition vertraut war, ein schier nie enden wollender Staffellauf. Für sie hingegen musste es nicht nur fremd, sondern vor allem kaum mit ihrer Eigenständigkeit zu vereinbaren sein.

Sachte zog er sie näher, küsste sie auf die Stirn. »Lass Yiayià und die anderen einfach machen. Es ist ihre Art zu zeigen, wie sehr sie dich mögen.«

Ein leiser Seufzer entfuhr ihr. »Ich weiß.«

Gemeinsam wandten sie sich um, als auf der anderen Seite der Terrasse das laute Lachen einer Frau ertönte.

»Sören und Alíki scheinen sich wirklich gut zu verstehen«, sagte Lisa amüsiert.

»Hm.« Charis gab sich alle Mühe um eine unbeteiligte Miene, während er zusah, wie seine Cousine und seine Neffen Arés und Achilléas in der Ecke der Terrasse standen und gespannt auf Sören starrten. Der zerriss einen Fünfeuroschein in der Mitte, faltete die einzelnen Teile winzig klein zusammen, gab jedem der Jungen eine Hälfte in die Hand und schloss die kleinen Fingerchen zur Faust. Dann hieß er die Kinder mit Alíkis Übersetzung, die Hände hinter dem Rücken zu verschränken, während er, begleitet von ausladenden Gesten, einen Zauberspruch murmelte. Schließlich schnippte er mit den Fingern, klatschte die Hände zusammen, hielt sie sich ans Ohr, als ob zwischen seinen Handflächen ein Geräusch zu hören wäre, und ließ sowohl die Jungen als auch Alíki einmal darauf pusten.

Die Kinder machten riesige Augen, als sie die Fäustchen wieder öffnen sollten und nichts mehr darin vorfanden. Ihre Begeisterung war jedoch kaum noch zu bremsen, sobald Sören zwei ganze Fünfeuroscheine hinter ihren Ohren zum Vorschein brachte.

Lisa nickte sichtlich beeindruckt. »Das war nicht schlecht.«

»Na ja«, sagte Charis. Der Trick war zwar alt, aber ganz passabel gewesen. Das würde er jedoch niemals eingestehen. Was das anging, blieb ein Grieche nun mal immer ein Grieche – selbst nach mehr als zwei Jahrzehnten in Deutschland. Erst recht, wenn es bei der Angelegenheit indirekt um die eigene Cousine ging, die vor den Augen der gesamten Verwandtschaft unverkennbar mit einem Mann liebäugelte.

Verwundert wandte Lisa den Blick zu ihm, legte den Kopf schief und sah ihn prüfend an. »Was hast du denn auf einmal?«

»Nichts«, versuchte er, seine Verärgerung zu vertuschen.

»Nichts?« Sie verschränkte die Arme vor der Brust.

»Alíki und Sören sollten ihr Techtelmechtel nicht so öffentlich präsentieren«, brummte er.

Lisa krauste die Stirn. »Techtelmechtel? Sie unterhalten sich mit den Kindern. Was ist schon dabei?«

»Findest du nicht, dass sie übertreiben? Und das vor der ganzen Familie.«

»Meinst du das jetzt wirklich ernst?«, fragte sie. Die leise Warnung in ihrer Stimme war nicht zu überhören.

Mist. Er hatte keine Lust auf einen Streit mit Lisa. Aber verstand sie denn nicht? Es ging hier um Werte und Moral. Wenigstens hier in seinem Haus galten die noch.

Trotzdem versuchte Charis, sich zu erklären: »Es geht mir nicht darum, Alíki zu bevormunden, ich bin schließlich nicht ihr Vater. Es hat auch rein gar nichts mit Sören zu tun. Er ist ein feiner Kerl und in Ordnung. Sotíris, Nikos, Petros und ich haben ihm gründlich auf den Zahn gefühlt.«

Mit einem Schlag wechselte Lisas Miene von Verwunderung zu Unglauben. Ihre Stimme klang auf einmal gefährlich leise, als sie sagte: »Ihr habt was getan?«

»Na, ihm Fragen gestellt und ihn ein bisschen ausgehorcht natürlich.« Er beugte sich vor, damit die restlichen Verwandten nicht jedes Wort mitbekamen. »Es war doch schon vom ersten Tag an offensichtlich, dass er ein Auge auf Alíki geworfen hat, und ich musste mir schließlich ein Bild von ihm machen. Der Abend in Sotíris' Hinterhof war ideal dafür.« So war das eben üblich, Punkt.

»Selbst wenn zwischen den beiden wirklich etwas ist, geht das dich und die anderen rein gar nichts an«, gab Lisa zurück. Obwohl sie flüsterte, klang es wie ein Zischen.

Charis schnalzte mit der Zunge. »Natürlich geht es mich etwas an. Alíki ist meine Cousine.« Und es interessierte ihn sehr wohl, ob und mit wem sie in der Öffentlichkeit herumschäkerte.

»Was für ein unsäglicher Blödsinn«, rief Lisa auf Deutsch. Das tat sie immer, wenn sie wirklich wütend war. So wie jetzt.

Mit einer energischen Geste drückte sie ihm den restlichen Stapel Pappteller in die Hand und sagte dann etwas leiser, wenngleich nicht weniger giftig: »Du bist antiquiert und machohaft. Und du schläfst heute Nacht auf dem Sofa.« Mit einem Ruck drehte sie sich um und ging hocherhobenen Hauptes zu Alíki und Sören auf die andere Seite der Terrasse. Auch für den Rest des Abends würdigte sie Charis keines einzigen Blickes mehr.

Er sei antiquiert und machohaft. Pah, so ein Blödsinn. Warum konnte Lisa nicht verstehen, worum es ihm hier ging? Er wollte doch nur das Beste für alle, was war daran so schwer zu begreifen?

Später am Abend, nachdem die Verwandten längst gegangen waren und Yiayià, Kalli und Lisa sich ins Haus zurückgezogen hatten, kehrte endlich Ruhe auf der Terrasse ein. Einzig Sören saß allein und anscheinend in Gedanken versunken auf dem Klappsessel und betrachtete das letzte Aufglimmen der Glut im Ofengrill.

»Es geht kein einziges Lüftchen heute Nacht«, sagte Charis, reichte ihm eine Flasche Bier und ließ sich in den Stuhl neben ihm fallen. Das war die Chance, um den Stier bei den Hörnern zu packen. Jetzt bloß nichts vermasseln.

Sören nahm das Bier mit einem dankenden Nicken an. »Stimmt. Es bewegt sich nicht einmal ein Blatt an den Sträuchern.«

Dann verfielen beide in Schweigen, nippten an ihrem Bier und genossen die Stille und das Zirpen der Zikaden. In Gedanken zählte Charis jedoch langsam bis fünfzehn. Nur nichts übereilen.

Umso mehr staunte er, als Sören das Schweigen als Erster brach und ohne Umschweife sagte: »Falls du wissen willst, ob etwas zwischen deiner Cousine und mir ist, dann frag ruhig.«

Einen Moment lang war Charis zu perplex, um darauf zu

antworten. Er räusperte sich. »Die typisch deutsche Direktheit – daran bin ich definitiv nicht mehr gewöhnt.«

Der jermanós lachte. »Alíki hat es schnörkellos genannt.«

So? Sofort wurde Charis hellhörig. Hatte sie denn einen Grund zu dieser Aussage? »Dann ist da also tatsächlich etwas zwischen dir und Alíki?«, fragte er und hielt zugleich die Luft an. Ein Direktschuss unter die Torlatte, das konnte auch er noch von früher, er war nur etwas aus der Übung. Aber wollte er die Antwort auch wirklich wissen?

Als hätte Sören die unausgesprochene Frage gehört, wandte er den Blick zu Charis. »Du kannst den Fehdehandschuh getrost im Gürtel stecken lassen. Da gibt's nichts zu rächen.« Seine Stimme klang ruhig, jedoch nicht ohne Ironie. Und hatte er da am Schluss nicht sogar noch leise geseufzt? So als würde er das Gesagte bedauern?

Mit einem Aufschnauben erwiderte Charis: »Fehdehandschuhe sind etwas für die Leute vom Festland. Wir hier auf Kreta haben die Blutrache.« Er zuckte die Schultern. »Oder zumindest hatten wir die bis vor ein paar Jahrzehnten noch. Auch da herrscht inzwischen aber Mangel an qualifizierten Fachkräften.«

Vom anderen Stuhl her ertönte ein leises Glucksen. »Da bin ich ja beruhigt.«

Das war Charis auch, allerdings aus anderen Gründen. Es machte seinen Plan nämlich sogleich noch einfacher: den potenziellen Verehrer auf die Probe zu stellen. Was früher funktioniert hatte, konnte auch heutzutage nicht schaden. Oder?

»Ja, Frauen und Wassermelonen sind Glückssache«, sagte er nach einer Weile in einem gutmütig erklärenden Tonfall. »Kretische Frauen sind dazu noch ziemlich kompliziert, denn sie werden von klein auf dazu erzogen, wählerisch zu sein.«

Von irgendwoher war das laute Kläffen eines Hundes zu hören.

Im hellen Mondlicht erkannte er Sörens gerunzelte Stirn und legte sogleich noch mehr Pathos in die Stimme. »Sie wollen umworben und erobert werden. Aber nicht bloß mit einem Blumenstrauß oder schnulzigen Worten – oh, nein, da muss Mann sich richtig ins Zeug legen.«

»Ich verstehe nicht.« Sören schüttelte den Kopf.

»Costa, der Mann meiner Schwester Philyra, zum Beispiel, hat damals eine Herde Wildziegen zusammengetrieben – richtig widerspenstige Biester – und ist mit ihnen durchs ganze Dorf gezogen. Bis hier vors Haus. Und das alles nur, um Philyra zu beeindrucken«, fuhr Charis unbeirrt fort. Das war zwar ein klitzeklein wenig geflunkert: Costa hatte die Tiere lediglich vom Stall auf die Weide getrieben, und es waren auch nur die zwei Ziegen seines Onkels gewesen. Auch hatte das Ganze nicht im Geringsten etwas mit Philyra zu tun gehabt. So genau brauchte das der jermanós jedoch nicht zu wissen.

Mit einem Ruck stand er auf, schlug Sören kumpelhaft auf die Schulter. »Einen Beweis der Mannesehre, das ist es, was echte kretische Frauen wollen.« Herzhaft gähnend streckte er sich. »Genug für heute, es ist Zeit fürs Bett. Wir sehen uns morgen.« Damit drehte er sich um und ließ Sören völlig sprachlos zurück.

»Ich antiquiert und machohaft. Von wegen …«, brummte Charis wenig später grinsend zu sich selbst und wälzte sich auf die Seite. Diese vermaledeite Sprungfeder des Sofas drückte ihm noch immer gegen die Rippen. Doch egal, er war trotzdem zufrieden. Der Köder war ausgelegt. Jetzt würde sich zeigen, wie ernst es der jermanós wirklich meinte.

KAPITEL 18

Die Regel des Trojanischen Pferds

Alíki hielt das Päckchen mit den Papiertaschentüchern wohlweislich schon bereit, während sie zwei Tage später neben Yiayià, Philyra und Kalli auf dem Sofa des Brautmodegeschäfts in Sitia saß und darauf wartete, dass Lisa für die vorletzte Anprobe aus der Ankleidekabine trat.

Gegen die Aufgabe, das passende Brautkleid in nur ein paar Monaten zu finden, musste die Odyssee des Odysseus eine lauschige Kreuzfahrt gewesen sein. Es hatte damit angefangen, dass Lisa nicht viel mit pompösen Kleidern mit Unmengen an Tüll und Rüschen anfangen konnte. Fand sie endlich eines, das ihr gefiel, war es mit Sicherheit schon über Monate hinweg, wie in Griechenland üblich, anderweitig vermietet.

»Seid ihr bereit?«, tönte Lisas Stimme aus der Kabine. Der Vorhang öffnete sich, und sie trat heraus. Strahlend, wie es nur einer angehenden Braut gelang.

»Wow!«, rief Kalli mit großen Augen.

Yiayià griff sogleich nach einem Taschentuch, und Philyra nickte zufrieden lächelnd.

Lisa sah umwerfend aus. Vergessen waren die strapazierten Nerven der vergangenen Wochen. Schlussendlich war ihr nichts anderes übrig geblieben, als ein Brautkleid anfertigen zu lassen. Das kostete zwar einiges mehr, aber immerhin hatte Lisa so ihre eigenen Wünsche einbringen können. Das Resultat war ein zweiteiliges, ekrüfarbenes Kleid mit einem taillenlangen, kurzärmligen Oberteil aus zarter Spitze und einem weich fließenden Chiffonrock, der bis zum Boden reichte. Eine Nachbildung klassisch-antiker Kleiderdarstellungen, kombiniert mit einem Tüpfelchen Moderne. So absolut passend für Lisa. Alíki hatte ihr beim Entwurf geholfen.

»Du siehst einfach wunderbar aus, Lisoula«, schniefte Yiayià und tupfte sich die Augen trocken.

»Meinst du wirklich?« Mit unsicherer Miene sah Lisa an sich herunter und strich dabei mit den Fingern über den Stoff des Rocks – so vorsichtig, als fürchtete sie, sie könnte ihn durch die bloße Berührung zerreißen. »Es fühlt sich zwar gut an, aber steht mir das Kleid auch?«

Alíki lächelte. »Ach, koritsi mou. Du hast überhaupt keinen Grund zum Zweifeln.« Auch das war so typisch für Lisa. In ihrem Beruf als Archäologin war sie absolut unbeirrbar und trittfest. Außerhalb ihrer Grabungszonen jedoch kam sie ihr manchmal vor wie ein Fohlen, das sich in einen Laden für Kristallglaswaren verirrt hatte.

Philyra stand auf, ging auf Lisa zu und umarmte sie. »Ich habe es dir schon bei der ersten Anprobe gesagt: Charis werden die Augen übergehen, wenn er dich so sieht. Und wenn nicht, ist er ein noch einfältigerer Klotz, als ich angenommen habe, und hat dich nicht verdient.«

»Philyra, rede nicht so über deinen Bruder«, wies Yiayià ihre Enkelin sogleich zurecht, stand auf, trat vor Lisa und nahm ihr Gesicht zwischen die Hände. »Aber sie hat völlig recht.« Damit küsste sie sie auf die Stirn und seufzte. »Und ich verspreche, mich auch an den Gedanken zu gewöhnen, dass du dich gegen einen Schleier entschieden hast.«

Stattdessen würde Lisa das Haar offen und nur mit einem Stirnreif aus geflochtenen Olivenzweigen tragen. Das hingegen war Kallis Idee gewesen.

»Aber du brauchst noch den passenden Ohr- und Halsschmuck«, rief Philyra auf einmal und schlug sich entsetzt die Hand auf die Brust.

Gute Güte, das stimmte. Vor lauter Hektik hatte tatsächlich niemand von ihnen daran gedacht. Nicht einmal Alíki. Kurzerhand entschieden sie sich für die pragmatische Lösung, dass Lisa Yiayiàs goldene Perlenohrringe mit der passenden Kette dazu tragen würde, sollte sich in der Zwischenzeit nicht eine andere Möglichkeit ergeben. Zum Glück blieben ihnen noch etwas mehr als drei Wochen Zeit.

An Lisas Kleid waren nur noch ein paar kleinere Anpassungen nötig. Die nächste und letzte Anprobe würde eine Woche vor dem Tag X stattfinden. Tag X – das war Philyras Bezeichnung für den Hochzeitstermin.

Während Yiayià und Charis' Schwestern direkt zurück nach Palekastro fuhren, nutzte Alíki mit Lisa die Zeit, um die stefanas auszusuchen. So nannte man die für eine griechisch-orthodoxe Hochzeit traditionellen Hochzeitskronen. Obwohl es eigentlich keine Kronen, sondern meist dünne, durch ein Seidenband verbundene Reifen waren. Diese wurden von den Trauzeugen während der Zeremonie, als Zeichen der Verbundenheit, über den Köpfen des Brautpaars gehalten.

Wie es der Brauch wollte, war es als Trauzeugin Alíkis Aufgabe, für die stefanas sowie die Trauringe aufzukommen. Sotíris hingegen hatte den Auftrag, sich um die lampades, die zwei großen Kerzen, die in der Kirche links und rechts des Brautpaars stehen würden, sowie um die Bezahlung der Kirche zu kümmern. Am Schluss würden sie die Kosten untereinander teilen.

Die stefanas waren in unzähligen Variationen und Preislagen erhältlich: von simplen Gold- oder Silberreifen bis hin zu vor lauter Diamanten nur so glitzernden Kunstwerken. Schlussendlich entschied sich Lisa für ein Paar zwar schlichte, jedoch effektvolle, aus Silberdraht geknüpfte Reife.

»Prima. Schon wieder etwas, das wir von der Liste streichen können«, sagte Alíki, als sie den gelben Peugeot bestiegen. Die Hochzeitsringe hatte sie schon vor zwei Monaten besorgt. Die lagen sicher in ihrer Wohnung, in der obersten Schublade im Schlafzimmer. Gleich neben Pass, Geburtsurkunde und Hochschulabschlussdiplom.

»Du glaubst nicht, wie froh ich bin, wenn das Ganze vorbei ist.« Lisa stieß einen tiefen Seufzer aus, lehnte den Kopf zurück und fächelte sich mit der Hand Luft zu.

Oh, Alíki konnte es der Freundin nur zu gut nachfühlen. Ihr selbst fehlte vor lauter Aufregungen manchmal fast der Atem. Und das nicht nur wegen der Hochzeitsvorbereitungen, des Online-Kurses und ihrer Arbeit im Spa. Es war erst ein paar Tage her, seit Sören sie unten am Strand geküsst und ihnen allen seinen Entschluss zu bleiben mitgeteilt hatte. Seither war nichts mehr wie zuvor.

Alíki hupte energisch, als ihr ein aus einer Seitenstraße kommender Mofafahrer die Vorfahrt nahm. »Pass doch auf, du Idiot«, brüllte sie ihm durchs offene Fenster nach. »Also ehrlich. Nicht zu fassen, was sich gewisse Leute erlauben.«

Vom Nebensitz hörte sie, wie Lisa sich räusperte. »Kann es sein, dass du etwas gereizt bist?«

»Wie kommst du denn darauf?«, entgegnete Alíki und warf sich das Haar über die Schulter zurück. Sie war nicht gereizt. Sie war durcheinander und müde von den schlaflosen Nächten seit jenem Tag am Strand. Im einen Moment hätte sie vor lauter Freude die Welt umarmen können, im nächsten konnte sie sich nicht entscheiden, was schlimmer war: dass Sören sie überhaupt geküsst hatte oder dass er ihr versprochen hatte, es nicht mehr zu tun, und das anscheinend auch ernst meinte.

»Ich kenne dich jetzt schon eine Weile, aber ich habe dich noch nie zuvor fluchen hören.« Lisas Stimme klang ruhig und völlig beiläufig. »Deine Laune hat nicht zufälligerweise etwas mit einem gewissen Teehändler aus Deutschland zu tun?«

Sofort trat Alíki auf die Bremse. Der Wagen hinter ihnen hupte.

Sie klammerte die Finger um das Steuerrad und stieß den Atem mit einem lauten Zischen aus. War sie tatsächlich so leicht zu durchschauen?

Stumm, den Blick stur geradeaus auf den Verkehr gerichtet, fuhr sie ein paar Minuten lang weiter. Verflixt und zugenäht noch mal, warum war auf einmal alles so kompliziert? »Sören hat mich geküsst, sich sogleich dafür entschuldigt und versprochen, es nicht mehr zu tun«, sprudelte es mit einem Mal aus ihr heraus.

»Aha.«

»Seitdem verhält er sich wie der perfekte Kavalier. Gestern hat er mir sogar während des Essens die Papierserviette vom Boden aufgehoben.« Sie blies sich ungehalten eine Haarsträhne aus dem Gesicht.

»Und das ist nicht gut?«, fragte Lisa vorsichtig.

Alíki gestikulierte mit der rechten Hand, während sie mit der linken steuerte. »Natürlich ist das gut. Aber eben auch wieder nicht.«

Aus den Augenwinkeln sah sie Lisa den Kopf schütteln. »Jetzt habe ich den Faden verloren.«

»Verstehst du denn nicht? Sören ist zwar sehr charmant und zuvorkommend. Wenn ein Mann sich jedoch ernsthaft für eine Frau interessiert, ergreift er erneut die Initiative, oder?«

Jetzt beugte sich Lisa so weit vor, dass Alíki ihr breites Grinsen sah. »Möchtest du denn, dass er erneut die Initiative ergreift?«

Sie biss sich auf die Unterlippe. Sörens Entscheidung, das Erbe seiner Großtante anzunehmen und für längere Zeit auf Kreta zu bleiben, hatte sie überrascht und zugleich mehr als erwartet gefreut. Sie mochte seinen Humor. Seine Ansichten und seine Intelligenz. Und sie mochte das neckische Glimmen in seinen Augen, wenn er sie ansah. Genauso wie das warme Flackern, das dieses in ihr auslöste.

Ja. Ja, sie wollte, dass er sich noch mehr bemühte. Aber das brachte sie zur nächsten Frage: Wie sollte sie ihn dazu bringen, das zu tun, wenn er anscheinend nicht von selbst darauf kam?

»Er hat mich gefragt, ob ich ihm die Insel zeigen möchte«, überlegte Alíki laut. »Meinst du, das kann man als einen Anfang gelten lassen?«

Leise glucksend legte ihr Lisa die Hand auf die Schulter. »Beziehungsfragen sind zwar nicht wirklich meine Expertise, aber ich glaube, eine solche Aufforderung kann durchaus als Bemühung durchgehen.«

Da. Da war es wieder. Das warme Gefühl in Alíkis Magen. Sie wandte den Kopf kurz zu ihrer Freundin. »Vielleicht liegt es ja daran, dass er aus Deutschland kommt und deshalb die Regel des Trojanischen Pferds gar nicht kennt«, sagte sie hoffnungsvoll. Das würde einiges erklären. Natürlich, warum war sie nicht gleich darauf gekommen.

»Die Regel des Trojanischen Pferds?«

Alíki nickte. »Um eine Frau zu gewinnen, muss ein Mann bei ihr so lange Neugier erwecken, bis sie ihn in ihren Lebensraum lässt. Dort muss er warten, vorausschauend die nächsten

Schritte planen und zum richtigen Zeitpunkt reagieren, will er, dass die Eroberung gelingt. Die Regel des Trojanischen Pferds eben.«

Lisa legte nachdenklich den Kopf schief. »Wie gesagt, ich bin keine Expertin, aber ich glaube nicht, dass es in Deutschland so eine Regel gibt. Allerdings …«

Dann wandte sie den Blick zu Alíki. Ein durchtriebenes Lächeln machte sich auf einmal auf ihrem Gesicht breit. »Charis wäre bestimmt alles andere als begeistert davon, dass ich dir das verrate. Aber wenn es stimmt, was er sagt, dann drehen wir den Spieß ganz einfach um.«

»Was?« Alíki hatte keine Ahnung, wovon Lisa da redete.

»Fahr rechts ran«, sagte diese und klopfte auffordernd mit der Hand auf das Handschuhfach. »Ich erklär's dir …«

KAPITEL 19

Stacheln und Trennungen

Am übernächsten Tag stand Sören neben Sofia, Nefeli und Kalli und bemühte sich um eine völlig wertfreie Miene, während er zusah, wie die Schafe laut blökend durch den Innenhof der Villa Pasiphaë trotteten.

»Das ist ein uralter Brauch, um Böses zu vertreiben«, hatte ihm Sofia zuvor erklärt. »Ich hätte zwar gerne noch ein paar Hühner gehabt, die hätten durchs Haus flattern können. Aber man hat mir versichert, dass es so ebenfalls klappt. Die Eule schreit auf eine Weise, die Krähe auf eine andere. Lärm machen sie alle beide.«

Und er Idiot hatte angenommen, sie würde von irgendwelchen Strohpuppen sprechen, als sie ihm von ihrem Vorhaben erzählte. Nicht von echten, überall ihre Kötel verteilenden Viechern. Wie, um alles in der Welt, hatte sie überhaupt den Schafhirten dazu gebracht, dass er seine Tiere bis hier an den Strand führte? Dieser, ein wortkarger Kauz mit wettergegerbtem Gesicht, schlohweißem Bart, einem schwarzen Fransenschal um die Stirn und wadenhohen Lederstiefeln an den Füßen, saß auf der Treppe und bewachte die Herde mit Argusaugen. In der Hand hielt er einen langen, am Kopfende gebogenen Holzstab.

»Schau, die Schafe fressen das ganze Unkraut, so hast du weniger damit zu tun«, meinte Kalli zuversichtlich.

Sören hütete sich wohlweislich, etwas darauf zu erwidern, und beließ es bei einem lächelnden Nicken. Jetzt bloß keine unangebrachten Kommentare machen. Die Frauen meinten es schließlich nur gut, und er brauchte diese … na ja, denkwürdigen Rituale weder zu verstehen noch daran zu glauben.

Nachdem Sofia das Haus für »gesäubert« erklärt hatte, brauchten sie zwar fast eine Stunde, um die Viecher über die beiden Treppen wieder aus dem Innenhof zu schleusen. Doch mit den Schafen allein war es nicht getan: Anschließend holten die Frauen mehrere Rollen aus gewachsten Seilen aus Sofias Wagen, die sie rund um das Haus auf in den Boden gerammte Stöcke spannten. »Damit nichts neues Ungutes hineinkommt«, erklärte Nefeli ernst, während sie den letzten Stock mit einem Stein in die Erde klopfte.

Vorsichtig legte Kalli dann Bündel aus getrockneten Salbeizweigen auf mehrere Tonteller, zündete die Kräuter an und schob die Teller so weit wie möglich durch die Türöffnungen im Erdgeschoss und dem oberen Stockwerk hinein. Bald schon qualmten die süßlich aromatischen Rauchschwaden aus jeder Mauerritze.

Der Geruch hing sogar noch in der Luft, als am späten Nachmittag Nefelis Schwager Panagiotis, der Baumeister, und dessen Cousin Panagiotis, der Dachdecker – ja, der Einfallsreichtum in puncto Namensgebung ließ zu wünschen übrig, denn sie hießen tatsächlich beide gleich –, zusammen mit Charis zu einer ersten Inspektion erschienen.

Zwar wollte Sören, so gut es ging, selbst am Haus Hand anlegen. Dafür hatte er in den vergangenen Tagen und Nächten angefangen, über die traditionelle kretische Steinbauarchitektur zu recherchieren, Bildmaterial zu sammeln und alles zu lesen, was er darüber in die Finger bekam.

Inzwischen hatte er schon ziemlich genaue Vorstellungen davon, wie er die Villa Pasiphaë modernisieren könnte, ohne dabei zu viel an ihrer ursprünglichen Bauform verändern zu müssen. Ja, er hatte sogar ein paar rudimentäre Pläne gezeichnet. Aus purem Eifer und ohne das Haus vollständig von innen gesehen zu haben. Eines war für ihn jedoch schon von Anfang an klar: Es sollten vorwiegend die traditionellen Materialien benutzt und damit der urige Charakter des Hauses bewahrt werden. Die einzigen Modernitäten, die er sich zugestehen wollte, waren Heizung, Isolationen sowie WLAN, Strom- und Warmwasserzufuhr und natürlich die Installationen in Küche und Bad. Genau deshalb konnte er unmöglich auf die Hilfe von Experten verzichten.

Panagiotis, der Baumeister, war ein kastenähnlicher Kerl um die fünfzig mit Händen von der Größe eines Pizzatellers und einer Stimme, so leise wie die eines Mäuschens. Demgegenüber wirkte sein Cousin – Panagiotis zwei, wie Sören ihn insgeheim nannte – wie ein Storch. Spindeldürr und hager, und wenn er lachte, dann sah es so aus, als hüpfte sein ganzer Brustkorb auf und ab. Beide sprachen zudem ein durchaus annehmbares Englisch.

Mit aufmerksamen Blicken inspizierten sie das Haus. Panagiotis eins klopfte hier und da mit einem Hammer gegen die Steinwände, stocherte mit einem Schraubenzieher in morschen Fensterbalken oder Mörtelritzen und hielt ein Feuchtigkeitsmessgerät, ein kleines, handlanges Kästchen mit einem Display, an mehreren Stellen gegen die Mauern. »Hm, trocken. Möglich, dass der Schimmel nicht durchgedrungen ist«, sagte er dann und ging weiter durch die Küche und den bogenförmigen Durchgang in den Wohnraum.

Bis hierher hatte sich auch Sören bereits vorgewagt. Die Holztreppe ins obere Stockwerk stand zwar noch, schien aber so wackelig, dass er nicht weiter als bis zur fünften Stufe gekommen war. Von hier aus ließ sich immerhin eine rein oberflächliche Einschätzung des Zustands des Dachgebälks vornehmen. Das wiederum interessierte Panagiotis zwei, ehe er das Dach mithilfe einer Leiter von außen in Augenschein nahm.

Bis auf den eingemauerten Kochherd in der Küche waren die Räume völlig kahl und unmöbliert, die Wände in den gesamten Innenräumen unverputzt. Doch gerade dieses blanke, mit Mörtel zusammengefügte Mauerwerk machte für Sören die besondere Atmosphäre des Hauses aus. Ähnlich wie der Backstein in seiner Wohnung in Hamburg. Er liebte die beruhigende Beständigkeit und das Gefühl von Wärme, die davon ausgingen.

Der Wohnraum war erstaunlich großflächig und bot genug Platz für einen langen Esstisch sowie eine Ruheecke mit Sofa direkt vor dem Kamin. Hier, an der Südwand, befand sich auch der eigentliche Haupteingang, links und rechts flankiert von je einem kleinen, glaslosen Fenster. An der gegenüberliegenden Wand war der Durchgang zum Innenhof und dem kleinen Arkadengang. Direkt anschließend an den Wohnraum lagen zwei weitere, etwas kleinere Räume.

»Daraus ließe sich ein nettes Gästezimmer machen«, meinte Panagiotis, der Baumeister.

Eine gute Idee. Sofort änderte Sören in Gedanken seine gezeichneten Pläne ab. Im Raum daneben stellte er sich hingegen ein Büro-Atelier vor. Im oberen Stock – zumindest soweit er hatte erkennen können – lag das große Schlafzimmer nebst zwei weiteren Räumen. Alles in allem bot das Haus zwar eine etwas kleinere Wohnfläche als sein Loft in Hamburg. Doch in Hamburg konnte er von einer solchen Aussicht über das Meer und einem Direktzugang zu einer ruhigen Strandbucht nur träumen.

»Zuerst müssen Stützträger angebracht werden, bevor ich das Obergeschoss genauer inspizieren kann. Sofern es dort aber keine unvorhergesehenen Schäden gibt …«, meinte Panagiotis eins, während sie auf der Außentreppe standen, und ließ den Blick forschend über die Fassade und den Innenhof gleiten.

Panagiotis zwei fuhr indessen fort: »Was das Dach betrifft, müssen die Ziegel komplett runter. Nebst dem gebrochenen werden wir auch die anderen Sparren ersetzen. Sicher ist sicher.«

Ebenfalls waren ein paar weitere Anpassungen in der Küche nötig, die zusätzlichen Platz einsparten, indem der Warmwasserboiler draußen, in einer windgeschützten Ecke, platziert werden würde. Mit etwas Glück und Spucke wären sie vielleicht sogar noch vor dem Winter mit dem Allernötigsten fertig. Natürlich immer vorausgesetzt, es kam zu keiner Verzögerung bei der Materiallieferung.

Noch vor dem Winter. Unfassbar, wie schnell das alles plötzlich ging. So schnell, dass Sören manchmal kaum noch zum Nachdenken kam. Vor etwas mehr als zwei Wochen hatte er noch in seinem Büro in Hamburg gesessen, sich mit Gerit gestritten und nicht einmal etwas von der Erbschaft geahnt. Und nun stand er hier, in einem kleinen Dorf im östlichen Zipfel Kretas, und plante die Renovierung seines Hauses.

Doch erst als er am nächsten Tag mit der Unkrautrodung begann und sich mit Sense und Machete durch den Dschungel im Innenhof kämpfte, wurde ihm das volle Ausmaß seiner Entscheidung richtig bewusst. Auch die Endgültigkeit, die diese mit sich brachte. Trotzdem hatte er keine Zweifel: Ja, es war das einzig Richtige gewesen, sich von Julia zu trennen.

Mit aller Kraft riss er den Wurzelstrunk eines Dornenstrauchs aus der Erde und warf ihn auf den immer größer werdenden Berg aus Zweigen und Buschwerk.

Zugegeben, eine Trennung über Videocall war alles andere als die feine englische Art. Erst recht nicht nach fast acht Jahren Beziehung, davon drei Jahre lang als Verlobte. Aber es war ihm keine andere Möglichkeit geblieben, und Julia hatte genauso viel Ehrlichkeit verdient, wie er auch von ihr erwartete. Er hatte erst einer anderen Realität gegenüberstehen müssen, um zu erkennen, dass ihn außer einem rein freundschaftlichen Gefühl nichts mehr mit ihr verband. In Wahrheit hatten sie beide schon so lange nur nebeneinanderher gelebt statt miteinander, dass zumindest er es gar nicht mehr bemerkte. In gewisser Weise hatte Gerit ihm sogar unbewusst zu der Erkenntnis verholfen.

Der Schweiß rann Sören in die Augen. Er nahm den Strohhut ab und wischte sich mit dem Arm übers Gesicht. Das T-Shirt klebte ihm am Oberkörper.

Julia wiederum hatte alles in allem sehr ruhig, gefasst und beinahe erleichtert reagiert und Sörens Vermutungen schließlich bestätigt: Sie und Gerit hegten schon seit Längerem mehr als nur schwägerliche Gefühle füreinander. Gerit verstand sie, teilte ihre Ansichten und sogar eine Vielzahl an Interessen. Ja, sie liebte ihn, hatte jedoch Sören nicht verletzen wollen, das hätte er nicht verdient, und er war ihr schließlich nicht egal. Aber dann die plötzliche Abreise nach Kreta, von wo er kaum noch fortzukommen schien … Es war wie ein Wink des Schicksals gewesen.

Natürlich waren auch Tränen geflossen. Sören müsste lügen, wenn er behauptete, dass sein Ego nicht ebenfalls eine gehörige Delle davongetragen hatte, weil er sich hintergangen fühlte. Von der Verlobten und dem eigenen Bruder. Solche Geschichten las man doch sonst nur in den Klatschspalten der Schundpresse. Es am eigenen Leib zu erfahren, setzte alles in eine ganz andere Perspektive und machte ihm die Entscheidung zugleich einfacher. Er hatte viel Zeit zum Nachdenken gehabt. Zwar war Sören zu nüchtern und zu realistisch veranlagt, um an so etwas wie Seelenverwandtschaft zu glauben. Ebenso wenig hielt er die Institution Ehe für das Maß aller Dinge. Doch jedes Mal, wenn er Lisa und Charis zusammen lachen, diskutieren oder streiten sah und beobachtete, wie einer den anderen wortlos und nur mit Blicken zu verstehen schien, beneidete er sie um ihre Verbundenheit. War es so verkehrt, darauf zu hoffen, dass man jemanden fand, mit dem man eine solche ungezwungene Vertrautheit teilen konnte?

Seine Handflächen brannten trotz der Arbeitshandschuhe wie Feuer, und er spürte jeden einzelnen Muskel in Schultern und Armen, während er die Spitzhacke beidhändig aufzog und erneut in den Boden rammte. Die Wurzeln dieses vermaledeiten Ginsterstrauchs steckten tief.

Wenn er jedoch ganz ehrlich zu sich selbst sein wollte, hätte er sich auch ohne die Geschichte zwischen Julia und Gerit zum Bleiben entschieden. Ja, das war ihm im selben Moment klar geworden, in dem er Julias Nummer gewählt hatte.

Trotzdem weigerte er sich, Alíki als Mitgrund vorzuschieben, und hatte sie deshalb mit keinem Wort erwähnt. Es könnte gerade jetzt womöglich ein negatives Licht auf sie werfen, sollte irgendjemand aus seiner Familie von ihr erfahren. Besonders böse Zungen könnten sogar behaupten, sie trug ebenso Schuld am Beziehungs-Aus zwischen Julia und ihm, was natürlich völliger Quatsch war. Doch genau deshalb wollte Sören sie aus der Sache heraushalten. Abgesehen davon wusste er ja nicht einmal, was genau zwischen ihnen beiden war. Seit jenem Kuss am Strand hatte er sich, wie geschworen, zurückgehalten. Er mochte sie – sehr sogar. Sie brachte ihn mit ihrer quirlig schrägen Art zum Lachen, und er bewunderte sie für ihre Zielstrebigkeit, ihren Enthusiasmus und Mut. Und ja, es fühlte sich gut an, wenn sie in seiner Nähe war. Mehr, als es wahrscheinlich sollte. Doch erstaunlicherweise war ihm jene kleine fiese Stimme seines Gewissens herzlich egal. Wie hieß es so treffend? Carpe diem – nutze den Tag. Genau das würde er von nun an auch tun.

So in etwa hatte er seinen Entschluss auch Gerit erklärt, jedoch dabei dessen Affäre mit Julia mit keinem Wort erwähnt. Kühl und professionell wie immer. Die Beziehung zu seinem Bruder war ohnehin kompliziert genug, und es war besser, die Angelegenheit vorerst aufs Geschäftliche zu beschränken. Damit Gerit den Anruf auch wirklich entgegennahm, rief Sören im Büro an und ließ sich von Tilly weiterverbinden. Was den Rest anging, würde er das von Angesicht zu Angesicht klären, sobald sich die Möglichkeit ergab.

Aber selbstverständlich hatte Gerit getobt.

»Du kannst doch nicht allen Ernstes einen auf Aussteiger machen, während ich mit dem ganzen Scheiß allein hier sitzen bleibe?«, hatte er durch das Telefon gebrüllt.

»Ich mache keinen auf Aussteiger. Ich habe nur beschlossen, eine Zeit lang etwas kürzerzutreten«, war Sörens Antwort gewesen. »Hör zu, da gibt es nichts, was nicht auch jemand anderes aus meinem Team erledigen könnte. Zudem bin ich jederzeit über Videocall erreichbar.«

Dafür war er neulich extra nach Sitia gefahren und hatte sich außer mit neuer Kleidung und anderem Notwendigen auch mit einem neuen, größeren Notebook ausgerüstet. Und aus seinem Zimmer in dem Gasthof war inzwischen ein kleines, aber funktionstüchtiges Homeoffice geworden. Es war nie seine Absicht gewesen, mit einem Schlag von der Bildfläche zu verschwinden, dafür hatte Sören viel zu viel Verantwortungsgefühl. Tilly, seine Sekretärin, war entsprechend instruiert und hielt ihn regelmäßig auf dem Laufenden.

Trotzdem war es ein verdammt gutes Gefühl, die Prioritäten neu zu ordnen. Wieder ein neues Ziel zu haben.

Selbst wenn dieses Ziel sich mitunter sehr hartnäckig zeigte. So hartnäckig und stachlig – wie die wilden Brombeersträucher, die an der Nordseite des Hauses wucherten.

Eine erfreuliche Abwechslung hingegen waren die Ausflüge, die Sören mit Alíki unternahm. Heimlich natürlich, ohne dass die Familie Wind davon bekam. Wann immer Alíki sich von den ständig frenetischer werdenden Hochzeitsvorbereitungen befreien konnte.

Währenddessen gab Sören vor, die Insel auf eigene Faust erkunden zu wollen, und ließ sich zur Tarnung abends am Esstisch sogar Empfehlungen geben.

»Den Palmenstrand von Vai. Den musst du unbedingt sehen, und der liegt nicht weit von hier«, meinte Nikos.

»Da gehen die Touristen doch alle hin«, widersprach Petros. »Die Schlucht von Richtis hingegen. Dort findest du Natur pur. Das gefällt dir bestimmt.«

»Wie wäre es mit der Höhle von Psychro oben in Lasithi?«, wandte Lisa ein. »Dort soll der Legende nach der Göttervater Zeus geboren worden sein.«

Doch Sofia schüttelte nur den Kopf. »Warum besuchst du nicht das Kloster von Toplou? Das dortige Ikonen-Museum ist atemberaubend.«

Kreta war ungeahnt groß, und es gab so viel zu entdecken. Inzwischen hatte Sören den roten Toyota der Leihfirma zurückgegeben und gegen einen etwas robusteren und vor allem tadellos funktionierenden Wagen eingetauscht, mit dem sich auch die unwegsamen Fahrstrecken im Hochland bewältigen ließen.

Damit die Familie keinen Verdacht schöpfte, trafen sich Alíki und er jeweils auf dem Parkplatz eines Restaurants außerhalb von Palekastro. Von dort aus führten ihre Fahrten dann weiter. Zum Beispiel nach Xerokampos an der südöstlichen Küste Kretas, wo mehrere einsame, idyllische Strände und Buchten zum Schnorcheln einluden und sie unterwegs mehr als einmal haltmachten, um das Panorama zu bewundern. Dieser Kontrast der Farben: vom Ocker, Beige und Olivgrün der Landschaft zum fast blendenden Türkis und dunkleren Marineblau des Meeres. Wenn es nach Sören gegangen wäre, wäre er stundenlang einfach nur dort beim Aussichtspunkt auf der Anhöhe sitzen geblieben und hätte den Blick auf das Panorama genossen, den warmen Wind auf der Haut gespürt und Alíki zugehört, während sie ihm weitere Worte auf Griechisch beibrachte. Wenn er schon für die nächsten Monate auf Kreta blieb, wollte er zumindest lernen, sich in der Landessprache zu verständigen. Griechisch konnte wohl kaum schwerer sein als Mandarin.

Nun, es war vielleicht nicht schwerer, aber zumindest ganz anders als Deutsch. Allein schon die unterschiedlichen Buchstaben und ihre Betonung. Herrgott, wozu brauchten diese Griechen fünf verschiedene Schreibweisen für I?

Doch Alíki war eine geduldige Lehrerin. Sie begann mit den üblichen Floskeln, wie sie in jedem »Griechisch auf die Schnelle«-Kurs zu finden waren: »Efcharistó heißt danke, efcharistó polí hingegen bedeutet vielen Dank. Die Antwort darauf ist parakaló, bitte. Siehst du? Es ist kinderleicht.« Alíki lachte aus vollem Hals, während sie die Beine zu einem Schneidersitz anzog, den linken Ellenbogen lässig auf die Rückenlehne der Sitzbank stützte und ihn ansah. Ihr Haar war noch immer etwas feucht von ihrem Schnorchelausflug. Die Haut auf ihrem Nasenrücken und auf der Wangenpartie unter den Augen hatte eine leicht rötliche Farbe angenommen. Doch ihre Augen leuchteten.

»Von wegen kinderleicht. Du hast gut reden«, gab Sören seufzend zurück. »Es sind nicht einmal die Wörter, sondern die Aussprache und Betonung. Versuch du mal, als Deutscher das R so zu rollen. Rrrrrrr …« Es klang bei ihm eher wie ein holpernder Rasenmäher.

»Du musst nur die Lippen etwas weiter öffnen.« Sie rutschte näher, lehnte sich vor, legte die Zeige- und Mittelfinger beider Hände an seine Mundwinkel und schob sie sachte – ganz sachte – auseinander. »So. Versuch's noch einmal.«

Sogleich wurde sich Sören ihrer Nähe bewusst. Der Wärme ihrer Haut. Ihres Geruchs nach Meersalz und Kokosöl. Er müsste sich bloß ein Stückchen weiter vorlehnen, um sie zu küssen.

»Scho klappt dasch erscht rescht nischt«, erwiderte er stattdessen. Nein, so klappte das ganz bestimmt nicht. Nicht solange ihre Nähe ihn sämtliche gelernten Vokabeln mit einem Schlag vergessen ließ.

Er atmete innerlich auf, sobald Alíki erneut lachend von ihm wegrutschte.

Himmel, das war verdammt knapp gewesen. Allein schon dieser Frau wegen hatte sich seine Entscheidung, zu bleiben, gelohnt. Im selben Atemzug hätte er sich jedoch am liebsten für den dämlichen Schwur geohrfeigt, den er ihr gegeben hatte.

KAPITEL 20

Die Augenbrauen des Zeus

Fast eine ganze Woche lang arbeitete Sören unermüdlich an der Rodung vor der Villa Pasiphaë. Legte sowohl den Innenhof wie auch die Außenfassade so gut wie möglich frei, damit die Arbeiter von Panagiotis eins und zwei leichteren Zugang hatten. Diese fuhren bereits am darauffolgenden Montag mit einem Laster voller Bretter und Deckenstützen und Gerüsten vor. Das erste Vorhaben war die Stabilisierung und Reparatur der Decke zwischen den Stockwerken sowie des Dachs. Diese Arbeiten waren schon überfällig gewesen, bevor Mette das Haus seinerzeit gekauft hatte, und der Hauptgrund für den rapiden Verfall während der letzten Jahre.

Abends fiel Sören jeweils todmüde und mit zerkratzten Armen und Händen ins Bett, nur um sich am nächsten Morgen vor lauter Muskelkater kaum noch bewegen zu können. Doch egal … Er war noch nie zuvor mit mehr Energie an eine Herausforderung herangegangen. Endlich etwas Sinnvolles tun. Endlich eine Arbeit, deren Ergebnis er jeden Abend voller Stolz betrachten konnte. Er ertappte sich sogar dabei, wie er ein fröhliches Liedchen vor sich hin pfiff, während er die Steinplatten vor der Eingangstür von Schmutz und Flechten befreite.

Im Hausinnern hörte er die Handwerker rumoren. Die Decke war inzwischen stabilisiert, und die Arbeiter konnten mit der Beseitigung des Schimmels im Haus beginnen. Wie sich nach eingehender Prüfung der Wände herausgestellt hatte, war dieser zum Glück nur an vereinzelten Stellen entstanden und hatte sich nur oberflächlich ausgebreitet. Danach, und darauf freute sich Sören besonders, würden sie mit der Bearbeitung der Wände beginnen.

Derweil waren bereits sowohl die Ziegel als auch der eingebrochene Sparren vom Dach entfernt und das Gerüst mit einer Schutzplane bedeckt worden. Um die Stabilität der Mauern jedoch nicht zu beeinflussen, sei es sicherer, mit dem Dachbau noch abzuwarten, hatte Panagiotis zwei erklärt.

So blieb zudem genügend Zeit für die Bestellung der neuen Solarziegel, für die sich Sören entschieden hatte. Diese kosteten zwar ein kleines Vermögen und mussten eigens vom Festland herbeigeschafft werden. Doch unterschieden sie sich optisch und farblich kaum von den alten Tonziegeln, passten also hervorragend zum Gesamtbild. Außerdem ließen sich die Mehrkosten langfristig wieder mit dem eingesparten Strom wettmachen.

Sören konnte es kaum erwarten, endlich mitzuarbeiten. Es gab ihm ein ganz anderes Gefühl – fast eine Art direkter Zugehörigkeit –, eigenhändig etwas Altem zu neuem Glanz zu verhelfen. So war er mit Feuereifer bei der Sache, während Panagiotis eins ihn in die uralten Techniken des traditionellen Mörtelmauerbaus einweihte. Stunde über Stunde arbeitete Sören danach an der Seite der Arbeiter mit, meißelte den alten Mörtel aus den Rillen, bürstete Mauerstücke sauber und klopfte neue Kalksteinbrocken in Form. Tagelang.

Außer wenn er zusammen mit Aliki weitere Ausflüge unternahm. Oft waren sie dabei den ganzen Tag lang unterwegs. Während der langen Autofahrten schaltete sie ihre Playlist ein, drehte die Lautstärke auf und sang aus vollem Herzen mit, ehe sie ihm die Liedtexte übersetzte.

Zu ihren Lieblingsinterpreten gehörte die Musikgruppe namens Melisses. Anscheinend eine ziemlich bekannte Band, die hauptsächlich Pop-Rock spielte, jedoch in ihren Songs oft auch mit traditionellen Folkloreelementen experimentierte. Zugegeben, nicht unbedingt Sörens üblicher Musikgeschmack, er war sonst eher für guten alten Hardrock oder auch für Klassik zu begeistern. Trotzdem passte die Musik hervorragend zur Kulisse, während sie bei Agios Nikolaos die Küste verließen und über die Passstraße in Richtung Lasithi fuhren.

Sie waren noch vor Sonnenaufgang von Palekastro losgefahren. Die ersten Strahlen drängten über die Bergkämme, als Sören den Wagen durch die Haarnadelkurven lenkte. Je höher sie gelangten, umso karger zeigte sich die Landschaft. Die Berge erhoben sich in grauweißen, vom Wind weich geformten Graten. Büsche und zerzauste Sträucher wuchsen zwischen den wie von einem Riesen hingestreuten Kalksteinbrocken.

Sören konnte sich kaum an dem überwältigenden Panorama sattsehen, sobald sich ihnen auf der anderen Seite des Passes der Blick auf die fruchtbare Hochebene in der Morgensonne eröffnete. Wie von Göttern erschaffen, wahrhaftig.

Aus dem Lautsprecher ertönte das Intro des Lieds *Misí Kardiá*. Eine ruhige, melancholische Melodie mit einer gelungenen Mischung aus traditionellen und modernen Elementen, begleitet von der klangvollen Stimme des Sängers.

»Du bist eines Morgens gegangen, bevor der Tag angebrochen ist. Ich habe einen Atemzug genommen, doch es war nicht genug«, übersetzte Alíki den Liedtext. Dazu bewegte sie Hände und Arme in der Luft, als würde sie mit einem Windhauch spielen. Den Refrain sang sie mit geschlossenen Augen mit: »Misí kardiá echo mésa sto kormi mou, sti pljí mou érichnes néro. Pes mou akóma póso na pljrósso, yia na enósso, ke to állo to misó. In mir schlägt nur noch ein halbes Herz. Du gießt Wasser über meine Wunde. Sag mir, wie viel mehr muss ich noch bezahlen, um die andere Hälfte wieder ganz zu machen.«

»Und ich dachte immer, Herzschmerz zelebrieren nur die Latinos«, konnte sich Sören den amüsierten Kommentar nicht verkneifen.

Alíki lachte auf. »Soll das ein Witz sein? Die Griechen haben Herzschmerz erfunden. Gleich nach der Demokratie.«

In einer gemütlichen Taverne gönnten sie sich eine kleine Stärkung, ehe sie von der Ortschaft Agios Georgios aus auf der Ringstraße den Rand der Hochebene entlang in Richtung Psychro fuhren. Es war noch zu früh, um den sonst üblichen Touristenbussen zu begegnen.

Den Wagen ließen sie auf dem Parkplatz stehen und folgten dem steilen Felsweg den Berghang hinauf zur Höhle von Diktéon Ántron. »Der Legende nach soll hier der Göttervater Zeus geboren sein. Obschon dasselbe von einer Höhle im Nida-Hochland etwas weiter westlich von hier behauptet wird«, erklärte Alíki unterwegs. Sie hielt kurz inne, um Atem zu holen. »Wie auch immer war der gute Zeus im Erwachsenenalter kein Kind von Traurigkeit. Eines Tages soll er sich in die phönizische Königstochter Europa verliebt haben. Damit seine eifersüchtige Gattin Hera keinen Verdacht schöpft, hat er sich in einen Stier verwandelt, um Europa zu entführen und hierher nach Kreta in diese Grotte zu bringen. Aus dieser Verbindung ging schließlich unser berühmter König Minos hervor. Wie du siehst, war in antiken Zeiten also ziemlich viel los hier«, schloss sie und wischte sich mit der Hand den Schweiß von der Stirn.

Inzwischen hatten sie das Ende des Pfads und somit das Tickethäuschen erreicht. Vor ihnen eröffnete sich ein atemberaubender Ausblick auf die gesamte Hochebene und die Berge, die sie wie ein Kraterrand umschlossen.

»Wow.« Sören war einmal mehr sprachlos. Kleinen weißen Flecken gleich häuften sich mehrere Dörfchen an den Rändern und Berghängen rund um die Ebene. Deren gesamte Fläche war in unzählige viereckige Felder aufgeteilt. Dazwischen lagen Steinhütten und segellose Windmühlen als winzige Punkte überall verstreut.

Ein kühler, angenehmer Wind blies hier oben und brachte den Geruch der rundum wachsenden Wacholdersträucher mit sich. Oben am Himmel kreiste ein einzelner Bussard, und irgendwoher ertönte das Gebimmel von Kirchenglocken.

Sören schloss die Augen und atmete tief ein. An diese Ruhe und den Frieden könnte er sich tatsächlich gewöhnen. Er spürte Alíkis Nähe, als sie schweigend neben ihn trat, und wandte den Kopf zu ihr. Einen Wimpernschlag lang trafen sich ihre Blicke, im selben Moment streiften ihre Finger wie zufällig über seinen Handrücken. So leicht wie ein Windhauch.

»Es ist wunderschön hier, nicht wahr?«, sagte sie leise.

Er nickte nur und biss angestrengt die Zähne zusammen, damit sie um Himmels willen nicht merkte, wie sich ihm sämtliche Härchen auf dem Arm in einer warmen, prickelnden Welle aufrichteten. Mist, er hatte das Gefühl, dass sein verräterischer Körper immer stärker auf Alíki reagierte. Nicht nur in diesem Moment, sondern schon seit Tagen.

Reiß dich zusammen, Mann. Du hast es ihr geschworen.

Sören hielt wohlbedachten Abstand, während er ihr zu der kurzen Treppe folgte, die zum Eingang der Höhle führte. Ein

Steg lotste die Besucher vorbei an riesigen, dramatisch beleuchteten Stalaktitformationen und einem kleinen See.

»Wie es heißt, wurde der Eingang zur Höhle von einer neunköpfigen Gruppe von Kureten bewacht, um den kleinen Zeus vor seinem Vater, dem Titanen Kronos, zu beschützen. Der hat in ihm nämlich einen Rivalen um die Macht gesehen und wollte ihn schleunigst aus dem Weg haben«, erklärte Alíki flüsternd. »Damit nun Papa Kronos die Schreie seines Sprösslings nicht hört, haben die Kureten draußen vor der Höhle ihre Schwerter auf die Schilde geschlagen und damit einen Riesenkrach veranstaltet, der sogar das Gebrüll von Baby Zeus übertönt hat.«

Sören runzelte fragend die Stirn. »Kureten?«

Die Kreterin machte eine theatralische Geste und hob die Stimme. »Kriegslustige Dämonen mit Hörnern, die ihre Übellaunigkeit gerne mit ausschweifenden Festen und Orgien getilgt haben.«

»Klingt nach den idealen Babysittern.« Er grinste. Etwas musste man den Griechen lassen: Sie nutzten ihre Mythologie so gekonnt aus, dass jede noch so ausgeklügelte Werbestrategie dagegen wie eine Amateurarbeit wirkte.

Doch die imposanten Tropfsteinskulpturen hatten es tatsächlich in sich. Immer wieder musste Sören stehen bleiben, um sie genauer zu betrachten. Je länger man sie ansah, umso leichter erkannte man Bilder und Figuren in ihnen. Da. Wenn man zum Beispiel diese riesige Stalaktitensäule dort aus einem bestimmten Winkel ansah, war das bärtige Gesicht mit den grimmig zusammengezogenen Augenbrauen ganz genau zu erkennen. Das Gesicht des Zeus.

Es war bereits nach Mittag, als sie wieder zurück zum Parkplatz kamen, wo inzwischen ein Touristenbus nach dem anderen einfuhr und neugierige Gäste aus aller Welt entlud. Nach der Ruhe von eben wirkte die Szene für Sören völlig fehl am Platz, und er konnte es kaum erwarten, von hier fortzukommen.

»Hast du vielleicht schon Hunger? Es gibt unterwegs nämlich noch einen Ort, den ich dir gerne zeigen möchte«, sagte Alíki, wartete jedoch gar nicht erst auf eine Antwort, sondern nahm Sören verwegen lächelnd die Autoschlüssel aus der Hand. »Ich fahre.«

Der Weg führte entlang des südwestlichen Randes der Hochebene. Vorbei an der kleinen Ortschaft Kato Metochi mit ihren hübschen weißen Häusern mit von Weinreben überwachsenen Pergolen davor. Weiter an dem Wegweiser zum Kloster Moni Vidianis vorbei, bis sie schließlich auf eine Verzweigung stießen, bei der Alíki links abbog. Bereits nach wenigen Kilometern begann sich die Straße wieder in die Höhe zu winden.

»Das ist der Pass von Ambelos, der sogenannte Weinreben-Pass«, erklärte die Kreterin. »Etwas weiter oben sieht man noch die Überreste der alten venezianischen Windmühlen aus dem neunzehnten Jahrhundert. Ein paar davon waren sogar noch bis zum Zweiten Weltkrieg in Betrieb.«

Tatsächlich. An der höchsten Stelle des Passes standen sie auf den Erhebungen links und rechts der Straße. Große, ovale Türme aus gehauenen Steinblöcken. Ein paar von ihnen waren eingefallen, andere trugen noch immer die langen Streben der Windräder oder sogar das ganze Rad, jedoch ohne Segel an der Kopfseite.

In engen Kurven wand sich die Straße auf der anderen Seite weiter den Hügelhängen entlang. In nördlicher Richtung war, als türkisblauer Streifen in der Ferne, bereits der Golf von Malia zu sehen.

Geschickt lenkte Alíki den Wagen durch die Kurven, bis sie das Dorf Ano Kera erreichten. Die Landschaft war hier wieder üppiger und grüner, mit dichten Büschen, Obstbäumen und Zypressen.

Nach einer weiteren Kamikazekurve führte ein kaum sichtbares Sträßchen von der Hauptstraße links ab. Auf einem Wegweiser stand »Panagia Kardiotissa Monastery«.

Sören stutzte. Was wollte sie denn in einem Kloster?

»Wir sind da«, sagte die Kreterin, während sie in das Sträßchen einbog. An dessen Ende befand sich ein Parkplatz direkt neben einem unscheinbaren, frisch gestrichenen Eingangsgebäude. Direkt dahinter flatterte die griechische Flagge an einem Mast.

»Ich hoffe, das wird dir gefallen.« Mit einem kleinen Ruck brachte sie das Auto zum Stehen und legte sich einen leichten Schal um die Schultern, nachdem sie ausgestiegen war.

»Können wir da denn einfach so hinein?« Sören war etwas skeptisch. Er hatte noch nie im Leben ein Kloster betreten, und schon gar kein griechisch-orthodoxes. Was sollte daran außerdem so sehenswert sein, dass Alíki es ihm unbedingt zeigen wollte?

»Komm.« Ohne zu zögern, ging sie voran durch den Eingang. Dieser führte auf eine weitläufige Terrasse, auf der, umgeben von hübsch gepflegten Arkaden auf der linken und mit Blick auf die sanften Hügel der Umgebung zur rechten Seite, ein kleine, zweischiffige Steinkirche stand. Wie stumme Wächter flankierte eine Reihe mächtiger Zypressen die Treppenstufen zum Vorhof vor der Kapelle.

Und sogleich wurde Sören klar, weshalb Alíki ihn hierhergebracht hatte.

»Das Kloster ist eines der wichtigsten auf ganz Kreta«,

sagte sie und zeigte auf die Kapelle. »Das hier ist der älteste noch erhaltene Teil und stammt wahrscheinlich aus dem zehnten Jahrhundert. Mir hat die Machart der Mauern schon als Kind sehr gut gefallen, und ich dachte mir, dass du davon vielleicht ein paar Ideen und Eindrücke sammeln kannst.«

Ideen und Eindrücke sammeln?

Sprachlos starrte Sören zuerst auf die Kirche – ein kleines, schmuckes Prunkstück der Steinarchitektur, wie er es selten zuvor zu Gesicht bekommen hatte. Bestehend aus grob zurechtgehauenen, mit Mörtel beschichteten, sandfarbenen Kalksteinen und einer Tonziegelverkleidung an den bogenförmigen Fensteröffnungen. Schlichte, schnörkellose Formen, die genau diese zeitlose Eleganz ausmachten.

Dann wandte er sich zu Alíki um. Ihre Augen leuchteten erwartungsvoll, ihre Wangen waren gerötet.

Himmel, wenn sie wüsste, wie schwer es ihm fiel, seinen Schwur zu halten. Jedes Mal, wenn er sie ansah und er diese Wärme in der Brust spürte. Am liebsten hätte er sie in den Arm genommen und geküsst. Hier und jetzt, und es war ihm dabei piepegal, dass sie sich gerade in einem Kloster befanden.

Aber auf einmal verflog die Euphorie aus ihrem Gesicht. An deren Stelle trat eine betrübte Miene. Sie schlug die Augen nieder und flüsterte: »Es gefällt dir nicht.«

»Doch, doch. Es gefällt mir sogar sehr«, beeilte sich Sören zu sagen und fasste nach ihrem Arm.

Sofort hob sie den Blick. Olivgrüne Augen. Einmal mehr stockte ihm der Atem, und er schüttelte den Kopf. »Weißt du eigentlich, wie unglaublich du bist?«, sagte er dann. Etwas Besseres fiel ihm nicht ein. Wahrscheinlich hatte Alíki recht, und er war ein ganz und gar schnörkelloser Kerl ohne jede

Raffinesse. Aber was er gesagt hatte, war sein voller Ernst gewesen.

»Ja, ich weiß. Das sagt man mir immer«, antwortete sie kess lächelnd und zog ihn zum Eingang der kleinen Kirche.

Beim Eintreten schlug Sören der penetrante Geruch von Weihrauch entgegen. Die Steinbögen des Innenschiffs waren dunkel vom Alter und vom Rauch unzähliger Kerzen im Laufe der Jahrhunderte. Erstaunlich, wie angenehm kühl es hier drin war.

Ein im hinteren Teil des Raums von der Decke hängender Silberleuchter fiel ihm als Erstes ins Auge. Beim zweiten Hinsehen erkannte Sören die Fresken, die sowohl die Wände als auch die Decke ausfüllten. Sie waren unverkennbar alt, zum Teil schon schwarz vom Kerzenrauch und mit abgeblätterter Farbe. Doch noch immer konnte man die einstige Pracht erahnen.

»Das ist die Panagia Kardiotissa«, flüsterte Alíki Sören zu, während sie vor den beiden Ikonen beim kunstvoll geschnitzten und mit Goldintarsien verzierten Altarschirm aus Holz standen. »Man sagt ihr einige Wunder nach. Zum Beispiel ist sie angeblich dreimal von den Türken gestohlen und nach Istanbul verschleppt worden, aber durch ein Wunder immer wieder zurückgekehrt. Beim letzten Mal haben die Türken sie sogar an eine Marmorsäule gekettet. Tja, die Ikone ist wieder da.« Sie zeigte auf eine Eisenkette am Rundbogen direkt neben dem Bildnis. »Mit den Ketten. Und die Marmorsäule steht draußen auf dem Vorplatz.«

Ein Durchgang führte in den Gewölbekeller mit weiß getünchten Wänden und Decken. Hier befanden sich verschiedene liturgische Geräte wie Laternen, Altarkreuze und, wie Alíki ihm erklärte, die Kelche für den Rüsttisch.

Obwohl Sören keine Ahnung vom griechisch-orthodoxen Ritus hatte, war er beeindruckt. Allein schon von der Ruhe und Aura, die dieser Ort ausstrahlte.

Sobald sie wieder zurück ins Freie traten, legte er die Hand auf die Außenmauer. Der Stein war von der Sonne gewärmt. Bewundernd ließ Sören die Finger über die Mörtelrillen gleiten. Über die Kanten der einzelnen Kalksteinblöcke. Es faszinierte ihn immer wieder, mit welcher Präzision die Ecksteine gelegt waren. Was diese Mauern wohl alles erzählen würden, wenn sie reden könnten?

Das Kloster bestand aus mehreren, durch Treppen verbundenen Gebäudeteilen, die sich rund um den Innenhof und das Kirchlein erstreckten. Diese waren zwar, der Bauart nach zu urteilen, viel jüngeren Datums, passten jedoch harmonisch zum Gesamtbild. Sitzbänke standen im Schatten der Orangen- und Jasminbäume. In dickbauchigen Tonkrügen blühten Hortensien in den prächtigsten Farbschattierungen von Lila über Rosa bis hin zu Weiß. Sogar die eben angekommenen Touristengruppen konnten die friedliche Atmosphäre des Ortes nicht stören.

Ein Windhauch raschelte in den Blättern der Bäume und brachte etwas Kühlung in der Mittagshitze. Und da war er wieder. Dieser vertraute Geruch.

Sören beugte sich über die Büschel mit den zarten, silbern schimmernden Pflanzenblättern und sog den typischen Duft tief durch die Nase ein.

»Faskomilyiá.« Lächelnd trat Alíki neben ihn und deutete auf die Büschel. »So nennen wir die Salbeipflanze. Die Blätter, die man zum Trocknen oder als Gewürz benutzt, heißen hingegen Faskomílo.«

»Ihr Griechen macht euch das Leben gerne absichtlich

schwer, stimmt's?«, seufzte er mit einem Kopfschütteln. Wozu zwei Wörter für ein und dieselbe Sache?

Der rechte Mundwinkel der Kreterin hob sich spöttisch, als sie sagte: »Tja, wir sind nun mal nicht leicht zu übertreffen.« Sie gluckste und wandte sich zum Ausgang. Nach ein paar Schritten lächelte sie ihn über die Schulter hinweg auffordernd an. »Éla, páme – komm. Ich habe Hunger.«

Sören folgte ihr. Dabei fragte er sich insgeheim, was ihn an dieser Frau mehr faszinierte: die Tatsache, dass er mit ihr scherzen und sich über so simple Dinge wie einen selbst gemachten Lampenschirm oder den griechischen Ausdruck für Salbei unterhalten konnte? Oder weil sie so stolz und schlagfertig war und ihn mit nur einem einzigen Lächeln völlig entwaffnete?

KAPITEL 21

Botschaften, Entscheidungen und der Geruch von Yiayiàs Waschmittel

Der kleine Ort Krasi war nur noch einen Katzensprung entfernt. Dort, in einer von Platanen beschatteten Taverne, aßen sie zu Mittag, lachten und scherzten.

Einmal mehr staunte Alíki, wie einfach und unkompliziert es war, sich mit Sören zu unterhalten. Ganz ohne Vorbehalte und ohne jeden wertenden Kommentar. Auf völlig ebenbürtiger Basis. Sie mochte seine ruhige Stimme, wenn er ihr Ratschläge für den Onlineshop oder zu einer Prüfungsaufgabe in Marketing gab. Dabei wirkte er nie überheblich oder etwa wie ein Lehrmeister, obwohl seine Erfahrung und sein Wissen in dieser Materie das ihrige um ein Vielfaches überstiegen.

Er hörte ihr sogar geduldig zu, wenn sie ihm voller Begeisterung von einer neuen Löttechnik erzählte, die sie kürzlich entdeckt hatte und für ihre Schmuckherstellung anwenden wollte.

»Sieh dir diesen Anhänger an. Das ist ein Übungsversuch von gestern Abend. Ich glaube, er ist nicht schlecht gelungen.« Alíki schob ihm ihr Handy über den Tisch zu. Auf dem Display war das Bild eines tropfenförmigen Meeresschneckenhauses zu sehen, um dessen Rillen sie einen Silberdraht gelötet und das Ganze dann in der Mitte eines polierten Silberovals befestigt hatte. »Stell dir vor, was für neue Perspektiven sich mit dieser Technik eröffnen.« Vor unterdrückter Aufregung biss sie sich auf die Unterlippe.

Sein Lächeln. Er sah damit sogar noch besser aus. So wie jetzt, als er seinen Teller beiseiteschob, sich vorlehnte und das Bild auf dem Handydisplay vergrößerte.

Er pfiff anerkennend durch die Zähne. »Das sieht richtig gut aus. Ehrlich.«

Sofort fühlte Alíki, wie sie vor Freude errötete. »Natürlich muss ich hier und da noch etwas ausbessern, aber es gefällt mir ebenfalls.« Dass sie dabei die Hand unbewusst auf Sörens legte, bemerkte sie erst zu spät.

Einen kurzen Moment lang kamen ihr Gewissensbisse. Wenn Mamá sie jetzt sehen könnte, würde sie bestimmt in Ohnmacht fallen. Es schickte sich nicht, in der Öffentlichkeit die Hand eines Mannes zu halten. Anderseits konnte sie sie jetzt nicht mehr einfach so zurückziehen. Sie hätte dadurch den Anschein von Unentschlossenheit erweckt.

Das hingegen passte in keinster Weise zu dem Plan, den sie und Lisa ausgeheckt hatten. Obwohl … Eigentlich war es kein Plan im üblichen Sinn, sondern vielmehr ein Wink mit dem Zaunpfahl. Ganz getreu dem Motto: Wenn die Götter nicht zum Olymp kommen, kommt der Olymp eben zu den Göttern. So würde sich vielleicht zeigen, ob Charis mit seiner Vermutung tatsächlich recht hatte.

Ganz beiläufig fuhr Alíki mit dem Daumen über die feinen Härchen auf Sörens Handrücken.

Eindeutige Botschaften aussenden, aber auf gar keinen Fall billig wirken, hatte Lisa gesagt. Einfacher gesagt als getan.

Sogleich fuhr Sörens rechte Augenbraue in die Höhe, er neigte den Kopf zur Seite und sah Alíki fragend an. Doch dann huschte ein winziges, zufriedenes Grinsen über sein Gesicht. Ganz kurz nur, ehe seine Züge erneut völlig neutral wirkten und er sagte: »Ich finde immer noch, dass du deine

Familie einweihen solltest. Wenn sie dein Talent sehen könnten, hätten sie bestimmt nichts dagegen einzuwenden. Ich glaube sogar, sie wären stolz auf dich.«

Damit hatte Alíki allerdings nicht gerechnet. Augenblicklich war der Reiz des Moments wie weggeblasen. Wie konnte er ausgerechnet jetzt von ihrer Familie reden, wenn es doch um etwas ganz anderes ging? Interpretierte er womöglich ihre Botschaften falsch?

»Du weißt doch, dass das nicht so einfach ist«, sagte sie und seufzte in Gedanken. Er hatte außerdem gut reden. Für ihn war es leicht, sich die Freiheit zu nehmen und seinen Traum in die Realität umzusetzen. Er war bereits auf der Höhe seines beruflichen Erfolgs, verfügte über genügend finanzielle Mittel sowie Durchsetzungsvermögen. Und er war ein Mann.

Sie selbst allerdings … Alíki sog tief die Luft ein. »Aber ich habe mich trotzdem dazu entschlossen, mich nicht mehr zu verstecken.« Sie atmete hörbar aus. Es war das erste Mal, dass sie es laut aussprach. Noch fühlte es sich irgendwie fremd an. Und zugleich fantastisch.

»Ist das dein Ernst?« Sörens Gesicht hellte sich schlagartig auf.

»Natürlich werde ich es ganz langsam und behutsam angehen. Zuallererst werde ich für Lisa die Halskette und den dazu passenden Ohrschmuck zur Hochzeit entwerfen«, erklärte sie. Der Gedanke war ihr zum ersten Mal am Tag der Anprobe gekommen. Eine Idee, so winzig wie ein Samenkorn, das nach und nach Wurzeln schlug, gedieh und inzwischen zu einer handfesten Entscheidung herangewachsen war.

Sören sah sie ernst an. »Die Hochzeit ist in knapp zwei Wochen. Schaffst du das?«

Dass sie eine Entscheidung gefällt hatte, hieß nicht, dass diese ihr nicht noch immer ein mulmiges Gefühl im Bauch verursachte, sobald sie daran dachte. Der sehr sportliche Zeitplan war nur einer der Gründe dafür.

»Es bleibt mir wohl kaum etwas anderes übrig, nicht wahr?« Sie versuchte ein zuversichtliches Lächeln. »Der Anhänger von eben ist der erste Entwurf. Es fehlt mir aber noch das gewisse Etwas, die zündende Idee. Sobald ich die habe, werde ich ein paar Nachtschichten einlegen müssen«, erklärte sie. Dann – ja, dann blieb ihr nur noch übrig, für den Schutz aller zehn heiligen Märtyrer zu beten und zu hoffen, dass die Hochzeit die allgemeine Stimmung der Verwandten besänftigte.

Im Geiste sah sie sogar schon bildlich vor sich, wie die gesamte versammelte Familie Zoidakis lautstark über Schmuck fachsimpelte und Ratschläge darüber erteilte, was sie, Alíki, zu tun und zu lassen hatte, weil es sich schließlich für eine anständige junge Frau nicht anders ziemte. Einen guten, kretischen Mann finden. Heiraten. Und eine eigene Familie gründen.

»Versteh mich nicht falsch, ich finde es toll, und du wirst es schaffen, davon bin ich überzeugt. Aber was hat dich so plötzlich deine Meinung ändern lassen? Du hast doch bis jetzt alles erdenklich Mögliche unternommen, damit niemand davon erfährt«, sagte Sören noch immer ungläubig.

Du warst es, hätte Alíki um ein Haar gesagt, biss sich jedoch gerade noch rechtzeitig auf die Zunge. Aber es stimmte. Es war tatsächlich Sören gewesen – oder vielmehr seine Entscheidung, alles hinter sich zu lassen, um einen Traum zu leben. Wie gesagt, er mochte es einfacher haben, nichtsdestotrotz gehörte eine riesige Portion Mut dazu. Sobald ihre Eltern und der Rest der Familie von ihrem Geheimnis erfuhren, würde es sein, als wäre das Ende der Welt über sie alle hereingebrochen. Es würden Tränen fließen, und Vater würde zwei – vielleicht sogar drei – Wochen lang kein Wort mehr an sie richten. Irgendwann könnten sie es jedoch hoffentlich verstehen. Vor allem aber blieb Alíki künftig die ganze Geheimnistuerei erspart.

Im selben Augenblick wurde ihr bewusst, dass sie noch immer Sörens Hand hielt. Seine Finger hatten inzwischen die ihren umschlungen. Kamen die Botschaften also doch bei ihm an? Sie fühlte die Schwielen an seinen Handballen. Am Zeigefinger hatte er die Blasen mit mehreren Pflastern umwickelt.

Dann lächelte sie und zog die Hand weg, um nach dem Kellner zu winken. »Wenn wir noch mehr sehen wollen, sollten wir jetzt besser los.«

Es wurde schon dunkel, als Sören seinen Wagen wieder auf dem Parkplatz außerhalb von Palekastro neben ihrem gelben Peugeot zum Stehen brachte.

Warme, feuchte Luft und der Geruch nach Frittieröl und Fisch von der nahe gelegenen Taverne drangen durch das geöffnete Autofenster herein. Gelächter, Stimmengewirr und das Klirren von Geschirr waren zu hören. Das Lokal war wie jeden Abend gut besucht.

»Das war ein toller Tag. Vielen Dank«, sagte er und lehnte sich im Sitz zurück.

Alíki schmunzelte. »Parakaló.« Gern geschehen. Sie hielt ihren Rucksack auf den Knien, eigentlich bereit zum Aussteigen. Doch sie hatte keine Eile. Schon den ganzen Nachmittag lang hatte sie sich etwas vorgenommen und sich dafür in Gedanken Mut zugesprochen. Botschaften aussenden. Nur wer wagte, gewann – so hieß es doch.

Sie versuchte, das laute Pochen in ihren Ohren zu ignorieren, als sie sich hinüberlehnte und Sören küsste.

Ihm entfuhr ein erstauntes Brummen. Doch dann legte er die Hand an ihre Wange, sie fühlte die Wärme der Berührung. Er roch gut – nach Bergamotte und Moschus und Yiayiàs Waschmittel. Und er küsste gut. Seine Lippen waren weich.

Fassungslosigkeit und Staunen lagen in Sörens Blick, als sie sich schließlich wieder aufrichtete. Lächelnd streckte sie die Hand aus und wischte einen kleinen Speicheltropfen von seinem Mundwinkel. »Der Tag hat mir auch sehr gefallen.« Ohne ein weiteres Wort stieg Alíki dann aus und ging zu ihrem Wagen. Diese Botschaft war mehr als deutlich gewesen.

Sören starrte sie noch immer sprachlos durch das offene Autofenster an, als sie ihm zuwinkte und losfuhr.

Sobald sie in ihrer Wohnung angekommen war und die Tür hinter sich geschlossen hatte, lehnte sie sich atemlos dagegen. Ihre Wangen glühten, und sie fühlte sich leicht schwindelig. Trotzdem lachte sie laut auf.

Heilige Eleni, irgendwann inmitten all der Offenbarungen, die sie für ihre Eltern bereithielt, würde sie ihnen auch noch erklären müssen, dass sie sich ausgerechnet in den jermanós verliebt hatte.

KAPITEL 22

Steinlücken

Ein paar Tage später

Sören spürte das Vibrieren des Meißels in seiner Hand bei jedem Hammerschlag, mit dem er den alten, bröckeligen Mörtel zwischen den Steinblöcken löste.

Auf einem Gerüst stehend, fing er jeweils am oberen Teil der Wand, direkt unter der Decke an und arbeitete sich in einem ungefähr anderthalb Meter breiten Streifen vorsichtig, Stein um Stein, Reihe um Reihe, Meter um Meter, nach unten. Als Werkzeug benutzte er einen der Meißel und einen Hammer aus Mettes Werkzeugkiste. Damit grub er sich jeweils nur etwa drei bis fünf Zentimeter tief zwischen die Steinlücken. Gerade genug, um das Altmaterial aus den Zwischenräumen zu bekommen. Manchmal reichten ein paar Schläge mit dem Meißel, manchmal musste er die Mörtelbrocken auch herauskratzen. Ganz behutsam jedoch, um den Stein nicht mehr als nötig zu beschädigen.

Es war eine staubige Angelegenheit. Trotz der Handschuhe fühlte er das spröde Steinmehl an den Fingern. Seine Arme waren verschmiert von Dreck und dem Wasser, mit dem er die Mauer zuerst befeuchtet hatte, um zu viel Staub zu verhindern. Selbst mit der Schutzmaske erfasste er den typischen, leicht säuerlichen Geruch des Kalkmörtels.

Der regelmäßige metallene Klang, wenn der Hammer auf den Meißel traf, hallte von den Mauern wider. Heute war

Sonntag und außer Sören sonst niemand auf der Baustelle. Er genoss die Ruhe, das Alleinsein und die vertrauten Arbeitsabläufe. Es half ihm, den Kopf klar zu bekommen, die Gedanken zu ordnen. Denn die waren seit ein paar Tagen zu einem ständig herumwirbelnden Chaos geworden.

Er hörte, wie die Mörtelbrocken unter ihm zu Boden prasselten, während er den eben bearbeiteten Mauerteil und die Fugen mit einem Bürstenpinsel säuberte. Mit einem nassen Schwamm benetzte er die Zwischenräume dann erneut, ehe er sie mit neuem Mörtel, gemischt aus Sand und Kalk, und mithilfe eines dünnen Spachtels auffüllte. Inzwischen gab es hierfür zwar eine modernere Methode, bei der die Mörtelmasse mit einer Art Spritzsack in die Rillen eingefügt wurde. Sören hatte das auch schon bei Verputzarbeiten an Klinkerfugen zu Hause in Hamburg gesehen. Damit kam man natürlich viel schneller voran, doch ihm war die herkömmliche Technik lieber. Seiner Meinung nach gab es einem ein viel befriedigenderes Gefühl, wenn man mit der Kelle über die Steinkanten fuhr und dabei jenes typische, raspelnde Geräusch entstand.

Mit dem Arm wischte er sich den Schweiß von der Stirn. Seine Handflächen pochten, und die Muskeln an seinen Schultern und Oberarmen rebellierten bei jeder Bewegung. Nichtsdestotrotz war er zufrieden mit dem Resultat. Obwohl es mit diesem Arbeitsgang noch längst nicht getan war: Nach etwa einer Stunde, wenn der Mörtel angehärtet war, erfolgte ein zweiter Durchgang, um sämtliche überstehenden Kanten und Brüche zu ebnen. Erst sobald alles vollständig ausgehärtet und trocken war, konnte die Wand noch einmal gründlich abgebürstet und zum Schluss versiegelt werden. Vorher mussten sie jedoch noch die Deckenbalken schleifen und versiegeln sowie die erst vor ein paar Tagen reparierte Decke verputzen. Die Arbeit würde ihnen die nächsten Wochen lang jedenfalls nicht ausgehen.

Die nächsten Wochen lang.

Abrupt hielt Sören inne und ließ die Arme sinken. Es gab Momente, in denen er die Konsequenzen seines Entschlusses noch immer nicht ganz erfassen konnte. Er hatte alles ganz langsam und bedacht angehen wollen: Seine Auszeit für ein paar Monate hätte keinerlei Folgen für die Firma nach sich gezogen. Seine Vertretung war bestens organisiert, und Tilly hielt treu und zuverlässig die Stellung.

Natürlich hatte er mit dem Einwand seines Bruders gerechnet. Er wäre nicht Gerit gewesen, hätte er Sörens unerwartete Entscheidung einfach so hingenommen – völlig unabhängig von der neuen Situation mit Julia. Wie er Gerit kannte, stellte diese für dessen pragmatisches Weltbild ohnehin kaum eine nennenswerte Komplikation dar.

Er tauchte den Schwamm erneut in den Wassereimer und drückte ihn in die eben freigemeißelten Rillen. Wassertropfen rannen dabei über die Steinwand nach unten und hinterließen dunkle Spuren.

Wer immer von der mehr als merkwürdigen Beziehung der Johannsen-Brüder erfuhr, musste sich bestimmt fragen, wie es überhaupt dazu gekommen war. Sören hatte sich darüber selbst schon unzählige Male Gedanken gemacht. Diese Entfremdung war nicht von einem Tag auf den anderen entstanden – oh nein, sie war über die Jahre hinweg sogar gewachsen und großzügig gedüngt worden. Er selbst trug daran ebenso Schuld wie Vater und Gerit. Vater hatte mit der harten und nur auf Erfolg gerichteten Erziehung seiner Söhne den Grundstein gelegt, doch sie beide, Gerit und er, Sören, waren seinem Vorbild zielstrebig gefolgt – Gerit sogar noch mehr als er selbst. Er hatte immerhin eine Zeit lang rebelliert, auch wenn nicht mehr daraus geworden war.

Er biss die Zähne zusammen und schmiss den Mörtelklumpen von der Kelle mit einer kurzen präzisen Bewegung des Unterarms in die Rille zwischen zwei Steinblöcken.

Es zuzugeben, hinterließ zwar einen sehr fahlen Geschmack im Mund, doch allen Allüren zum Trotz hatte weder er noch Gerit auf die luxuriösen Annehmlichkeiten verzichten wollen, die ihnen ein Leben in Vaters Fußspuren ermöglichte. So einfach und ernüchternd war die Wahrheit.

Er verstrich den Mörtel so energisch, dass das Metall der Kelle laut kreischend über den Stein scharrte.

Früher oder später würde er zurück nach Hamburg fliegen und sich mit Gerit aussprechen müssen. Wenigstens Mutter zuliebe. Sie war die Einzige gewesen, die immerhin versucht hatte, aus ihnen vier so etwas wie eine funktionierende Familie zu machen. Eine, die nicht bloß auf geschäftlicher Ebene am selben Strang zog.

Doch allein schon der Gedanke, Kreta, wenn auch nur kurz, zu verlassen, missfiel Sören.

Er kletterte vom Gerüst herunter, zog die Arbeitshandschuhe aus und wandte den Blick die eben vermörtelte Wand entlang in die Höhe. Dabei legte er die rechte Hand auf einen der Steinblöcke.

Ah, was für eine Wohltat, dessen Kühle an der von der Arbeit geröteten Handfläche zu spüren. Der Stein war solide und beständig – allen Unwettern trotzend und Jahrhunderte überdauernd.

Nein, er konnte jetzt nicht einfach von hier weg. Völlig ausgeschlossen. Nicht, nachdem Aliki ihn aus heiterem Himmel geküsst und damit all seine ritterlichen Vorsätze mit einem Schlag in Luft aufgelöst hatte.

Er fühlte, wie sich seine Lippen nur bei der Erinnerung an den Moment auf dem Parkplatz der Taverne zu einem Lächeln verzogen. Zugleich stemmte er sich mit der Hand gegen die Mauer. Und er Trottel hatte sie einfach so davonfahren lassen.

Mit der flachen Hand schlug Sören gegen die Wand. »Bist du eigentlich noch zu retten, Mann?«

Eine berechtigte Frage.

Alíki war am selben Abend noch zum Abendessen auf den Gutshof gekommen. Ebenso gestern. Doch es schien schlicht ein Ding der Unmöglichkeit, die Frau auch nur einen unauffälligen Moment lang allein zu erwischen, ohne dass irgendein Familienmitglied in Hör- oder Sichtweite war. Stattdessen warf sie ihm zwischen den auf dem Tisch stehenden Flaschen hindurch amüsierte Blicke zu, strich sich in einer aufreizenden Geste das Haar hinters Ohr oder streifte wie zufällig seinen Arm, während sie die Schüssel mit dem Tomatensalat vor ihn hinstellte.

Leise fluchend schob Sören das Gerüst beiseite und sammelte die Werkzeuge ein. Es war schon fast sieben Uhr abends. Er hatte heute Nachmittag rund drei Viertel der Wand geschafft. Morgen konnte er mit der großen Längswand beim Hauseingang beginnen.

Bis dahin fand er mit etwas Glück endlich einen Weg, um mit Alíki zu sprechen. Er hatte bereits vergebens versucht, sie anzurufen, und mehrere SMS und WhatsApp-Nachrichten geschrieben. Sie antwortete nie.

Charis' Worte fielen ihm wieder ein. »Sie wollen umworben und erobert werden.« Nun, Sören mochte zwar kein

Südländer sein, doch es war nicht schwer zu erraten, dass Alíki mit ihrem Tun genau das bezweckte. Kein Zweifel, sie neckte ihn. Forderte ihn heraus, und bei allem, was ihm heilig war, er ließ sich nur zu gern von ihr provozieren.

Um genau zu sein, hätte er sogar eine saftige Backpfeife verdient, weil er nicht schon viel eher gemerkt hatte, dass er sie liebte.

Mit aller Kraft rubbelte er in einem Wassereimer den eingetrockneten Mörtel vom Spachtel und den Kellen und wusch dann das Mischbecken aus.

Die Erkenntnis war ihm vorgestern gekommen. Dort auf dem Parkplatz. Als er sie hatte wegfahren sehen und sich im ersten Schreckmoment nicht einmal mehr hatte rühren können. Himmel, seit wann war er denn so verdammt schwer von Begriff?

Aber was jetzt?

Gerade als er die sauberen Werkzeuge wieder zurück ins Haus bringen wollte, blieb Sören auf einmal wie angewurzelt stehen.

Was hatte ihm Charis vor ein paar Abenden gleich noch erzählt? Einen Beweis der Mannesehre. Das sei es, was echte, kretische Frauen wollten.

»So ein Blödsinn«, brummte Sören und schüttelte den Kopf.

Sorgsam kehrte er den alten Mörtel mit Besen und Schaufel am Boden zusammen, schüttete ihn in einen eigens dafür vorbereiteten Eimer und wischte sich dann die Hände an einem Lappen trocken.

Echte Mannesehre. Sie waren doch nicht mehr im Mittelalter. Ganz abgesehen davon: Womit sollte er diese überhaupt beweisen? Etwa, indem er auf dem Kirchplatz von Palekastro einen Turm aus Kalksteinquadern baute?

Er schnalzte mit der Zunge. Das hatte er sich irgendwann während der vergangenen Wochen angewöhnt und fand es erstaunlich universell anwendbar.

Als Nächstes kamen ihm mexikanische Mariachi-Musiker in den Sinn. Gab es vielleicht so etwas Ähnliches auch auf Kreta?

Er erinnerte sich daran, was Charis ihm von seinem Schwager erzählt hatte. Dieser sollte angeblich eine Ziegenherde zum Gutshof getrieben haben. Was daran so mannhaft sein sollte, erschloss sich Sören nicht ganz, aber es war anscheinend zielorientiert und beeindruckend genug gewesen.

»Was soll der Quatsch?«, schimpfte er sogleich mit sich selbst, als er in seinen Wagen stieg. Was dachte er überhaupt noch länger darüber nach? Das Ganze war etwas typisch Kretisches, und er war nun mal alles andere als ein Kreter. Doch während er den Wagen über das kleine Sträßchen durch den Olivenhain lenkte, kam ihm plötzlich eine Idee.

Sogleich straffte Sören den Rücken, ungeachtet der rebellierenden Muskeln in seinen Schultern.

Ja, die Idee war gut – sehr gut sogar. Genau das, was er brauchte, um die sinnbildliche Lücke zwischen den Steinen zu schließen. Und wenn er es sich recht überlegte, ließ sie sich zudem noch ohne größere Umstände umsetzen.

Sören grinste zufrieden und drückte das Gaspedal durch.

KAPITEL 23

Die mantinada mit Folgen

Alíki wusste nicht mehr, wo ihr der Kopf stand. Es war die letzte Woche der Vorbereitungen. Bereits am Samstag begannen die Hochzeitsfeierlichkeiten mit dem Präsentieren der proíka. Ein Großteil der engeren Verwandtschaft würde zum Gutshof kommen, um die Aussteuer zu bewundern.

Stunde um Stunde schrubbten, putzten und polierten Alíki, Mamá, Philyra, Kalli, Yiayià und sämtliche Tanten und Cousinen Haus und Hof. Alles musste strahlen und glänzen.

Damit nicht genug, waren Lisas Mutter, die Tante und ihr Onkel inzwischen angekommen. Ihr Vater, der bekannte Archäologe Professor Helmut Stadler, reiste morgen direkt aus Oslo an. Obwohl sie nun zur erweiterten Familie gehörten, mussten auch sie bewirtet und umsorgt werden. Darum würde sich Lisa kümmern, mit ihnen Ausflüge machen und ihnen die Insel zeigen.

Erst spätabends, nachdem Alíki todmüde von der Arbeit im Spa und mit Kopfschmerzen vor lauter Stress die Tür ihrer Wohnung hinter sich geschlossen und die Schuhe ausgezogen hatte, konnte sie endlich wieder durchatmen.

Es war schon so spät, dass Herr Oskar sie nur noch mit einem schläfrigen Triller begrüßte. Seit ein paar Tagen ließ sie ihn im Innenkäfig in der Wohnung, draußen auf der Terrasse war es tagsüber inzwischen viel zu heiß.

»Hallo, mein Kleiner. Geht es dir gut?«, flüsterte sie, strich mit dem Finger sanft über Oskars Kopf und hängte eine getrocknete Apfelscheibe als Wiedergutmachung für ihr Zuspätkommen in den Käfig.

Doch wie es schien, war der Vogel sogar zu müde, um die Leckerei zu beachten. Er hatte seinen Schnabel bereits tief ins Brustgefieder gesteckt und hielt die Augen halb geschlossen.

»Na schön, dann erzähle ich dir nur noch kurz, was heute alles passiert ist, ja? Du brauchst auch nur zuzuhören.«

Er antwortete mit einem leisen Gurren.

Vorsichtig strich sie mit dem Zeigefinger über Oskars Rücken und seufzte. »Wo soll ich anfangen? Für die Hochzeit ist alles bereit. Das hoffe ich zumindest.« Alíkis Blick fuhr zur Wand neben ihrem Bürotisch, die über und über mit gelben, orangen und grellpinkfarbenen Post-it-Zetteln vollgeklebt war. Gelb bedeutete: Wichtig, aber nicht über Leben und Tod entscheidend; Orange stand für: So notwendig wie der erste Cappuccino am Morgen; und auf den pinkfarbenen Zetteln standen all die für das Gelingen der Hochzeit elementaren Punkte – kurz gesagt: Entweder es klappte, oder Auswandern war die letzte Alternative.

»Wir haben alles vorbereitet, was wir vorbereiten konnten«, erklärte sie nachdenklich. »Übermorgen wird Lisas proíka präsentiert. Das heißt, morgen müssen nur noch die Tische im Hof aufgestellt und dekoriert werden. Yiayià, Mamá und Tante Nefeli haben schon gestern mit dem Backen begonnen. Richtig los geht es aber erst nächste Woche.« Ja, dann wurde das Festtagsgebäck, die xerotigana, gebacken – zarte, blumenförmige Kringel aus frittiertem Blätterteig mit Honigsirup.

Am Donnerstag vor der Hochzeit wurden dann schließlich die krebatia, also die Betten, gemacht, und dann am Samstag wäre endlich der große Tag.

»Bis dahin muss ich nur noch ein paar Feinheiten an dem Anhänger für Lisas Halskette ergänzen. Die Ohrstecker und das Armband sind bereits fertig.« Sie lächelte stolz. »Ich glaube, das sind meine besten Arbeiten bisher. Hoffentlich gefallen sie Lisa, sie weiß noch gar nichts davon. Sören hat gemeint …« Die letzten Worte blieben Alíki sogleich im Hals stecken, und sie stieß den Atem aus.

Sören. Sie hatte ihn seit Tagen kaum noch zu Gesicht bekommen, er arbeitete mit Feuereifer an seinem Haus. Wenn er abends spät zurückkam, nahm er sich nur einen Teller voll Essen und ging dann in sein Zimmer, während er für sie kaum noch einen Blick übrig hatte. Es war zum Haareraufen.

»Er hat nicht verstanden«, sagte sie kleinlaut und lehnte die Stirn gegen das Käfiggitter. Er hatte ganz offensichtlich keine Ahnung, was sie mit all den kleinen Zeichen und dem Kuss hatte bezwecken wollen. Oder es interessierte ihn nicht. Oder beides. Heiliger Himmel. Vielleicht hätte sie doch auf seine Anrufe und Nachrichten antworten sollen, obwohl das gegen die höchste aller unausgesprochenen Regeln ging. Wenn man einen Mann schon dazu bringen wollte, die Initiative zu ergreifen, durfte Frau nicht einfach klein beigeben. Das wäre ein zu leichtes Spiel für ihn.

Mit einem Ruck richtete sich Alíki wieder auf und schloss leise die Käfigtür. Dann drehte sie sich um. Sie war so müde, sie wollte sich nur noch waschen, umziehen und sich dann im Bett verkriechen, bis morgen früh. Zum Glück musste sie die nächsten zwei Tage nicht zur Arbeit in den Spa.

Als sie endlich in ihrem Bett lag, zog sie sich das Leintuch weit über den Kopf.

Trotz allem war Sörens plötzliche Teilnahmslosigkeit noch viel leichter zu verkraften als der Gedanke daran, dass sie sich mit ihrer Eigeninitiative womöglich in seinen Augen völlig lächerlich gemacht hatte.

Als Alíki am nächsten Tag auf dem Gutshof ankam, musste sie das Auto auf dem freien Feld jenseits der Mauer parken, denn die Dekorationsarbeiten im Innenhof waren bereits in vollem Gange.

Nanu, ihre Mutter war schon da? Sie erkannte den weißen Skoda ihrer Eltern, der ebenfalls schon dort stand. Neben den Scootern von Petros und Nikos.

Auf dem Innenhof waren bereits drei Holztische für das Büfett im Halbrund aufgestellt und warteten darauf, gedeckt zu werden. Von der Terrasse her hörte sie das laute Klappern von Pfannen und Tellern sowie mehrere Frauenstimmen. Darunter die ihrer Mutter.

Derweil hangelte Cousine Kalli in einer halsbrecherischen Aktion auf der Leiter und versuchte, eine Lichterkette um die unteren Äste des Olivenbaums zu wickeln.

Sofort eilte Alíki ihr zu Hilfe, »Vorsicht!«, und hielt die Leiter fest, ehe sie mitsamt Kalli kippte.

»Uff. Das war knapp.« Mit einem dankbaren Lächeln schaute die Jüngere auf Alíki herunter, hielt sich jedoch gleichzeitig mit beiden Händen an einem Ast fest. An ihrer linken Schulter hingen noch mehrere Meter Lämpchenkabel.

»Warum lässt du das nicht die Männer machen? Wo stecken sie überhaupt?«, fragte sie und ließ den Blick suchend über den Hof wandern.

Zur Antwort ertönte ein wüster Fluch, gefolgt von einem lauten, hölzernen Gepolter aus einem der Gebäude auf der gegenüberliegenden Seite des Innenhofs. Kurz darauf erschien

Charis mit hochrotem Kopf und zwei einzelnen Tischbeinen in den Händen, die er wütend zu Boden schmiss. Hinter ihm erschienen Nikos und Petros, die hölzerne Tischplatte tragend.

Kalli kicherte kurz, ehe sie mit dem Kinn in Richtung Terrasse deutete. »Das hier ist trotzdem noch allemal besser als das da oben.« Dazu weiteten sich ihre Augen zu einem vieldeutigen Blick, und sie senkte die Stimme. »Ich gebe dir einen guten Rat: Geh auf gar keinen Fall da hoch.«

Oben auf der Terrasse sah die Küche aus wie ein Schlachtfeld: Mamá und Tante Nefeli saßen am einen Ende des großen Tisches vor einem Berg Kartoffeln, unterstützt von Lisas Mutter. Am anderen Ende schnitten Lisa und Tante Dimitra einen Korb voll Auberginen in Scheiben. Am Herd rührte Philyra gleichzeitig in zwei riesigen Pfannen, während Cousine Appollonia und Yiayià am zweiten, über und über mit Mehl bestäubten Tisch Teig kneteten. Sogar Großonkel Stelios auf seinem Stuhl dort im Schatten hielt ein Becken auf den Knien, in das er Erbsen aus den Schoten pulte.

»Ah, da bist du ja, louloudi mou.« Mamá winkte ihr zu.

Sogleich ging Alíki zu ihr, küsste sie zur Begrüßung. »Was machst du denn schon hier?«

»Ach«, sagte die Ältere und machte eine wegwerfende Handbewegung. »Wie heißt es immer? Der frühe Vogel fängt den Wurm, und zu tun gibt es hier genug.«

Wie zur Bestätigung hörte sie Yiayià aus der Küche rufen: »Alíkoula, komm. Wir können jedes Paar Hände gebrauchen.«

Wenig später saß Alíki neben Lisa und Tante Nefeli und schälte einen halben Sack voll dicker, saftiger roter Zwiebeln. Kein Zweifel, ihre Finger würden noch wochenlang danach riechen. Immerhin war die Gesellschaft besser als nach Kallis Kommentar erwartet.

Es war anscheinend eine Art ungeschriebene Tradition, dass man sich bei solchen Gelegenheiten Anekdoten über den Bräutigam erzählte. Und Yiayiàs Fundus an Erinnerungen aus Charis' Kinder- und Jugendzeit schien schier unerschöpflich.

»Charis war schon als Kind ein Sturkopf, wie ihn die Welt noch nicht gesehen hat«, sagte sie mit Pathos in der Stimme. »Er war ungefähr neun Jahre alt, als er sich ein Bündel gepackt und uns allen voller Ernst erklärt hat, dass er nun von zu Hause fortging. Er würde nicht bleiben, wo man seine Meinung nicht respektiert, hat er verkündet. Und das nur, weil sein Vater zuvor, seiner Meinung nach ungerechtfertigterweise, mit ihm geschimpft hatte.«

Tante Nefeli lachte. »Ja, er hatte schon immer seinen eigenen Willen. Aber sein Herz liegt am rechten Fleck. Erinnert ihr euch noch, wie er einmal die ganzen Sommerferien lang eine junge Schwalbe mit einem gebrochenen Flügel aufgepäppelt hat?«

Im selben Moment ertönten eilige Schritte auf der Treppe, und Kalli erschien, gefolgt von Charis und den Cousins. »Hört ihr das auch? Da spielt jemand Musik«, rief sie atemlos und eilte an den gegenüberliegenden Rand der Terrasse, von wo aus sich einem die Sicht über Yiayiàs Garten, die Grundstücksmauer sowie das angrenzende Feld eröffnete.

Jetzt konnte es auch Alíki hören. Da waren Gitarren, begleitet vom unverkennbar schrillen Klang einer Lyra. Und dem Blöken von Schafen?

Neugierig stand sie auf, ging zusammen mit den anderen Verwandten zu dem Mäuerchen am Rand der Terrasse und blieb wie erstarrt stehen. Sie musste zu viel gearbeitet haben und halluzinierte. Wie sonst war es zu erklären, dass sie dort unten jenseits der Mauer eine Herde von zehn Schafen und drei Musikanten sah? Und inmitten der Schafe, einen langen Hirtenstab in der Hand und lächelnd zu ihr heraufschauend, stand Sören.

Der Lyra-Spieler setzte sein Instrument ab und begann zu singen, während die anderen beiden Männer auf den Gitarren weiterspielten: »Um die Dunkelheit zu vergessen, geht die Sonne auf. Ein Blick von dir genügt, um dieselben Strahlen zu schicken.« Eine mantinada – eines jener traditionellen, fünfzehnsilbigen, nach strengen Regeln verfassten Gesangsgedichte.

Augenblicklich fühlte Alíki das Holpern in ihrer Brust. Sie hielt den Atem an.

»Da soll mich doch der Schlag treffen«, hörte sie Charis neben sich sagen.

»Wow.« Fassungslos starrte Kalli auf die Szene.

»Was macht Soren denn da?« – »Und wozu die Schafe?«, wunderten sich Tante Nefeli und Cousine Appollonia.

»Oh, wie schön!«, rief Lisas Mutter. »Ist das etwa ein kretischer Hochzeitsbrauch?«

Lisa schüttelte langsam den Kopf. »Nicht dass ich wüsste.« Dann wandte sie den Blick fragend zu Alíki. Zugleich begann ihr Gesicht zu strahlen, und sie stieß sie sanft mit dem Ellenbogen an. »Wenn mich nicht alles täuscht, ist das für dich gedacht.«

»Was ist denn da unten los? Lasst mich sehen.« Energisch drängte sich Yiayià nach vorn. Mit gerunzelter Stirn blickte sie auf das Geschehen. Doch dann riss sie auf einmal die Augen auf, schlug sich entsetzt die Hand auf die Brust und rief: »Wer hat das Gartentor offen gelassen?!«

Erst jetzt bemerkte auch Alíki das sperrangelweit offene Eisentor, das einen direkten Zugang vom Feld zum Garten bot. Sowie die fünf Schafe, die sich unbemerkt in Yiayiàs Garten geschlichen hatten, wo sie nun fröhlich blökend die Tomaten niedertrampelten und sich am Salat gütlich taten.

KAPITEL 24

Kretische Tragödien

Verschwindet aus meinem Garten, ihr hässlichen Biester! Schoh! Schoh!«, rief Sofia und ruderte dabei mit den Armen.

Als ob das die Viecher interessierte, dachte Sören, während er gemeinsam mit Charis, Petros und Nikos versuchte, die störrischen, laut blökenden Tiere aus den Beeten zu treiben. Und das möglichst ohne das restliche Gemüse zu zertreten.

Wäre die Situation nicht so völlig chaotisch gewesen und hätte er sich in den vergangenen Minuten nicht eigenhändig zum größten Torfkopp des Jahrhunderts gemacht, hätte er sogar darüber lachen können. Was für eine grandiose Pleite. Dabei war alles minutiös geplant gewesen: vom Organisieren der Musiker über den Text der mantinada – den hatte er sich sogar von Panagiotis, dem Baumeister, ins Englische übersetzen lassen, um sicherzugehen, dass er auch wirklich passte – bis hin zu seinem Auftritt mit den Schafen. Von Charis' Erzählung inspiriert, hatte er sich für Schafe anstatt Ziegen entschieden, weil er seinerzeit deretwegen von der Straße abgekommen war. Ohne sie hätte er nicht zu Fuß gehen müssen und Alíki hätte ihn gar nicht erst am Straßenrand aufgelesen. Aus dieser Perspektive betrachtet, verdankte er den Viechern sogar einiges.

Es war eine Heidenmühe gewesen, den Schafhirten ausfindig zu machen, dessen Tiere schon die Villa Pasiphaë … nun, was auch immer sie dort getan hatten. Dem Hirten dann mit

Händen und Füßen zu erklären, was Sören plante, und ihn auch noch dazu zu bringen, dass er ihm einen Teil seiner Tiere überließ, wenn auch nur kurz … Die Mühen des Herkules waren ein Kinderspiel dagegen gewesen.

Das alles war jetzt jedoch völlig nebensächlich. Viel wichtiger war hingegen, dass es Alíki nach diesem Fiasko anscheinend sogar zu peinlich war, ihm in die Augen zu sehen. Sie würdigte ihn keines einzigen Blickes. Sören konnte es ihr nicht einmal verübeln.

Es schien eine Ewigkeit zu dauern, bis auch das letzte der zotteligen Tiere durchs Tor zurück aufs Feld trottete, wo sie der alte Hirte mit ein paar wenigen schrillen Pfiffen zusammentrieb. Die Musiker hatten sich indessen schon längst aus dem Staub gemacht.

»Der hätte ruhig schon früher auftauchen können«, keuchte Kalli, wischte sich den Schweiß von der Stirn und sank auf die Holzbank an der Hauswand.

»Das ist meine Schuld. Ich habe ihm gesagt, er soll erst in zwanzig Minuten kommen.« Sören straffte die Schultern und wandte sich an Sofia. »Ich weiß, es mag wie eine Floskel klingen, aber ich versichere Ihnen, das alles hier war nie meine Absicht. Es tut mir leid. Was kann ich tun, um den Schaden wiedergutzumachen?«

Sofia schloss kurz die Augen, wie um sich zu sammeln, und schüttelte den Kopf. »Ich danke dir für dein Angebot, aber mach dir keine Sorgen. Das lässt sich alles ersetzen.« Wie zur Bestätigung legte sie ihm mit einem kurzen, müden Lächeln die Hand auf den Arm.

Dann hob sie den Blick. In ihren Augen stand ganz deutlich eine Frage. »Aber was, bei allen Heiligen, hast du mit dieser Vorstellung eben eigentlich genau bezwecken wollen?«

Sören stutzte. Was er damit hatte bezwecken wollen? Was für eine Frage. War das denn nicht offensichtlich?

Sein Blick fuhr zu Alíki. Endlich wandte auch sie sich um und sah ihn an, er konnte ihre Miene jedoch nicht deuten.

Er schüttelte den Kopf. Irgendetwas stimmte hier nicht. Nein, ganz und gar nicht. »Man hat mir gesagt, das sei hier so üblich, wenn man eine Frau für sich gewinnen will«, sagte er dann geradeheraus. Er hatte sich bereits zur Lachnummer der Nation gemacht, was konnte noch Schlimmeres geschehen?

Sogleich wandten sich die Blicke der Frauen in Alíkis Richtung. Kalli und Appollonia stießen vor Rührung einen Seufzer aus. Lisa fasste nach Alíkis Arm. Deren Mutter hingegen schlug sich fassungslos die Hand auf den Mund.

Alíki starrte ihn ungläubig an. Sie öffnete die Lippen, um etwas zu sagen, presste sie jedoch sogleich wieder wortlos zusammen, während sich ein freudig-rosa Schimmer auf ihre Wangen legte. Ihr Haar war noch immer zerzaust, das kleine Blatt einer Bohnenstaude hing in einer Locke an ihrer Schläfe.

»Wer hat dir denn einen solchen Bären aufgebunden?«, hörte Sören Sofias amüsierte Stimme.

Nur mit Mühe riss sich Sören von Alíkis Anblick los, sah erst Sofia an. Dann Charis. Wie? Einen Bären aufgebunden?

»Ich finde aber, das hatte immerhin einen gewissen Stil«, merkte Nikos an und fing sich damit von seiner Mutter umgehend einen Klaps in den Nacken ein. »Autsch. Was denn? Stimmt doch.«

Schließlich räusperte sich Charis und zog damit sämtliche Blicke auf sich.

Sofia stemmte die Fäuste in die Hüften und bedachte ihren Enkel mit einer strengen Miene. »Hast du etwas dazu zu sagen?«

Mit einer unwirschen Grimasse verschränkte Charis die Arme vor der Brust. »Na ja, was ich Sören erzählt habe, war vielleicht etwas aus der Luft gegriffen. Aber doch nur, um zu sehen, ob er es auch wirklich ernst mit Alíki meint. Woher sollte ich denn wissen, dass er das Ganze so wörtlich nimmt?«

Im Nachhinein betrachtet, tat Sören das einzig Richtige, indem er sich wohlweislich aus der Schusslinie zurückzog, als sich Lisa, Philyra und Alíki zu Charis umdrehten. »Du hast was getan?« Lisas Stimme war beunruhigend leise und prägnant.

»Hast du nun auch noch den letzten Funken Verstand verloren?«, sagte Philyra, vorwurfsvoll den Kopf schüttelnd.

Im Gegensatz dazu hielt sich Alíki nicht zurück. »Was fällt dir ein, dich in meine Angelegenheiten einzumischen?«, rief sie.

»Ich habe das doch nur getan, um dir zu helfen«, blaffte Charis zurück.

Ihre Wangen wurden immer röter. »Habe ich dich etwa darum gebeten?«

Er schnaubte. »Nicht mit Worten.«

»Und auch nicht in Zeichensprache!« Ihre Stimme überschlug sich.

Was anschließend dort im Gemüsegarten des Gutshofs geschah, konnte man wohl als den größten interhellenischen Streit seit der Schlacht um Troja bezeichnen, ging es Sören durch den Kopf, während er sich neben Lisas völlig verdatterte Mutter stellte. Die Fronten waren klar gezogen: Alíki und die gesamte weibliche Verwandtschaft auf der einen, Charis mit Verstärkung seiner Cousins auf der anderen Seite.

Ein ohrenbetäubendes Gebrüll, Geschimpfe und Gezeter auf Griechisch, sodass Sören kein Wort davon verstand. Das war auch gar nicht nötig, die wütenden Mienen und theatralischen Gesten der Streitenden waren eindeutig und brauchten keine Übersetzung.

»Können die einen überhaupt noch verstehen, was die anderen sagen?«, fragte Lisas Mutter mit fassungsloser Miene.

Er runzelte skeptisch die Stirn. »Ich bezweifle es.« Denn sie ließen einander gar nicht erst ausreden, sondern fielen sich ständig ins Wort. Was wiederum dazu führte, dass sie immer lauter brüllen mussten, um sich gegenseitig zu übertönen.

Und das ausgerechnet im Land der berühmten Rhetoriker.

Sowie dem der antiken Tragödien und Dramen, fügte Sören in Gedanken hinzu. Letzteres kam der Sache schon sehr viel näher.

Doch er staunte, als die Stimmen nach einer Weile in ein atemloses Keuchen übergingen und der Streit sich wie von selbst beruhigte. Wie bei einem Ball, aus dem die Luft entwich. Faszinierend.

»Gut.« Sofia fuhr sich mit der Hand durchs Haar, um es wieder zu ordnen, und zog die Schürze glatt. »Nachdem das nun geklärt ist, habe ich auch noch etwas zu sagen. Soren?« Mit einem Wink hieß sie ihn, näher zu kommen.

Vorsichtig trat er in die Runde. Unweigerlich hatte er dabei das Bild von Daniel Day-Lewis in dem Film *Der letzte Mohikaner* vor Augen, der sich zwischen die Fronten begab.

Aber Sofia lächelte ihn freundlich an, nahm seine Hand und drückte sie. »Ich muss mich an dieser Stelle bei dir für all die Umstände mit deinem Mietwagen entschuldigen.« Ihr Lächeln wurde noch breiter. »Doch wie du gesehen hast, hat mein Cousin Michális gut darauf aufgepasst. Das Auto war ohne jeden Kratzer. Und anscheinend hat sich der Aufwand sogar gelohnt.« Sie kicherte zufrieden, während ihr Blick zu Alíki schweifte.

Sören hingegen verstand die Welt nicht mehr. Langsam wurde das anscheinend zur Gewohnheit. Was hatte die Kreterin da eben gesagt? Und hatte sie ihm dabei wirklich sogar zugezwinkert?

»Moment mal«, ging Charis sogleich dazwischen und wedelte mit der Hand, als wollte er eine Fliege verscheuchen. »Du willst uns jetzt doch nicht allen Ernstes erklären, dass du etwas mit dem Verschwinden von Sörens Auto zu tun gehabt hast, oder?«

»Natürlich, wer denn sonst?«, erwiderte Sofia mit einem fast schon brüskierten Tonfall. So, als wäre allein schon der Gedanke, dass irgendjemand daran zweifeln könnte, ein Affront.

»Sie haben …?« Sören suchte vergeblich nach den richtigen Worten. »Aber wie?«

Mit einem selbstgefälligen Lächeln winkte Sofia ab. »Ach, das war ganz leicht. Du warst nicht da, die Schlüssel lagen auf dem Nachttisch, und Michális' Ziegenstall stand leer.«

Ganz einfach und wie selbstverständlich.

»Ist dir eigentlich klar, dass man Sören Versicherungsbetrug unterstellen könnte und er zudem deinetwegen noch zusätzliche Kosten gehabt hat?«, rief Charis mit erneut geblähten Nasenflügeln.

Davon anscheinend völlig unbeeindruckt, entgegnete Sofia: »Unsinn, das Auto wurde doch gar nicht gestohlen. Also gibt es auch keinen Versicherungsbetrug.« An Sören gewandt, fuhr sie fort: »Was deine zusätzlichen Kosten betrifft, werde ich dir die selbstverständlich zurückzahlen. Ich habe außerdem nie behauptet, meine Ideen wären unfehlbar.«

»Das ist eine glatte Untertreibung«, schnaubte Charis.

Sie warf ihm einen zurechtweisenden Blick zu, holte dann aber nur tief Atem, bevor sie weitersprach. »Irgendjemand musste etwas unternehmen. Soren wäre doch sonst zurück nach Deutschland gereist, ohne dass Alíki und er überhaupt die Chance bekommen hätten, sich näher kennenzulernen.«

»Du auch, Yiayià? Ernsthaft?«, rief Alíki. Nach dem Streit war sie in eine Art erschöpftes Schweigen verfallen. Jetzt aber schien sich das Hochdruckventil in ihr wieder dem roten Bereich zu nähern, als sie die Arme in die Luft warf und in die Runde sah. Ein herausforderndes Funkeln lag dabei in ihren Augen. »Will sich vielleicht sonst noch jemand von euch in mein Leben einmischen? Nur zu!«

»Nicht doch, Alíkoula. So redet man nicht«, sagte ihre Mutter und griff beschwichtigend nach ihrer Hand.

Und auch Sofia trat zu ihr, strich ihr übers Haar. »Ach, korítsi mou. Ich wollte mich doch nicht in dein Leben einmischen. Ich wollte dir nur Zeit geben, damit du auch wirklich deine eigene Wahl treffen kannst.«

»Was zwischen Sören und mir ist, geht niemanden sonst etwas an«, sagte Alíki mit unbeirrter Hartnäckigkeit.

Ihre Mutter holte bereits Atem, um etwas darauf zu erwidern, aber sie kam der Älteren zuvor. »Nein, Mamá. Ich meine es ernst.«

Dann drehte sie sich zu Sören um. Ein kleines, müdes Lächeln lag auf ihrem Gesicht, als sie sagte: »Die mantinada war sehr schön, aber das nächste Mal lass bitte die Schafe weg, ja?«

Die Erleichterung presste Sören einen Moment lang schier die Luft aus der Brust. Er schluckte den dicken Kloß in seinem Hals hinunter und fasste sich in den Nacken. »Wie wär's stattdessen mit Eseln?«

Kalli lachte. »Bloß nicht in Yiayiàs Gemüsegarten.«

Und plötzlich war es, als ob die Anspannung der vergangenen Momente durch das allgemeine Gelächter einfach verpuffte. Stattdessen zog Sofía Sören kurzerhand am Arm zu sich herunter und drückte ihm einen Kuss auf die Wange. Charis schlug ihm grinsend auf die Schulter, Lisa lächelte ihm aufmunternd zu. Und Alíki …

Sie streifte sich eine Haarsträhne hinters Ohr, während sie auf ihn zukam, jedoch in gebührendem Abstand vor ihm stehen blieb. Sie blinzelte, weil die Sonne sie blendete. Ihre Wangen waren noch immer gerötet, aber Sören konnte kein Anzeichen von Verärgerung mehr in ihrem Gesicht erkennen. Dafür lag da auf einmal ein weicher Schimmer.

Herrgott, ob sie überhaupt wusste, wie umwerfend sie damit aussah?

»Wie lauten denn nun die weiteren Regeln?«, fragte er so leise, dass nur sie es hören konnte.

Sie legte den Kopf schief, als müsste sie darüber nachdenken. »Nun, du wirst mich ein paarmal zum Essen ausführen müssen. Ich kenne da einen netten Ort mit einer schönen, großen Terrasse. Nicht weit von hier. Dort gibt es die besten Dakos. Außerdem lebt dort ein kleiner, vorlauter Halsbandsittich namens Herr Oskar.«

Sören lächelte. »Klingt gut. Ich mache schon mal eine Tischreservierung.«

»Und du musst mir Geschenke machen. Am liebsten Muscheln oder schöne Steine.«

»Das lässt sich einrichten.« Und wenn er dafür den ganzen Strand von Chiona eigenhändig umgraben musste.

»Ihr Lieben«, rief Yiayià jedoch lachend in die Runde und zog damit die Aufmerksamkeit aller auf sich. »Nachdem das Ganze nun geklärt ist, haben wir eine Hochzeit vorzubereiten, und es gibt noch viel zu tun.« Sie klatschte in die Hände. »Also los. Jeder auf seinen Posten.« Der Familien-Feldmarschall hatte gesprochen, und sogleich setzten sich alle Anwesenden ohne Widerspruch in Bewegung.

»Was kann ich tun?«, fragte Sören unschlüssig. Ob man ihm nach der Schaf-Affäre von eben überhaupt noch eine Aufgabe anvertrauen würde?

Doch dann trat ausgerechnet Alíkis Mutter auf ihn zu, fasste ihn kurzerhand am Arm und sagte: »Komm. Du kannst beim Kochen helfen. Es schwärmen schließlich alle von deinem hervorragenden Geschmackssinn.« Sie schüttelte lächelnd den Kopf und seufzte, als sie den Blick zu Alíki wandte. »Außerdem behalten wir dich so besser im Auge. Dich und meine Tochter.«

Gesagt, getan. Kurz darauf stand Sören mit Schürze und Holzlöffel bewaffnet neben Charis' Schwester Philyra am Herd und rührte in der köstlich riechenden Hackfleisch-Tomatensoße für den pastitsio, den Nudelauflauf.

Trotz der Hektik war die Stimmung unter den Frauen ausgelassen. Er hörte, wie sie witzelten und lachten – sogar Alíki – und sich offenbar überhaupt nicht daran störten, dass er ebenfalls anwesend war. Wahrscheinlich war es sogar Absicht, vermutete Sören. Eine Art sanfte Strafe, die er nun über sich ergehen lassen musste.

»Immerhin scheint er mehr vom Kochen zu verstehen als vom Schafetreiben. Deine Tochter hätte es schlimmer treffen können. Einen Mann, der sich selbst versorgen kann – das sieht man schließlich nicht alle Tage«, sagte Dimitra und stieß Alíkis Mutter scherzhaft mit dem Ellenbogen an.

»Und er macht seine Sache nicht schlecht«, bemerkte Philyra, direkt neben Sören stehend. »Bis jetzt hat er sich jedenfalls noch nicht die Finger verbrannt.«

Sören räusperte sich. »Wenn ich mir eine Bemerkung erlauben darf, die Damen: In Hamburg wohne ich allein und koche tatsächlich oft und gerne.« Das war nicht einmal gelogen. Aber er hätte inzwischen wissen müssen, wie überflüssig sein Einwand war, denn die Frauen übergingen ihn völlig.

»Wart's nur ab, das kommt sicher noch. Irgendeinen Makel muss er ja haben.« Sofia lachte, während sie den Teig auf dem Tisch vor sich mit Inbrunst knetete.

»Spätestens, wenn es ums Aufräumen und den Abwasch geht«, pflichtete Alíkis Mutter ihr bei. »Dann sind die wenigsten Männer noch zu etwas zu gebrauchen.«

»Die mantinada war aber trotzdem sehr schön, das muss man ihm anrechnen«, sagte Cousine Apollonia. Dann drehte sie sich breit grinsend zu Sofia um. »Und die Schafe haben deinen Garten gedüngt. Kostenlos.«

Das schrille Klingeln eines Telefons übertönte das Gelächter der Frauen. An dem großen weißen Hörer dort auf der Ladestation an der Wand blinkte ein grellgrünes Licht auf.

Sofia hielt kurz mit dem Kneten inne und stutzte. »Nanu? Ich dachte, ich hätte den Anrufbeantworter auf dem Hausanschluss eingeschaltet.«

Alíki stand auf. »Ich geh schon ran.«

»Danke, Liebes. Wenn es wegen einer Zimmerreservierung ist, dann sag, wir haben im Moment nichts frei.« Die ältere Kreterin lächelte dankbar und fuhr mit ihrer Arbeit fort.

Augenblicklich fühlte Sören wieder die Wärme in seiner Brust, als er sah, wie Alíki ihm zuzwinkerte, während sie den Hörer abnahm. Am liebsten säße er jetzt schon zusammen mit ihr auf der Terrasse ihrer Wohnung. Nur sie und er allein.

»Ja, die mantinada war wirklich schön. Das hat er gut gemacht«, hörte er Sofia sagen.

»Das hat er.« – »Stimmt.« – »Ja, das lässt sich nicht abstreiten«, pflichteten auch die übrigen Frauen bei.

Doch Sören nahm es nur am Rande wahr. Er hielt mitten in der Bewegung inne, und sein Blick heftete sich instinktiv auf Alíki, als sie auf Deutsch sagte: »Ja, Sie sind mit der Villa Esperides verbunden. Wir haben aber leider zurzeit keine Zimmer frei. Wie? Sören Johannsen?«

Mit einem Ruck wandte sie sich zu ihm um, und er erkannte im selben Moment, dass etwas nicht stimmte. Ihre Haltung wirkte auf einmal starr, ihr Atem stockte, und ihre Augen weiteten sich vor Unglauben und einer ganzen Palette verschiedenster Gefühlsregungen, die Sören gar nicht alle deuten konnte.

Auf einmal war es rundum still geworden.

»Einen Moment«, sagte sie dann mit ungewohnt tonloser Stimme und hielt ihm den Hörer hin. »Für dich. Deine Verlobte.«

Sören schüttelte verständnislos den Kopf. »Was?« Wovon redete sie denn da?

Mit einem Mal verzerrte sich Alíkis Gesicht vor Wut. Sie knallte den Hörer auf den Küchentresen und presste hervor: »Du bist ein niederträchtiger Schuft. Ich will dich nie mehr wiedersehen.« Dann drehte sie sich um und rannte zur Treppe.

»Warte«, rief Sören ihr nach.

Doch sie drehte sich nicht mehr um.

»Sören? Bist du das?«, tönte stattdessen Julias Stimme aus dem Telefonhörer.

KAPITEL 25

Milchreispudding-Gefühl

Alíki schrak zusammen, als es am selben Abend an der Tür ihrer Wohnung klingelte. Stöhnend verkroch sie sich unter dem Betttuch und stellte sich tot. Mit etwas Glück ging, wer immer da draußen stand, wieder und ließ sie in Ruhe.

Doch anscheinend war ihr heute weder Glück noch Ruhe vergönnt. Denn kurz darauf polterte es gegen die Tür. »Alíki, mach auf. Ich bin's, Charis.«

»Und deine Mutter«, fügte die vertraute, weibliche Stimme hinzu.

»Ich bin nicht da!« Sogleich rutschte sie noch tiefer unter das Tuch, zog die Knie an und machte sich ganz klein.

»Komm schon, Cousinchen. Öffne die Tür.«

»Ich habe dir etwas zu essen mitgebracht. Rizogalo. Den magst du doch so gerne«, versuchte Mamá, sie zu locken.

Widerstrebend streckte Alíki den Kopf hervor. Sie liebte Rizogalo. Milchreispudding. Süß und mit viel Zitrone, Vanille und Zimt. So, wie Mamá ihn immer machte.

In ihr Bettlaken gewickelt, watschelte sie zur Tür und machte auf.

»Theé mou, es sind fast vierzig Grad, und du wickelst dich in ein Laken?«, rief Mamá entsetzt, als sie vor Charis eintrat.

»Ja«, antwortete Alíki nur, drehte sich um und ging zurück zum Sofa, wo sie bereits die vergangenen Stunden reglos liegend verbracht hatte. Sogar Herr Oskar hatte anscheinend ihre niedergeschmetterte Stimmung bemerkt und verhielt sich ganz still in seinem Käfig.

Während ihre Mutter die Auflaufform mit dem Reispudding in die Küche stellte, setzte sich Charis neben sie und fuhr ihr sachte mit der Hand übers Haar. »Wie geht es dir?«

Wie es ihr ging? Sie war verwirrt, fühlte sich belogen und verraten, und es tat weh, und sie würde die vergangenen Wochen am liebsten aus ihrer Erinnerung, ihrem Leben und ihrem Herzen reißen, zusammen mit Sörens Namen. So ging es ihr. Doch sie konnte es nicht laut aussprechen. Stattdessen presste sie die Lippen zusammen und schüttelte nur wortlos den Kopf.

»Sören ist vor etwa einer Stunde abgereist«, flüsterte Charis.

Sie nickte. Tapfer sein. Keine Schwäche zeigen. Positiv denken. Und auf gar keinen Fall anfangen zu heulen. Alíki Dermitzakis verbreitete gute Laune, war manchmal theatralisch und überschwänglich, aber sie weinte nicht. Schon gar nicht wegen eines Mannes, der ihr das Herz gebrochen hatte. So war zumindest der Plan.

Mit dem Zipfel des Bettlakens tupfte Charis vorsichtig eine verräterische Träne von ihrer Wange. »Hör zu, Kleines, es geht mich zwar nichts an, und ich habe mir geschworen, mich künftig aus deinen Angelegenheiten rauszuhalten, aber meinst du nicht, dass du ihm zumindest die Möglichkeit einer Erklärung geben solltest?«

»Wozu denn? Es ist doch alles sonnenklar: Er ist ein miserables Ekel, und ich habe mich vor der gesamten Familie lächerlich gemacht. So einfach ist das«, gab Alíki zurück und bemühte sich nicht einmal mehr, die Stimme zu dämpfen.

In Gedanken hörte sie noch immer die Worte der Frau am Telefon: »Mein Name ist Julia Ahrens. Ich suche meinen

Verlobten – Sören Johannsen. Ich muss dringend mit ihm sprechen, erreiche ihn jedoch nicht auf seinem Handy.«

Alíki hatte Sörens Gesicht gesehen – die Fassungslosigkeit darin – und im selben Moment gewusst, dass es stimmte. Er hatte ihr all die Wochen nur etwas vorgespielt. Etwas, das niemals sein konnte, denn er war bereits vergeben. Er war verlobt.

»Dass er, ohne zu zögern, abgereist ist, bestätigt doch zudem alles«, presste sie hervor. »Er ist entlarvt worden und hat sich aus dem Staub gemacht.« Was gab es da noch zu erklären?

Charis legte ihr den Arm um die Schulter, und seine Miene war ernst, als er sagte: »Sören konnte nicht anders, er musste so schnell wie möglich zurück nach Hamburg. Sein Bruder hatte einen schweren Unfall und liegt im Krankenhaus.«

Sofort hob Alíki den Kopf.

»Hier, manari mou. Iss. Du wirst sehen, dann wird gleich alles besser.« Mamá setzte sich auf die andere Seite neben sie und hielt ihr ein bis zum Rand mit Milchreispudding gefülltes Schälchen hin.

Doch Alíki beachtete es nicht, starrte stattdessen ihren Cousin an. »Sein Bruder hatte einen Unfall?«

Charis nickte stumm.

Trotz ihrer Wut fühlte sie, wie sich ihr die Brust zusammenzog. Was für Ängste Sören jetzt wohl durchstehen musste. Selbstverständlich hatte er in solch einem Notfall zurück nach Hamburg fliegen müssen. Das änderte jedoch nichts daran, dass ... »Er hat mich trotzdem belogen«, sagte sie und schnäuzte sich demonstrativ die Nase.

»Was das angeht, solltest du dein Urteil vielleicht nicht zu voreilig fällen.« Mit einem sanften Lächeln legte Mamá ihr die Hand auf die Wange. »Er ist zwar ein jermanós, und du weißt, wie kritisch ich diesem Umstand gegenüber bin. Trotzdem werden wir uns bestimmt noch lange an seine Aktion von heute erinnern. Was für eine Aufregung.« Sie schüttelte zungenschnalzend den Kopf, sah ihrer Tochter dann jedoch direkt in die Augen. »Er hat riskiert, sich damit zum Gespött von ganz Palekastro zu machen. Ich kenne keinen Kreter, der das freiwillig in Kauf genommen hätte. Nicht einmal für die Frau, die er liebt. Und dass er das tut, hat er heute ziemlich deutlich bewiesen.«

»Das stimmt«, fügte Charis eilig hinzu und nickte bekräftigend.

Verwirrt kniff Alíki die Augen zusammen und hob abwehrend die Hände. Was war denn auf einmal in Mamá und Charis gefahren? Verstanden sie denn nicht, worum es hier ging? »Das ist doch völlig nebensächlich. Sören hat gelogen. Punkt. Die Frau am Telefon – diese Julia – ist seine Verlobte.«

»Sie war seine Verlobte«, konterte Charis. »Er hat sich von ihr getrennt. Gleich nach seinem Entschluss, auf Kreta zu bleiben.«

Mamá nickte. »So hat er es uns erklärt, direkt nachdem du gegangen warst.« Sie holte tief Atem. »Ich kann zwar kaum glauben, dass ausgerechnet ich das sage, doch er schien wirklich ehrlich.«

»Aber …« Mit einem Mal begann Alíkis Überzeugung zu wanken. In ihrem Kopf wirbelten die Gedanken wild durcheinander: Sören hatte sich schon vor Wochen von Julia getrennt? Und ausgerechnet Mamá und Charis glaubten ihm? War denn plötzlich die ganze Welt verrückt geworden? »Aber Julia hat gesagt, sie sei Sörens Verlobte«, wandte sie trotzig ein. Das hatte sie deutlich gehört und ganz bestimmt nicht falsch verstanden.

»Genau deshalb solltest du mit Sören sprechen und das klären.« Charis' Stimme war sanft neckend. »Nachdem du wie eine wild gewordene Eselstute ausgebüxt bist, hat er mehrmals versucht, dich anzurufen, und dir Nachrichten geschickt. Hast du denn nicht gesehen, dass dein Handy fast explodiert?«

Mit einem Ruck setzte Alíki sich kerzengerade auf und griff nach ihrem Mobiltelefon, das sie beim Heimkommen auf den kleinen Beistelltisch geworfen hatte. Im selben Moment kam die Erinnerung, und sie sank mit einem lauten Aufstöhnen aufs Sofa zurück. »Ich habe Sörens Nummer blockiert. Das heißt, alle Nachrichten sind weg, auch wenn ich den Kontakt wieder aktiviere.«

»Dann ruf ihn an«, rief ihr Cousin.

Als ob das so simpel wäre. »Das werde ich ganz bestimmt nicht tun, wie sieht das denn aus? Sören ist derjenige, der sich erklären muss«, rief sie und merkte zugleich, wie fade die Worte schmeckten.

Umso mehr, als Charis sie mit einem Seufzer an sich zog und ihre Stirn küsste. »Ich hab dich lieb, Cousinchen, das weißt du. Aber manchmal bist du sturer als eine Bergziege mit Zottelfell.«

»Das liegt anscheinend in der Familie«, murmelte sie. Dennoch tat es gut, sich in seine Umarmung zu schmiegen, wie sie es schon früher immer getan hatte. Damals, als alles noch einfacher und unkomplizierter gewesen war. Solange sie denken konnte, hatte ihr Cousin sie immer beschützt.

Als Mamá und Charis schließlich gegangen waren, saß Alíki noch lange auf dem Sofa, starrte ihr Handy an und aß ihren geliebten Reispudding. Er schmeckte köstlich – süß und tröstend –, wenn auch der Zweifel und ihre innere Zerrissenheit dadurch nicht weniger wurden. Stundenlang starrte sie auf Sörens Nummer in der Liste der blockierten Kontakte.

»Ruf ihn an«, hatte Charis so leichthin gesagt. Ausgerechnet er, der sich normalerweise eher die Zunge abbiss, bevor er in einer solchen Situation den ersten Schritt tun würde. So verlangte es allein schon der Stolz, wie Alíki nur zu gut wusste. Ihr Stolz war jedoch eine Sache, über die sie nötigenfalls zähneknirschend hinwegsehen könnte. Viel schlimmer war hingegen die Erkenntnis, dass sie sich heute wie ein unreifer Teenager verhalten hatte.

»Heilige Iríni«, stöhnte sie und drückte sich so tief wie möglich in die Polsterung des Sofas hinein. Wenn sie doch bloß mit einem Fingerschnippen unsichtbar werden könnte. Einfach so verschwinden. Das wäre zwar feige, aber zumindest einfacher, als sich vorstellen zu müssen, was Sören nach ihrem kindischen Benehmen wohl von ihr dachte. Wahrscheinlich wollte er inzwischen gar nichts mehr von ihr wissen. Alíki könnte es ihm nicht einmal verübeln.

Trotzdem stand sie am nächsten Tag tapfer lächelnd neben Lisa, schüttelte Hände, umarmte Bekannte und Verwandte, verteilte Getränke und Gebäck.

Normalerweise richtete sich ein Brautpaar einen komplett neuen Hausstand ein, wobei sämtliche Möbel und Einrichtungsgegenstände zusätzlich zur Aussteuer präsentiert wurden. Da Charis und Lisa jedoch weiterhin auf dem Gutshof wohnen würden, gab es in ihrem Fall lediglich die neuen Wäschestücke zu bewundern. Diese waren aber bereits eindrucksvoll genug: Allein schon die drei kunstvoll handbestickten Tischtücher mit den dazugehörigen Servietten – es waren derer fünfzig – sowie die mit Spitzenbordüren verzierten Baumwollhandtücher und Betttücher sorgten für staunende Mienen bei den Besuchern und für ein stolzes Lächeln bei Yiayià und den übrigen Frauen.

Niemand sprach Alíki auf die Ereignisse vom Vortag an. Sie war ihnen insgeheim dankbar dafür. Einzig Kalli und Yiayià zeigten ihr Mitgefühl mit kleinen Gesten, einem kurzen Streifen über die Schulter zum Beispiel oder einem Händedruck im Vorübergehen. Mehr hätte Alíki auch nicht ertragen, es hätte nur immer wieder die Erinnerung zurückgebracht.

Lisa sprach sie hingegen gnadenlos offen darauf an: »Du bist viel zu streng mit dir selbst. Was, wenn Sören das alles ganz anders sieht und nur auf ein Zeichen von dir wartet? Ruf ihn an.« Leichter gesagt als getan.

Der ganz strengen Tradition entsprechend durften sich Braut und Bräutigam eigentlich während der gesamten Woche vor der Hochzeit nicht sehen. Auch hier machten sie eine kulante Ausnahme, man brauchte schließlich nicht heiliger als die Heiligen zu sein. Außerdem wohnten Charis und Lisa ja bereits zusammen. Erst die letzte Nacht vor der Hochzeit würde der Bräutigam daher in Tante Dimitras Haus verbringen.

Die Tage nach dem Präsentieren der proíka kamen Alíki wie ein letztes Luftholen vor dem großen Ereignis vor. Bei der Arbeit im Spa herrschte Hochbetrieb, aber das kam ihr gerade recht. Sie sprang sogar für eine Kollegin ein und machte ein paar Doppelschichten. Die Beschäftigung tat ihr gut und hielt sie vom zu vielen Grübeln ab. Obwohl sie danach oft noch bei der Dekoration des Gutshofs mithalf oder bis spät in der Nacht in ihrem Atelier arbeitete. Immerhin saß sie so nicht die ganze Zeit nur da und starrte auf das Display ihres

Handys. Es war bestimmt auch die Erschöpfung, die sie zweimal so weit brachte, dass sie Sörens Nummer wählte, mit klopfendem Herzen dem Klicken in der Leitung lauschte, jedoch sofort wieder auflegte, noch ehe der Rufton ertönte. Mit der Zeit gewöhnte sie sich sogar an ihr eigenes, völlig übernächtigtes Spiegelbild mit den dunklen Ringen unter den Augen und erschrak nicht mehr.

Zumindest hatte sich die Mühe gelohnt, fand Alíki, als sie endlich voller Stolz auf die fertigen Schmuckstücke vor sich auf dem Arbeitstisch blickte: eine aus drei feinen Strängen geflochtene Silberkette mit Anhänger, das dazu passende Armband und Ohrschmuck. Der Anhänger bestand aus einem wie eine Raupe geformten, flach gewaschenen Stein mit herrlicher Maserung in Blaugrau und Rostrot, den sie am Strand gefunden und mit einer Silberfassung umlötet hatte. Er stellte Lisa mit ihrer Vorliebe für Antikes und Archäologie dar. Für Charis hingegen standen die drei an einem Ring und mit einzelnen dünnen Ketten befestigten Olivenholzstücke. Dasselbe Design fand sich auch beim Armband und den Ohrsteckern wieder, sie bildeten ein perfektes Set. Mit aller Kraft schob Alíki den Gedanken beiseite, was Sören wohl dazu gesagt hätte.

Der Schmuck war genau rechtzeitig fertig geworden, bevor am kommenden Tag die krebatia gemacht wurden. Das Bettenmachen war eine Tradition, so alt wie die antiken Götter, und fand immer zwei Tage vor der Hochzeit, also jeweils am Donnerstag, statt. Als unverheiratete Verwandte machte Alíki zusammen mit Kalli und Cousine Appollonia das Brautbett bereit. Dazu zogen sie sorgfältig jede noch so kleine Falte glatt, strafften die Spitzenbordüren der Betttücher und sangen die traditionellen mantinades. Bis Charis im Beisein und unter

Zurufen aller eingeladenen Verwandten und Bekannten das Bett wieder aufwühlte und sich das ganze Spiel noch zwei weitere Male wiederholte, wie der Brauch es verlangte. Erst als sie das Bett zum dritten Mal zurechtgemacht hatten, war er zufrieden.

Philyras Zwillinge Arés und Achilléas quiekten vor Freude, als ihre Mutter sie danach einen nach dem anderen auf das gemachte Bett warf. Auch das gehörte zum Brauch und sollte dem Brautpaar Kindersegen bescheren.

»Oppah!«, rief Tante Magda, die eigens mit Onkel Aléxios aus Agios Nikólaos angereist war, und warf Geldscheine auf das Bett. Die anderen taten es ihr gleich, sodass kurz darauf die gesamte Matratze über und über mit Geld, Reis und koufeta – mit weißem Guss überzogene Zuckermandeln – bedeckt war. Allesamt Symbole für Reichtum, Glück und Fruchtbarkeit im künftigen Eheleben.

Unten im Hof ging das Fest weiter. Es wurde gegessen, getrunken und auf das Brautpaar angestoßen, getanzt und gesungen. Die Mitglieder von Charis' Folkloretanzgruppe waren alle anwesend, auch die Musiker.

Irgendwann fand sich Alíki erschöpft und allein auf der Holzbank unter dem Olivenbaum sitzend wieder und hörte der mantinada zu, die Charis vortrug. Sie hatte ganz vergessen, was für eine tiefe, rauchige Singstimme er hatte. »Ich zähle die Sterne am Himmel, aber einer fehlt. Weil ich vergessen habe, dich mitzuzählen, meine Sonne«, sang er an Lisa gerichtet und erntete dafür Applaus und Zurufe.

Alíki konnte sich ein Lächeln nicht verkneifen. Es war wohl tatsächlich so, wie es immer hieß: Ein Kreter sagte nicht mit Worten, was er wirklich fühlte. In seinen mantinadas hingegen weinte er oder schrie vor Lachen.

Um die Dunkelheit zu vergessen, geht die Sonne auf. Ein Blick von dir genügt, um dieselben Strahlen zu schicken. Das waren die Worte von Sörens mantinada gewesen. Vor noch nicht einmal einer Woche. Dabei schien es ihr, als wären seither Monate vergangen. Sie vermisste ihn. Auch wenn Alíki dagegen ankämpfte, stahl sich sein Gesicht erneut in ihre Gedanken. Seine Augen.

Sie schrak zusammen, als die Oppah-Rufe ertönten. Es war ihr gar nicht bewusst gewesen, dass sie wieder einmal ihr Handy in der Hand hielt. Das war inzwischen fast schon zu einer völlig irrationalen Gewohnheit geworden, seit sie gestern einen Teil ihres Stolzes und Schamgefühls überwunden und Sörens Nummer wieder aktiviert hatte. Aus der winzigen, absurden Hoffnung heraus, er könnte trotz allem doch noch anrufen.

»Warum sollte er sich jetzt noch zu etwas durchringen, was du selbst nicht einmal hinkriegst?«, flüsterte sie und steckte das Handy wieder in die Gesäßtasche ihrer Jeans.

Es war längst zu spät, und das war ihre eigene Schuld. Der Gedanke tat weh. Erst jetzt bemerkte sie die stille Träne, die ihr über die Wange rann.

KAPITEL 26

Familie, ganz anders

Ein paar Tage zuvor in Hamburg

Sören stand am Fenster von Gerits Krankenzimmer und starrte auf die Regentropfen, die gegen die Scheiben prasselten, zerplatzten, sich neu formten und dann langsam nach unten rannen.

Er hörte den leise murmelnden Stimmen hinter ihm im Zimmer nur mit halbem Ohr zu. Mutter und Julia saßen dort an Gerits Bett und warteten auf Doktor Möller, den Chirurgen, der Gerit gestern operiert hatte.

Sein Blick wanderte über die nassen Fassaden der Klinkerhausreihen auf der gegenüberliegenden Seite des Alsterfleets. Zu den Leuten, die mit ihren Regenschirmen bewaffnet über die Heiligengeistbrücke eilten.

Heute war Samstag. Wie wohl die Präsentation der proíka auf dem Gutshof verlief?

Er biss die Zähne zusammen. Wenn Alíki doch nur auf seine Nachrichten und Anrufe reagieren würde, verdammt noch mal. Dann könnte er ihr alles erklären.

Seine Hand fuhr in seine Hosentasche und legte sich um den kleinen Granitkiesel. Eigenartig. Während der letzten Wochen auf Kreta hatte er den Stein zwar immer dabeigehabt, jedoch eher aus Gewohnheit und nicht, weil er die Notwendigkeit dazu verspürt hatte. Nicht so wie jetzt.

»Sören?«, hörte er Mutters Stimme und drehte sich mit

einem Ruck um. Sein Blick fiel sogleich auf die schlafende Gestalt seines Bruders dort im Bett. Auf dessen bleiches Gesicht, in dem die noch immer blutunterlaufenen Schrammen an Wange und Kinn deutlich hervortraten. Auf die Halskrause und die weißen Stützbandagen an der linken Schulter und dem Arm. Auf die Schrauben, die aus dem rechten Bein herausragten und mit einem Metallgestell bis zum Oberschenkel fixiert waren. Ein Infusionsschlauch hing ihm am linken Arm. Am rechten Zeigefinger steckte der Pulsmesser. Das Piepsen des danebenstehenden Vitaldatenmonitors war ohrenbetäubend. Eine Gehirnerschütterung, ein Schlüsselbeinbruch, eine Schienbeinfraktur nebst ein paar unbedeutenden Prellungen – das war das Resultat von Gerits Mountainbike-Tour in der Dalbekschlucht. Unfassbar, was der Kerl für ein Glück gehabt hatte.

»Musst du nicht zurück in die Firma und nach dem Rechten sehen? Julia und ich bleiben derweil hier bei Gerit.« Mutter wirkte erschöpft, dunkle Ringe lagen unter ihren Augen. Ihre sonst immer zu perfekten aschblonden Wellen hochgesteckten Haare lagen in unordentlichen Strähnen. Kein Wunder, sie und Julia hatten sich in den vergangenen zwei Tagen kaum einen Schritt von Gerits Krankenbett entfernt. Trotzdem bemühte sie sich um ein Lächeln, was ihr mehr oder weniger gelang.

Sören trat zu ihr und legte ihr sanft die Hand auf die Schulter. »In der Firma ist alles unter Kontrolle, mach dir deswegen keine Sorgen.« Wie durch ein Wunder hatte er am Abend zuvor noch einen Platz in der letzten Maschine über Athen ergattern können und war heute Morgen um halb sieben schließlich in Hamburg gelandet. Vom Flughafen aus war er gleich ins Büro gefahren, wo Tilly ihn bereits erwartet hatte. Es folgte eine kurze Bestandsaufnahme von Gerits dringenden Terminen, von denen Sören einen Teil an verschiedene Mitarbeiter delegierte. Ein Glück, dass Tilly ihn auf Kreta immer mit den wichtigsten Informationen versorgt hatte. Sonst stand nichts Wichtiges auf dem Plan, das nicht auch bis Montag warten konnte.

Anschließend war Sören auf dem direkten Weg ins Krankenhaus gefahren. Seine Koffer standen noch immer in der Ecke hinter der Tür. Jetzt war es fast zwei Uhr nachmittags, er war seit beinahe dreißig Stunden auf den Beinen, hundemüde, überreizt und wünschte sich nur noch, Alíkis Stimme zu hören. Verdammt, sie fehlte ihm jetzt schon.

»Ich hole mir einen Kaffee. Soll ich euch beiden etwas mitbringen?«, fragte er, sah kurz zu Julia hinüber, wandte jedoch den Blick sogleich wieder ab. Die Begrüßung heute Morgen hatte ihn irgendwie an zwei Hunde erinnert, die sich vorsichtig beschnupperten, nachdem sie sich beide die Schnauze an einem Brennnesselstrauch verbrannt hatten. Erstaunlich, wie die Vertrautheit der vergangenen Jahre mit einem Schlag wie weggeblasen gewesen war.

»Ein Espresso und etwas Wasser wäre wunderbar«, sagte Mutter.

Zu seiner Verwunderung stand Julia auf und griff nach ihrer Tasche. »Ich komme mit.« Sie musste Sörens fragenden Blick gesehen haben, denn rasch fügte sie hinzu: »Ich muss mir dringend die Beine vertreten.«

Die Cafeteria der Privatklinik war ein Raum mit einer riesigen Fensterfront und kühl wirkenden weißen Wänden. Einziger Farbtupfer war das künstliche Biotop mit den drei deckenhohen Palmen in der Mitte des Saals.

Sören nahm sich einen doppelten Espresso – die einzige Alternative, die wenigstens annähernd dem griechischen Mokka glich. Dazu zwei Würfel Zucker.

»Nanu? Du trinkst doch normalerweise nur dünnen Filterkaffee.« Julia hob erstaunt die Augenbrauen.

Er zuckte die Schultern. »Hab ich mir auf Kreta angewöhnt.« Nebst einigen anderen Dingen.

Sie setzten sich an den letzten freien Tisch bei den Palmen. Die Cafeteria war gut besucht, trotzdem war rundum nur dumpfes Murmeln zu hören. Gute Güte, man hätte meinen können, sie wären in einer Kirche. Die Köpfe der Leute an den nächststehenden Tischen drehten sich sogar mit vorwurfsvollen Mienen um, als Sören seinen Stuhl näher schob und dessen Beine dabei laut über den Fliesenboden ratschten.

Julia setzte sich ihm gegenüber. Auf ihrem Tablett stand nur ein Fläschchen Mineralwasser ohne Kohlensäure und ein Glas, das sie mit beiden Händen umfasste, als wollte sie sich daran festhalten.

Sie war bleich geworden, fiel Sören auf. Und sie hatte das hellbraune Haar zu einem Knoten hochgebunden, was ihr Gesicht noch schmaler wirken ließ. Sie trug nicht einmal Make-up – sie, die sonst nie ungeschminkt das Haus verließ –, und in ihren Augen stand ernste, aufrichtige Sorge.

Sorge um Gerit. Die Erkenntnis traf Sören trotz allem wie ein Blitzschlag. In den ganzen acht Jahren ihrer Beziehung hatte er Julia nie so erlebt. Wie unglaublich blind er doch gewesen war.

Dann folgte lautes Schweigen. Minutenlang.

»Hör zu, Julia …« – »Ich weiß, die Situation ist …«, fingen sie schließlich beide gleichzeitig an und brachen mitten im Satz ab.

»Du zuerst«, sagte Julia, nahm einen großen Schluck Wasser und straffte die Schultern, als würde sie sich gegen einen Angriff wappnen.

Sören holte tief Atem. Auf seiner Rückreise hatte er dieses Gespräch in Gedanken immer und immer wieder durchgespielt. Dennoch fehlten ihm nun die Worte. »Ich …«, fing er an und kam prompt ins Stocken. »Du sollst wissen, dass ich dir keinen Vorwurf mache. Wirklich nicht.« Er schüttelte den Kopf, während er mit dem Löffel im Kaffee rührte. »Ich hätte es selbst schon viel früher merken müssen. Stattdessen war ich überzeugt, dass du und Gerit euch nicht ausstehen könnt. Oder war das alles etwa nur ein Täuschungsmanöver?«

Julia schüttelte den Kopf. Dabei huschte ein winziges Lächeln über ihr Gesicht. »Nein, das war es nicht.« Sofort senkte sie den Blick auf das Glas vor ihr. »Zumindest am Anfang. Bis zum Herbst nach unserer Verlobung.«

Er hielt mitten in der Bewegung inne. Obschon sich Sören fest geschworen hatte, nicht den eifersüchtigen Fast-Ehemann zu demonstrieren, kam sein Vorsatz einen Atemzug lang ins Wanken. Vor fast drei Jahren. So lange dauerte die Geschichte zwischen Julia und Gerit schon? Mit ein paar wenigen Schlucken schüttete er den Kaffee hinunter und mahnte sich zur Ruhe.

»Ich war eines Abends mit meinen Freundinnen in der Innenstadt unterwegs, als ich Gerit allein in derselben Bar getroffen habe. Ich weiß nicht, warum, aber er hat mir leidgetan, als er dort so allein am Tisch saß. Also habe ich mich zu ihm gesetzt und meine Freundinnen mit einer Entschuldigung abgewimmelt.« Ihr Gesicht erhellte sich, als sie lächelte. »Er hat zwar zuerst ganz ungläubig geguckt. Aber dann haben wir angefangen zu reden und konnten gar nicht mehr aufhören. Dabei habe ich eine ganz unerwartete Seite von ihm kennengelernt.«

Ganz offensichtlich. Sören rutschte auf seinem Stuhl herum. Die Situation fühlte sich mit einem Mal furchtbar ungemütlich an.

»Wir beide wollten es erst bei einer Freundschaft belassen. Du und ich hatten uns schließlich erst gerade verlobt und Gerit …« Julia hob den Kopf und sah ihn an. »Du hast ja gar keine Ahnung, wie sehr dein Bruder dich vergöttert.«

»Gerit?« Lachhaft.

»Ja, Gerit.« Sie lehnte sich vor. Ihre Stimme klang ruhig, als sie sagte: »Er hat mich mehr als zwei Jahre lang nicht einmal mit dem kleinen Finger angerührt und wollte aus lauter Skrupel dir gegenüber sogar in die USA auswandern. Damit wir uns nicht ständig sehen und weil er doch die Verlobte seines Bruders nicht lieben durfte. So hat er immer gesagt. Er hatte auch schon einen Job drüben gefunden. Aber dann ist euer Vater gestorben …«

Und sowohl Sörens als auch Gerits Träume und Wünsche waren mit einem Schlag nebensächlich geworden. An deren Stelle war von diesem Tag an die Johannsen Tee GmbH getreten.

»Ich wollte nicht, dass es so endet mit uns, Sören, und es tut mir leid, bitte glaub mir das.« Zögernd legte Julia die Hand auf seine. »Was zwischen uns beiden war, werde ich immer in Erinnerung behalten. Ich habe dich wirklich geliebt. Genau deshalb kann und will ich mir und vor allem dir nicht länger etwas vormachen. Gerit und ich … Wir ergänzen uns perfekt, weißt du. Und wenn ich mit ihm zusammen bin, dann …«

»Schon gut.« Hastig winkte Sören ab. So genau wollte er es gar nicht wissen. Er hatte bereits genug an seinen eigenen Gefühlen zu nagen, die von Erleichterung über Versagen bis hin zu völliger Ratlosigkeit reichten. »Ich nehme an, Mutter weiß es inzwischen auch?«

»Gerit hat es ihr vor einer Woche gesagt.«

»Gut.« Sören schloss einen Moment lang die Augen und beschwor in Gedanken Alíkis Gesicht herauf. Sogleich griff er nach seinem Handy und biss die Zähne zusammen, bis sie schmerzten, als weder ein verpasster Anruf noch eine Nachricht eingegangen war. Warum, verflucht, antwortete sie ihm nicht?

Was ihn im selben Moment jedoch zur nächsten Frage brachte: »Als du gestern auf dem Gutshof angerufen hast, war eine Frau am Apparat«, sagte er zu Julia. »Was hast du ihr genau gesagt?«

Sie runzelte die Stirn. »Ich habe mich vorgestellt und nach dir gefragt. Ich war nicht einmal sicher, ob ich überhaupt die richtige Nummer gewählt hatte. Aber du hattest von einem Gutshof namens Villa Esperides in Palekastro gesprochen. Das war der einzige, den ich finden konnte. Warum?«

»Hast du dich dabei vielleicht als meine Verlobte vorgestellt?«

Verblüfft starrte Julia ihn an, ihre Augen wurden dabei immer größer. »Das stimmt. Es fällt mir jetzt erst ein. Ich habe ihr gesagt, ich sei deine Verlobte. Wohl aus purer Gewohnheit. Außerdem war ich in dem Moment völlig durcheinander. Woher hast du das gewusst?«

Sören schnalzte laut mit der Zunge. Kein Wunder, dass Alíki so wütend reagiert hatte. Damit erklärte sich zwar vieles, doch es brachte ihn keinen einzigen Schritt weiter. Was für eine unglaublich beschissene Situation. Er hätte schreien mögen.

Als sie wenig später wieder zurück ins Krankenzimmer kamen, war Gerit inzwischen aufgewacht, und Mutter strahlte. »Doktor Möller war eben da und hat sich Gerits Verletzungen noch einmal angesehen. Er sei sehr zufrieden, wie sich alles entwickelt, hat er gesagt.«

»Er hat allerdings auch gesagt, dass ich mich auf eine längere Rekonvaleszenz einstellen muss. Und ich kann es mir verdammt noch mal nicht leisten, mindestens sechs Wochen nur herumzuliegen«, brummte Gerit indessen und verzerrte vor Schmerz das Gesicht, als er sich nur ein paar Zentimeter weit zurechtrückte.

»Langsam. Du sollst dich doch ausruhen«, rief Julia und eilte sogleich neben ihn, um ihn zu stützen.

Außer Atem sank er wieder in das Kissen, wobei sein Blick auf Sören fiel.

Sie hatten sich heute Morgen bei seiner Ankunft schon begrüßt. Doch Gerit war von der Operation noch immer so benommen gewesen, dass daraus kaum mehr als ein zaghaftes gegenseitiges Nicken geworden war.

»Du bist also wirklich hier?«, fragte Gerit ungläubig. »Ich war heute Morgen so benebelt, dass ich dachte, du wärst bloß ein Schreckgespenst.«

»Wie ich sehe, hast du dir trotz allem deinen üblichen Humor bewahrt.« Sören blieb am Fußende des Betts stehen und stemmte die Hände auf das Bettgestell.

Mutter seufzte. »Jetzt fangt nicht gleich wieder zu streiten an, ihr beiden.« An Gerit gewandt, sagte sie dann vorwurfsvoll: »Sören hat eigens seinen Urlaub abgebrochen, um sich um die Firma zu kümmern.« Sie holte tief Atem und schloss mit einem betonten: »Trotz allem. Das hätte nicht jeder an seiner Stelle getan.« Damit ließ sie keinen Zweifel daran, wie wenig ihr die jüngsten Entwicklungen gefielen.

»Lass gut sein, Mutter«, entgegnete Sören. »Es ist alles in Ordnung so, wie es jetzt ist. Wirklich. Mehr gibt es dazu gar nicht zu sagen.« Das war sein voller Ernst. Jetzt war weder der richtige Zeitpunkt für Diskussionen, noch hatte er Lust, länger über eine Angelegenheit zu sprechen, die er nicht ändern konnte. Und eigentlich auch gar nicht ändern wollte.

Stattdessen kniete er sich in den folgenden Tagen verbissen in die Arbeit in der Firma, hielt Meetings, studierte Verkaufszahlen und Margenstatistiken, plante und organisierte. Gewohnte, alltägliche Tätigkeiten, und doch fühlten sie sich plötzlich fremd an.

Als befände er sich nicht am richtigen Ort, dachte er, während er vor dem langen Tisch stand, auf dem eine Reihe von fünfundzwanzig weißen Porzellanschälchen vor jeweils ebenso winzigen Krügen mit den dazugehörigen Deckelchen positioniert war. In einer weiteren Reihe dahinter lagen die getrockneten Teeblätter in dunkelgrünen Häufchen auf Pappen. Dies war die engere Auswahl der gestrigen Proben potenzieller neuer Lieferanten aus China, Japan und Indien.

Der vertraute, würzig sanfte Teegeruch lag in der Luft, während der verantwortliche Verkoster mit berufsmäßig konzentrierter Miene die trockenen Blätter eines Häufchens auf die messingfarbene Handwaagschale rieseln ließ. Genau zwei Komma sechsundachtzig Gramm mussten es sein – das Maß entsprach dem Gewicht eines alten britischen Sixpence-Stücks und wurde im weltweiten Teehandel verwendet, um bei der Auswahl ein einheitliches Tassenergebnis zum Vergleich zu erreichen.

Diese Tee-Verkostungen hatten für Sören sonst immer zu den spannendsten Aspekten seines Jobs gehört. Sie fanden jeden Tag nach einem strikten Ablauf statt und dienten nicht nur der Akquirierung neuer Lieferanten, sondern vor allem der Qualitätskontrolle.

Er sah zu, wie der Verkoster vorsichtig heißes Wasser in die Schälchen füllte, sogleich die kleinen Deckel darauflegte und zum Schluss einen Digitalwecker auf fünf Minuten stellte. Die Standard-Ziehzeit für die Verkostung, unabhängig davon, um welche Teesorte es sich handelte, und natürlich viel zu lange für den Normalverbraucher. Ein erfahrener Verkoster mit sensiblem und geschultem Geschmackssinn erkannte jedoch auf diese Weise die ganze Palette an Inhaltsstoffen im Produkt und konnte so einen einheitlichen Vergleich ziehen.

In Gedanken sah sich Sören auf einmal wieder in dem steinernen Nebengebäude des Gutshofs in Palekastro stehen. Um ihn herum die Frauen, die ihm die Abläufe der Olivenölseifenproduktion erklärten. Sogleich hatte er auch wieder die Gerüche in der Nase – Thymian, Zitrone und Rosenblüten. Und er hörte die fröhlich plappernden Stimmen.

Das penetrante Summen des Weckers brachte ihn mit einem Schlag wieder ins Hier und Jetzt zurück. Die Kännchen mussten nun allesamt von Hand in die Schalen gekippt werden, damit der Tee herausrann und die aufgeweichten Teeblätter im Deckel hängen blieben. Erst als die Kännchen vollständig entleert waren und das Teekraut hinter jeder Trinkschale auf einem Deckelchen zur Ansicht bereitlag, konnte die eigentliche Verkostung beginnen.

Es war jedes Mal faszinierend, die Reihe von Tassen mit den Teeaufgüssen in den unterschiedlichsten Gelb-, Grün- oder, vor allem beim Schwarztee, Braun- oder sogar Rottönen zu sehen. Auf Außenstehende mochte das folgende Prozedere sehr gewöhnungsbedürftig wirken: Schälchen um Schälchen nippten Sören und der Verkoster mit lautem Schlürfen von den verschiedenen Aufgüssen. Dadurch wurden die Teeextrakte mit Sauerstoff vermischt und verteilten sich auf alle geschmacksempfindlichen Zonen von Mund und Gaumen. So ließ sich das volle Profil des Produkts erkennen, bevor die Probe schließlich in einen eigens dafür vorgesehenen Napf gespuckt wurde. Ausschlaggebend war jedoch nicht nur der Geschmack, sondern auch der Geruch und nicht zuletzt das Aussehen der Teeblätter, deren Blattstruktur und Farbe. Auf seine eigene Weise war Tee wie Wein – der Anblick, die Vollmundigkeit und der Charakter zählten.

Mit seiner üblichen Gewissenhaftigkeit wählte Sören anschließend zusammen mit dem Verkoster insgesamt achtzehn der Proben für die Sortimentsaufnahme aus. Ein Großteil davon konnte direkt als Endprodukt aufbereitet und veredelt werden, der Rest eignete sich ideal als Basis für Teemischungen mit Zusätzen wie getrockneten Früchten und Kräutern. Mit Salbei zum Beispiel.

Er lächelte wehmütig bei dem Gedanken an die vertraute Stimme, die in seiner Erinnerung sagte: »Faskomilyiá. Die Blätter, die man zum Trocknen oder als Gewürz benutzt, heißen hingegen Faskomílo.«

Was blieb einem zu tun übrig, wenn man in einer einst so vertrauten Welt auf einmal nicht mehr zur Ruhe kam?

Zurück in seinem Büro, setzte er sich an seinen Schreibtisch und schrieb eine Nachricht an Alíki. Es war inzwischen zu einer Art täglichem Ritual geworden, wenngleich ebenso irrsinnig wie unnütz. Sie anzurufen, hatte Sören inzwischen aufgegeben. Nach nur einem Klingelton ertönte jeweils die griechische Stimme eines Anrufbeantworters und dann ein Piepton. Entweder hatte Alíki ihr Handy konstant ausgeschaltet, oder sie hatte seinen Kontakt gesperrt. Zwar würde sie dann auch seine Nachrichten nicht erhalten, doch immerhin fühlte es sich irgendwie an, als könnte er sie trotz allem erreichen. In wenigen Tagen würde Charis' und Lisas Hochzeit stattfinden. Bestimmt herrschte auf dem Gutshof schon jetzt eine helle Aufregung.

Sooft es seine Zeit erlaubte, besuchte Sören seinen Bruder im Krankenhaus. Gewöhnlich zusammen mit Mutter oder Julia. Doch als er am Mittwoch Gerits Zimmer betrat, stutzte er. Wie? Niemand sonst da?

Gerit schlief. Leise, um ihn nicht zu wecken, legte Sören seine Tasche und den Regenmantel auf den Stuhl und trat ans Fenster. Seit seiner Rückkehr nach Hamburg hatte es nicht aufgehört zu regnen. Jetzt, am späten Nachmittag, hingen die dunklen Wolken so tief, dass sie die Spitzen der Elbphilharmonie zu berühren schienen.

Er drehte sich um, sobald er den tiefen Atemzug aus dem Bett hinter sich hörte, und sagte: »Moin. Ich hab dich noch nie so viel schlafen sehen.«

Gerit antwortete mit einem dumpfen Grunzen. »Moin. Daran sind die ganzen Schmerzmittel schuld. Die könnten sogar einen Elefanten umhauen.« Er verzog das Gesicht, als er sich mit der unverletzten Hand hochstemmte. Die Schrammen an seinem Kopf verblichen allmählich, und gestern war er auch die Halskrause losgeworden.

»Mutter und Jule sind nicht da«, sagte Sören und ärgerte sich, weil es statt nach einer Feststellung fast wie eine Entschuldigung geklungen hatte.

Gerit nickte. »Mutter war bis zum Mittag hier, und Jule hat gesagt, sie käme am Abend vorbei.«

»Verstehe.«

Eine Weile lang fielen sie beide in betretenes Schweigen.

»Ein richtiges Schietwetter heute, was?«, sagte Gerit schließlich.

»Kann man wohl sagen.«

»Du bist nicht gekommen, um mit mir die Regentropfen am Fenster zu zählen, nehme ich an. Also spuck's schon aus, und sag mir, was ich für ein elendes Arschloch bin.« Gerits Stimme klang herausfordernd.

Langsam trat Sören ans Bett heran, setzte sich auf den Stuhl daneben und sah seinen Bruder unverwandt an. »Du bist ein Idiot, weil du mir nicht schon längst gesagt hast, was zwischen dir und Julia läuft.« Dann zuckte er die Schultern. »Ein ebensolcher Idiot, wie ich es all die Jahre lang gewesen bin. Was das betrifft, kann ich dir keinen großen Vorwurf machen. Zudem war offene Kommunikation noch nie unsere Stärke.«

»Was faselst du da?«, blaffte der Jüngere verständnislos.

»Seien wir doch ehrlich, Gerit, du und ich, wir haben all die Jahre damit verbracht, uns gegenseitig das Leben schwer zu machen, jeder aus seinen eigenen Gründen. Darüber haben wir ganz vergessen, was es wirklich heißt, eine Familie zu sein. Zusammenzuhalten und sich gegenseitig zu unterstützen.«

Gerit schnaubte unwirsch auf und wandte kurz den Kopf ab, ehe er den Blick wieder auf Sören richtete. »Lass das mal ja nicht Mutter hören.«

Mit einem Ruck lehnte sich Sören vor und stützte die Ellenbogen auf seinen Knien ab. Er wählte seine Worte vorsichtig und mit Bedacht. »Tatsache ist, dass ich mich ohnehin von Julia getrennt hätte. Während der vergangenen Wochen auf Kreta ist mir vieles klarer geworden, und ich habe eine Entscheidung gefällt.«

Einen Moment lang hielt er inne. Wenn ihm vor zwei Monaten jemand erzählt hätte, was er gleich sagen würde, hätte er ihn für verrückt erklärt. »Ich werde mich endgültig aus der Firmenleitung zurückziehen.«

»Das kannst du doch nicht ausgerechnet jetzt tun«, fuhr Gerit auf, fiel jedoch sogleich wieder ächzend zurück ins Kissen. »Verdammt, Sören, was soll das? Du hast doch eben noch von Familie und Zusammenhalt geredet. Und jetzt lässt du alles den Bach runtergehen?«

Sören hob beschwichtigend die Hände. »Ich gehe nicht jetzt und auch nicht in nächster Zeit. Erst sobald du wieder auf dem Damm bist und sich ein geeigneter Nachfolger für mich gefunden hat. Mir liegt die Firma ebenso am Herzen wie dir«, erklärte er.

Nur mühsam wurden Gerits Atemzüge ruhiger, und er richtete den Blick erneut abschätzend auf seinen älteren Bruder. »Was hast du denn vor? Willst du etwa ernsthaft wieder zurück nach Kreta?«

»Ja«, sagte Sören, ohne zu zögern. »Es gibt dort etwas, das mir sehr wichtig ist.«

Zurück nach Kreta. Zurück zu Alíki. Er hatte ihr so viel zu erklären. Sofern sie ihn überhaupt jemals wiedersehen wollte. Er musste es zumindest versuchen.

»Nur für die Chronik«, brummte Gerit nach einer Weile. »Ich wollte dir nie wirklich das Leben schwer machen. Aber es hat mich schier in den Wahnsinn getrieben, weil dir immer alles geglückt ist, was du dir vorgenommen hast. Dabei wollte ich eigentlich nur so sein wie du.«

»Was?« Sören wandte sich zu ihm um.

»Du hast mich ganz genau verstanden, und ich werd's bestimmt nicht noch einmal wiederholen. Also vergiss es meinetwegen gleich wieder. Ich wollte es einfach mal gesagt haben.«

Sören nickte. »Okay.«

Dann verfielen sie erneut in Schweigen. Nach all den Jahren war es nicht einfach, die richtigen Worte zu finden.

»Deine Entscheidung hat also nichts mit der Geschichte zwischen Julia und mir zu tun?«, fragte Gerit schließlich.

»Nein, hat sie nicht.« Sören schüttelte den Kopf. »Ehrlich.«

»Gut.« Gerit nickte. Er wirkte erleichtert.

Draußen hatte inzwischen ein heftiger Wind eingesetzt und bildete kräuselnde Wellen auf der Wasseroberfläche des Kanals.

»Und was genau hast du auf Kreta vor?«, hakte Gerit nach.

Sören seufzte leise auf. »Zuerst einmal das Haus fertig restaurieren, das verlangt noch einige Arbeit. Und dann …« Er wusste es nicht. Es hing von so vielen Faktoren ab. Vor allem aber davon, ob er Alíki dazu bringen konnte, ihm zuzuhören.

»Es geht um eine Frau, stimmt's?«, hörte er seinen Bruder fragen, sah erstaunt auf und erkannte den forschenden Blick, mit dem dieser ihn betrachtete.

Seit wann war Gerit denn auf einmal so tiefgründig?

Sogleich verzog sich der Mund des Jüngeren zu einem schiefen, selbstgefälligen Lächeln, und er legte den Kopf zurück. »Dachte ich's mir doch.«

Aber woher …?

Als hätte er Sörens stumme Frage gehört, erklärte er: »Nur wegen eines verfallenen Hauses wirft niemand sein Leben so plötzlich über den Haufen. Schon gar nicht du.«

Es war eine völlig neue und ungewohnte Erfahrung, ausgerechnet mit Gerit über Beziehungsdinge zu diskutieren.

Andererseits war alles, was Sören in den vergangenen Wochen erlebt hatte, ungewohnt und neu.

»Na ja«, antwortete er ausweichend.

»Wie heißt sie denn?«

»Ihr Name ist Alíki.«

»Vermisst sie dich denn nicht, wenn du hier bist statt dort unten auf Kreta?«

Präzise wie immer hatte Gerit mit dieser einen Frage den Nagel genau auf den Kopf getroffen. »Es ist etwas kompliziert«, gab Sören zurück. In knappen Worten erzählte er von dem unglückseligen Zufall, dass ausgerechnet Alíki Julias Anruf entgegengenommen hatte. Davon, dass Letztere sich ihr aus purer Gewohnheit und weil sie vor Sorge völlig durcheinander war, als seine Verlobte vorgestellt hatte.

»Autsch, ein ziemliches Schlamassel.« Gerit kniff in einer Schmerz andeutenden Miene die Lippen zusammen. Mit ungewohnt brüderlichem Tonfall sagte er dann jedoch: »Ist sie es denn auch wirklich wert, dass du all das für sie aufgeben willst?«

Sofort hob Sören den Kopf, sah ihn an. Normalerweise hätte er eine solche Frage von seinem Bruder als persönlichen Angriff aufgenommen. Umso mehr staunte er über sich selbst, als er, völlig ruhig und ohne zu zögern, antwortete: »Das und noch viel mehr.«

»Was in aller Welt tust du dann überhaupt noch hier? Flieg nach Kreta, und kläre, was du zu klären hast. Die Firma wird auch ein Wochenende lang ohne uns beide auskommen.«

Wie bitte? Sören musste sich verhört haben. So etwas konnte doch unmöglich aus Gerits Mund kommen. Oder doch?

Aber so leicht war das alles nicht. Es ging hier nicht allein um ihn, Sören, und um das, was er wollte. Es ging um Alíki und ihre gesamte Familie. Um die Regeln. Ja, er hatte in den vergangenen Wochen dazugelernt. »Ich sagte doch, es ist kompliziert.«

Gerit zuckte ungerührt die gesunde Schulter. »Nur, solange du nichts daran änderst.« Sein Blick blieb einen kurzen Moment auf ihm haften, bevor er nickte und den Kopf zum Fenster wandte. »Ich glaube, das war genug Vertraulichkeit für den Anfang.«

Sören holte tief Luft und lehnte sich wieder im Stuhl zurück. »Ja, wir sollten es besser nicht übertreiben.«

»Und wie entwickeln sich die Verkaufszahlen?« Da war er wieder, der alte Gerit. Geschäftsorientiert wie eh und je.

Eine Weile lang blieb Sören noch bei seinem Bruder sitzen, während sie sich über Geschäftliches unterhielten: über die neue Werbestrategie zum Beispiel oder über einen Lieferanten, dessen Dienstleistung seit ein paar Monaten sehr zu wünschen übrig ließ. Sören hatte sogar ein paar Statistiken und Absatzzahlen mitgebracht. Fast, als wären sie im Büro.

Erst als es klopfte und Julia hereintrat, packte Sören die Unterlagen zusammen und verabschiedete sich. Es war schon beinahe dunkel draußen, doch wenigstens hatte es endlich aufgehört zu regnen. Die Luft war frisch und klar. Ah, eine Wohltat nach dem Krankenhausmief.

Kurzerhand entschloss sich Sören zu einem Spaziergang, bis zu seiner Wohnung war es nicht allzu weit.

Er war seit ungefähr einer Viertelstunde unterwegs, als er das Handy in seiner Tasche vibrieren spürte. Nanu, wer rief ihn denn um diese Uhrzeit an?

Mitten auf der Straße blieb er stehen, kramte das Gerät hervor. Und einen Moment lang blinzelte er ungläubig, als er Charis' Namen auf dem Display sah.

KAPITEL 27

Wenn Palekastro feiert …

Palekastro, Kreta – 18. Juli

Alíki hatte vor lauter Aufregung die ganze Nacht lang kein Auge zugetan. War alles bereit? Hatten sie auch wirklich an alles gedacht und nichts vergessen?

»Wir haben getan, was wir konnten. Jetzt liegt es in den Händen der Heiligen Jungfrau«, verkündete Philyra und lächelte ihre jüngere Schwester Kalli an, die reglos vor ihr auf dem Stuhl saß, damit die kunstvoll hochgesteckten Locken um Himmels willen nicht verrutschten, ehe sie mit Haarlack fixiert wurden.

Es war später Nachmittag. Wie bei Sommerhochzeiten üblich, würde die Trauung erst am frühen Abend stattfinden, damit die Hitze einigermaßen auszuhalten war. Schon seit gestern herrschte auf dem Gutshof eine nie da gewesene Hektik: Die letzten weißen Tülldekorationen mussten angebracht und die noch fehlenden gamokouloura, die traditionellen Hochzeitsbrote, gebacken werden. Obwohl Letztere auch gekauft werden konnten, hatten Yiayià, Nefeli und Dimitra darauf bestanden, sie selbst zu machen. Bis spät in die Nacht hinein hatten sie daran gearbeitet. Die fertigen ringförmigen Sauerteigbrote sahen einfach atemberaubend aus. Kunstvoll mit ebenfalls aus Teig geformten Glückssymbolen wie Blumen, Trauben, Granatäpfeln, Zypressen, Kreuzen und Vögeln dekoriert und mit Eiweiß bestrichen, dienten sie sowohl als Glücksbringer für das Brautpaar als auch als Geschenk für die Gäste.

»Sotíris hat übrigens eben angerufen«, sagte Alíki atemlos. »Die Tische und Stühle auf dem Dorfplatz sind aufgestellt und gedeckt, die Bühne für die Musiker steht, und das Essen ist auch so weit wie möglich bereit. Er sagt, die Feuer für das Fleisch brennen schon.«

»Wunderbar.« Philyra nickte zufrieden. »Jetzt Luft anhalten und Augen zu«, befahl sie und hüllte Kallis Kopf in eine Wolke aus Haarspray. »So, fertig.«

»Ihr seht alle umwerfend aus«, rief Lisa, zwar inzwischen schon geschminkt und frisiert, aber noch immer im Bademantel.

Cousine Appollonia kicherte. »Wart's nur ab. Gleich bist du dran.«

Alíkis Handy surrte. »Oh, ein Video von Sotíris.«

Sogleich scharten sich alle anwesenden Frauen um sie. Auf dem Display war der Vorgarten von Tante Dimitras Haus zu sehen, wo sich die Männer in allerbester Laune zusammen mit den Musikanten versammelt hatten und klatschend mantinades sangen. Die meisten von ihnen waren bereits in Festtagskleidung. Die Männer, die in Charis' Begleitzug sein würden, trugen sogar die traditionelle Tracht mit den dunkelblauen Pumphosen sowie den gleichfarbigen, bestickten Westen. Dazu schwarze, kniehohe Stiefel, weiße Hemden und die dunkelrote Schärpe mit dem Messer um die Hüften. Um die Stirn trugen sie den saríki, das schwarze gehäkelte Tuch mit den tropfenförmigen Fransen, die, so die Überlieferung, die Tränen um die Opfer während der osmanischen Herrschaft symbolisierten. Sie sahen einfach prächtig aus.

Auch von unten im Hof waren schon Gitarren- und Lyraklänge zu hören. Die ersten Gäste kamen und wurden von Großtante Filíppa und Cousine Iríni mit Getränken und Gebäck bewirtet.

»Jetzt wird es aber höchste Zeit, dass wir die Braut zurechtmachen«, rief Yiayià.

Es war Brauch, dass sowohl Braut als auch Bräutigam von ihrer Entourage bekleidet wurden. Der Bräutigam wurde sogar von seinem koumbaros, dem Trauzeugen, rasiert.

Zusammen mit Kalli half Alíki Lisa in ihr Kleid und strich über die Falten des Rocks. Auch das Oberteil aus feinster Spitze saß wie angegossen. Das Haar fiel ihr in weichen, wallenden Locken über die Schultern.

»Hier, dein Haarkranz.« Vorsichtig legte Alíki der Freundin den mit einem Spitzenband geflochtenen Olivenzweig um und schlang die Enden am Hinterkopf zu einem dekorativen Knoten zusammen.

»Du siehst wunderschön aus, Kind.« Gerührt tupfte sich Lisas Mutter die Tränen von den Augen.

Ja, Lisa war eine strahlende, stolze Braut, das fand auch Alíki. Etwas fehlte jedoch noch.

»Ich habe eine kleine Überraschung für dich«, sagte sie und holte die Schmuckschatulle hervor.

»Was ist es denn?« Lisa sah sie neugierig an. Und ihre Augen wurden noch größer, sobald ihr Alíki die Kette umlegte. Sie passte perfekt, hatte genau die richtige Länge und der Anhänger genau die richtige Form.

»Oh, Alíkoula.« Tränen der Rührung schimmerten in Lisas Augen, während sie, fast ehrfürchtig, mit den Fingern über das Armband fuhr.

»Jetzt bloß nicht weinen! Die Schminke verläuft sonst«, rief Philyra eilig und fächerte ihr und sich selbst Luft zu.

»Seht euch nur diese Ohrstecker an.« Bewundernd betrachtete Kalli sie aus der Nähe. »Wo hast du die denn her?«

Da war er. Der Moment, den Alíki am meisten gefürchtet hatte. Tatsächlich war ihr in den vergangenen Tagen sogar mehrmals der Gedanke gekommen, ob sie nicht besser einfach flunkern und erzählen sollte, sie hätte den Schmuck irgendwo gekauft. Was sprach denn dagegen, so weiterzumachen wie bisher?

Doch dann sah sie plötzlich wieder Sörens Gesicht vor sich. Seine wasserklaren Augen, die sie insgeheim so sehr vermisste. »Du hast Talent und die nötige Hartnäckigkeit, um zu erreichen, was du willst. Darauf kann deine Familie stolz sein«, hatte er an jenem Abend auf der Terrasse gesagt. Es waren unter anderem genau diese Worte gewesen, die sie zu ihrer Entscheidung bewegt hatten.

Alíki straffte die Schultern. Auch wenn Sören nicht mehr da war, ihre Hartnäckigkeit war geblieben. »Ich habe sie selbst gemacht.« Einen Moment lang tat ihr Lisa leid, weil sie deren Hochzeitstag mit ihrem Geständnis bestimmt ruinierte.

Doch dann wandte sie den Blick zu ihrer Mutter. »Ja, ich mache Schmuck. Ich habe sogar meine eigene Schmuckkollektion, die ich in einem Onlineshop verkaufe. Und irgendwann werde ich das zu meinem Hauptberuf machen«, sagte sie und hielt den Atem an. Auf das Gewitter wartend, das zweifellos gleich über sie hereinbrechen würde.

Und sie stutzte, als sie Mamá und die übrigen Frauen erleichtert auflachen sah.

»Na endlich.« – »Es wird auch langsam Zeit.« – »Das war ja kaum noch auszuhalten.«

Sie begriff die Welt nicht mehr. Was war denn auf einmal in die Frauen gefahren? »Versteht ihr? Ich entwerfe und mache

Schmuck, den ich verkaufe«, versuchte sie es noch einmal etwas langsamer und betonte dabei jedes Wort ganz deutlich.

»Ach, kardoula mou.« Ihre Mutter kam auf sie zu, nahm ihr Gesicht zwischen die Hände. »Das wissen wir doch alles schon längst.«

»Was?« Verwirrt sah Alíki zu Lisa, die ebenfalls nur ratlos die Schultern zuckte. Sie wussten es? Sie war doch immer so vorsichtig und verschwiegen gewesen. Sie hatte Sören sogar schwören lassen.

»Eine Schulkollegin von mir ist vor ein paar Monaten durch Zufall im Internet auf deinen Onlineshop gestoßen und hat mich darauf angesprochen«, erklärte Kalli glucksend.

»Eine Schulkollegin?«, krächzte Alíki atemlos. Ihren Onlineshop. Im Internet. Was natürlich der Sinn der Sache war. Doch daran, dass irgendwer ihrer Bekannten oder Verwandten zufällig darauf stoßen könnte, hatte sie beim besten Willen nicht gedacht.

»Da du aber niemandem davon erzählt hast, haben wir angenommen, dass du es womöglich geheim halten willst«, führte Mamá weiter aus und küsste Alíki auf die Wange. »Dabei habe ich doch nur darauf gewartet, dass du es mir endlich sagst.«

»Aber …« Alíki war sprachlos.

Mamá umarmte sie so fest, dass sie kaum noch Luft bekam. »Dein Vater und ich sind so stolz auf dich.«

»Papás weiß es auch?« Das hingegen war unmöglich. Und wenn, dann wäre er ganz bestimmt alles andere als stolz auf sie. Nicht nach all den Predigten, die er ihr immer gehalten hatte.

»Natürlich.« Mamá strahlte. »Und er hat deinen Shop schon all seinen Arbeitskollegen in der Bank gezeigt und damit angegeben, wie tüchtig und talentiert seine Tochter ist.« Sie zwinkerte Alíki zu. »Selbstverständlich würde er das dir gegenüber nie offen zugeben. Du weißt ja, wie stur dein Vater ist.«

Und dafür hatte sie sich all die Jahre lang versteckt und sich über die Wertvorstellungen ihrer Eltern gesorgt? Dabei hatte es die Familie schon längst gewusst? Alíki war sich nicht sicher, ob sie lachen oder sich selbst ohrfeigen sollte.

Doch sie kam nicht mehr dazu, weiter darüber nachzudenken, als Philyra ihr Handy in die Höhe hielt und rief: »Der Bräutigam ist schon auf dem Weg zur Kirche!«

Yiayià und Tante Dimitra stimmten eine alte mantinada an, in die sie alle nach und nach mit einfielen. Sie handelte von der Freude und dem gleichzeitigen Trennungsschmerz, wenn eine Tochter das Elternhaus verließ, um zu heiraten.

Ein weiterer Brauch war, dass die Braut die Namen der unverheirateten Freundinnen auf die Sohlen ihrer Schuhe schrieb. Die, deren Name nach dem Fest noch zu lesen war, würde als Nächstes heiraten, sagte man.

Besonders viele Namen hatte Lisa nicht zu schreiben: Da waren Cousine Appollonia, Kalli, ein paar weiter entfernte Cousinen. Und Alíki.

Obwohl sie sich die Tinte in ihrem Fall hätte sparen können, ging es Alíki durch den Kopf. Ganz abgesehen davon, dass sie noch lange nicht ans Heiraten dachte. Der einzige Mann, für den sie sich bereitwillig entschieden hätte, war weit weg.

Lisas Vater erwartete sie bereits unten auf dem Hof, wo er seine Tochter, begleitet von den Musikanten, zur mit Blumen und Tüllbändern dekorierten Limousine führte. Die restliche Gesellschaft würde mit den eigenen Fahrzeugen zu der kleinen Kirche nach Kouremenos fahren.

Die Fahrt bis dorthin dauerte nicht lange. Schon von Weitem konnte Alíki die Menschenmenge sehen, die dort, vor dem mit Tüllbahnen dekorierten Eingang, auf die Ankunft der Braut wartete.

Ihr ging vor Stolz und Freude das Herz auf, als sie ihren Cousin Charis erkannte. Er sah blendend aus. Im Gegensatz zu seinem Gefolge trug er eine traditionelle beige Reiterhose mit einer schlichten, aber eleganten Weste derselben Farbe. Dazu schwarze Lederstiefel, ein weißes Hemd und eine ebenfalls schwarze Schärpe, in der ein Silberdolch steckte. Wie die anderen Männer in Tracht hatte auch er sich das schwarze saríki um die Stirn geschlungen. In seiner Hand hielt er den Brautstrauß, bestehend aus Jasmin und Olivenzweigen.

Gerührt beobachtete Alíki, wie Charis' Augen zu leuchten begannen, sobald er Lisa sah, die, begleitet von ihrem Vater und den Musikern, den Brautzug anführte. Es war immer ein bewegender Moment, wenn der Bräutigam seine Braut vor der Kirche empfing und diese dann gemeinsam mit ihr betrat.

Die Kirche war so klein, dass nur die Trauzeugen und die engsten Familienmitglieder darin Platz fanden. Alle anderen warteten draußen.

Wie es sich für sie als Trauzeugin gehörte, stellte sich Alíki links neben Lisa und Charis. Der Pope mit seinem goldbestickten Gewand stand indessen vor ihnen. Der Altar dahinter war mit einem weißen Tuch bedeckt. Darauf lagen die Eheringe, die stefanas sowie eine Karaffe mit Wein, ein Kelch und eine Schale voller Honig mit Walnüssen. Links und rechts des Altars brannten die großen, mit Blumen geschmückten Hochzeitskerzen.

Alíki atmete tief ein. Die Luft roch nach Wachs und Weihrauch. Es war so weit. Diesem Tag hatten sie alle seit fünf Monaten entgegengefiebert.

Sie schaute sich um und schmunzelte, sobald sie Yiayià sah, die sich verstohlen die Augen abtupfte. Sie hatten es geschafft – endlich stand ihr Enkel am Traualtar.

Doch sogleich erstarrte Alíki, und sie fühlte, wie ihr Herz einen Schlag lang ins Stolpern geriet, als sie Sören dort neben Sotíris und Charis erkannte. Und er lächelte sie an.

Sie war derart fassungslos, verwirrt und über alle Maßen perplex, dass sie von der eigentlichen Trauung nur noch das Allernötigste mitbekam. Etwa, dass der Pope die Ringe auf dem Altar segnete und dann mit ihnen vor dem Brautpaar das übliche dreimalige Kreuz in die Luft zeichnete.

Sören. Was machte er hier? Warum stand er dort neben Charis und Sotíris? Und warum schien sich keiner ihrer Verwandten an seiner Anwesenheit zu stören?

Ihre Haut prickelte. Sie wagte einen kurzen, atemlosen Blick zu ihm, wandte jedoch den Kopf sogleich wieder ab. Ihr himmlischen Heiligen, warum musste er sie ständig mit seinen durchdringenden Augen martern und sie anlächeln?

»Alíki, die Ringe«, hörte sie auf einmal Lisas Flüstern und zuckte zusammen.

Die Ringe. Richtig. Es kostete sie eine unglaubliche Anstrengung, das Zittern ihrer Hände zu unterdrücken, während sie vortrat und dem Brautpaar die Ringe als Zeichen der Verbundenheit dreimal mit jeweils abwechselnd überkreuzten Armen auf die ausgestreckten Finger steckte.

Der nächste Teil der Zeremonie war die Segnung der stefanas, bevor der Pope sie Charis und Lisa auf den Kopf legte.

Ohne zu zögern und als hätte er das schon unzählige Male gemacht, trat Sören hinter das Paar und vollführte denselben dreimaligen Wechsel der stefanas mit abwechselnd überkreuzten Armen.

Dann reichte der Pope dem Paar erst den Wein, von dem sie jeweils dreimal nippten, und schließlich je einen Löffel voll Honig mit Walnüssen.

Zum Abschluss küssten Charis und Lisa die heilige Ikone, die der Pope ihnen hinhielt, ehe er sie, an den Händen und dazu einen Psalm singend, für den sogenannten Tanz des Isaia zum Altar führte, den sie dreimal umrunden sollten. Dabei hatten die Trauzeugen jedoch die stefanas über den Köpfen des Brautpaars zu halten.

»Was tust du hier?«, flüsterte Alíki Sören zu, während sie beide hinter Lisa und Charis dreimal um den Altar schritten. Sogleich duckte sie den Kopf, um dem von den Umstehenden zugeworfenen Reis auszuweichen.

»Ich halte dieses Ding hier fest«, gab Sören unbeeindruckt zurück, wandte dabei ganz kurz den Blick zu ihr und grinste. »Du siehst einfach umwerfend aus.«

Sie stieß den Atem aus. »Ich meine, was du hier zu suchen hast? Du solltest doch in Hamburg sein.«

»Charis hat mich angerufen und das hier alles eingefädelt.«

Um ein Haar wäre Alíki auf Lisas Rocksaum getreten. »Wie bitte?«, rief sie und biss sich im selben Moment auf die Lippen, während sich der Pope mit vorwurfsvollem Blick zu ihnen umdrehte.

Etwas leiser erklärte Sören: »Er hat gemeint, das hier wäre die ideale Gelegenheit, um dich zum Zuhören zu zwingen, weil du nicht ausbüxen kannst.«

»Du hast dich schon wieder in meine Angelegenheiten eingemischt«, zischte Alíki ihrem Cousin zu.

»Was ist mir denn anderes übrig geblieben?«, gab dieser so leise wie möglich über die Schulter zurück und kniff die Augen zusammen, als ihn ein weiterer Reisschwall traf. »Hätte ich etwa untätig zusehen sollen, wie du vor lauter Stolz in deinem Elend versauerst und immer unerträglicher wirst?«

Der Pope drehte sich erneut zu ihnen um. Dieses Mal war die Entrüstung über die erneute Störung deutlich in seiner Miene zu lesen. Zur Strafe schmetterte er seinen Gesang noch lauter.

Neben Alíki ließ Sören ein amüsiertes Glucksen vernehmen. »Bist du etwa meinetwegen unerträglich geworden?«

»Ich bin nicht unerträglich geworden«, gab sie entschieden zurück.

»Doch, das bist du wirklich«, flüsterte Lisa. »Und hätte Charis Sören nicht angerufen, hätte ich's getan, ich schwöre es.«

Empört wollte Alíki darauf antworten, doch Sören kam ihr zuvor: »Hör zu, die Frau, mit der du am Telefon gesprochen hast, war tatsächlich meine Verlobte. Aber wir haben uns schon vor Wochen getrennt. Sie ist jetzt mit meinem Bruder zusammen, doch das ist eine andere Geschichte. Was ich damit sagen will, ist: Du allein bist der Grund, weshalb ich auf Kreta bleiben will, Alíki Dermitzakis, und ich werde dir alles ganz genau erklären, wenn du mir nur die Möglichkeit gibst und mir zuhörst.«

Sprachlos starrte sie ihn an. Doch sie kam nicht mehr dazu, etwas darauf zu erwidern, als die letzte Runde um den Altar endete und sie sich wieder neben Lisa einreihte. Das Ende der Zeremonie nahm sie nur noch wie durch einen Schleier hindurch wahr. Immer wieder wanderte ihr Blick zu Sören. Er war hier. Er war tatsächlich hier.

»Ich muss mit dir reden. Unter vier Augen«, raunte er ihr noch zu, bevor sie hinter den Frischvermählten wieder nach draußen traten. Und plötzlich war Alíki umgeben von lauten, euphorischen Gratulanten, die sie mit Unmengen von Reis bewarfen, sie auf die Wangen küssten und ihr als Trauzeugin Geldumschläge für das Brautpaar überreichten.

Aus den Augenwinkeln sah sie Sören neben der Treppe zum Parkplatz mit ihren Eltern sprechen. Mamá küsste ihn auf die Wange, und – sie traute ihren Augen kaum – Vater reichte ihm sogar ernst nickend die Hand. Was, um alles in der Welt, ging da vor sich?

Doch als sie ein zweites Mal hinsah, waren die drei verschwunden, und Alíki selbst wurde vom Strom der vielen Leute mitgezogen.

Erst viel später, nachdem sich die Hochzeitsgesellschaft mit dem Rest der Dorfbevölkerung von Palekastro auf dem Platz vor der Kirche versammelt hatte, um zu feiern, fand Alíki endlich ein ruhiges Plätzchen. Erschöpft ließ sie sich auf einen Stuhl ganz am Rand der Tischreihen fallen, fächerte sich mit der Hand Luft zu und ließ den Blick über den Platz sowie die Feiernden schweifen. Sie hatte Sören seit der Kirche nicht mehr gesehen, kein Wunder bei dieser Menschenmenge.

Inzwischen war es schon längst dunkel geworden, doch das Fest würde noch bis weit in die Nacht hinein dauern. Wenn Palekastro feierte, dann richtig.

Es roch nach gebratenem Fleisch und pilafi, dem typischen Reisgericht, das in Sotíris Kafenion in riesigen Kochkesseln gekocht wurde. Vorn auf dem Podest spielten die Musiker, eine ganze Reihe von Leuten tanzte fröhlich den Syrtos. Alíki erkannte Charis, Kalli und Sotíris darunter. Und sogar Lisa – während der vergangenen Monate hatte sie tatsächlich tanzen gelernt. Mitreißende Musik, Gelächter und Oppah-Rufe erfüllten den Platz.

»Hier bist du also«, hörte sie die dunkle Männerstimme auf Deutsch neben sich. Sofort rieselte ihr ein wohliger Schauer über den Rücken, und sie wandte den Blick.

Lächelnd stand Sören da, in der Hand hielt er zwei gefüllte Pappbecher, wovon er ihr einen reichte. »Ich dachte, du hast bestimmt Durst.«

Den hatte sie tatsächlich. »Danke.« Sie leerte den Becher in einem Zug.

Noch immer schmunzelnd, setzte er sich neben sie, stellte auch den zweiten Becher vor sie hin. Mit einem Schlag wurde seine Miene jedoch ernst. »Alíki«, sagte er. »Ich weiß, du hast bestimmt viele Fragen, aber lass mich bitte erst erklären.« Er lehnte sich vor und stemmte dabei die Ellenbogen auf den Knien ab.

Die grauen, modisch-eleganten Hosen und das weiße Hemd standen ihm wirklich gut, bemerkte sie.

»Was ich vorhin in der Kirche gesagt habe, ist wahr, glaub mir.« Und er begann zu erzählen. Davon, dass es mit der Beziehung zwischen ihm und Julia schon vor seiner Reise nach Kreta nicht zum Besten gestanden hatte, er es jedoch nicht hatte wahrhaben wollen. Davon, was hingegen zwischen Julia und seinem Bruder Gerit war und warum sich Julia als seine Verlobte vorgestellt hatte.

Alíki hörte ihm schweigend und ungläubig zu.

»Wir haben uns alle drei inzwischen ausgesprochen, es ist alles geklärt. Und dann hat mich Charis vor drei Tagen aus heiterem Himmel angerufen.« Er hob beschwichtigend die Hände. »Keine Angst, ich will dich zu nichts überreden oder dich zu etwas zwingen. Ich weiß, hier gelten andere

Regeln als in Deutschland. Darum habe ich vorhin auch mit deinen Eltern gesprochen und um ihr Einverständnis gebeten.«

»Du hast meine Eltern um ihr Einverständnis …?«, fing sie an und brach mitten im Satz fassungslos ab.

Er nickte ernst. »Ich will es richtig machen. Wie es sich gehört. Schließlich werbe ich nicht jeden Tag um eine Frau. Charis hat mir dazu noch ein paar Tipps gegeben.«

»Ach. Hat er das?«

»Na ja, auch Sotíris. Das mit diesen Ringen war übrigens seine Idee. Charis hingegen meinte, er hätte noch etwas bei dir gutzumachen.«

Sie würde ein ernstes Wort mit den beiden sprechen müssen, o ja, und wie.

Sören fasste nach ihrer Hand. »Hör zu. Ich werde am Montag wieder zurück nach Deutschland fliegen. Solange mein Bruder im Krankenhaus liegt, muss ich mich um die Firma kümmern. Aber ich komme wieder.« Sein Lächeln wurde warm. »Sobald Gerit wieder auf dem Damm ist, trete ich aus der Firmenleitung zurück.«

»Du willst alles aufgeben?«, rief Alíki. »Aber was ist mit deiner Familie? Mit der Firma?«

»Ich werde weiterhin stiller Gesellschafter der Johannsen Tee GmbH bleiben, und meinen Bruder werde ich ohnehin so schnell nicht los, keine Angst.« Ein schelmisches Grinsen erhellte kurz sein Gesicht, ehe er die Hand ausstreckte und ihr sachte mit dem Finger über die Wange strich. »Wir brauchen überhaupt nichts zu übereilen, uns bleibt alle Zeit der Welt. Zuerst will ich mein Haus restaurieren, wie es sich gehört. Was danach kommt, weiß ich zwar noch nicht genau, aber es wird sich schon etwas ergeben.« Er zuckte die Schultern. »Ich dachte, ich könnte dir vielleicht beim Muscheln- und Steinesammeln helfen. Nur wenn du willst, natürlich.«

Alíki hätte stundenlang hier sitzen bleiben und in Sörens Augen versinken können. Er war da. Er saß hier direkt vor ihr und war sogar bereit, sein ganzes bisheriges Leben aufzugeben. Nur für sie. Bestimmt konnten er und ganz Palekastro das aufgeregte Trommeln in ihrer Brust hören, die vor Freude schier zu platzen drohte. »Das würde mir gefallen«, sagte sie.

Er begann zu strahlen. »Oh, da fällt mir ein … Eigentlich habe ich schon mit dem Sammeln angefangen.«

Er griff in seine Hosentasche, holte seinen grünen Granitkiesel hervor, legte ihn ihr auf die Handfläche und umschloss ihre Hand mit seiner. Seine Finger waren warm und kräftig. Dann sah er sie an. Im Schein der Festbeleuchtung wirkten seine Augen auf einmal wie Silber. »Wenn du bei mir bist, brauche ich ihn nicht mehr.« Dann schüttelte er langsam den Kopf. »Wenn du wüsstest, wie sehr du mir gefehlt ha…«

Bevor er den Satz beenden konnte, beugte sich Alíki vor und küsste ihn. Dabei war es ihr völlig egal, ob sie jemand sah oder was die Leute sagten. Hauptsache, Sören war bei ihr.

»Komm, tanz mit mir«, sagte sie dann atemlos, zog ihn hoch und lachte.

Oppah!

ANMERKUNGEN DER AUTORIN

In kaum einem Land Europas liegen Tradition, Mentalität und Kultur so eng beieinander wie in Griechenland. Jede Region, jede Insel bildet dabei quasi einen eigenen, faszinierenden Mikrokosmos an Bräuchen und Sitten, die sich über Jahrhunderte hinweg trotz (oder vielleicht gerade aufgrund) der unzähligen Invasionen bewahrt haben.

Kreta bildet hierbei keine Ausnahme. Römer, Byzantiner, Osmanen, Venezianer – sie alle haben die Insel seit der Antike erobert und ihre prägenden Spuren hinterlassen – sei es im lokalen Dialekt, in der Musik oder der Folklore.

Wer sich Zeit nimmt, um die »Seele Kretas« mit all ihren Facetten zu erkunden, wird auf einige Gegensätze stoßen. Die Kreter sind ein stolzes, tief mit ihrer Insel verwurzeltes Volk. Oft und gerne versucht man sich hier vom Rest Griechenlands, vor allem aber vom Festland mit dem Regierungssitz in Athen, zu distanzieren. So ist ein Kreter in erster Linie ein Kreter und erst dann ein Grieche. Umgekehrt werden die Bewohner Kretas von den nördlichen Festlandgriechen gern wegen ihrer Eigenart und der geradezu legendären Sturheit belächelt. Dem wiederum antworten die Kreter selbstbewusst, indem sie ihren eigenen Dialekt mit Inbrunst in Literatur und Musik zelebrieren.

Zu Letzterem gehören zum Beispiel die kretischen mantinades – jene in fünfzehnsilbigen Reimversen gesungenen Volkslieder, die meistens von einer Lyra begleitet vorgetragen werden. Ihr Ursprung soll während der venezianischen Besetzung im 16. Jahrhundert zu suchen sein. Zwar sind mantinades auch in anderen Regionen Griechenlands zu finden, eine kretische Eigenheit ist jedoch, dass die Verse nicht nur von Generation zu Generation weitergegeben, sondern auch ständig neu »komponiert« oder improvisiert werden.

Anders als im ersten Band »Oliven zum Frühstück« wollte ich in diesem Buch vor allem die traditionelle sowie soziologische Seite Kretas genauer beleuchten. Die, meiner Meinung nach, beste Art und Weise, um auf dieses Thema einzugehen, ist die Betrachtung des lokalen Brauchtums. Denn hier spiegelt sich die Verbindung einer Gesellschaft zur eigenen Geschichte, Moral und Lebensweise in ihrer konzentriertesten Form.

Nehmen wir zum Beispiel die religiösen Bräuche Kretas: Um der ganzen Vielfalt gerecht zu werden, würde ein einziges Buch mit dreihundert Seiten gar nicht ausreichen. So hat jedes Dorf und jede Gemeinde ganz eigene Sitten, die sich zum Teil stark voneinander unterscheiden. Wie so oft sind auch hier die Grenzen von altem Naturglauben zu religiösen Traditionen manchmal fließend.

Ein paar solcher Gepflogenheiten habe ich auch in diesem Buch aufgegriffen: So war es früher tatsächlich Brauch, Tiere (hauptsächlich Nutztiere oder Vieh) durch das Haus zu führen, um böse Geister zu vertreiben. Und auch heute noch spannt man mancherorts gewachste Seile um die Häuser, um Unheil fernzuhalten.

Bezeichnend für Kreta ist auch die klösterliche Tradition. Die unzähligen Klöster der Insel haben heutzutage natürlich in erster Linie eine religiöse Funktion. In der Geschichte und der tief verwurzelten Erinnerungskultur sind sie jedoch ein Sinnbild des Freiheitskampfes gegen die osmanische Unterdrückung. Manchmal sogar im militärischen Sinn, denn viele Klöster dienten den Widerstandskämpfern als Unterschlupf oder zur Verteidigung. Entsprechend wurden sie zum Teil auch als befestigte Anlagen gebaut. Das in der Geschichte erwähnte Kloster der Panagia Kardiotissa diente ebenfalls als geheimer Treff- und Stützpunkt, und seine Architektur wird ebenso dem Festungstyp zugeschrieben.

Die Kreter lieben es, zu feiern – egal, ob zu Ehren eines Heiligen, zum Tag der Unabhängigkeit, an einem Erntefest oder bei einer Hochzeit. Wobei wir bei einem weiteren tragenden Thema des Buches angelangt sind.

Eine kretische Hochzeit ist ein besonderes Ereignis und kommt nicht selten einem Dorffest gleich. Siebenhundert oder noch mehr Gäste sind dabei gang und gäbe. Vor allem in den kleinen, ländlichen Ortschaften hält man oft noch an den alten Traditionen fest, wenn auch die Brautpaare heutzutage immer häufiger auf das Tragen von Trachten verzichten. Das »Bettmachen« (krebatia), das Singen von mantinades sowie das Schreiben der Namen auf die Sohlen der Brautschuhe gehören jedoch zu jeder traditionellen kretischen Hochzeit dazu.

Natürlich unterscheiden sich die genauen Festabläufe wie immer von Ort zu Ort. Ebenso bilden die in der Geschichte beschriebenen Vorgänge nur einen kleinen Ausschnitt aus einem althergebrachten Ritual. Dieses in allen Einzelheiten zu beschreiben, hätte hier eindeutig den Rahmen gesprengt.

Wer sich noch tiefer in das spannende Thema der kretischen Traditionen und Bräuche einlesen möchte, dem empfehle ich das Buch *»Kreta – Gestern und Heute«* von Helga und Niko Papadakis, im Selbstverlag bei BoD – Books on Demand erschienen. Darin werden noch viele weitere Aspekte erklärt. Wie zum Beispiel, was es mit dem »Komboloi« oder der Namensendung »-akis« auf sich hat.

DANKE!

An alle, die mit ihrer Geduld, Professionalität, ihren Ideen und Inputs mitgeholfen haben, die Geschichte von Alíki und Sören sowie der liebenswert-verrückten Familie Zoidakis entstehen zu lassen:

Hannah Paxian vom Knaur-Verlag und Birgit Förster, die sich wagemutig an ein noch sehr rohes Manuskript herangewagt haben.

Diana Menschig und Janine Hunziker fürs stundenlange Brainstormen, die hilfreichen Ideen, aufmunternden Schulterklopfer, das Testlesen und die vielen Lachtränen während unserer Gespräche.

Und schließlich an Monika Kreindl, die meinem heimlichen, gefiederten Liebling, Herrn Oskar, anlässlich einer Facebook-Umfrage den Namen gegeben hat.

Efcharistó polì!